Wie man nach der Herrschaft der Nationalsozialisten wieder zu erzählen anfing, hing vor allem davon ab, wo die Autoren den Krieg überstanden hatten und wo sie nun lebten. Im Westen orientierte man sich zunächst an den angelsächsischen Kurzgeschichten sowie der westeuropäischen Avantgarde und propagierte in den 60er Jahren eine politisch »engagierte« Literatur, wogegen aber z. B. Peter Handke schnell opponierte. In der DDR waren die Schriftsteller bis in die 70er Jahre hinein auf den sozialistischen Realismus verpflichtet, und erst Autoren wie Christa Wolf erzählten ganz bewußt im Interesse einer subjektiven Authentizität. Mit der Beat-Generation wurde der Weg frei für ein spielerisches und ironisches Erzählen, das ab 1980 in der sogenannten Postmoderne eine neue Ausrichtung fand.

Albert Meier stellt einige der wichtigsten deutschsprachigen Erzählungen vom Kriegsende bis zur Wiedervereinigung vor. Wenn auch in den Nachkriegsjahren das Erzählen selbst vielfach in Frage gestellt wurde, so belegen die hier versammelten Geschichten die große Kraft und Lebendigkeit der Literatur dieser Zeit. Wiederzulesen und zu entdecken sind brillant geschriebene Erzählungen von Borchert, Schmidt, Böll, über Dürrenmatt, Koeppen, Brinkmann bis hin zu Maron, Ransmayr, Gernhardt.

Die Reihe *Deutschland erzählt* bietet einen fundierten Überblick über die deutschsprachige Erzählkunst in vier Bänden: *Klassik und Romantik* (Bd. 16941), *Realismus* (Bd. 16942), *Fin de Siècle – Avantgarden – Exil* (Bd. 16979), *Vom Kriegsende bis zur Wiedervereinigung* (Bd. 16980).

Albert Meier, geboren 1952. Seit 1995 Professor für Neuere deutsche Literaturwissenschaft an der Christian-Albrechts-Universität zu Kiel.
Zahlreiche Veröffentlichungen zum Drama der Aufklärung, zur Poetik und Ästhetik der Klassik und Romantik, zu Romanen der Nachkriegszeit, zur (Pop-)Literatur seit 1968 sowie zu den deutsch-italienischen Literaturbeziehungen.

Unsere Adresse im Internet: www.fischerverlage.de

Deutschland erzählt
Vom Kriegsende bis zur Wiedervereinigung

Herausgegeben von Albert Meier
unter Mitarbeit von Maike Schmidt
und Olaf Koch

Fischer Taschenbuch Verlag

Die Erzählungen werden gemäß dem ausdrücklichen Wunsch
der meisten Autoren und Rechteinhaber in der alten Rechtschreibung
abgedruckt.

Originalausgabe
Veröffentlicht im Fischer Taschenbuch Verlag,
einem Unternehmen der S. Fischer Verlag GmbH,
Frankfurt am Main, April 2006

© 2006 Fischer Taschenbuch Verlag, Frankfurt am Main
Satz: Pinkuin Satz und Datentechnik, Berlin
Druck und Bindung: C.H.Beck, Nördlingen
Printed in Germany
ISBN-13: 978-3-596-16980-1
ISBN-10: 3-596-16980-1

INHALT

VORWORT 7

WOLFGANG BORCHERT:
Nachts schlafen die Ratten doch 11

BERTOLT BRECHT: Das Experiment 15

ARNO SCHMIDT:
Leviathan *oder* Die beste der Welten 27

HEINRICH BÖLL: Nicht nur zur Weihnachtszeit 53

FRIEDRICH DÜRRENMATT: Der Tunnel 81

STEPHAN HERMLIN: Die Kommandeuse 93

SIEGFRIED LENZ: Der Leseteufel 107

WOLFGANG KOEPPEN: Landung in Eden 113

INGEBORG BACHMANN: Undine geht 115

JOHANNES BOBROWSKI: Mäusefest 125

ALEXANDER KLUGE: Anita G. 129

ROLF DIETER BRINKMANN: Das Alles 147

ERIKA RUNGE: Putzfrau Maria B. 157

PETER HANDKE: Das Umfallen der Kegel von
einer bäuerlichen Kegelbahn 177

ALFRED ANDERSCH: Die Inseln unter dem Winde 189

CHRISTA WOLF: Blickwechsel 203

SARAH KIRSCH: Merkwürdiges Beispiel
weiblicher Entschlossenheit 219

HANS JOACHIM SCHÄDLICH: Versuchte Nähe 233

FRITZ RUDOLF FRIES:
Das nackte Mädchen auf der Straße 241

MONIKA MARON: Herr Aurich 251

CHRISTOPH RANSMAYR: Das Labyrinth 277

ROBERT GERNHARDT: Die Bronzen von Riace 281

WOLFGANG HILBIG: Die elfte These über Feuerbach 291

BIBLIOGRAPHISCHE NOTIZ 309

VORWORT

Die Literatur ist romantisch.
(Peter Handke)

Seit 1945 ist die ›Krise des Erzählens‹ vielfach beschworen worden. Fraglich war immer von neuem, ob die poetische Nachahmung handelnder Individuen der Komplexität menschlichen Lebens noch gerecht werden konnte, welche Folgen sich aus dem Bewußtsein von der Formelhaftigkeit unseres Sprechens ergaben und inwiefern man angesichts einer katastrophischen Wirklichkeit das Erfinden von Geschichten überhaupt noch verantworten konnte. Welche Antworten ein Autor auf solche Fragen gab, hing entscheidend davon ab, wo er lebte und schrieb. Die politische Teilung in West und Ost hat sich auf die Literaturgeschichte derart drastisch ausgewirkt, daß die Historiker für die zweite Hälfte des 20. Jahrhunderts bis zu fünf deutsche ›Literaturen‹ zählen: die in der Bundesrepublik, in der DDR, in Österreich und in der Schweiz entstandenen Werke sowie das freilich erst in den 90er Jahren an Gewicht gewinnende Schreiben der ›Migranten‹.

Zum Verständnis der frühen Nachkriegsdichtung ist zumindest die Unterscheidung zwischen der Bundesrepublik und der DDR (bzw. den jeweils vorangegangenen Besatzungszonen) von Belang. Auch wenn das poetische Interesse auf beiden Seiten anfangs gleichermaßen darauf gerichtet war, neue Ausdrucksweisen zu finden, die sich der nationalsozialistischen Sprachkorruption entzogen, so wurden doch je nach der politischen Rahmensituation besondere Mittel gewählt. Jedenfalls ist der Unterschied zwischen der deutschsprachigen Literatur im Westen und im Osten nie so groß gewesen wie in den ersten Jahren nach dem Dritten Reich, als die ideologische Systemkonkurrenz auch in der Literatur im Vordergrund stand. Während die Schriftsteller in der DDR bis in die 70er Jahre hinein auf das sowjetische Muster des sozialistischen

Realismus verpflichtet waren und als »Ingenieure der Seele« (Stalin) den Aufbau des Sozialismus befördern mußten, stand im zukunftsskeptischeren Westen das Bemühen im Vordergrund, den Kontakt zur westeuropäischen und nordamerikanischen Avantgarde-Literatur wiederherzustellen und den richtigen Schreibstil für die zerstörte Gegenwart zu finden.

Das Schlagwort vom ›Kahlschlag‹, das Wolfgang Weyrauch 1949 in seiner Prosa-Anthologie *Tausend Gramm* populär machte, bezeichnet diesen Neuanfang ähnlich präzis wie Heinrich Bölls *Bekenntnis zur Trümmerliteratur* (1950). Weyrauchs Plädoyer für »Die Methode der Bestandsaufnahme. Die Intention der Wahrheit. Beides um den Preis der Poesie« wäre freilich unterschätzt, wenn man es allzu streng beim Wort nähme. Daß die Poesie der Wahrheit aufgeopfert werden soll, ist vielmehr selbst eine poetische Strategie und weniger ideologisch-historisch denn ästhetisch motiviert: Wenn die Dichter – Weyrauch zufolge – die Aufgabe haben, »den Essig der Erde in Wein zu verwandeln« (*Mein Gedicht ist mein Messer*, 1955), dann gelingt das nur, wenn ihre Kunst der Lebenswelt opponiert und auf eine Schönheit abzielt, die es in Politik und Gesellschaft (noch) nicht gibt.

Die westdeutsche Erzählliteratur orientierte sich zunächst vor allem an der angelsächsischen Kurzgeschichte im Stil von Ernest Hemingways ›hartem‹, weil ebenso schmuck- wie illusionslosem Erzählen. Im Laufe der 50er Jahre entwickelte sich in der Bundesrepublik ebenso wie in den beiden anderen deutschsprachigen Ländern Österreich und Schweiz jedoch schnell eine wieder opulentere, bildhaftere Schreibweise, die nach Kafkas Vorbild surreale Welten entwarf, die als metaphorische Kommentare zur ›absurd‹ erscheinenden Lebenswelt begriffen wurden.

Im Laufe der 60er Jahre kam allerdings auch im Westen das Verlangen nach einer politisierten Dichtung zur Geltung. ›Engagierte‹ Schriftsteller stellten der bürgerlichen Literatur den Totenschein aus und wollten sie durch ein Schreiben im Sinne Jean-Paul Sartres ersetzen, das in die Lebenswelt eingreift und deren Widersprüche zum Ausdruck bringt. Mit dieser

Absicht, die Dichtung praktisch folgenreich zu machen, war eine Ausweitung des Begriffs ›Literatur‹ verbunden: Nicht mehr um Belletristik sollte es gehen, sondern um die möglichst poesiefreie Erschließung der gesellschaftlichen Realität. So wie die DDR-Autoren seit 1959 auf dem ›Bitterfelder Weg‹ in die Betriebe gingen, um ihre Gegenwart ›wahr‹ beschreiben zu können und umgekehrt auch die Arbeiter an die Schreibtische zu bringen, so versuchten auch bundesrepublikanische Schriftsteller, die Arbeitswelt z. B. durch Interviews der ›kleinen Leute‹ kritisch zu analysieren. Peter Handke hat diesem scheinbar anti-ästhetischem Konzept einer dokumentarischen Literatur, wie es u. a. Peter Weiss vertrat, schon 1966 eine grundsätzliche ›Beschreibungsimpotenz‹ vorgehalten, weil die Dokumentarliteratur Sprache ganz naiv nur ›benutzt‹, anstatt deren Eigengesetzlichkeit zu reflektieren. In *Die Literatur ist romantisch*, kurz nach der Skandaltagung der Gruppe 47 in Princeton entstanden, weist Handke den poetischen Aufklärern zudem nach, daß ›Engagement‹ ein »unliterarischer Begriff« ist, weil es in der Poesie immer auf die ›Form‹ ankommt, die ihr sprachliches Material *per se* verfremdet. Wenn es für Dichter aber gar »kein natürliches Sprechen« geben kann, dann erweist sich auch die engagierte Literatur *nolens volens* als »unrealistisch, romantisch« und bleibt selbst dort ironisch, wo sie ›Protest-Botschaften‹ verbreiten möchte. In seiner poetologischen Selbstbeschreibung *Ich bin ein Bewohner des Elfenbeinturms* (1967) setzt Handke der Engagement-Forderung seine vom *nouveau roman* eines Alain Robbe-Grillet oder Michel Butor inspirierte ›Methode‹ entgegen, durch poetische Sprachreflexion zu einem »Zerbrechen aller endgültig scheinenden Weltbilder« beizutragen. Indem ›Schemata‹ des Sprechens und Schreibens bewußtgemacht werden, gibt sich die Dichtung nicht als Nachahmung der Wirklichkeit, sondern als Wirklichkeit *sui generis* zu erkennen und trägt auf diese ganz andere Weise vielleicht doch zu einer Veränderung des gesellschaftlichen *status quo* bei: »Ich erwarte von einem literarischen Werk eine Neuigkeit für mich, etwas, das mich, wenn auch geringfügig, ändert, etwas, das mir eine noch nicht gedachte, noch nicht bewußte *Möglichkeit* der Wirklichkeit bewußtmacht, eine neue Möglichkeit zu sehen, zu sprechen, zu denken, zu existieren.«

Der ›Tod der Literatur‹ hat sich bald nach 1968 als ideologisch motivierte Fehldiagnose erwiesen. Von anderen Krisen des Erzählens ist jedoch noch lange geredet worden. Wolfgang Hildesheimer z. B. hat 1975/76 das »Elend des Realismus« beschworen, die These vom »*Ende der Fiktionen*« aufgestellt und folgerichtig auf das Schreiben zugunsten des Malens verzichtet. In der Tat haben sich die sprachreflexiven Erzählweisen ebensowenig auf Dauer behauptet wie die Dokumentarliteratur, weil beide Schreibweisen selber schnell wieder schematisch wurden. Im Gefolge der Beat-Kultur brachten erst die 70er Jahre eine neue Offenheit und Leichtigkeit. Ein entspannteres, zugänglicheres Schreiben wurde möglich, das mit gesellschaftlich brisanten Themen wie der Frauen-Emanzipation auf ironisch-spielerische Art umging. Im Westen hat diese Entwicklung zunächst unter dem Stichwort der ›Neuen Sensibilität‹ bzw. ›Neuen Subjektivität‹ gestanden und heißt seitdem bevorzugt ›postmodern‹ – das DDR-Pendant bildet Christa Wolfs Konzept einer ›subjektiven Authentizität‹, das bei grundsätzlicher Loyalität dem Staat gegenüber eine höhere Aufmerksamkeit auf Individualität einklagte und sich nicht länger auf das Korsett des sozialistischen Realismus einschränken wollte. Bei Schriftstellern wie Wolfgang Hilbig, die den politischen wie literarischen Realsozialismus drastischer als Unterdrückungssystem erfahren haben, bestimmt der sprachlich-poetische Widerstand gegen die Aufdringlichkeit der Ideologien freilich auch nach der deutschen ›Wende‹ noch das Schreiben.

WOLFGANG BORCHERT

Nachts schlafen die Ratten doch

Das hohle Fenster in der vereinsamten Mauer gähnte blaurot voll früher Abendsonne. Staubgewölke flimmerte zwischen den steil gereckten Schornsteinresten. Die Schuttwüste döste.

Er hatte die Augen zu. Mit einmal wurde es noch dunkler. Er merkte, daß jemand gekommen war und nun vor ihm stand, dunkel, leise. Jetzt haben sie mich! dachte er. Aber als er ein bißchen blinzelte, sah er nur zwei etwas ärmlich behoste Beine. Die standen ziemlich krumm vor ihm, daß er zwischen ihnen hindurchsehen konnte. Er riskierte ein kleines Geblinzel an den Hosenbeinen hoch und erkannte einen älteren Mann. Der hatte ein Messer und einen Korb in der Hand. Und etwas Erde an den Fingerspitzen.

Du schläfst hier wohl, was? fragte der Mann und sah von oben auf das Haargestrüpp herunter. Jürgen blinzelte zwischen den Beinen des Mannes hindurch in die Sonne und sagte: Nein, ich schlafe nicht. Ich muß hier aufpassen. Der Mann nickte: So, dafür hast du wohl den großen Stock da? Ja, antwortete Jürgen mutig und hielt den Stock fest.

Worauf paßt du denn auf?

Das kann ich nicht sagen. Er hielt die Hände fest um den Stock.

Wohl auf Geld, was? Der Mann setzte den Korb ab und wischte das Messer an seinem Hosenboden hin und her.

Nein, auf Geld überhaupt nicht, sagte Jürgen verächtlich. Auf ganz etwas anderes.

Na, was denn?

Ich kann es nicht sagen. Was anderes eben.

Na, denn nicht. Dann sage ich dir natürlich auch nicht, was ich hier im Korb habe. Der Mann stieß mit dem Fuß an den Korb und klappte das Messer zu.

Pah, kann mir denken, was in dem Korb ist, meinte Jürgen geringschätzig, Kaninchenfutter.

Donnerwetter, ja! sagte der Mann verwundert, bist ja ein fixer Kerl. Wie alt bist du denn?

Neun.

Oha, denk mal an, neun also. Dann weißt du ja auch, wie viel drei mal neun sind, wie?

Klar, sagte Jürgen, und um Zeit zu gewinnen, sagte er noch: Das ist ja ganz leicht. Und er sah durch die Beine des Mannes hindurch. Drei mal neun, nicht? fragte er noch mal, siebenundzwanzig. Das wußte ich gleich.

Stimmt, sagte der Mann, und genau soviel Kaninchen habe ich.

Jürgen machte einen runden Mund: Siebenundzwanzig?

Du kannst sie sehen. Viele sind noch ganz jung. Willst du?

Ich kann doch nicht. Ich muß doch aufpassen, sagte Jürgen unsicher.

Immerzu? fragte der Mann, nachts auch?

Nachts auch. Immerzu. Immer. Jürgen sah an den krummen Beinen hoch. Seit Sonnabend schon, flüsterte er.

Aber gehst du denn gar nicht nach Hause? Du mußt doch essen.

Jürgen hob einen Stein hoch. Da lag ein halbes Brot. Und eine Blechschachtel.

Du rauchst? fragte der Mann, hast du denn eine Pfeife?

Jürgen faßte seinen Stock fest an und sagte zaghaft: Ich drehe. Pfeife mag ich nicht.

Schade, der Mann bückte sich zu seinem Korb, die Kaninchen hättest du ruhig mal ansehen können. Vor allem die Jungen. Vielleicht hättest du dir eines ausgesucht. Aber du kannst hier ja nicht weg.

Nein, sagte Jürgen traurig, nein nein.

Der Mann nahm den Korb hoch und richtete sich auf. Na ja, wenn du hier bleiben mußt – schade. Und er drehte sich um. Wenn du mich nicht verrätst, sagte Jürgen da schnell, es ist wegen den Ratten.

Die krummen Beine kamen einen Schritt zurück: Wegen den Ratten?

Ja, die essen doch von Toten. Von Menschen. Da leben sie doch von.

Wer sagt das?

Unser Lehrer.

Und du paßt nun auf die Ratten auf? fragte der Mann.

Auf die doch nicht! Und dann sagte er ganz leise: Mein Bruder, der liegt nämlich da unten. Da. Jürgen zeigte mit dem Stock auf die zusammengesackten Mauern. Unser Haus kriegte eine Bombe. Mit einmal war das Licht weg im Keller. Und er auch. Wir haben noch gerufen. Er war viel kleiner als ich. Erst vier. Er muß hier ja noch sein. Er ist doch viel kleiner als ich.

Der Mann sah von oben auf das Haargestrüpp. Aber dann sagte er plötzlich: Ja, hat euer Lehrer euch denn nicht gesagt, daß die Ratten nachts schlafen?

Nein, flüsterte Jürgen und sah mit einmal ganz müde aus, das hat er nicht gesagt.

Na, sagte der Mann, das ist aber ein Lehrer, wenn er das nicht mal weiß. Nachts schlafen die Ratten doch. Nachts kannst du ruhig nach Hause gehen. Nachts schlafen sie immer. Wenn es dunkel wird, schon.

Jürgen machte mit seinem Stock kleine Kuhlen in den Schutt. Lauter kleine Betten sind das, dachte er, alles kleine Betten. Da sagte der Mann (und seine krummen Beine waren ganz unruhig dabei): Weißt du was? Jetzt füttere ich schnell meine Kaninchen und wenn es dunkel wird, hole ich dich ab. Vielleicht kann ich eins mitbringen. Ein kleines, oder was meinst du?

Jürgen machte kleine Kuhlen in den Schutt. Lauter kleine Kaninchen. Weiße, graue, weißgraue. Ich weiß nicht, sagte er leise und sah auf die krummen Beine, wenn sie wirklich nachts schlafen.

Der Mann stieg über die Mauerreste weg auf die Straße.

Natürlich, sagte er von da, euer Lehrer soll einpacken, wenn er das nicht mal weiß.

Da stand Jürgen auf und fragte: Wenn ich eins kriegen kann? Ein weißes vielleicht?

Ich will mal versuchen, rief der Mann schon im Weggehen, aber du mußt hier solange warten. Ich gehe dann mit dir nach Hause, weißt du? Ich muß deinem Vater doch sagen, wie so ein Kaninchenstall gebaut wird. Denn das müßt ihr ja wissen.

Ja, rief Jürgen, ich warte. Ich muß ja noch aufpassen, bis es dunkel wird. Ich warte bestimmt. Und er rief: Wir haben auch noch Bretter zu Hause. Kistenbretter, rief er.

Aber das hörte der Mann schon nicht mehr. Er lief mit seinen krummen Beinen auf die Sonne zu. Die war schon rot vom Abend und Jürgen konnte sehen, wie sie durch die Beine hindurchschien, so krumm waren sie. Und der Korb schwenkte aufgeregt hin und her. Kaninchenfutter war da drin. Grünes Kaninchenfutter, das war etwas grau vom Schutt.

BERTOLT BRECHT
Das Experiment

Die öffentliche Laufbahn des großen Francis Bacon endete wie eine billige Parabel über den trügerischen Spruch »Unrecht macht sich nicht bezahlt«. Als der höchste Richter des Reiches wurde er der Bestechlichkeit überführt und ins Gefängnis geworfen. Die Jahre seiner Lordkanzlerschaft rechnen mit all den Exekutionen, Vergebungen schädlicher Monopole, Verhängungen ungesetzlicher Verhaftungen und Fällungen diktierter Urteilssprüche zu den dunkelsten und schändlichsten der englischen Geschichte. Nach seiner Entlarvung und seinem Geständnis bewirkte sein Weltruf als Humanist und Philosoph, daß seine Vergehen weit über die Grenzen des Reiches hinaus bekannt wurden.

Er war ein alter Mann, als man ihm gestattete, aus dem Gefängnis auf sein Landgut zurückzukehren. Sein Körper war geschwächt durch die Anstrengungen, die es ihn gekostet hatte, andere zu Fall zu bringen, und die Leiden, die andere ihm zugefügt hatten, als sie ihn zu Fall brachten. Aber kaum zu Hause angekommen, stürzte er sich in das intensivste Studium der Naturwissenschaften. Über die Menschen zu herrschen, war ihm mißlungen. Nun widmete er die ihm verbliebenen Kräfte der Untersuchung, wie die Menschheit am besten die Herrschaft über die Naturkräfte gewinnen könnte.

Seine Forschungen, nützlichen Dingen gewidmet, führten ihn aus der Studierstube immer wieder auf die Felder, in die Gärten und zu den Stallungen des Gutes. Er unterhielt sich stundenlang mit den Gärtnern über die Möglichkeiten, die Obstbäume zu veredeln, oder gab den Mägden Anweisungen, wie sie die Milchmengen der einzelnen Kühe messen könnten. Dabei fiel ihm ein Stalljunge auf. Ein wertvolles Pferd war erkrankt, und der Junge erstattete zweimal am Tag dem

Philosophen Bericht. Sein Eifer und seine Beobachtungsgabe entzückten den alten Mann.

Als er jedoch eines Abends in den Stall kam, sah er eine alte Frau bei dem Jungen stehen und hörte sie sagen: »Er ist ein schlechter Mensch, gib acht vor ihm. Und wenn er ein noch so großer Herr ist und Geld wie Heu hat, er ist doch schlecht. Er ist dein Brotgeber, also mach deine Arbeit pünktlich, aber wisse immer, er ist schlecht.«

Der Philosoph hörte die Antwort des Jungen nicht mehr, da er schnell umkehrte und ins Haus zurückging, aber er fand den Jungen ihm gegenüber am nächsten Morgen unverändert.

Als das Pferd wieder gesund war, ließ er sich von dem Jungen auf vielen seiner Gänge begleiten und vertraute ihm kleinere Aufgaben an. Nach und nach gewöhnte er sich daran, mit ihm über einige Experimente zu reden. Dabei wählte er keineswegs Wörter, die für gemeinhin Erwachsene dem Verständnis von Kindern angepaßt glauben, sondern redete zu ihm wie mit einem Gebildeten. Er hatte zeit seines Lebens mit den größten Geistern Umgang gepflogen und war selten verstanden worden, und nicht, weil er zu unklar, sondern weil er zu klar war. So kümmerte er sich nicht um die Mühen des Jungen; jedoch verbesserte er ihn geduldig, wenn er seinerseits sich mit den fremden Wörtern versuchte.

Die Hauptübung für den Jungen bestand darin, daß er die Dinge, die er sah, und die Prozesse, die er miterlebte, zu beschreiben hatte. Der Philosoph zeigte ihm, wie viele Wörter es gab und wie viele nötig waren, damit man das Verhalten eines Dinges so beschreiben konnte, daß es halbwegs erkennbar aus der Beschreibung war und, vor allem, daß es nach der Beschreibung behandelt werden konnte. Einige Wörter gab es auch, die man besser nicht verwendete, weil sie im Grund nichts besagten, Wörter wie »gut«, »schlecht«, »schön« und so weiter.

Der Junge sah bald ein, daß es wenig Sinn hatte, einen Käfer »häßlich« zu nennen. Selbst »schnell« war noch nicht genug, man mußte angeben, wie schnell er sich bewegte, im Vergleich mit andern Geschöpfen seiner Größe, und was ihm das ermöglichte. Man mußte ihn auf eine abschüssige Fläche setzen und auf eine glatte und Geräusche verursachen, damit er weglief, oder kleine Beutestücke für ihn aufstellen, auf die er sich zubewegen konnte. Hatte man sich lang genug mit ihm beschäftigt, verlor er »schnell« seine Häßlichkeit.

Einmal mußte der Junge ein Stück Brot beschreiben, das er in der Hand hielt, als der Philosoph ihn traf.

»Hier kannst du das Wort ›gut‹ ruhig verwenden«, sagte der alte Mann, »denn das Brot ist zum Essen von Menschen gemacht und kann für ihn gut oder schlecht sein. Nur bei größeren Gegenständen, welche die Natur geschaffen hat und welche nicht ohne weiteres zu bestimmten Zwecken geschaffen sind und vor allem nicht nur zum Gebrauch durch die Menschen, ist es töricht, sich mit solchen Wörtern zu begnügen.«

Der Junge dachte an die Sätze seiner Großmutter über Mylord.

Er machte schnelle Fortschritte im Begreifen, da ja alles immer auf ganz Greifbares hinauslief, was begriffen werden sollte, daß das Pferd durch die angewendeten Mittel gesund wurde oder ein Baum durch die angewendeten Mittel einging. Er begriff auch, daß immer ein vernünftiger Zweifel zurückzubleiben hatte, ob an den Veränderungen, die man beobachtete, wirklich die Methoden schuld waren, die man anwendete. Die wissenschaftliche Bedeutung der Denkweise des großen Bacon erfaßte der Junge kaum, aber die offenbare Nützlichkeit aller dieser Unternehmungen begeisterte ihn.

Er verstand den Philosophen so: Eine neue Zeit war für die Welt angebrochen. Die Menschheit vermehrte ihr Wissen beinahe täglich. Und alles Wissen galt der Steigerung des Wohlbefindens und des irdischen Glücks. Die Führung hatte die Wissenschaft. Die Wissenschaft durchforschte das Universum, alles, was es auf Erden gab, Pflanzen, Tiere, Boden, Wasser, Luft, damit mehr Nutzen daraus gezogen werden konnte. Nicht was man glaubte, war wichtig, sondern was man wußte. Man glaubte viel zuviel und wußte viel zuwenig. Darum mußte man alles ausprobieren, selber, mit den Händen, und nur von dem sprechen, was man mit eigenen Augen sah und was irgendeinen Nutzen haben konnte.

Das war die neue Lehre, und immer mehr Leute wandten sich ihr zu, bereit und begeistert dafür, die neuen Arbeiten vorzunehmen.

Die Bücher spielten eine große Rolle dabei, wenn es auch viele schlechte gab. Der Junge war sich klar darüber, daß er zu den Büchern vordringen mußte, wenn er zu den Leuten gehören wollte, die die neuen Arbeiten vornahmen.

Natürlich kam er nie bis in die Bibliothek des Hauses. Er hatte Mylord vor den Stallungen zu erwarten. Höchstens konnte er einmal, wenn der alte Mann mehrere Tage nicht gekommen war, sich von ihm im Park treffen lassen. Jedoch wurde seine Neugierde auf die Studierstube, in der allnächtlich so lange die Lampe brannte, immer größer. Von einer Hecke aus, die gegenüber dem Zimmer stand, konnte er einen Blick auf Bücherregale werfen.

Er beschloß, lesen zu lernen.

Das war freilich nicht einfach. Der Kurat, zu dem er mit seinem Anliegen ging, betrachtete ihn wie eine Spinne auf dem Frühstückstisch.

»Willst du den Kühen das Evangelium des Herrn vorlesen?« fragte er übellaunig. Und der Junge konnte froh sein, ohne Maulschelle wegzukommen.

So mußte er einen anderen Weg wählen.

In der Sakristei der Dorfkirche lag ein Meßbuch. Hineingelangen konnte man, indem man sich zum Ziehen des Glockenstrangs meldete. Wenn man nun in Erfahrung bringen konnte, welche Stelle der Kurat bei der Messe sang, mußte es möglich sein, zwischen den Wörtern und den Buchstaben einen Zusammenhang zu entdecken. Auf alle Fälle begann der Junge bei der Messe die lateinischen Wörter, die der Kurat sang, auswendig zu lernen, wenigstens einige von ihnen. Freilich sprach der Kurat die Wörter ungemein undeutlich aus, und allzu oft las er die Messe nicht.

Immerhin war der Junge nach einiger Zeit im Stande, ein

paar Anfänge dem Kuraten nachzusingen. Der Stallmeister überraschte ihn bei einer solchen Übung hinter der Scheune und verprügelte ihn, da er glaubte, der Junge wolle den Kuraten parodieren. So wurden die Maulschellen doch noch geliefert.

Die Stelle im Meßbuch festzustellen, wo die Wörter, die der Kurat sang, standen, war dem Jungen noch nicht gelungen, als eine große Katastrophe eintrat, die seinen Bemühungen, lesen zu lernen, zunächst ein Ende bereiten sollte. Mylord fiel in eine tödliche Krankheit.

Er hatte den ganzen Herbst lange gekränkelt und war im Winter nicht erholt, als er in einem offenen Schlitten eine Fahrt zu einem einige Meilen entfernten Gut machte. Der Junge durfte mitkommen. Er stand hinten auf den Kufen, neben dem Kutsch-Bock.

Der Besuch war gemacht, der alte Mann stapfte, von seinem Gastgeber begleitet, zum Schlitten zurück, da sah er am Weg einen erfrorenen Spatzen liegen. Stehen bleibend drehte er ihn mit dem Stock um.

»Wie lange, denken Sie, liegt er schon hier?« hörte ihn der Junge, der mit einer Warmwasserbottel hinter ihm hertrottete, den Gastgeber fragen.

Die Antwort war: »Von einer Stunde bis zu einer Woche oder länger.«

Der kleine alte Mann ging sinnend weiter und nahm von seinem Gastgeber nur einen sehr zerstreuten Abschied.

»Das Fleisch ist noch ganz frisch, Dick«, sagte er, zu dem Jungen umgewendet, als der Schlitten angezogen hatte.

Sie fuhren eine Strecke Weges, ziemlich schnell, da der Abend schon über die Schneefelder herabdämmerte und die Kälte rasch zunahm. So kam es, daß beim Einbiegen in das Tor zum Gutshof ein anscheinend aus dem Stall entkommenes Huhn überfahren wurde. Der alte Mann folgte den Anstrengungen des Kutschers, dem steifflatternden Huhn auszuweichen, und gab das Zeichen zum Halten, als das Manöver mißglückt war.

Sich aus seinen Decken und Fellen herausarbeitend, stieg er vom Schlitten und, den Arm auf den Jungen gestützt, ging er, trotz der Warnungen des Kutschers vor der Kälte, zu der Stelle zurück, wo das Huhn lag.

Es war tot.

Der alte Mann hieß den Jungen es aufheben.

»Nimm die Eingeweide heraus«, befahl er.

»Kann man es nicht in der Küche machen?« fragte der Kutscher, seinen Herrn, wie er so gebrechlich im kalten Wind stand, betrachtend.

»Nein, es ist besser hier«, sagte dieser, »Dick hat sicher ein Messer bei sich, und wir brauchen den Schnee.«

Der Junge tat, was ihm befohlen war, und der alte Mann, der anscheinend seine Krankheit und die Kälte vergessen hatte, bückte sich selber und nahm mühevoll eine Handvoll Schnee auf. Sorgfältig stopfte er den Schnee in das Innere des Huhnes.

Der Junge begriff. Auch er hob Schnee auf und gab ihn seinem Lehrer, damit das Huhn vollends ausgefüllt werden konnte.

»Es muß sich so wochenlang frisch halten«, sagte der alte Mann lebhaft, »legt es auf kalte Steinfliesen im Keller!«

Er ging den kurzen Weg zur Tür zu Fuß zurück, ein wenig erschöpft und schwer auf den Jungen gestützt, der das mit Schnee ausgestopfte Huhn unter dem Arm trug.

Als er in die Halle trat, schüttelte ihn der Frost.

Am nächsten Morgen lag er in hohem Fieber.

Der Junge strich bekümmert herum und suchte überall etwas über das Befinden seines Lehrers aufzuschnappen. Er erfuhr wenig, das Leben auf dem großen Gut ging ungestört weiter. Erst am dritten Tag kam eine Wendung. Er wurde in das Arbeitszimmer gerufen.

Der alte Mann lag auf einem schmalen Holzbett unter vielen Decken, aber die Fenster standen offen, so daß es kalt war. Der Kranke schien dennoch zu glühen. Mit schütterer Stimme erkundigte er sich nach dem Zustand des mit Schnee gefüllten Huhnes.

Der Junge berichtete, daß es unverändert frisch aussah.

»Das ist gut«, sagte der alte Mann befriedigt. »Gib mir in zwei Tagen wieder Bericht!«

Der Junge bedauerte, als er wegging, daß er das Huhn nicht mitgenommen hatte. Der alte Mann schien weniger krank zu sein, als man in der Dienerschaftsdiele behauptete.

Er wechselte zweimal am Tag den Schnee mit frischem aus, und das Huhn hatte nichts von seiner Unversehrtheit verloren, als er sich von neuem auf den Weg in das Krankenzimmer machte.

Er traf auf ganz ungewöhnliche Hindernisse.

Aus der Hauptstadt waren Ärzte gekommen. Der Korridor summte von wispernden, kommandierenden und untertänigen Stimmen, und überall gab es fremde Gesichter. Ein Diener, der eine mit einem großen Tuch zugedeckte Platte ins Krankenzimmer trug, wies ihn barsch fort.

Mehrmals, den ganzen Vormittag und Nachmittag über, machte er vergebliche Versuche, in das Krankenzimmer zu gelangen. Die fremden Ärzte schienen sich im Schloß niederlassen zu wollen. Sie kamen ihm wie riesige schwarze Vögel vor, die sich auf einem kranken Mann niederließen, der wehrlos geworden war. Gegen Abend versteckte er sich in einem Kabinett auf dem Korridor, in dem es sehr kalt war. Er zitterte beständig vor Frost, hielt dies aber für günstig, da ja das Huhn im Interesse des Experiments unbedingt kalt gehalten werden mußte.

Während des Abendessens ebbte die schwarze Flut etwas ab, und der Junge konnte in das Krankenzimmer schlüpfen.

Der Kranke lag allein, alles war beim Essen. Neben dem kleinen Bett stand eine Leselampe mit grünem Schirm. Der alte Mann hatte ein sonderbar zusammengeschrumpftes Gesicht, das eine wächserne Blässe aufwies. Die Augen waren geschlossen, aber die Hände bewegten sich unruhig auf der steifen Decke. Das Zimmer war sehr heiß, die Fenster hatte man geschlossen.

Der Junge ging ein paar Schritte auf das Bett zu, das Huhn krampfhaft vorhaltend, und sagte mit leiser Stimme mehrmals »Mylord«. Er bekam keine Antwort. Der Kranke schien aber nicht zu schlafen, denn seine Lippen bewegten sich mitunter, als spreche er.

Der Junge beschloß, seine Aufmerksamkeit zu erregen,

überzeugt von der Wichtigkeit weiterer Anweisungen in Betreff des Experiments. Jedoch fühlte er sich, bevor er noch an der Decke zupfen konnte – das Huhn mußte er mit der Kiste, in die es gebettet war, auf einen Sessel legen –, von hinten gefaßt und zurückgerissen. Ein dicker Mensch mit grauem Gesicht blickte ihn an wie einen Mörder. Er riß sich geistesgegenwärtig los und, mit einem Satz die Kiste an sich bringend, fuhr er zur Tür hinaus.

Auf dem Korridor schien es ihm, als hätte der Unterbutler, der die Treppe heraufkam, ihn gesehen. Das war schlimm. Wie sollte er beweisen, daß er auf Befehl Mylords gekommen war, in Vollführung eines wichtigen Experiments? Der alte Mann war völlig in der Macht der Ärzte, die geschlossenen Fenster in seinem Zimmer zeigten das.

Tatsächlich sah er einen Diener über den Hof auf den Stall zugehen. Er verzichtete daher auf sein Abendbrot und verkroch sich, nachdem er das Huhn in den Keller gebracht hatte, im Futterraum.

Die Untersuchung, die über ihm schwebte, machte seinen Schlaf unruhig. Nur mit Zagen trat er am nächsten Morgen aus seinem Versteck.

Niemand kümmerte sich um ihn. Ein schreckliches Hin und Her herrschte auf dem Hof. Mylord war gegen Morgen zu gestorben.

Der Junge ging den ganzen Tag herum, wie von einem Schlag auf den Kopf betäubt. Er hatte das Gefühl, daß er den Verlust seines Lehrers überhaupt nicht verschmerzen könnte. Als er am späten Nachmittag mit einer Schüssel voll Schnee in den Keller hinabstieg, verwandelte sich sein Kummer darüber in den Kummer um das nicht zu Ende geführte Experiment, und er vergoß Tränen über der Kiste. Was sollte aus der großen Entdeckung werden?

Auf den Hof zurückkehrend – seine Füße kamen ihm so schwer vor, daß er sich nach seinen Fußstapfen im Schnee umblickte, ob sie nicht tiefer als gewöhnlich seien – stellte er fest, daß die Londoner Ärzte noch nicht abgefahren waren. Ihre Kutschen standen noch da.

Trotz seiner Abneigung beschloß er, ihnen die Entdeckung anzuvertrauen. Sie waren gelehrte Männer und mußten die Tragweite des Experiments erkennen. Er holte die kleine Kiste mit dem geeisten Huhn und stellte sich hinter dem Ziehbrunnen auf, sich verbergend, bis einer der Herren, ein kurzleibiger, nicht allzu sehr Schrecken einflößender, vorbeikam. Hervortretend wies er ihm seine Kiste vor. Zunächst blieb ihm die Stimme im Hals stecken, aber dann gelang ihm doch, in abgerissenen Sätzen sein Anliegen vorzubringen.

»Mylord hat es vor sechs Tagen tot gefunden, Exzellenz. Wir haben es mit Schnee ausgestopft. Mylord meinte, es könnte frisch bleiben. Sehen Sie selber! Es ist ganz frisch geblieben.«

Der Kurzleibige starrte verwundert in die Kiste.

»Und was weiter?« fragte er.

»Es ist nicht kaputt«, sagte der Junge.

»So«, sagte der Kurzleibige.

»Sehen Sie selber«, sagte der Junge dringlich.

»Ich sehe«, sagte der Kurzleibige und schüttelte den Kopf. Er ging kopfschüttelnd weiter.

Der Junge sah ihm entgeistert nach. Er konnte den Kurzleibigen nicht begreifen. Hatte nicht der alte Mann sich den Tod geholt dadurch, daß er in der Kälte ausgestiegen war und das Experiment vorgenommen hatte? Mit eigenen Händen hatte er den Schnee aufgenommen vom Boden. Das war eine Tatsache.

Er ging langsam zur Kellertür zurück, blieb aber kurz vor ihr stehen, wandte sich dann schnell um und lief in die Küche.

Er fand den Koch sehr beschäftigt, denn es wurden zum Abendessen Trauergäste aus der Umgebung erwartet. »Was willst du mit dem Vogel?« knurrte der Koch ärgerlich. »Er ist ja ganz erfroren!«

»Das macht nichts«, sagte der Junge, »Mylord sagte, das macht nichts.«

Der Koch starrte ihn einen Augenblick abwesend an, dann ging er gewichtig mit einer großen Pfanne in der Hand zur Tür, wohl um etwas wegzuwerfen.

Der Junge folgte ihm eifrig mit der Kiste.

»Kann man es nicht versuchen?« fragte er flehentlich.

Dem Koch riß die Geduld. Er griff mit seinen mächtigen Händen nach dem Huhn und schmiß es mit Schwung auf den Hof.

»Hast du nichts anderes im Kopf?« brüllte er außer sich. »Und Seine Lordschaft gestorben!«

Zornig hob der Junge das Huhn vom Boden auf und schlich damit weg.

Die beiden nächsten Tage waren mit den Begräbnisfeierlichkeiten angefüllt. Er hatte viel mit Ein- und Ausspannen der Pferde zu tun und schlief beinahe mit offenen Augen, wenn er nachts noch neuen Schnee in die Kiste tat. Es schien ihm alles hoffnungslos, das neue Zeitalter geendet.

Aber am dritten Tag, dem Tag des Begräbnisses, frisch gewaschen und in seinem besten Zeug, fühlte er seine Stimmung umgeschlagen. Es war schönes, heiteres Winterwetter, und vom Dorf her läuteten die Glocken.

Mit neuer Hoffnung erfüllt ging er in den Keller und betrachtete lang und sorgfältig das tote Huhn. Er konnte keine Spur von Fäulnis daran erblicken. Behutsam packte er das Tier in die Kiste, füllte sie mit reinem, weißem Schnee, nahm sie unter den Arm und machte sich auf den Weg ins Dorf.

Vergnügt pfeifend trat er in die niedere Küche seiner Großmutter. Sie hatte ihn aufgezogen, da seine Eltern früh gestorben waren, und besaß sein Vertrauen. Ohne zunächst den Inhalt der Kiste zu zeigen, berichtete er der alten Frau, die sich eben zum Begräbnis anzog, von Mylords Experiment.

Sie hörte ihn geduldig an.

»Aber das weiß man doch«, sagte sie dann. »Sie werden steif in der Kälte und halten sich eine Weile. Was soll da Besonderes daran sein?«

»Ich glaube, man kann es noch essen«, antwortete der Junge und bemühte sich, möglichst gleichgültig zu erscheinen.

»Ein seit einer Woche totes Huhn essen? Es ist doch giftig!«

»Warum? Wenn es sich nicht verändert hat, seit es gestorben ist? Und es ist von Mylords Kutsche getötet worden, war also gesund.«

»Aber inwendig, inwendig ist es verdorben!« sagte die Greisin, ein wenig ungeduldig werdend.

»Ich glaube nicht«, sagte der Junge fest, seine klaren Augen auf dem Huhn. »Inwendig war die ganze Zeit der Schnee. Ich glaube, ich koche es.«

Die Alte wurde ärgerlich.

»Du kommst mit zum Begräbnis«, sagte sie abschließend. »Seine Lordschaft hat genug für dich getan, denke ich, daß du ordentlich hinter seinem Sarg gehen kannst.«

Der Junge antwortete ihr nicht. Während sie sich das schwarze Wolltuch um den Kopf band, nahm er das Huhn aus dem Schnee, blies die letzten Spuren davon weg und legte es auf zwei Holzscheite vor dem Ofen. Es mußte auftauen.

Die Alte sah ihm nicht mehr zu. Als sie fertig war, nahm sie ihn bei der Hand und ging resolut mit ihm zur Tür hinaus.

Eine ziemliche Strecke ging er gehorsam mit. Es waren noch mehr Leute auf dem Weg zum Begräbnis, Männer und Frauen. Plötzlich stieß er einen Schmerzensruf aus. Sein einer Fuß steckte in einer Schneewehe. Er zog ihn mit verzerrtem Gesicht heraus, humpelte zu einem Feldstein und setzte sich nieder, sich den Fuß reibend.

»Ich habe ihn mir übertreten«, sagte er.

Die Alte sah ihn mißtrauisch an.

»Du kannst gut laufen«, sagte sie.

»Nein«, sagte er mürrisch. »Aber wenn du mir nicht glaubst, kannst du dich ja zu mir setzen, bis es besser ist.«

Die Alte setzte sich wortlos neben ihn.

Eine Viertelstunde verging. Immer noch kamen Dorfbewohner vorbei, freilich immer weniger. Die beiden hockten verstockt am Wegrain.

Dann sagte die Alte ernsthaft:

»Hat er dir nicht beigebracht, daß man nicht lügt?«

Der Junge gab ihr keine Antwort. Die Alte stand seufzend auf. Es wurde ihr zu kalt.

»Wenn du nicht in zehn Minuten nach bist«, sagte sie, »sage ich es deinem Bruder, daß er dir den Hintern vollhaut.«

Und damit wackelte sie weiter, eilends, damit sie nicht die Grabrede versäume.

Der Junge wartete, bis sie weit genug weg war, und stand langsam auf. Er ging zurück, blickte sich aber noch oft um und hinkte auch noch eine Weile. Erst als ihn eine Hecke vor der Alten verbarg, ging er wieder wie gewöhnlich.

In der Hütte setzte er sich neben das Huhn, auf das er erwartungsvoll herabschaute. Er würde es in einem Topf mit Wasser kochen und einen Flügel essen. Dann würde er sehen, ob es giftig war oder nicht.

Er saß noch, als von fernher drei Kanonenschüsse hörbar wurden. Sie wurden abgefeuert zu Ehren von Francis Bacon, Baron von Verulam, Viscount St. Alben, ehemaligem Lordgroßkanzler von England, der nicht wenige seiner Zeitgenossen mit Abscheu erfüllt hatte, aber auch viele mit Begeisterung für die nützlichen Wissenschaften.

ARNO SCHMIDT
Leviathan
oder
Die beste der Welten

Berlin
20th May 45

BETTY DEAR!
I'm quite in a hurry (but thinking always of You and the kids, of course). – The town is fearfully smashed, rather like a bad dream; well: They asked for it and they got it. – The Russians look a good jolly sort and are amiable to deal with. We all expect them to join now against the damned Japs, and that'll settle that too, I'm sure. Hope to see You again quite soon.
JONNY

The watches and bracelets – well, stow them away; I had to throw them into the box absolutely at random, hope they'll not be badly damaged. The German insignia and MSS I got from a Russian Lcpl for a souvenir (gave to him some cigarettes in return). – 1000 kisses. –

J.

14. 2. 45
Der Kopf pulst wie ein schwellendes Glockenmaul – oh –. Ich muß den Mund blähen und zerren. – Oh! –.
Später
Im Stahlhelm ist kaum ein flaches Grübchen; war sicher ein Querschläger von den Schienen her. Aber ich kann wieder denken und mich regen. – Die ganze Stadt (und auch hier das Bahnhofsgelände) liegt immer noch unter Beschuß; sadistisch: hier einen hin, dort mal fünf, wieder zurück. Der Schnee ist ganz schmutzig vom Ruinenstaub. Am meisten schießt es im Osten und Norden (Richtung Kreuzberg und Kerzdorf); dort

geht unaufhörlich der Infanteriekampf. Ich habe nur noch meine Pistole (n) 11,25 mm; geladen, und in der Tasche ein paar Patronen lose. – Schätzen kann man an solchen Tagen die Zeit überhaupt nicht; es ist immer gleich hellgrau, die Zäune immer schwarz. (14,16 ist es.) Ich muß machen, daß ich fortkomme; mein Marschbefehl ist nach Ratzeburg. – Toll, wenn man so die Bahnhofstraße sieht; man kennt jede Ecke; täglich bin ich da gegangen; im klirrenden Winter 28/29, im hellblau und kalten Frühling, im kastanienheißen Sommergrün, oft ist die herbstlich rauschende Queisbadeanstalt in meinen Träumen. Man müßte doch eigentlich zusehen, ob man nicht noch eine Lok auftreiben könnte, die Gleise sind noch fast heil (so spielt man nun mit Gedanken; ich kann doch gar keine bedienen. Anstatt zu handeln).

15,00
Gleich vorn standen noch drei Güterloren; eine mit Kies, dann ein G.-Wagen, hinten ein Spezialfahrzeug (mannsdickes Stahlgerät; hab's nur im Vorbeilaufen gesehen). Im G.-Wagen waren schon Ratlose genug; vorgestern Abend, 22,00 h, sagten sie, sei die Stadt evakuiert worden. Sie hätten immer noch gedacht ... Zwei Soldaten (einer davon eine blutige Binde um den Kopf); ein junges Ding zeigt frech die Augen; ein Pfarrer mit Familie.

15,10
(Hinter dem Sonderwagen): Ich habe sie gleich wiedererkannt! (Zuerst sah ich nur die dünne ältliche Frau, ihre Mutter.) Sie trug einen braunen weiten Pelzmantel, schwarz-geströmt. Bis sie sich umwandte. Sie hob sofort wieder erstaunt und kalt amüsiert die linke Augenbraue und schob das Kinn vor; dann schwenkte sie einen großen Koffer hoch in den Wagen. (Vier Einschläge kamen gleichzeitig ins Ausbesserungswerk; einer davon so nahe, daß wir im Luftdruck schwankten, ehe wir uns hinwerfen konnten. Qualmpilze spritzten im Grus haushoch; Gestein und Metall erschien brockig in der Luft. Ihr dunkles Haar im Schnee.) Drüben aus den rissigen Hallen sprangen geduckt zwei Männer, fielen zusammen, sahen sich kauernd um, krochen über die Schienen heran. Den schmut-

zigen Blauleinenanzügen nach Schlosser (»Millionen tragen Greiff-Kleidung«, 232/3/11, oh, gut!) Ich rief sie gleich an: »Habt ihr nicht noch 'ne Maschine? Könnt ihr fahren? –« Sie keuchten, winkten ab. Drin wären noch genug! Aber viele von Tiefffliegern zerschossen. Auch fahren, ja (der eine war sogar Lok-Schlosser). Aber es hätte weder Wasser noch Kohle mehr. Sie kam herangeschlendert, die Hände in den Taschen, und wies mit Schultern und Kopf nach der anderen Seite, über der Straße: »Kohle ist drüben.« Wir verhandelten lange mit den verstörten Mechanikern, es war aber doch besser, irgend etwas anzufangen; wir Männer trugen Kohle in Säcken. –

Die lange Dämmerung. Schleppen. Dunkel raunt ein, wie ein Maler zögernd eine nächtige Farbe mischt. Schleppen. Staubiges Gelb. Schleppen. Rauchiges Rot. Schleppen. Durch ein Ruinenfenster zwinkerte feist der erste Stern; dick, dreistgelb, ein Bankier. Schleppen. Der Himmel wurde klar und versprach kommende Kälte.

Nach 18,00
Schon Nacht; aber es brennt überall in der Kupferstadt (vorhin fiel weit hinten die katholische Kirche ein). Wir sind jeder vielleicht dreißig Mal hin und hergekeucht (und die MG-Garben rasselten über die Dächer); es sind noch ein paar dazugekommen, drei alte Männer und zwei Jungen in HJ-Uniform (wollten zuerst nicht mithelfen zur »Flucht«, natürlich). Wir haben, schätze ich, 200 Zentner im Tender. Der eine heizt schon; wenn wir sie unter den Wasserkran kriegen, wird's vielleicht sogar klappen. Die Frauen und Kinder haben aus einem Viehwagen altes Stroh geholt, von Pferden; stinkt, und garantiert voll Flöhe. Ich liege ganz vorn in der Ecke, und neben mir Hanne Wulff; Hanne Wulff. Sie kommandiert schon im Wagen und hat also auch das angeordnet. In der Stadt kracht und zittert es.

20,00
War noch einmal drüben, aus einem erhitzten Gesicht hoch oben im schwarzen Eisenblech prallte eine kleine Stimme: »Halbe Stunde noch!«; die Ventile schlugen. – Hab mir im Bahnhofsgebäude Hände und Augen gewaschen; das Wasser

lief noch. Im Dunkel blinkten die Gläser, die Tische umgestürzt, zerbrochen. Wartesäle: wie oft habe ich in ihnen gesessen, gestanden, Lauban, Görlitz, Greiffenberg, und in die Menschenströme gestarrt; auf allen Stühlen saßen sie, schwatzten, aßen, gingen; ich notierte Allewelt: die sanften Lampen, die bunten Getränke, das starke Rot und Gold der Salem-Pakkungen; Lichtdunst der Bahnsteige; helle Zugfenster perlten in die Nacht. –
Dennoch zieht es hier wie die Pest; bloß raus.

Im Waggon
Eigentlich ist es Wahnsinn, daß wir überhaupt fahren wollen; es kann uns passieren, daß 500 Meter weiter die Schienen gesprengt sind. – Mir gegenüber liegen die beiden anderen Soldaten, das Mädchen dazwischen (so übelster Näherinnen-Typ); ein Siebziger in Postuniform (108jähriger am Amboß, *und* gibt all seinen Verdienst dem WHW! so heißt's doch immer in den Zeitungen); daneben Pastor's inmitten der sieben Kinder (sieben; na ja, wenn er nicht Gott vertrauen wollte, wer soll's dann? Zwei müssen schon an der Längsseite der Tür liegen). Auf unserer Seite sind neben mir Hanne, ihre Mutter, zwei halbwüchsige Schulmädel; dann die beiden HJ-Helden mit ihrem halben Dutzend Panzerfäusten (die haben sie prahlerisch als Kopfkissen genommen, und rauchen nachlässig; fein; die Jugend ist ja unsere Zukunft, n'est ce pas?). Dann noch die beiden anderen Alten und eine Greisin (vom Lande sicher; man hört aus der Ecke immer vom »guden Boden« – mit dem widerlich langen »u« der Schlesier: »Nee, der gude, gude Boden!« Extra Silesiam non est vita).

Vorhin
Nach vielem Rangieren schob sich langsam die Lok heran; sie koppelten und fluchten. Wir haben vergeblich versucht, den letzten Wagen loszukriegen, es ist alles festgerostet; der Lokführer rief: »Macht bloß den Schwellenreißer ab! –« Sieh da, der Schwellenreißer! In Drontheim, in der Wochenschau hab ich ihn gesehen; er war da im Osten »eingesetzt«. Der Gedanke ist ganz einfach: am letzten Wagen hängt der viele Tonnen schwere »zweckvoll geformte« Stahlhaken, greift hin-

ter die Eisenbahnschwellen, vorn fährt die Maschine an, und er reißt eine nach der anderen mitten durch. Geht ganz leicht, so schnell der Zug eben fährt. Damals saßen ein paar wehrhaft lachende Landser darauf (»Sie sind soeben gefilmt worden«), anstatt daß ihre Gesichter von Grauen gezerrt waren! Ich hab mich am Kinostuhl festhalten müssen, mit aufgerissenen Augen; an Cervantes gedacht und Mozart, und den Major Fouqué (Mann, gibt es denn das: »Major« und »Undine«, »Alethes«!). Kant hat nur die Beweise für die Existenz eines »lieben« Gottes als faule Witze entlarvt; wir können heute schon direkt welche dagegen geben: der Schwellenreißer ist ein guter (gewiß; auch die Kommandanten von Oeveraas, 21./976, die Schweine, Zeller an der Spitze; außer Dittmann und Georg). – Nun ist er aufgebockt und liegt von einer dicken Kette gehalten, oben auf der Wagenplattform. Ich stieg wieder ein; Hanne raschelte in einem Papier.

21,07
Endlich: ein leises Rollen hob unter uns an: wir fuhren. Langsam.
Später
Vorn scheint doch nicht alles in Ordnung zu sein; wir waren kaum unter den drei Unterführungen hindurch, da standen wir schon wieder. Die Tür auf meiner Seite geht nicht ganz zu, und der Fahrtwind ist fast unerträglich kalt (haben versucht, sie zuzurucken; aber es geht nicht. Hinten brennt es überall). Ich konnte gerade den Buckel des Steinberges und die Hohwaldchaussee unterscheiden. Aus der Soldatenecke gegenüber kam Gekicher und zwei Mal ein kleiner frecher Schrei; selbst der Verwundete schäkerte schlaff und geil hinein. Der Pfarrer bat wiederholt um Kraft und rühmte die Reichweite der Güte des Herrn, was Frau und Kinder nachhallend bekräftigten; widerlich. Die alte Frau und die stoppelbärtigen Alten fluchten auf »den Hitler«; dann wieder auf den »Hitler, der verfluchte Lump!« (das »u« diesmal ganz kurz und betont). Ein furchtbarer Ruck; Funkiges fuhr seidenrot vorbei; wir rollten wieder ein paar Minuten.
Fast Mitternacht

Wir halten immer noch (etwas hinter dem Krankenhaus wohl). Hab etwa eine Stunde gedöst, bis ich frierend erwachte. Die Kinder winselten vor Kälte und mußten austreten. Es wurde vorgeschlagen, daß alle das gleichzeitig tun sollten, damit nachher möglichst die Tür geschlossen bliebe. Bon.

Draußen
Dünne hohe Ruten beben im Wind, der über'n morschen Schnee seufzt; eine Kiefer federt gleichmäßig hin und her; man huschte und kauerte hinterm Gesträuch. Ich sah die Sterne; winzige lodernde Gesichter, kalkweiß und hellblau; Ursa majoris, die kleine; dazwischen der Drache. Die Lichtschleier am Horizont murrten unaufhörlich. Auch Hanne bummelte hochhüftig hinter ihrem Busch hervor. Der alte Postbeamte trat höflich zu mir: »Auch ein Sternenfreund, Herr Unteroffizier?« Er zeigte mit dem Kopf nach hinten ins Gebränd: »Wie gut, daß es noch eine Unendlichkeit gibt – –.« Ein hageres, leidlich würdiges Gesicht. Aber sie hörte. Ich drehte mich langsam (ho, eindrucksvoll!); ich sagte zerstreut: »Sie irren sich; nicht einmal die Unendlichkeit gibt es. – Glücklicher Homer –.« Er krauste erstaunt und höhnisch die nackte Stirn im Nachtlicht: »Kant. Schopenhauer«, gab er heiter die weitere Richtung an, »wie stellen Sie sich das vor: die Stelle, wo der Raum ein Ende hat?« Auch der Pfarrer ließ sich von dem gestirnten Himmel über sich ergreifen: »Gott«, gab er an, »ist unendlich –.« Ich disputiere nie mit Frommen, ich sprach auch jetzt in Richtung unseres Sonderzuges: »Auch Sie irren sich; es gab einen Dämon von wesentlich grausamem, teuflischem Charakter, aber auch er existiert jetzt nicht mehr.« Er sprach ergriffen: »Sie lästern! –« Wind. HJ riß ein Streichholz an. Eine magere Sternschnuppe zog eine Silberbraue über Beteigeuze (an dem zornigen Namen besoff sich mein Vater einmal, so um 22, »Beteigeuze, die Riesensonne«, Artikel im Fremdenblatt). Hanne trat an mich heran: »Helfen Sie mir doch mal hoch«, sagte sie; es geschah. Ihr glücklichen Augen. Wir stiegen alle ein. Der Alte fragte verächtlich aus dem Dunkel: »Also – wie denken Sie sich das: mit dem –« betont: »nichtunendlichen

Raum?« Hanne drehte das Gesicht zu mir (man sah nur einen fahlen Fleck) und ich sprach:

Unbegrenzt; aber nicht unendlich. Eine Kugeloberfläche: ist auch unbegrenzt, aber nicht unendlich. Wir können uns zwar nur Drei-Dimensionales vorstellen (eine Folge unserer Gehirnstruktur), aber folgen Sie mir einmal zur Erläuterung ins Zwei-Dimensionale. Eine ›unendliche‹ Tischplatte, zwei gleichgroße Pappdreiecke darauf: die denkenden Dreiecke. Diese Wesen können sich in ihrem Raum nur umeinander verschieben; wollten sie z. B. ihre Kongruenz nachweisen, müßten sie Winkel und Seiten messen und trigonometrische Folgerungen ziehen; wir heben zum Nachweis nur eins der Dreiecke in unseren, um eine Dimension höheren Raum hinaus, und decken es auf das brüderlich andere. – Diese Gebilde stellten unter anderem folgende fundamentale Sätze auf: Eine Gerade ist die kürzeste Verbindung zweier Punkte, durch einen Punkt zu einer Geraden gibt es eine Parallele; aus dem Parallelensatz ergibt sich die Winkelsumme im Dreieck zu 180 Grad.« – Hier schrie die Nutte hoch unkeusch und sagte: »Jetzt nicht!« – Ich sprach: »Ein weises Dreieck untersuchte eine in sich zurückgekrümmte, ebenfalls zweidimensionale Kugeloberfläche und fand, daß dann die Geraden (d. h. die Linien kürzester Entfernung) Großkreise würden, es also keine Parallelen mehr gäbe, und die Winkelsumme größer als 180 Grad sei. Ein anderes fand, daß auf einer Pseudosphäre es bei Anwendung der gleichen Grundsätze unendlich viele Parallelen gebe (faßlich am Beltramischen Grenzkreis), und die Winkelsumme kleiner sei als 180 Grad. – Welcher dieser 3 möglichen zweidimensionalen Räume war nun der ›wahre‹; welche Geometrie galt? (Und übertragen Sie diese Gedankengänge auf alle n-dimensionalen Räume).«

Hacken tupften rhythmisch den Boden: »Wer Klavier spielt, hat Glück bei den Frau'n ...«; Jugend fand sich im Gedicht; »... denn der Klang des gespielten Klavieres ...« (Weiß Gott! »gespielten Klavieres«; wir sind gerichtet!). Der Alte fragte, schon unsicher: »Alles verstehe ich noch nicht – und welcher ist es denn –?« Ich sprach: »Eine Dreiecksmessung entschiede alles (theoretisch); aber bei der Kleinheit des uns zugänglichen Raumes ist diese Methode nicht brauchbar. Aber z. B. die Anwendung des Dopplerschen Prinzips (der Messung von Radialgeschwindigkeiten durch Linienverschiebungen im Spektrum) ergab, daß die Geschwindigkeiten himmlischer Gebilde mit der Entfernung von uns wachsen, bis an die Grenze der Lichtgeschwindigkeit; eine zunächst völlig grundlos erscheinende Abhängigkeit. Denken Sie sich aber – wieder im 2-Dimensionalen – an eine Kugel eine Tangentialebene gelegt, und die sich auf der Kugeloberfläche annähernd gleichmäßig bewegenden Lichtpunkte auf diese Ebene projiziert, so haben Sie Ähnliches. Es gibt noch andere gewichtige Gründe. Das Ergebnis ist: unser Gehirn entwirft vereinfachend (biologisch ausreichend!) einen 3-dimensionalen, euklidischen, verschwommen-unendlichen Raum, eben ein Stückchen ›Tangentialebene‹; in Wahrheit aber ist dieser in sich zurück und in einen 4-dimensionalen hineingekrümmt (denken Sie an die Kugeloberfläche im 2-dimensionalen Beispiel); also mit endlichem, in Zahlen ausdrückbarem Durchmesser. Unbegrenzt, aber nicht unendlich. –«

Wind fauchte wie ein böses Tier am Klaff und suchte im Stroh. Ihre Mutter fragte halblaut: »Wann hat Alfred denn zuletzt geschrieben?« Sie antwortete gleichmütig: »Am liebsten ließ ich mich scheiden –«. Es war ein Ruck, sie hatte also geheiratet (natürlich; ich hatte damals ja auch überhaupt nicht mit ihr zu sprechen gewagt; sie immer nur gesehen; damals). Der Alte antwortete zitternd: »Also hat Schopenhauer in dieser Hinsicht doch unrecht gehabt – – und ich hatte gedacht ...«; er murmelte und sann. Hanne fragte kauend (noch immer tricky, o Du!) »Können Sie eine Zahl nennen? – Für den Durchmesser?« – Ich sprach: »Er schwankt. Dieser Raum pulsiert.« Der Wagen ruckte an, daß die Tür aufschurrte; wir fingen sie wieder und legten uns. Eins der Gotteskinder begann zu singen mit seltsam hoher und fiebriger Glasstimme; wer weiß, wie lange sie schon auf den Treckstraßen gelaufen waren. Und der Verbrecher in Berlin hetzte das ganze Volk in Tod und Grauen, um immer »größer« und »einmaliger« zu werden, ein

Zwitter von Nero und Savonarola; nur schade, daß er sich der Gerechtigkeit des getäuschten Volkes entziehen würde, feiger als jeder seiner Soldaten. Schon zu viel von ihm. – Mantelkragen hoch, und die Ohrenklappen runter; es ist hundekalt.

Noch dunkel

Wenig geschlafen; aber alles Mögliche gedacht. Cooper fiel mir ein (also auch der »Hochwald«). »– es liegt etwas Fremdes und Abwehrendes in Schmuck und Feierkleid der Frauen –«; ich drehte mich auf die rechte Seite, ich sagte nachtwindleise in ein Ohr: viele Erinnerungen. Sonne, Wind. Die gelben Abende, auf der Flußscheibe entstand Schwatzen und Gelächter. Syringen im Regen. Knaben knieten schreiend am grünlichen Teich. Die Nacht begann im Weidengewölb hinter den Zweigen. Sie atmete gleichmäßig und kummerlos; im Schlaf. Warum auch nicht. War nicht alles wie eine Erzählung geworden? Und hatten auf den Fliederblättern nicht auch damals tödlich fette Raupen gelümmelt; und die blökenden Buben hatten das stille Wasser gepeitscht, bis es zischte? War nicht meine Seele auch damals gequält gewesen, und das Dasein etwas, das besser nicht wäre? Wenn ich nur hätte schlafen können. Sehr schuldig war auch Nietzsche, der Machtverhimmler; er hat eigentlich die Nazi-Tricks gelehrt (»Du sollst den Krieg mehr lieben als den Frieden ...«), der maulfertige Schuft; er ist der Vater jener Breker'schen Berufssoldaten, die, wenn man ihnen Felsblock und Keule nimmt, verhungern müssen, weil sie »halt weiter nichts gelernt haben«. Der und Plato waren große Schädlinge (und Ignoranten nebenbei: siehe Naturwissenschaften). Oh, des Morgen- und Nachmittagsgoldes im Aristipp. Und der Bart fing an zu stacheln; Wärme schien es zu bringen, wenn man ruckartig alle Muskeln im Körper gewaltsam spannte, so lange man konnte; die Durchblutung begann dann, aber es war verdammt anstrengend. Gähnen. Die Dreiviertelnacht war voller Gestank; ein Schnaps wäre das Richtige gewesen, elender Fusel meinetwegen, aber hochgiftig. Oder wurde es schon morgengrau?

8,00

Es gab einen Pfiff vorne (damit man ja auf uns aufmerksam

würde; was doch die Gewohnheit macht!); dann puffte die Maschine langsam, immer schneller, Dampf aus, und wir rumpelten wieder mal. Sogar ziemlich lange. Natürlich erwachte alles und sah mit schlaffen grauen Gesichtern umher (Ja, ja; keine Angst; es ist immer noch dasselbe Elend). Das kranke Kind blühte gefährlich wie eine Rose. Da: langsamer. Schluß. Na also.

9,30
Donnerwetter, das war knapp. –
Wir hielten irgendwo um Nikolausdorf zwischen hohen Böschungen, kieferngesäumten. Die meisten stiegen aus; ich stapfte vor zur Lok; sie kriegten den notwendigen Dampfdruck nicht mit der schlaffen nassen Kohle; es könnte Stunden dauern, bis es wieder soweit wäre. Sie arbeiteten aber unermüdlich. –
Ich klomm die Südböschung hinauf und in den niedrigen grauen Tag (noch immer dünn und gleichmäßig bewölkt, aber schon wesentlich kälter). Im Norden, gar nicht so weit von uns, spritzte erdiger Schnee von den Einschlägen leichter Artillerie. Ich schrie den Heizer an: er sollte das ewige Dampfablassen mal stoppen, aber er zuckte nur die Achseln. Plötzlich kamen die Dreckfontänen sprunghaft näher; setzten über uns, wichen zurück; es pfiff in den Lüften wie tausend Schufte. Ich grölte entsetzt alle zusammen (wie langsam sie kamen), und der Russe schoß sich auf den Zug ein. Ich rief ihnen zu, seitlich auszuweichen, nicht etwa unter der Flugbahn hin- und herzulaufen. Hanne kam sofort zu mir gerannt (geschmeidig und sportlich wie früher) und warf den Kopf neben mir auf die Kiesel. Auch die Soldaten krochen an, ihre Mutter, der Alte. Schwarze Punkte glitten aus einem fernen Waldstück – Panzer! – und auf einmal war ein vögelchenfeines heiteres Piepen über uns; ich schob ihren Kopf hinunter und kreischte zum langsam herbalancierenden Pfaffen: »Hinlegen!!« 100 Meter rechts von uns, wo der verfluchte Spirituskocher dampfte, stachen zwei mannslange schwarzrote Flammen aus den Kiefernkronen; und wieder »Huiii – Ua!« Und wieder. Eisen tönte unten im Hohlweg; schwere Lasten. Ich fragte keuchend: »Wissen

Sie noch – Görlitz. Die kühle Bahnhofshalle. An Sommermorgen. –« Sie nickte gleichmütig, und ich schob mich flach an einen Busch, und hob die bebrillten Augen über den Rand. It cracked and growled and roared and howled. Aber nicht nur wir hier, sondern auch die Tanks schienen unter heftigem Beschuß zu liegen (Hanne war schon neben mir und ihr Marlene-Dietrich-Profil verstörte mich wieder in selige Knechtschaft). Noch einmal klatschte einer eine hysterische MG-Salve in die Baumstämme, dann drehten sie ab und raupten wieder ins Wäldchen. Wir rannten sofort geduckt hinter der Böschung zurück: da war der Boden rot; rot, ach. Einer der alten Bauern saß stumpf und hielt den tropfenden schlenkernden Arm. Und eins der Kinder war fast völlig zerrissen von zwei Riesensplittern, Hals und Schultern, alles. Die Mutter hielt noch immer den Kopf und sah wie verwundert in die fette karminene Lache. Das kranke Ding aß alten Schnee vor Hunger und Durst; ich klopfte ihm ein bißchen die Hände; es hat ja doch keinen Sinn, ich hatte auch nichts zu essen. Dem alten Briefmarkenstempler wurde fast schlecht: »Ist denn das möglich –« flüsterte er und würgte am Speichel. Der Pfarrer tröstete die weinende Frau; er meinte: »Der Herr hat's gegeben; der Herr hat's genommen –« und, hol's der Teufel, der Feigling und Byzantiner setzte hinzu: »Der Name des Herrn sei gelobt!« (Und sah dabei stolz auf uns arme verlorene Heiden, die schamlose Lakaienseele! – Das schuldlose Kind – Seine 2000 Jahre alten Kalauer von der Erbsünde kann er doch nur einem erzählen, der keine Krempe mehr am Hut hat: Haben diese Leute denn nie daran gedacht, daß Gott der Schuldige sein könnte? Haben sie denn nie von Kant und Schopenhauer gehört, und Gauß und Riemann, Darwin, Goethe, Wieland? Oder fassen sie's einfach nicht und mampfen kuhselig ihren Kohl weiter durch die Jahrhunderte? Das ist der Geist, der Flußregulierungen als Mißtrauensvota gegen Gott und Eingriffe in SEINE Schöpfung ablehnt. Einen Gottesgelehrten hab ich mal scharf vom Blinddarm urteilen hören: »Wenn er nicht zu was gut wäre, wär' er doch wohl gar nicht da!« Whatever is, is right: Das gilt ja dann auch für spinale Kinderlähmung, Nonnenfraß, Sphaerularia Bombi Dufour und Herms Niels; blinde Gefolgschaft scheint immer schwarze Uniform zu tragen. – Pack).

11,00
Er wühlte das Grab mit den Händen, die er dabei kokett und andächtig betrachtete. Ich sah, wie er die Erinnerung kostbar beiseite legte: wie würde einst seine Stimme aus herbsten Erschütterungen hertrauern können, wenn er berichtete –: – »mit meinen eigenen Händen ...« Der Affe. –

Mittag
Ich hatte mir meinen Brotbeutel umgehängt (falls wir den Wagen verlassen müssen) und mich an eine schwärzlich nasse Kiefer gelehnt. Auch die anderen standen zum Teil herum. Hanne hatte eine Zigarette im Mundwinkel; plötzlich fragte sie: »Wieso pulsiert Ihr Raum denn –?« und der Alte drängte sich heran. Ich war müde; ich runzelte unhöflich die Stirn, aber ich sagte angestrengt:

»Im endlichen Raum ist sparsam Materie verteilt; ihre Gleichartigkeit ist bewiesen durch Spektralanalyse und Meteoreinfang. Ebenso ist aller zerteilten Materie Gravitation eigen; d.h. Wille zur Vereinigung aller Atome. Beides deutet gemeinsamen Ursprung an. –

Denken Sie im 2-Dimensionalen an einen aufgeblasenen Kinderballon: ähnlich wurde eine Quantität Materie und mit ihr unser endlicher Raum mit begrenzter Energie ausgebläht. (»Apropos, Blähungen –« sagte der eine Soldat, und ich nickte ingrimmig; wie wahr, mein Sohn, wie wahr! Hanne lachte ehern). In den Fliehbewegungen der extragalaktischen Nebel mag sich noch diese ehemalige Ausdehnung unseres ›Alls‹ andeuten; vielleicht ist die Lichtgeschwindigkeit irgendwie mit der dehnenden Kraft zu verbinden. (Strahlungsgesetze, Ausbreitungsgesetze: Licht, Schall – und Kontraktionsgesetze: Schwere – werden beide durch das Quadrat der Entfernung geregelt). Aber die Gummihaut will sich zusammenziehen: die Gravitation ist diese ›Oberflächenspannung‹ des Weltalls, der Befehl zur Einholung des materiellen Universums, der Beweis für die unvermeidliche Kontraktion. Die homogene, gravitationslose ›Endkugel‹, in der keine physikalischen oder chemischen Umsetzungen mehr erfolgen, die also ohne Kausalität und eigenschaftslos ist, wird dann für Wesen mit unserer jetzigen Hirnleistung sofort verschwinden, mit ihr der geschrumpfte 3-dimensionale Raum, auch unsere Zeit. –«

Der Pfarrer hatte mitleidig und zerstreut zugehört, aber jetzt fragte er doch erstaunt und kindlich: »Wieso? – Verschwinden – –«, und schüttelte völlig überrascht den gepolsterten Hohlkopf. Der Alte war eifrig wie ein Jagdhund geworden; das verstand er: denn seinen Schopenhauer schien er leidlich parat zu haben; er nickte gespannt und murmelte Passendes aus dem Satz vom Grunde. Der Himmel wurde schon an vielen Stellen blau; es würde Kälte kommen. Und das kranke Mädelchen kannte schon niemanden mehr, und schlug mit den Händen nach dem Fiebergott (mit dem Fuchsgesicht; dem Bündel roter Pfeile vor der Brust; siehe Weilaghiri). Ich fürchte, er wird bald wieder den da oben rühmen können.

Richtig gewaschen hab ich mich schon seit 8 Tagen nicht mehr; wir sehen alle bräunlich und schlank aus (wie Kügelgens Großvater).

Hört, hört

Ein Soldat unterhielt sich mit den HJ-Halbwüchsigen (und die BDM-Mädchen nickten überzeugt): »Wir haben noch was; wir siegen. Der Führer verfolgt eine ganz bestimmte Taktik; erst lockt er alle rein, und dann kommen die Geheimwaffen.« »Goebbels hat ja wörtlich gesagt«, erwiderte der eine Junge, »›als ich die Wirkung der neuen Waffen sah, stand mir das Herz still‹. Und in drei Jahren ist alles wieder – schöner – aufgebaut. Die Pläne liegen alle fix und fertig beim Führer im Schreibtisch.« Und so weiter. Und ihre Augen leuchteten wie die Scheiben brennender Irrenhäuser. Ich würde begrüßen, wenn die Menschheit zu Ende käme; ich habe die begründete Hoffnung, daß sie sich in – na – in 500 bis 800 Jahren restlos vernichtet haben werden; und es wird gut sein. Die Sonne erschien auf einen Augenblick zwischen schüchternen Wolken. Ich hockte mich auf einen Baumstumpf; unten lehnte Hanne am roten Wagen, ganz im Licht. Der Kopf sank mir auf die Brust, ich schlief ein. Weit war der wimmelnde Bahnhof,

Treppen und Hallen; da schrie ich schon: »Sie kommen! Deckkung!«

Zehntausend Traumgesichter erbleichten, an allen Wänden bargen sie sich, ich warf mich neben die Steinstufen. Oben in der klaren Luft loopten die drei Maschinen; ganz deutlich die Einzöller-Rohre aus den Tragflächen. Hanne war weit von mir getrennt worden, ein Gestaltenstrom schwemmte dazwischen; ich hob nach ihr rufend den Kopf, da zuckte es schon auf den Steinen und gellte. Armlange grüne Flämmchen stachen schlank aus dem Boden, rissen tischgroße Erdfladen heraus, Splitter jaulten, man blutete. Sie flogen Karussell und feuerten, Ruck und Widerruck; durch Lokomotiven; faustgroß durchlöcherten sich Hauswände; eine Baumkrone kam brechend herab (Madonna mit der Gasmaske, Aufgabe für alte Meister) – da: Abflug! Ich rannte zurück, zu unserem Wagen (der sich plötzlich in einen Personenwagen verwandelt hatte), ich rief verzweifelt: »Hanne! Hanne!«, aber da trat sie schon ans Fenster. Ich kam langsam auf das Trittbrett, müde, im alten dreckigen Soldatenmantel, müde; ich faßte das herabgelassene Fenster mit beiden Händen und sah hinauf in ihr Gesicht, sah und sah. Leuchtende Stille und Seligkeit. Ihr Mund wollte sich spöttisch und ziervoll krausen, Erstaunen und zärtliche Heiterkeit, Fremdheit und Neigung. Sie zog eine Hand aus der Tasche und schob sie mir über die Stirn ins Haar. Ihr Gesicht war hell von meinen Augen; sie sann und rätselte. Sie sagte: »So viel Schmutz und Elend die ganzen Jahre –.« Streichelndes Schweigen. Schwermütig und listig bog sich noch einmal das Lippenrot, Gelächel und Worte, gefährlich und versprechend: »Und ein Schutzengel wäre doch recht nötig, wie? –«

Ich zuckte; ich erwachte; Goldsonne und Blauschatten fleckten um mich. Hanne stand vor mir, betrachtete mich interessiert und fragte: »Was ist denn los? Sie haben ja gar so innig und intim nach mir gerufen.« Sie machte eine winzige artistische Pause und meinte ironisch und wissend: »Geträumt, eh?!« Ich spannte die Brauen: ich erzählte; Wort nach Wort. Sie lauschte mit spöttisch geneigtem Ohr. »Und – c'est tout?« – fragte sie, und tat enttäuscht: »– recht wenig pikant eigentlich. Soldaten sollen doch im allgemeinen aggressiver sein –«. Herausfordernd. Ich nickte höflich und sagte: »Ich weiß, ich habe mich wenig geändert. Sie allerdings auch nicht.« Sie drehte mir auflachend, dann pfeifend den Rücken (»Fräulein, heut dürfen Sie nicht allein sein ...«), hielt an, kam zurück und erkundigte sich: »Passiert Ihnen das übrigens öfter: von mir zu träumen –?« Ich zögerte gar nicht, ich sagte verbindlich: »Ja.« Sie warf anerkennend den Kopf und meinte über die Schulter: »Etwas anders sind Sie doch geworden. Früher haben Sie bloß Augen wie Spiegeleier gemacht – na schön.« Sie bummelte wieder zu ihrer Mutter hinab. Das kranke Kind starb gerade; Och orro orro ollalu.

14,13
Trübe strömte am Himmel, zuerst nebelfein, hoch über dem hohlen bläulichen Schnee; Wind sprang fetzig im Westen auf; die Welt versank in grauer Heiserkeit: es begann zu schneien. Schwer und scheußlich.

Unten im Wagen
Alles hockt grämlich beisammen; friert, hustet, hungert. Auch Durst. Bald sollen wir wieder fahren können.

16,10
Der Schnee, der Schnee; stundenlang. Hanne hatte die Hände in die Taschen gestoßen und saß unbeweglich. Der Alte räusperte sich. Noch einmal. (Er sah schon schmutzig aus und weiß und dürr.) Er sah mich beherrscht an und fragte: »Sie sagten vorhin, dies Universum sei in Kontraktion begriffen und wäre zuvor ›ausgeblasen‹ worden. Können Sie eine Vermutung für dieses Pulsieren angeben?« Er machte das Gesicht klein und faltig und lauschte angestrengt. Die HJ verglich die Panzerfäuste (zum Entsetzen der ländlichen Greisin): »... also Loch kommt auf Loch; zuschrauben ...«, sie spielten so eifrig damit, echte Kinder des Leviathan (Du bist mein lieber Sohn ...); böses Eisen und tödliches Feuer; ei, die Wohlgeratenen. Ich dachte an die irrsinnigen Hetzplakate des Gauleiters Hanke in Breslau; wie er mit der schnalzenden Eloquenz des Wahnsinns die Staatsjugend aufrief: Schnee in die Flüsse und Bäche zu schaufeln, daß sie aufschwellen und die Feinde festhalten

(wörtlich! So habe ich es selbst am 8. 2. 45 im Schaufenster des Kaufmanns Schneider, Am Graben, in Greiffenberg, gelesen!) Schuppig wogendes Geströhm, wurmhaft empört; schön. Wie er von den abgelebten Alten forderte, sich nachts mit Bränden in die vom Feind besetzten Ortschaften zu schleichen, Flammen schleudernd, mit der hohnvollen Logik; sterben müßt ihr doch bald, also gebt den Rest eurer Tage dem Führer! – Ich bin fest überzeugt, daß sie aus johlendem Irrwitz und kreischender Vernichtungsgier (und die Lust des Herostratos nicht vergessen!) Deutschland bis zur letzten Hundehütte in Lohe und Trümmern aufgehen lassen. Wie gesagt: Wiedertäuferallüren. Ein andres Kostüm, ein größerer Schauplatz. Und der Alte soll seine Antwort haben. Ich röhrte meine Stimme frei; ich sagte barsch: »Sie wissen aus Ihrem Schopenhauer, daß die Welt Wille und Vorstellung ist; er hält bei dieser Erkenntnis inne, tut den letzten Schritt nicht; aber am Ende wird dies beides in einem Wesen furchtbarer Macht und Intelligenz vereinigt sein.« Der Pfarrer hob lächelnd und heilig-erfreut den Kopf: »Gott«, sagte er nickend und beruhigt, »Sie kommen nicht um seine Tatsache herum –.« Ich wandte nicht einmal die Augen; ich sprach: »Der Dämon. Er ist bald er selbst; bald west er in universaler Zerteilung. Zur Zeit existiert er nicht mehr als Individuum, sondern als Universum. Hat aber in allem den Befehl zur Rückkehr hinterlassen; Gravitation ist der Beweis hierfür im Körperlichen. (Die 80 Kugelsternhaufen weit über der galaktischen Ebene, sind sie nicht Vor- und Beispiel? Vielleicht mögen sie allmählich in die größeren Sternwolken aufgenommen werden, aber als Ganzes; denn ihre Kontraktion dürfte weit schneller erfolgen); im Geistigen deuten auf solchen Zwang: die Tatsachen des Gattungsbewußtseins (allen gemeinsame Flugträume usw.; die beweisbar gleiche Raum- und Zeitvorstellung aller Lebewesen: gemeinsamer Ursprung) die Unfreiheit des Willens im Handeln (weiser Schopenhauer! Mit allen Konsequenzen: Möglichkeit der Zukunftseinsicht, etwa durch Träume – J. W. Dunne. – Magie), im Tode Auflösung des Einzelwesens. (Wir wünschen unsere Perpetuierung als Individuen, und diese Wahlparole haben die Religionen –

Christen, Mohammedaner – deshalb haben sie Anhänger; eine Lehre – wieder Schopenhauer – die das Vergehen des Individuums im ›Allwillen‹ wahrscheinlich macht, kann nie populär oder geliebt werden, auch nicht von dem, der sie für wahr erkennt; sie hat immer vom Medusischen). Die Akkumulierung der Intelligenz zu immer größeren Portionen – siehe Palaeontologie – spricht für diese Rekonstituierung des Dämons auch in geistiger Hinsicht (Möglichkeit ›übermenschlicher‹ Existenzen: Zauberer, Elementargeister – oh, Hoffmann – wieder die 80 Kugelsternhaufen).

Um das Wesen des besagten Dämons zu beurteilen, müssen wir uns außer uns und in uns umsehen. Wir selbst sind ja ein Teil von ihm: was muß also Er erst für ein Satan sein?! Und die Welt gar schön und wohleingerichtet finden, kann wohl nur der Herr von Leibniz (›von‹ und siehe hierzu Klopstocks Anmerkungen in der Gelehrtenrepublik), der nicht genug bewundern mag, daß die Erdachse so weise schief steht, oder Matthias Claudius, der den ganzen Tag vor christlicher Freude sich wälzen und schreien wollte, und andere geistige Schwyzer. Diese Welt ist etwas, das besser nicht wäre; wer anders sagt, der lügt! Denken Sie an die Weltmechanismen: Fressen und Geilheit. Wuchern und Ersticken. Zuweilen ein reines Formgefühl: Kristalle, die Radiolarientafeln Haeckels (Boelsche meinte nachdenklich, es müsse da noch ein bisher unerkanntes Formprinzip in der Natur liegen, hoho); an sich liegt hier nur das technische Problem des Schwebens im Salzwasser vor, für welches sich die beste Näherung wohl rasch durch Selektion gefunden hätte. Andererseits: Molche, Schlangen, Spinnen, Fledermäuse, Tiefseefische, Lachs- und Aalwanderungen. Auch Cesare Borgia hatte viel Kunstverständnis. Gewiß ist unsere Einsicht räumlich und zeitlich begrenzt. Dennoch bleibt der Leviathan, der seine Bosheit bald konzentriert, bald in größter Mannigfaltigkeit und Verteilung genießen will. –

Nichts berechtigt uns nebenbei, anzunehmen, daß unser Leviathan einzig in seiner Art sei. Es mag viele Wesen seiner Größenordnung und unter ihnen auch gute, weiße, englische, geben. Wir sind allerdings leider an einen Teufel geraten. Si monumentum quaeris, circumspice (steht auf Sir Christopher's Grab).«

Dämmerung, Dämmerung
Der Schnee stürzt lautlos vorbei; am Türspalt; Milliarden kristallener Wesen, luftgeboren, wassergestorben. (Was für Flocken mag Eisen bilden, wenn es aus der Sonnenatmosphäre auf den rasenden Glutleib niederklatscht: drachig, stachelstarr. – Oder Gold –). – Vorn von der Lok kam rauh (aber klein) der Heizerruf: »Aufpassen! Geht los!« Dampf schoß stoßweise auf; es ruckte und klapperte. Ein winziges Stückchen. Eine Hemmung. Und dann brach hinter uns ein höllisches Splittern und Bersten auf. Wieder ein Meterchen. Wieder riß es und bellte wie platzendes Holz. Ich sprang auf, zur Tür, und schwang mich durch den Spalt, fing Hanne hinter mir (ein kühnes Pelzmädchen), da kam auch schon der Lokführer, und wir sahen, fluchend, daß die Ketten gerissen (zerschossen?) waren, und der Schwellenreißer – well: tadellos arbeitete. – Wir krümmten uns zwischen die Puffer, riefen die anderen und versuchten noch einmal, mit schwingenden Armen, beugend, hebelnd, den Wagen abzukuppeln.

Noch einmal. Aber es blieb umsonst; Rost war in Rost gefressen; wir zerrissen uns die unbewehrten Hände. Und Eile tat Not; wir mußten die paar Minuten der Dampfspannung ausnützen. So klommen wir stumm und naß in die rollende Bude, und (pfiff der verrückte Hund nicht wieder!) ab ging's. Fahrt ins Graue mit obligatem Schwellenreißer. Heil Hitler. Der Postmeister wurde auf einmal fassungslos wild; er ballte eine Faust gegen die hoffnungsvollen Jünglinge und schrie (lauter als der Satanstakt hinter uns): »Schämt Ihr Euch nicht, diese verfluchte Uniform zu tragen?! Hört Ihr das denn nicht?! Oh, die Lumpen, die Lumpen!!« Auf stand Deutschlands Zukunft; sie fragten erstaunt und giftig: »Wieso denn? Das ist doch prima! Da kann der Russe wenigstens nicht nachstoßen!« – Der eine, ältere, sagte ruhig und drohend: »Sehen Sie sich nur vor. Es sind noch viel zu wenig im KZ.« Und der andere (kindlich und eifrig – war es nicht nur eine Art modernen Spiels? Man brauchte doch nur ein heiteres Knöpfchen zu drücken –): »Schieß doch den verdammten Verräter über den Haufen!« Draußen wuchs das häßliche Lärmen an einsamen Häusern in unmäßige Tollheit. Eine Pappelreihe kreuzte unseren Weg. Sterne. Der Schnee war aus der Luft verschwunden. Rollen, Splittern. Rolle, Rolle – ho: langsamer. Es zerwürgte gemach noch eine Schwelle. Zögernd, genießend: noch eine. – Noch – eine – – noch. Wir standen. Ich riß die Pistole heraus; ich war ganz wütend und kalt; ich herrschte in die plötzlich summende Stille: »Wer noch einmal von Erschießen spricht, hat eine Kugel im Bauch! Haben wir noch nicht genug Elend im Wagen –?« Gleichzeitig fühlte ich Hunger und Durst (bisher konnte ich's noch leidlich wegdenken); ich knuffte die Tür auf und hüpfte hinab: Donnerwetter: knietief! Es hatte viel geschneit. Und Moys; dicht hinter dem kleinen Stationsgebäude. Drüben zweigte die Strecke nach Kohlfurt, Penzig ab. Ich aß schaudernd zwei Hände Schnee. Und kalt war es geworden. Oben aus dem dunklen Viereck fragte eine ruhige, etwas brüchige Stimme: »Nun? Was ist? –« Du Doppelstern. Ich erwiderte: »Vor uns liegt schweres Feuer –.« »Uns –«, wiederholte sie raffiniert träge und sprang mir in die Arme, ohne die Hände aus den Taschen zu nehmen. Ich lachte laut auf; warf den Kopf zurück: »Ja. Uns!« sagte ich ingrimmig und belustigt – da rief der Heizer. –

19,30

Aus einer fernen Hügelkette stiegen lautlos die roten Perlenschnüre der Vierlingsflak. Die Kälte wurde immer strenger; trotzdem hat es noch einmal heftig geschneit, aber ganz fein und hart.

Nacht im Wagen

Die Bauern sind verzweifelnd davon gestampft. Der harte Schnee hat den Magen fast betäubt; es war ja auch Irrsinn. Der Alte scheint schwer zu leiden; er hat wohl in seinem ganzen Leben solche Strapazen nicht durchgemacht; einer der Soldaten hat ihm einen Mund voll Schnaps gegeben – dann haben sie und das Weib den Rest der Flasche ausgesoffen; sitzen und zoten. Die lernbegierige Jugend feixt beifällig durch die Nase zu den rüden Eindeutigkeiten. Vorhin, als der Pfarrer mit der unbeirrbaren Selbstgefälligkeit der Frommen wieder laut und beispielhaft vorbeten wollte, wurde er endlich angefahren: der Soldat mit der Stirnbinde grölte drohend hinüber: »Hör' bloß auf mit dem Mist –«, und auch der Alte hob den Kopf von der Brust; er sagte scharf: »Sie können ja für sich beten, so viel Sie wollen, aber verschonen Sie uns damit – aufdringlich –«, murmelte er angewidert. Als der Schamlose dennoch – wenn auch etwas leiser – weiter Bitten und Versprechungen an seine fanatischen Gottheiten richtete, (siehe Libanius, Schutzrede für die Tempel. – Zur endgültigen Klarstellung: das wahrhaft schöne, obwohl nicht originelle »Liebet Euch untereinander!« als lebendig wirksame Praxis, hat stets selbstverständliche Billigung und Förderung aller Redlichen erfahren und wird es immer. Nie aber die wertlosen erkenntnistheoretischen Ambitionen der Christenfibel; nie der völlig willkürlich aufgebaute Machtapparat der Kirche und dessen beispiellos fürchterlicher jahrhundertelanger geistiger Terror. Denn erfunden ist ja nicht von Stalin oder Hitler oder im Burenkriege das Konzentrationslager, sondern im Schoße der heiligen Inquisition; und die erste abendländisch exakte Schilderung eines wohleingerichteten KZ verdanken wir ja der allerchristlichst pervertierten Phantasie Dantes – bitte, es fehlt nichts: die Jauchegruben, die Eiswasserfolter, der ewige Laufschritt der klatschend Geprügelten; für Zweifler sind Feuersärge bereit und unnötig Wißbegierige – Odysseus – werden majestätisch zerblitzt: – denn »das sind eben doch am Ende die eigentlich kräftigen Argumente der Herren Theologen; und seitdem ihnen diese benommen sind, gehen die Sachen arg rückwärts«! Verlange doch der jetzt nicht Toleranz, der sie 1500 Jahre, als er »an der Macht« war, nicht geübt hat! Écrasez l'infâme!) verwikkelte er mich in ein Gespräch über die historischen Quellen, aus denen ich etwa einiges meiner Ansichten geschöpft habe. Ich raffte mühsam zusammen, was dergleichen noch in den Ruinen meines Wissens herumlag (Bilder Piranesis fielen mir ein: römische Ruinen in hellen und windigen Abendlichtern. Schlankgliedrige Bäumchen. Spitzhütiger Bauer treibt starkgebärdig ein Eselchen mit glatten Weinschläuchen. Kühle und Heiterkeit, Abendgold, aurum potabile. Die Natur – d. h. der Leviathan – weist uns nichts Vollkommenes; sie bedarf immer der Korrektur durch gute Geister. – Vergl. Poe's Definition vom Wesen der Poesie. Leider sind sie in der verschwindenden Minderzahl.) Ich nannte aus erstarrender Müdigkeit – oh, die Kälte, die Kälte – das Wort Emanation; dazu: Gnostiker und Kabbalisten (verfinsterter Gott; Welt = modificatio essentiae divinae = Deus expansus et manifestatus. Lehre vom mundo contracto et expanso; Oken's rotierender Gott), Pseudo-Dionysius, Scotus Erigena, Almericus, David de Dinanto. Pause: die trunkenen Soldaten schlugen aus; keuchten, warfen sich bellend über die Nutte. – Ich sprach schamvoll lauter (daß Hanne nichts hören möge – ach, sie hörte es ja doch!), ich nannte den verehrungswürdigen Namen Giordano Bruno (spatio extramundano), Spinoza, Goethe, Schelling, Poe Trismegistos (Heureka), die neuen Mathematiker und Astronomen, bis der Alte erstaunt und kränklich erfreut aus weißdornigem Munde lachte (es war ihm scheinbar wohler, so viel Autoritäten mit sich zu wissen. Von der Geborgenheit.) Meinetwegen auch Nietzsches Physikalischer Witz von der ewigen Wiederkunft: was das manchmal für ein flacher Kopf war! (Daß sein Macht-Leviathan begrenzt und »also« – ist das nicht eine exakte Begründung, so gut wie eine im Aristoteles?! – selbst sterblich sein müßte, hat er wohl gar nicht gedacht). – Die Religionen mit ihren »Schöpfungen« und »Menschgewordenen Göttern« (obwohl sie alle dann den Fehler begehen, ihren Gott trotzdem unverändert weiter bestehen zu lassen). Ehrwürdiger Buddhismus (für wen K. E. Neumann zu langstielig ist, mag's mit dem Pilger Kamanita versuchen); die Polytheismen der Alten (die wußten noch, daß der große Pan sterben konnte!), die »zerteilten Götter«; Orpheus, Thammuz, Linos, Adonai. Elementargeister. – Schweigen. Weinen aus der Pfarrersecke; HJ krächzt ein »Kampflied« (oben gebärden sie sich heldischrein, aber die Fundamente stehen im Blutsumpf von 20 Millionen teuflisch Geschlachteten. Ich habe diesen Monat in Pirna ein KZ auf dem Marsch gesehen: Judenfrauen und ihre Kinder, alle fürchterlich abgezehrt, mit unirdisch großen dunklen Augen, daneben fluchende rotbackige berittene SS-Henker, in schweren graugrünen Mänteln, wehe!) – Der Alte warf sich vor; er fragte schrill: »Wie? Auch der Leviathan stirbt?! –« Ich hörte aber nichts mehr. Ich erstarrte in Kälte und Schlaf.

Einmal ganz fern schweres erdbebengleiches Rollen. Lange. Wie ein Riesenluftangriff. Dresden? Gott spaziert auf Bombenteppichen.)

Gegen Mitternacht erschien ein Stück Mond im Himmel

Ihr Gesicht wurde gleich hellgrau und starr. – Der Schnee kreischte im Takt heran; es schlug an die Tür; der Heizer. »Kommt raus! Schaufeln!« Ich streckte mich steifbeinig hoch, schob ihr Halme hinüber und sprang durch die Tür in die nahe Silberfläche: da wimmern sie alle in der eisigen Nacht. Die Schienen blinkten manchmal blau; Reif hing an den Weichenhebeln. Wir hieben und schaufelten an den Rädern herum, gafften erschöpft in perlmutternes Gewölk, in eckigen Blockbuchstaben stand's im Schatten am Stellwerkturm.

Der Frost, der Frost. Wir bohrten mit marmornen Händen am strahligen Eisen. Beißendes Schneepulver schwebte um Nase und Mund. Ich würde Sie aus silbernen Lidern ansehen. Der Alte stürzte mir an die Schulter; ich zog uns in den Wagen.

Spät. Spät

Der Mond grellt im Pappelgang. Stimmen berieten unten. Ich hielt lautlos die Gesichtsscheibe an den Spalt. Die Jungen stützten sich auf die Panzerfäuste, einer sagte: »Wenn wir beide zugleich losdrücken, geht der ganze Karren mitsamt den Verrätern und Pazifisten hoch –« (Pazifisten, das ist ihnen das größte Schimpfwort, das Volk aber schreit »Heil!« dazu.) Ich zog rasch die Pistole, entsicherte, und legte am Türrahmen an. Der andere sann; dann meinte er (Oh, des Bedachtsamen, Einsichtigen: nein, welche Reife!) »Es sind aber noch die beiden Soldaten drin, der eine, Verwundete.« Pause. »Aber einen Schreck einjagen müssen wir den alten Säcken«, entschied der Erste, »Du: wir schießen zwei davon gegen den Bahnhof ab! Mensch, die machen sich ein!« Schon prustete jener nickend

und erheitert. Sie nahmen Deckung; sie hoben die Röhren, knipsten. Krach und Schlag kam ungeheuer. Sie schulterten prahlend ihr Gerät und schritten breitstakig von dannen. Die Sieger. (Ein Stein der einstürzenden Front hat Wagenplanken eingedrückt. In dem engen Raum ist man halb taub).
6,18
Alles aus. –
Wir fuhren an, nur ein paar hundert Meter, waren sogleich auf dem Viadukt. Es hallte. Nur gut, daß es so langsam ging. Hoch über dem Fluß. Da riß es auf einmal den Waggon vorwärts. Stand wieder. Die Vorderwand platzte. Es ging alles so schnell. Wir hasteten vorsichtig hinaus: da fehlte die Brückenwölbung vor uns; die Lok hing schräg über dem Abgrund (und hinter uns hat der Schwellenreißer gefressen!!), Feuer brach aus dem geborstenen Kessel, und sofort begannen Granaten in der Luft zu singen (schönes Ziel, was?!). Sie tasteten sich (schreiend in der jaulenden Finsternis) auf der geländerlosen Riesin nach hinten. (Einer mochte stürzen; denn Geheul flog blitzschnell nach unten.) Da: ein zackiger Feuersturm stand brüllend am anderen Ende. Wir (Hanne und ich. Wir.) krochen stumpf (mit jagenden Herzen) in den Wagen. Die Eisendämonen schrien und jauchzten um uns, über uns, unter uns. Noch oft krachten die Einschläge hinten, und einmal schütterte es, als breche ein Berg zusammen (und Brausen von gurgelnden Wassern).
07,00
Eisiger Nebel wallt auf, schluchthoch. (Hel, die Wasserhölle.) Es hellt noch nicht.
07,10
War draußen, stolpernd. Gestützt auf Steinblöcke im Eisrauch. Acht Kleinschritte hinter dem Reißer gähnte still der Nebelpfuhl. Ich hob zwei Kiesel von der Beschotterung und warf den einen über'n Rand: es schluckte nicht einmal, blieb alles still und blicklos. Ich schwang den andern in steinerner Faust; mattsausend entfernte er sich nach dem anderen Ufer. Horchen. Nichts. Ich nickte sinnlos und geheimnisvoll. Gut, gut. Ich wandelte zurück; ich klomm ins Wagenwrack; ich sagte zu Hanne: »Auch hinten eingestürzt. Wir sind allein; mitten

und hoch über'm Fluß.« Sie blies unwillig durch die Nase; sie wies mit dem Fuß voraus: »Er stirbt –« sagte sie stirnfurchend. Ich trat breitbeinig durch's erste Grau; der Alte saß steif aufgerichtet an der Bohlenwand und atmete rasselnd; ich sah mich um: niemand mehr sonst im Waggon. Ich zog die rechte Hand aus der Tasche und packte sie ihm auf die dünne Schulter; die Augen gingen auf: sie waren noch klar. Er sah mich fest an; der graue Mund spaltete sich angestrengt ein wenig, die Brauen rangen: »Der Leviathan –« heiserte er, zwang (amüsiert sich höhnend) eine Mundecke hoch: »– nicht ewig –?« Hanne war neben mich getreten; mein Mantel spürte ihren Pelzärmel. Ich fühlte mich hager und ausgehöhlt, jahrhundertealt (wie Harry Haller), ich antwortete dem Tapferen: »Seine Macht ist riesig, aber begrenzt. Daher auch seine Lebensdauer.« Ich wartete; seine Augen schlossen sich einmal mühsam und dankbar: er hatte verstanden. Ich sprach rasch: »Buddha. Lehrt eine Methodik des Entkommens. Schopenhauer: Verneinung des Willens. Beide behaupten also die Möglichkeit, den Individualwillen gegen den ungeheuren Gesamtwillen des Leviathan zu setzen, was aber in Anbetracht der Größendifferenzen zur Zeit völlig unmöglich erscheint, zumindest auf der ›Menschenstufe‹ der geistigen Wesen. Vielleicht löst sich die Bestie aber in ›Diadochen‹ auf (christliche Andeutung in Luzifers Rebellion; umgekehrt will Jane Leade mit vielen Guten in einer magischen Kraft zusammen wirken und so die Natur paradiesisch erneuern – ist ein Ziel: Aufstand der Guten), und diese wiederum in immer kleinere Einheiten, bis endlich ›Buddhismus‹ möglich wird und so das ganze Gebilde zur Aufhebung kommt. – Vielleicht sind noch andere Wege –«. Er sah mich zuerst gequält an, arbeitete; die Augen wurden eulig, rauchig, ah: ein Funke. Er flüsterte: »Gut.« – Der hohe Kopf knickte ab, nach vorn; ganz beruhigt, lang, hörten wir: »Gut ...« – Da richtete ich mich auf.

08,20
Wir erröten im Licht. Oh, greasy Joan.
Ende
Wir werden in die grobrote bereifte Tür treten. Goldig ge-

schleiert wird die Teufels-Winter-Sonne lauern, weißrosa und ballkalt. Sie wird das Kinn vorschieben und bengelhaft den Mund spitzen, die Hüften zum Schwung heben. Starr werde ich den Arm um sie legen.

Da schlenkere ich das Heft voran: flieg. Fetzen.

HEINRICH BÖLL
Nicht nur zur Weihnachtszeit

I

In unserer Verwandtschaft machen sich Verfallserscheinungen bemerkbar, die man eine Zeitlang stillschweigend zu übergehen sich bemühte, deren Gefahr ins Auge zu blicken man nun aber entschlossen ist. Noch wage ich nicht, das Wort Zusammenbruch anzuwenden, aber die beunruhigenden Tatsachen häufen sich derart, daß sie eine Gefahr bedeuten und mich zwingen, von Dingen zu berichten, die dem Ohr der Zeitgenossen zwar befremdlich klingen werden, deren Realität aber niemand bestreiten kann. Die ebenso dicke wie harte Kruste der Anständigkeit beginnt zu brechen, Schimmelpilze der Zersetzung haben sich eingenistet, ganze Kolonien tödlicher Schmarotzer, die das Ende der Unbescholtenheit einer ganzen Sippe ankündigen.

Heute müssen wir es bedauern, die Stimme unseres Vetters Franz überhört zu haben, der schon früh begann, auf die schrecklichen Folgen aufmerksam zu machen, die ein »an sich« harmloses Ereignis haben würde. Dieses Ereignis selbst war so geringfügig, daß uns das Ausmaß der Folgen nun erschreckt. Franz hat schon früh gewarnt. Leider genoß er zu wenig Reputation. Er hat einen Beruf erwählt, der in unserer gesamten Verwandtschaft bisher nicht vorgekommen ist, auch nicht hätte vorkommen können: er ist Boxer geworden. Schon in seiner Jugend schwermütig und von einer Frömmigkeit, die immer als »inbrünstiges Getue« bezeichnet wurde, ging er früh auf Bahnen, die meinem Onkel Franz – diesem herzensguten Menschen – Kummer bereiteten. Er liebte es, sich der Schulpflicht in einem Umfang zu entziehen, der nicht mehr als normal bezeichnet werden kann. Er traf sich mit fragwürdigen Kumpanen in abgelegenen Parks und dichten Gebüschen vorstädtischer Prägung. Dort übten sie die harten Regeln des

Faustkampfs, ohne sich bekümmert darum zu zeigen, daß das humanistische Erbe vernachlässigt wurde. Diese Bengels zeigten schon früh die Untugenden ihrer Generation, von der sich ja inzwischen herausgestellt hat, daß sie nichts taugt. Die erregenden Geisteskämpfe früherer Jahrhunderte interessierten sie nicht, so sehr waren sie mit den fragwürdigen Aufregungen ihres eigenen Jahrhunderts beschäftigt. Franzens offenbar aufrichtige Frömmigkeit schien zunächst im Gegensatz zu stehen zu diesen regelmäßigen Übungen in passiver und aktiver Brutalität, doch heute beginne ich manches zu ahnen. Ich werde darauf zurückkommen müssen. Franz also war es, der schon frühzeitig warnte, der sich vor allem von der Teilnahme an gewissen Feiern ausschloß, das Ganze als Getue und Unfug bezeichnete, sich vor allen Dingen später weigerte, an Maßnahmen teilzunehmen, die zur Erhaltung dessen, was er Unfug nannte, sich als erforderlich erwiesen. Doch – wie gesagt – er besaß zu wenig Reputation, um in der Verwandtschaft Gehör zu finden.

Jetzt allerdings sind die Dinge in einer Weise ins Kraut geschossen, daß wir ratlos dastehen, nicht wissend, wie wir ihnen Einhalt gebieten sollen. Franz ist längst ein berühmter Faustkämpfer geworden, doch weist er heute das Lob, das ihm in der Familie gespendet wird, mit derselben Gleichgültigkeit zurück, mit der er sich damals jede Kritik verbat.

Sein Bruder aber – mein Vetter Johannes – ein Mensch, für den ich jederzeit meine Hand ins Feuer gelegt hätte, dieser erfolgreiche Rechtsanwalt, Lieblingssohn meines Onkels Franz, soll sich der Kommunistischen Partei genähert haben, ein Gerücht, das zu glauben ich mich hartnäckig weigere. Das geht denn doch zu weit. Meine Cousine Lucie, bisher eine normale Frau, soll sich nächtlicherweise in anrüchigen Lokalen, von ihrem hilflosen Gatten begleitet, Tänzen hingeben, für die ich kein anderes Beiwort als existenzialistisch finden kann. Onkel Franz selbst, dieser herzensgute Mensch, soll geäußert haben, er sei lebensmüde, er, der in der gesamten Verwandtschaft als ein Muster an Vitalität galt und als ein Vorbild dessen, was man uns einen christlichen Kaufmann zu nennen gewöhnt hat.

Arztrechnungen häufen sich; Psychiater, Seelentestler werden einberufen. Einzig meine Tante Milla, die als die Urheberin all dieser Erscheinungen bezeichnet werden muß, erfreut sich bester Gesundheit, lächelt, ist wohl und heiter, wie sie es fast immer war. Ihre Frische und Munterkeit beginnen jetzt, uns langsam aufzuregen, nachdem uns ihr Wohlergehen lange Zeit so sehr am Herzen lag. Denn es gab eine Krise in ihrem Leben, die bedenklich zu werden versprach. Gerade darauf muß ich näher eingehen.

II

Es ist einfach, rückwirkend den Herd einer beunruhigenden Entwicklung auszumachen – und merkwürdig – jetzt – wo ich es nüchtern betrachte – kommen mir die Dinge, die sich seit fast zwei Jahren bei unseren Verwandten begeben, so außergewöhnlich vor, daß wir früher hätten auf die Idee kommen können, es stimme etwas nicht. Tatsächlich, es stimmt etwas nicht, und wenn überhaupt jemals irgend etwas gestimmt hat – ich zweifle daran – hier gehen Dinge vor sich, die mich mit Entsetzen erfüllen.

Tante Milla war in der ganzen Familie von jeher wegen ihrer Vorliebe für die Ausschmückung des Weihnachtsbaumes bekannt, eine harmlose, wenn auch spezielle Schwäche, die in unserem Vaterland ziemlich verbreitet ist. Ihre Schwäche wurde allgemein belächelt, und der Widerstand, den Franz von frühester Jugend an gegen diesen »Rummel« an den Tag legte, war immer Gegenstand heftiger Entrüstung, zumal Franz ja sowieso eine beunruhigende Erscheinung war. Er weigerte sich, an der Ausschmückung des Baumes teilzunehmen. Das alles verlief bis zu einem gewissen Zeitpunkt normal. Meine Tante hatte sich daran gewöhnt, daß Franz den Vorbereitungen in der Adventszeit fernblieb, auch der eigentlichen Feier, und erst zum Essen erschien. Man sprach später nicht mehr darüber.

Auf die Gefahr hin, mich unbeliebt zu machen, muß ich

hier eine Tatsache erwähnen, die wirklich eine ist. Ganz kurz sei darauf hingewiesen, daß wir in den Jahren 1939 bis 1945 Krieg hatten. Im Krieg wird gesungen, geschossen, geredet, gekämpft, gehungert und gestorben – und es werden Bomben geschmissen, lauter unerfreuliche Dinge, mit denen ich meine Zeitgenossen in keiner Weise langweilen will. Ich muß sie nur erwähnen, weil der Krieg auch Einfluß auf die Geschichte hat, die ich erzählen will. Denn der Krieg wurde von meiner Tante Milla nur registriert als eine Macht, die schon Weihnachten 1939 anfing, ihren Weihnachtsbaum zu gefährden. Allerdings war ihr Weihnachtsbaum von einer besonderen Sensibilität.

Die Hauptattraktion am Weihnachtsbaum meiner Tante waren gläserne Zwerge, die in ihren hocherhobenen Armen einen Korkhammer hielten, und zu deren Füßen glockenförmige Ambosse hingen; unter den Fußsohlen der Zwerge waren Kerzen befestigt, und wenn ein gewisser Wärmegrad erreicht war, geriet ein verborgener Mechanismus in Bewegung, eine hektische Unruhe teilte sich den Zwergenarmen mit, und sie schlugen wie irr mit ihren Korkhämmern auf die glockenförmigen Ambosse und riefen so – ein Dutzend an der Zahl – ein konzertantes, elfenhaft feines Gebimmel hervor. Und an der Spitze des Tannenbaumes hing ein silbrig gekleideter rotwangiger Engel, der in gewissen Abständen seine Lippen voneinander hob und »Frieden« flüsterte, »Frieden«. Das mechanische Geheimnis dieses Engels ist konsequent gehütet worden und mir heute noch nicht bekannt, obwohl ich nun fast wöchentlich Gelegenheit gehabt habe, ihn zu bewundern. Außerdem gab es am Tannenbaum meiner Tante natürlich Zuckerringel, Gebäck, Engelhaar, Marzipanfiguren und – nicht zu vergessen – Lametta, und ich weiß noch, daß die sachgemäße Anbringung des vielfältigen Schmuckes erhebliche Mühe kostete, die Beteiligung aller erforderte – und die ganze Familie am Weihnachtsabend vor Nervosität keinen Appetit hatte, die Stimmung dann – wie man so sagt – einfach gräßlich war – ausgenommen meinen Vetter Franz, der an diesen Vorbereitungen ja nicht teilgenommen hatte und als einziger Braten und Spargel, Sahne und Eis in sich hineinlöffelte. Kamen wir dann am zweiten Weihnachtstag zu Besuch und wagten die kühne Vermutung, das Geheimnis des sprechenden Engels beruhe auf demselben Mechanismus, der gewisse Puppen veranlaßt, »Mama« oder »Papa« zu sagen, so ernteten wir nur höhnisches Gelächter. Nun wird man sich denken können, daß in der Nähe fallende Bomben einen solch sensiblen Baum aufs höchste gefährdeten. Es kam zu schrecklichen Szenen, wenn die Zwerge vom Baum gefallen waren, einmal stürzte sogar der Engel. Meine Tante war untröstlich. Sie gab sich unendliche Mühe, nach jedem Luftangriff den Baum komplett wieder herzustellen, ihn wenigstens während der Weihnachtszeit zu erhalten. Aber schon im Jahre 1940 war daran nicht mehr zu denken. Wieder auf die Gefahr hin, mich sehr unbeliebt zu machen, muß ich hier kurz erwähnen, daß die Zahl der Luftangriffe auf unsere Stadt tatsächlich erheblich war, von ihrer Heftigkeit ganz zu schweigen. Jedenfalls wurde der Weihnachtsbaum meiner Tante ein Opfer – von anderen Opfern zu sprechen verbietet mir der rote Faden – der modernen Kriegsführung; fremdländische Ballistiker löschten seine Existenz vorübergehend aus. Offen gesagt, wir hatten alle Mitleid mit unserer Tante, die wirklich eine reizende und liebenswürdige Frau war, außerdem schön, eine Kombination von vielen positiven Eigenschaften. Es tat uns leid, daß sie nach harten Kämpfen, endlosen Disputen, nach Tränen und Szenen sich bereiterklären mußte, für Kriegsdauer auf ihren Baum zu verzichten.

Unglücklicher- – oder soll ich sagen glücklicherweise? – war dies fast das einzige, was sie vom Krieg zu spüren bekam. Der Bunker, den mein Onkel baute, war einfach bombensicher, außerdem stand jederzeit ein Wagen bereit, meine Tante Milla in Gegenden zu entführen, wo von der unmittelbaren Wirkung des Krieges nichts zu sehen war; es wurde alles getan, um ihr den Anblick der gräßlichen Zerstörungen zu ersparen.

Meine beiden Vettern hatten das Glück, den Kriegsdienst nicht in seiner härtesten Form zu erleben. Johannes trat schnell in die Firma meines Onkels ein, die in der Gemüseversorgung unserer Stadt eine entscheidende Rolle spielt. Zudem war er gallenleidend. Franz hingegen wurde zwar Soldat, war aber nur mit der Bewachung von Gefangenen betraut, ein Posten, den er zur Gelegenheit nahm, sich auch bei seinen militärischen Vorgesetzten unbeliebt zu machen, indem er Russen und Polen wie Menschen behandelte. Meine Cousine Lucie war damals noch nicht verheiratet und half im Geschäft. Einen Nachmittag in der Woche half sie im freiwilligen Kriegsdienst in einer Hakenkreuzstickerei. Doch will ich hier nicht die politischen Sünden meiner Verwandten aufzählen.

Aufs Ganze gesehen jedenfalls fehlte es weder an Geld noch an Nahrungsmitteln und jeglicher erforderlichen Sicherheit, und meine Tante empfand nur den Verzicht auf ihren Baum als bitter.

Mein Onkel Franz – dieser herzensgute Mensch – hat sich fast fünfzig Jahre hindurch erhebliche Verdienste erworben, indem er in tropischen und subtropischen Ländern Apfelsinen und Zitronen aufkaufte und sie gegen einen entsprechenden Aufschlag weiter in den Handel gab. Im Kriege dehnte er sein Geschäft auch auf weniger wertvolles Obst und auf Gemüse aus. Aber nach dem Kriege kamen die erfreulichen Früchte, denen sein Hauptinteresse galt, als Zitrusfrüchte wieder auf und wurden Gegenstand des schärfsten Interesses aller Käuferschichten. Hier gelang es Onkel Franz, sich wieder maßgebend einzuschalten, und er brachte die Bevölkerung in den Genuß von Vitaminen und sich in den eines ansehnlichen Vermögens. Aber er war fast siebzig, wollte sich nun zur Ruhe setzen, das Geschäft seinem Schwiegersohn übergeben. Da fand jenes Ereignis statt, das wir damals belächelten, das uns heute aber als Ursache der ganzen unseligen Entwicklung erscheint.

Meine Tante Milla fing wieder mit dem Weihnachtsbaum an. Das war an sich harmlos, sogar die Zähigkeit, mit der sie darauf bestand, daß alles »so sein sollte wie früher«, entlockte uns nur ein Lächeln. Zunächst bestand wirklich kein Grund, diese Sache allzu ernst zu nehmen. Zwar hatte der Krieg manches zerstört, das wiederherzustellen uns mehr

Sorge bereitete – aber – warum – so sagten wir uns – einer charmanten alten Frau diese kleine Freude nehmen?

Jedermann weiß, wie schwer es war, damals Butter und Speck zu bekommen – es soll sogar Leute gegeben haben, denen die Beschaffung von Brot für ihre Familie Schwierigkeiten bereitet hat – ich habe jedenfalls davon gehört.

Aber sogar für meinen Onkel Franz, der über die besten Beziehungen verfügte, war die Beschaffung von Marzipanfiguren, Schokoladenkringeln und Kerzen im Jahre 1945 unmöglich. Erst im Jahre 1946 konnte alles bereitgestellt werden. Glücklicherweise waren noch eine komplette Garnitur von Zwergen und Ambossen und ein Engel erhalten geblieben.

Ich entsinne mich des Tages noch gut, an dem wir eingeladen waren. Es war im Januar 1947, Kälte herrschte draußen, das Volk klagte über Hunger, aber bei meinem Onkel war es warm, und es herrschte kein Mangel an Eßbarem. Und als die Lampen gelöscht, die Kerzen angezündet waren, als die Zwerge anfingen zu hämmern, der Engel »Frieden« flüsterte, »Frieden«, fühlte ich mich lebhaft zurückversetzt in eine Zeit, von der ich angenommen hatte, sie sei vorbei.

Immerhin, dieses Erlebnis war, wenn auch überraschend, so doch nicht außergewöhnlich. Außergewöhnlich war, was ich drei Monate später erlebte. Meine Mutter – es war Mitte März geworden – hatte mich hinübergeschickt, nachzuforschen, ob bei Onkel Franz »nichts zu machen« sei. Es ging ihr um Obst. Ich schlenderte in den benachbarten Stadtteil – es war schon Frühling – die Luft war mild, es dämmerte – ahnungslos schritt ich an bewachsenen Trümmerhalden und verwilderten Parks vorbei, öffnete das Tor zum Garten meines Onkels, als ich plötzlich bestürzt stehen blieb. In der Stille des Abends war sehr deutlich zu hören, daß im Wohnzimmer meines Onkels gesungen wurde. Singen ist eine gute deutsche Sitte, und es gibt der Frühlingslieder eine Menge – hier aber hörte ich deutlich:

»holder Knabe im lockigen Haar ...«

Ich muß gestehen, daß ich verwirrt war. Ich ging langsam näher, wartete das Ende des Liedes ab. Die Vorhänge waren zugezogen, ich beugte mich zum Schlüsselloch. In diesem Augenblick drang das Gebimmel der Zwergenglocken an mein Ohr, und ich hörte deutlich das Flüstern des Engels.

Ich hatte nicht den Mut einzudringen und ging langsam nach Hause zurück. In der Familie rief mein Bericht allgemeine Belustigung hervor. Aber erst als Franz auftauchte und uns Näheres berichtete, erfuhren wir, was geschehen war:

Um Mariae Lichtmeß herum, zu der Zeit also, wo man in unseren Landen die Christbäume plündert, sie dann auf den Kehricht wirft, wo sie von nichtsnutzigen Kindern aufgegriffen, durch Asche und sonstigen Unrat geschleift und zu mancherlei Spiel verwendet werden, um Lichtmeß herum war das Schreckliche geschehen. Als mein Vetter Johannes am Abend des Lichtmeßtages, nachdem ein letztes Mal der Baum gebrannt hatte, begann, die Zwerge von den Klammern zu lösen, fing meine bis dahin so milde Tante aufs jämmerlichste zu schreien an, und zwar so heftig und plötzlich, daß mein Vetter erschrak, die Herrschaft über den leise schwankenden Baum verlor, und schon war es geschehen: es klirrte und klingelte: Zwerge und Glocken, Ambosse und der Spitzenengel, alles stürzte hinunter, und meine Tante schrie.

Sie schrie fast eine Woche: Neurologen wurden herbeitelegraphiert, Psychiater kamen in Taxen herangerast – aber alle – auch Kapazitäten – verließen achselzuckend – ein wenig erschreckt auch – das Haus wieder.

Keiner hatte diesem unerfreulich schrillen Konzert ein Ende bereiten können. Nur die stärksten Mittel brachten für einige Stunden Ruhe, doch ist die Dosis Luminal, die man einer Sechzigjährigen täglich verabreichen kann, ohne ihr Leben zu gefährden, leider gering. Es ist aber eine Qual, eine aus allen Leibeskräften schreiende Frau im Hause zu haben: schon am zweiten Tage befand sich die Familie in völliger Auflösung. Auch der Zuspruch des Priesters, der am Heiligen Abend der Feier beizuwohnen pflegte, blieb vergeblich: meine Tante schrie.

Franz machte sich besonders unbeliebt, weil er riet, einen regelrechten Exorzismus anzuwenden. Der Pfarrer schalt ihn, die Familie war bestürzt über seine mittelalterlichen Anschauungen, der Ruf seiner Brutalität überwog für einige Wochen seinen Ruf als Faustkämpfer.

Inzwischen wurde alles versucht, meine Tante aus diesem Zustand zu erlösen: sie verweigerte die Nahrung, sprach nicht, schlief nicht – man wandte kaltes Wasser an, heißes – Fußbäder, Wechselbäder; die Ärzte schlugen in Lexika nach, suchten nach dem Namen dieses Komplexes, fanden ihn nicht. Und meine Tante schrie. Sie schrie solange, bis mein Onkel Franz – dieser wirklich herzensgute Mensch – auf die Idee kam, einen neuen Tannenbaum aufzustellen.

III

Die Idee war ausgezeichnet, aber sie auszuführen erwies sich als äußerst schwierig. Es war fast Mitte Februar geworden, und es ist verhältnismäßig schwer, um diese Zeit einen diskutablen Tannenbaum auf dem Markt zu finden. Die gesamte Geschäftswelt hat sich längst – mit erfreulicher Schnelligkeit übrigens – auf andere Dinge eingestellt. Karneval ist nahe: Masken und Pistolen, Cowboyhüte und verrückte Kopfbedeckungen für Czardasfürstinnen füllen die Schaufenster, in denen man sonst Engel und Engelhaar, Kerzen und Krippen hat bewundern können. Die Zuckerwarenläden haben längst den Weihnachtskrempel in ihre Lager zurücksortiert, während Knallbonbons nun ihre Fenster zieren. Jedenfalls, Tannenbäume gibt es um diese Zeit auf dem regulären Markt nicht.

Es wurde schließlich eine Expedition raublustiger Enkel mit Taschengeld und einem scharfen Beil ausgerüstet: sie fuhren in den Staatsforst und kamen gegen Abend, offenbar in bester Stimmung, mit einer Edeltanne zurück. Aber inzwischen war festgestellt worden, daß vier Zwerge, sechs glockenförmige Ambosse und der Spitzenengel völlig zerstört waren. Die Marzipanfiguren und das Gebäck waren gierigen Enkeln zum Opfer gefallen. Auch diese Generation, die dort heranwächst, taugt nichts, und wenn je eine Generation etwas getaugt hat –

ich zweifle daran, so komme ich doch zu der Überzeugung, daß es die Generation unserer Väter war.

Obwohl es an Barmitteln, auch an den nötigen Verbindungen nicht fehlte, dauerte es weitere vier Tage, bis die gesamte Ausrüstung komplett war. Währenddessen schrie meine Tante ununterbrochen. Telegramme an die deutschen Spielzeugzentren, die gerade im Aufbau begriffen waren, wurden durch den Äther gejagt, Blitzgespräche geführt, von jungen, erhitzten Postgehilfen wurden mitten in der Nacht Expreßpakete angebracht, durch Bestechung wurde kurzfristig eine Einfuhrgenehmigung aus der Tschechoslowakei durchgesetzt.

Diese Tage werden in der Chronik der Familie meines Onkels als Tage mit außerordentlich hohem Verbrauch an Kaffee, Zigaretten und Nerven erhalten bleiben. Inzwischen fiel meine Tante zusammen: ihr rundliches Gesicht wurde hart und eckig, der Ausdruck der Milde wich dem einer unnachgiebigen Strenge, sie aß nicht, trank nicht, schrie dauernd, wurde von zwei Krankenschwestern bewacht, und die Dosis Luminal mußte täglich erhöht werden. Franz erzählte uns, daß in der ganzen Familie eine krankhafte Spannung geherrscht habe, als endlich am 12. Februar die Tannenbaumausrüstung wieder vollständig war. Die Kerzen wurden entzündet, die Vorhänge zugezogen, meine Tante aus dem Krankenzimmer herübergebracht, und man hörte unter den Versammelten nur hysterisches Schluchzen und ebenso hysterisches Kichern. Der Gesichtsausdruck meiner Tante milderte sich schon im Kerzenschein, und als die Wärme der Kerzen den richtigen Grad erreicht hatte, die Glasburschen wie irr anfingen zu hämmern, schließlich auch der Engel »Frieden« flüsterte, »Frieden«, ging ein wunderschönes Lächeln über ihr Gesicht, und kurz darauf stimmte die ganze Familie erleichtert das Lied »O Tannenbaum« an. Um das Bild komplett zu haben, hatte man auch den Pfarrer eingeladen, der ja üblicherweise den Heiligen Abend bei Onkel Franz zu verbringen pflegte, auch er lächelte, auch er war erleichtert und sang mit.

Was kein Test, kein tiefenpsychologisches Gutachten, kein fachmännisches Aufspüren verborgener Traumata vermocht hatte: das fühlende Herz meines Onkels hatte das Richtige getroffen. Die Tannenbaum-Therapie dieses herzensguten Menschen hatte die Situation gerettet.

Meine Tante war jedenfalls beruhigt und fast – so hoffte man damals noch – geheilt, und nachdem man einige Lieder gesungen, einige Schüsseln Gebäck geleert hatte, war man müde und zog sich zurück, und siehe da: auch meine Tante schlief ohne jedes Beruhigungsmittel. Die beiden Krankenschwestern verloren ihren Job, die Ärzte zuckten die Schultern, und alles schien in Ordnung zu sein. Meine Tante aß wieder, trank wieder, war wieder liebenswürdig und milde.

Aber am Abend drauf, als die Dämmerstunde nahte, saß mein Onkel zeitunglesend neben seiner Frau unter dem Baum, als diese plötzlich sanft seinen Arm berührte und zu ihm sagte: »So wollen wir denn die Kinder zur Feier rufen, ich glaube, es ist Zeit.« Mein Onkel gestand uns später, daß er erschrokken gewesen sei, er sei aber aufgestanden, habe in aller Eile die Kinder zusammengerufen, auch die Enkel, und einen Boten zum Pfarrer geschickt. Der Pfarrer erschien, etwas abgehetzt und erstaunt, aber man zündete die Kerzen an, ließ die Zwerge hämmern, den Engel flüstern, man sang, aß Gebäck – und alles schien in Ordnung zu sein.

IV

Nun ist die gesamte Vegetation gewissen biologischen Gesetzen unterworfen, und Tannenbäume, dem Mutterboden entrissen, haben bekanntlich die verheerende Neigung, Nadeln zu verlieren, besonders wenn sie in warmen Räumen stehen, und bei meinem Onkel war es warm. Die Lebensdauer der Edeltanne ist etwas länger als die der gewöhnlichen, wie die bekannte Arbeit »Abies vulgaris und abies nobilis« von Dr. Hergenring ja bewiesen hat. Doch auch die Lebensdauer der Edeltanne ist nicht unbeschränkt. Schon als Karneval nahte, zeigte es sich, daß man würde versuchen müssen, meiner Tante neuen Schmerz zu bereiten: der Baum verlor rapide an Nadeln, und beim abendlichen Singen der Lieder wurde ein leichtes Stirnrunzeln bei meiner Tante bemerkt. Auf Anraten eines wirklich hervorragenden Psychologen wurde nun der Versuch unternommen, in leichtem Plauderton von einem möglichen Ende der Weihnachtszeit zu sprechen, zumal die Bäume schon angefangen hatten auszuschlagen, was ja allgemein als ein Zeichen des herannahenden Frühlings gilt, während man in unseren Breiten mit dem Wort Weihnachten unbedingt winterliche Vorstellungen verbindet. Mein sehr geschickter Onkel schlug eines Abends vor, die Lieder »Alle Vögel sind schon da« und »Komm, lieber Mai, und mache« anzustimmen, doch schon beim ersten Vers des erstgenannten Liedes machte meine Tante ein derart finsteres Gesicht, daß man sofort abbrach und »O Tannenbaum« intonierte. Drei Tage später wurde mein Vetter Johannes beauftragt, einen milden Plünderungsversuch zu unternehmen, aber schon, als er seine Hände ausstreckte und einem der Zwerge den Korkhammer aus den Händen nahm, brach meine Tante in so heftiges Geschrei aus, daß man den Zwerg sofort wieder komplettierte, die Kerzen entzündete und etwas hastig, aber sehr laut in das Lied »Stille Nacht« ausbrach.

Aber die Nächte waren nicht mehr still: singende Gruppen jugendlicher Trunkenbolde durchzogen die Stadt mit Trompeten und Trommeln. Alles war mit Luftschlangen und Konfetti bedeckt, maskierte Kinder bevölkerten tagsüber die Straßen, schossen, schrien, manche sangen auch – und einer privaten Statistik zufolge gab es mindestens sechzigtausend Cowboys und vierzigtausend Czardasfürstinnen in unserer Stadt: kurzum, es war Karneval, ein Fest, das man bei uns mit ebensolcher, fast mit mehr Heftigkeit zu feiern gewohnt ist als Weihnachten. Aber meine Tante schien blind und taub zu sein: vielmehr sie bemängelte karnevalistische Kleidungsstücke, wie sie um diese Zeit in den Garderoben unserer Häuser unvermeidlich sind: mit trauriger Stimme beklagte sie das Sinken der Moral, da man nicht einmal an den Weihnachtstagen in der Lage sei, von diesem unsittlichen Treiben zu lassen, und als sie im Schlafzimmer meiner Cousine einen Luftballon entdeckte, der zwar eingefallen war, aber noch deutlich einen mit weißer Farbe aufgemalten Narrenhut zeigte, brach sie in Tränen aus und bat meinen Onkel, diesem unheiligen Treiben Einhalt zu gebieten.

Mit Schrecken mußte man feststellen, daß meine Tante sich wirklich in dem Wahn befand, es sei »Heiliger Abend«. Mein Onkel berief jedenfalls eine Familienversammlung ein, bat um Schonung für seine Frau, Rücksichtnahme auf ihren merkwürdigen Geisteszustand, und rüstete zunächst wieder eine Expedition aus, um wenigstens den Frieden des abendlichen Festes garantiert zu wissen.

Während meine Tante schlief, wurde der Schmuck vom alten Baum ab- und auf den neuen montiert, und ihr Zustand blieb erfreulich.

V

Aber auch Karneval ging vorüber, der Frühling kam wirklich, statt des Liedes »Komm, lieber Mai« hätte man schon singen können »Lieber Mai, du bist gekommen«. Es wurde Juni, vier Tannenbäume waren schon verschlissen, und keiner der neuerlich zu Rate gezogenen Ärzte konnte Hoffnung auf Besserung geben. Meine Tante blieb fest. Sogar der als internationale Kapazität bekannte Dr. Bless hatte sich achselzuckend wieder in sein Studierzimmer zurückgezogen, nachdem er als Honorar die bescheidene Summe von 1365.– DM kassiert hatte, womit er zum wiederholten Male seine Weltfremdheit bewies. Einige weitere sehr vage Versuche, die Feier abzubrechen oder ausfallen zu lassen, wurden mit solchem Geschrei quittiert, daß man von derlei Interruptionen endgültig Abstand nehmen mußte.

Das Schreckliche war, daß meine Tante darauf bestand, alle ihr nahestehenden Personen müßten anwesend sein. Zu diesen gehörten der Pfarrer und auch die Enkelkinder. Selbst die Familienmitglieder waren nur mit äußerster Strenge zu veranlassen, pünktlich zu erscheinen, aber mit dem Pfarrer wurde es schwierig. Einige Wochen hielt er zwar ohne Murren mit

Rücksicht auf seine alte Pönitentin durch, aber dann versuchte er, unter verlegenem Räuspern, meinem Onkel klarzumachen, daß es so nicht weiterging. Die eigentliche Feier war zwar kurz – sie dauerte etwa achtunddreißig Minuten – aber selbst diese kurze Zeremonie sei auf die Dauer nicht durchzuführen, behauptete der Pfarrer. Er habe andere Verpflichtungen: abendliche Zusammenkünfte mit seinen Confratres, seelsorgerische Aufgaben, ganz zu schweigen vom samstäglichen Beichthören. Immerhin hatte er einige Wochen Terminverschiebungen in Kauf genommen, aber gegen Ende Juni fing er an, energisch Befreiung zu erheischen. Inzwischen hatte er auch mit meinem Vetter Franz einen fürchterlichen Krach gehabt, der ihm vorwarf, überhaupt an dieser »unwürdigen Komödie« teilgenommen zu haben.

Franz wütete überhaupt in der Familie herum, suchte Komplizen für seinen Plan, seine Mutter in eine Anstalt zu bringen, stieß aber überall auf Ablehnung.

Jedenfalls: es machten sich Schwierigkeiten bemerkbar. Eines Abends fehlte der Pfarrer, war weder telephonisch noch durch einen Boten aufzutreiben, und es wurde klar, daß er sich einfach gedrückt hatte. Mein Onkel fluchte fürchterlich, er nahm dieses Ereignis zum Anlaß, die Diener der Kirche Gottes mit Worten zu bezeichnen, die zu wiederholen ich mich weigern muß. In alleräußerster Not wurde einer der Kapläne, ein Mensch einfacher Herkunft, gebeten, auszuhelfen. Er tat es, benahm sich aber so fürchterlich, daß es fast zur Katastrophe gekommen wäre. Immerhin, man muß bedenken, es war Juni, war also heiß: trotzdem waren die Vorhänge vorgezogen, um winterliche Dunkelheit wenigstens vorzutäuschen; außerdem brannten Kerzen, dann ging die Feier los, und der Kaplan hatte zwar von diesem merkwürdigen täglichen Ereignis schon gehört, aber keine rechte Vorstellung von der Feier. Zitternd stellte man meiner Tante den Kaplan vor, er vertrete den Pfarrer. Unerwarteterweise nahm sie die Veränderung des Programms hin. Also: die Zwerge hämmerten, der Engel flüsterte, es wurde »O Tannenbaum« gesungen, dann aß man Gebäck, sang noch einmal das Lied, und plötzlich bekam der

Kaplan einen Lachkrampf. Später hat er gestanden, die Stelle »... nein auch im Winter, wenn es schneit ...« habe er einfach nicht ohne zu lachen ertragen können. Er prustete mit klerikaler Albernheit los, verließ das Zimmer und ward nicht mehr gesehen. Alles blickte gespannt auf meine Tante, doch sie sagte nur resigniert etwas von »Proleten im Priestergewand« und schob sich ein Stück Marzipan in den Mund. Auch wir erfuhren damals von diesem Vorfall mit Bedauern – doch bin ich heute geneigt, ihn als einen Ausbruch natürlicher Heiterkeit zu bezeichnen.

Ich muß hier – wenn ich der Wahrheit die Ehre lassen will – einflechten, daß mein Onkel seine Beziehungen zu den höchsten Verwaltungsstellen der Kirche ausgenutzt hat, um sich sowohl über den Pfarrer wie den Kaplan zu beschweren. Die Sache wurde mit äußerster Korrektheit angefaßt, ein Prozeß wegen Vernachlässigung seelsorgerischer Pflichten wurde angestrengt, der in erster Instanz von den beiden Geistlichen gewonnen wurde. Ein zweites Verfahren schwebt noch.

Zum Glück fand man einen pensionierten Prälaten, der in der Nachbarschaft wohnte. Dieser reizende alte Herr hat sich mit Selbstverständlichkeit bereit erklärt, sich zur Verfügung zu halten und täglich die abendliche Feier zu komplettieren.

Doch ich habe vorgegriffen. Mein Onkel Franz, der nüchtern genug war, zu erkennen, daß keinerlei ärztliche Hilfe zum Ziel gelangen würde, sich auch hartnäckig weigerte, einen Exorzismus zu versuchen, war Geschäftsmann genug, sich nun auf Dauer einzustellen und die wirtschaftlichste Art herauszukalkulieren.

Zunächst wurden schon Mitte Juni die Enkelexpeditionen eingestellt, weil sich herausstellte, daß sie zu teuer wurden. Mein findiger Vetter Johannes, der zu allen Kreisen der Geschäftswelt die besten Beziehungen unterhält, spürte den Tannen-Frischdienst der Firma Söderbaum auf, eines leistungsfähigen Unternehmens, das sich nun schon fast zwei Jahre um die Nerven meiner Verwandtschaft hohe Verdienste erworben hat. Nach einem halben Jahr schon wandelte die Firma Söderbaum die Lieferung des Baumes in ein wesentlich verbilligtes

Abonnement um und erklärte sich bereit, die Lieferfrist von ihrem Nadelbaum-Spezialisten Dr. Alf Ast genauestens festlegen zu lassen, so daß schon drei Tage, bevor der alte Baum undiskutabel wird, der neue anlangt und mit Muße geschmückt werden kann.

Außerdem werden vorsichtshalber zwei Dutzend Zwerge auf Lager gehalten, und drei Spitzenengel sind in Reserve gelegt. Ein wunder Punkt sind bis heute die Süßigkeiten geblieben: sie zeigen die verheerende Neigung, vom Baume schmelzend herunterzutropfen, schneller und endgültiger als schmelzendes Wachs, jedenfalls in den Sommermonaten. Jeder Versuch, sie durch geschickt getarnte Kühlvorrichtungen in weihnachtlicher Starre zu halten, ist bisher gescheitert, ebenso eine Versuchsreihe, die begonnen wurde, um die Möglichkeiten der Präparierung eines Baumes zu prüfen. Doch ist die Familie für jeden fortschrittlichen Vorschlag, der geeignet ist, dieses stetige Fest zu verbilligen, dankbar und aufgeschlossen.

VI

Inzwischen haben die abendlichen Feiern im Hause meines Onkels eine fast professionelle Starre angenommen: man versammelt sich unter dem Baum oder um den Baum herum. Die Tante kommt herein, man entzündet die Kerzen, die Zwerge beginnen zu hämmern, der Engel flüstert »Frieden, Frieden«, dann singt man einige Lieder, knabbert Gebäck, plaudert ein wenig und zieht sich gähnend mit dem Glückwunsch »Frohes Fest auch« zurück – und die Jugend gibt sich den jahreszeitlich bedingten Vergnügungen hin, während mein herzensguter Onkel Franz mit Tante Milla zu Bett geht. Kerzenrauch bleibt im Raum, der sanfte Geruch erhitzter Tannenzweige und das Aroma von Spezereien. Die Zwerge, offenbar ein wenig phosphoreszierend, bleiben starr in der Dunkelheit stehen, die Arme bedrohlich erhoben, und der Engel läßt sein silbriges, offenbar ebenfalls phosphoreszierendes Gewand sehen. Es erübrigt sich vielleicht festzustellen, daß die Freude am wirklichen Weihnachtsfest in unserer gesamten Verwandtschaft erhebliche Einbuße erlitten hat: wir können, wenn wir wollen, bei unserem Onkel jederzeit einen klassischen Weihnachtsbaum bewundern – und es geschieht oft, wenn wir sommers auf der Veranda sitzen und uns nach des Tages Last und Mühe Onkels milde Apfelsinenbowle in die Kehle gießen, daß von drinnen der sanfte Klang gläserner Glocken kommt, und man kann im Dämmer die Zwerge wie flinke kleine Teufelchen herumhämmern sehen, während der Engel »Frieden« flüstert, »Frieden«. Und immer noch kommt es uns befremdlich vor, wenn mein Onkel mitten im Sommer seinen Kindern plötzlich zuruft: »Macht bitte den Baum an, Mutter kommt gleich.« Dann tritt, meist pünktlich, der Prälat ein, ein milder alter Herr, den wir alle in unser Herz geschlossen haben, weil er seine Rolle vorzüglich spielt, wenn er überhaupt weiß, daß er eine und welche er spielt. Aber gleichgültig: er spielt sie, weißhaarig, lächelnd, und der violette Rand unterhalb seines Kragens gibt seiner Erscheinung den letzten Hauch der Vornehmheit. Und es ist ein ungewöhnliches Erlebnis, in lauen Sommernächten den erregten Ruf zu hören: »Das Löschhorn, schnell, wo ist das Löschhorn?« Es ist schon vorgekommen, daß während eines heftigen Gewitters die Zwerge sich plötzlich bewogen fühlten, ohne Hitzeeinwirkung die Arme zu erheben, sie wild zu schwingen, gleichsam ein Extrakonzert zu geben, eine Tatsache, die man ziemlich phantasielos mit dem trockenen Wort »Elektrizität« zu deuten versuchte.

Eine nicht ganz unwesentliche Seite dieses Arrangements ist die finanzielle. Wenn auch in unserer Familie im allgemeinen kein Mangel an Barmitteln herrscht, solch außergewöhnliche Ausgaben stürzen die Kalkulation um. Denn trotz aller Vorsicht ist natürlich der Verschleiß an Zwergen, Ambossen und Hämmern enorm, und der sensible Mechanismus, der den Engel zu einem sprechenden macht, bedarf der stetigen Sorgfalt und Pflege und muß hin und wieder erneuert werden. Ich habe das Geheimnis übrigens jetzt entdeckt: der Engel ist durch ein Kabel mit einem Mikrophon im Nebenzimmer verbunden, vor dessen Metallschnauze sich eine ständig rotierende Schallplatte befindet, die, mit gewissen Pausen dazwischen, »Frieden« flüstert, »Frieden«. Alle diese Dinge sind um so kostspieliger, als sie für den Gebrauch an nur wenigen Tagen des Jahres erdacht sind, nun aber das ganze Jahr strapaziert werden. Ich war erstaunt, als mein Onkel mir eines Tages erklärte, daß die Zwerge tatsächlich alle drei Monate erneuert werden müssen und daß ein kompletter Satz nicht weniger als 128.– DM kostet. Er habe einen befreundeten Ingenieur gebeten, sie durch einen Kautschuküberzug zu verstärken, ohne jedoch ihre Klangschönheit zu beeinträchtigen. Dieser Versuch ist gescheitert. Der Verbrauch an Kerzen, Spekulatius, Marzipan, das Baum-Abonnement, Arztrechnungen und die vierteljährliche Aufmerksamkeit, die man dem Prälaten zukommen lassen muß, alles zusammen, sagte mein Onkel, komme ihn täglich im Durchschnitt auf 11.– DM, ganz zu schweigen von dem Verschleiß an Nerven und von sonstigen gesundheitlichen Störungen, die damals anfingen, sich bemerkbar zu machen. Doch war das im Herbst, und man schrieb die Störungen einer gewissen herbstlichen Sensibilität zu, wie sie ja allgemein beobachtet wird.

VII

Das wirkliche Weihnachtsfest verlief ganz normal. Es ging etwas wie ein Aufatmen durch die Familie meines Onkels, da man auch andere Familien nun unter Weihnachtsbäumen versammelt sah, andere auch singen und Spekulatius essen mußten. Aber die Erleichterung hielt nur so lange an, wie die weihnachtliche Zeit dauerte. Schon Mitte Januar brach bei meiner Cousine Lucie ein merkwürdiges Leiden aus: beim Anblick der Tannenbäume, die auf den Straßen und Trümmerhaufen herumlagen, brach sie in ein hysterisches Geschluchze aus. Dann hatte sie einen regelrechten Anfall von Wahnsinn, den man als Nervenzusammenbruch zu kaschieren versuchte. Sie schlug einer Freundin, bei der sie zum Kaffeeklatsch war, die

Schüssel aus der Hand, als diese ihr – milde lächelnd – Spekulatius anbot. Meine Cousine ist allerdings das, was man eine temperamentvolle Frau nennt: sie schlug also ihrer Freundin die Schüssel aus der Hand, nahte sich dann deren Weihnachtsbaum, riß ihn vom Ständer und trampelte auf Glaskugeln, künstlichen Pilzen, Kerzen und Sternen herum, während ein anhaltendes Gebrüll ihrem Munde entströmte. Die versammelten Damen entflohen, einschließlich der Hausfrau, man ließ Lucie toben, wartete in der Diele auf den Arzt, gezwungen zuzuhören, wie drinnen Porzellan zerschlagen wurde. Es fällt mir schwer, aber ich muß hier berichten, daß Lucie in einer Zwangsjacke abtransportiert wurde.

Anhaltende hypnotische Behandlung brachte das Leiden zwar zum Stillstand, aber die eigentliche Heilung ging nur sehr langsam vor sich. Vor allem schien ihr die Befreiung von der abendlichen Feier, die der Arzt erzwang, zusehends wohl zu tun: nach einigen Tagen schon begann sie aufzublühen. Schon nach zehn Tagen konnte der Arzt riskieren, mit ihr über Spekulatius wenigstens zu reden, ihn zu essen weigerte sie sich jedoch hartnäckig. Dem Arzt kam dann die geniale Idee, sie mit sauren Gurken zu füttern, Salate und kräftige Fleischspeisen ihr anzubieten. Das war wirklich die Rettung für die arme Lucie. Ein Lachen entrang sich ihrem Munde, und sie begann die endlosen therapeutischen Unterredungen, die ihr Arzt mit ihr pflegte, mit ironischen Bemerkungen zu würzen.

Zwar war die Lücke, die durch ihr Fehlen bei der abendlichen Feier entstand, schmerzlich für meine Tante, wurde aber durch einen Umstand erklärt, der für alle Frauen als hinlängliche Entschuldigung gelten kann: durch Schwangerschaft.

Aber Lucie hatte das geschaffen, was man einen Präzedenzfall nennt: sie hatte bewiesen, daß die Tante zwar litt, wenn jemand fehlte, aber nicht sofort zu schreien begann – und mein Vetter Johannes und der Schwager Karl versuchten nun die strenge Disziplin zu durchbrechen, indem sie Krankheit vorschützten, geschäftliche Verhinderung oder andere recht durchsichtige Gründe angaben. Doch blieb mein Onkel hier erstaunlich hart: mit eiserner Strenge setzte er durch, daß nur in Ausnahmefällen Atteste eingereicht, sehr kurze Beurlaubungen beantragt werden konnten. Denn meine Tante merkte jede weitere Lücke in dem singend versammelten Familienkreis sofort und brach in stilles, aber anhaltendes Weinen aus, was zu den bittersten Bedenken Anlaß gab.

Nach vier Wochen kehrte auch Lucie zurück und erklärte sich bereit, an der täglichen Zeremonie wieder teilzunehmen, doch hat ihr Arzt durchgesetzt, daß für sie ein Glas Gurken und ein Teller mit kräftigen Butterbroten bereitgehalten wird, da sich ihr Spekulatius-Trauma als unheilbar erwies. So waren eine Zeitlang die Reihen wieder fest geschlossen, alle Disziplinschwierigkeiten aufgehoben durch meinen Onkel, der hier eine unerwartete Härte bewies.

VIII

Schon kurz nach dem ersten Jahrestag der ständigen Weihnachtsfeier gingen wirklich beunruhigende Gerüchte um: mein Vetter Johannes sollte sich von einem befreundeten Arzt ein Gutachten haben ausstellen lassen, auf wie lange wohl die Lebensdauer meiner Tante noch zu bemessen wäre: ein wahrhaft finsteres Gerücht, das ein bedenkliches Licht auf eine allabendlich friedlich versammelte Familie wirft. Das Gutachten soll vernichtend für Johannes gewesen sein. Sämtliche Organe meiner Tante, die zeitlebens sehr solide war, sind völlig intakt, die Lebensdauer ihres Vaters hat achtundsiebzig, die ihrer Mutter sechsundachtzig Jahre betragen. Meine Tante selbst ist zweiundsechzig, und so besteht kein Grund, ihr ein baldiges seliges Ende zu prophezeien. Noch weniger – so finde ich – es ihr zu wünschen. Als meine Tante dann mitten im Sommer einmal erkrankte – Erbrechen und Durchfall suchten diese arme Frau heim –, wurde gemunkelt, sie sei vergiftet worden, aber ich erkläre hier ausdrücklich, daß dieses Gerücht einfach eine Erfindung übelmeinender Verwandter war. Es ist eindeutig erwiesen, daß es sich um eine Infektion handelte, die von einem der Enkel eingeschleppt worden war. Analysen, die mit den Exkrementen meiner Tante vorgenommen wurden, ergaben aber auch nicht die geringste Spur von Gift.

Im gleichen Sommer zeigten sich bei Johannes die ersten gesellschaftsfeindlichen Bestrebungen: er trat aus seinem Gesangverein aus, erklärte – auch schriftlich –, daß er an der Pflege des Deutschen Liedes nicht mehr teilzunehmen gedenke. Allerdings – ich darf hier einflechten, daß er immer, trotz des akademischen Grades, den er errang, ein ungebildeter Mensch war. Ich weiß von ihm positiv, daß er noch nie ein Feuilleton gelesen hat. Für die »Virhymnia« war es ein großer Verlust, auf seinen Baß verzichten zu müssen.

Mein Schwager Karl fing an, sich heimlich mit Auswanderungsbüros in Verbindung zu setzen. Das Land seiner Träume mußte besondere Eigenschaften haben: es durften dort keine Tannenbäume gedeihen, deren Import mußte verboten oder durch hohe Zölle unmöglich gemacht sein; außerdem – das seiner Frau wegen – mußte dort das Geheimnis der Spekulatiusherstellung unbekannt sein, und das Singen deutscher Weihnachtslieder einem gesetzlichen Verbot unterliegen. Karl erklärte sich bereit, harte körperliche Arbeit auf sich zu nehmen.

Inzwischen sind seine Versuche vom Fluche der Heimlichkeit befreit, weil sich auch in meinem Onkel eine vollkommene und sehr plötzliche Wandlung vollzogen hat. Diese geschah auf so unerfreulicher Ebene, daß wir wirklich Grund hatten, zu erschrecken. Dieser biedere Mensch, von dem ich nur sagen kann, daß er ebenso hartnäckig wie herzensgut ist, wurde auf Wegen beobachtet, die einfach unsittlich sind, es auch bleiben werden, solange die Welt besteht. Es sind von ihm Dinge bekanntgeworden, auch durch Zeugen belegt, auf die nur das Wort »Ehebruch« angewandt werden kann. Und das Schrecklichste ist, er leugnet es schon nicht mehr, sondern stellt für sich den Anspruch, in Verhältnissen und unter Bedingungen zu leben, die moralische Sondergesetze berechtigt erscheinen lassen müßten. Ungeschickterweise wurde diese plötzliche Wandlung offenbar, gerade zu dem Zeitpunkt, wo der zweite Termin gegen die beiden Geistlichen seiner Pfarre fällig geworden war. Onkel Franz muß als Zeuge, als verkappter Kläger, einen solch minderwertigen Eindruck gemacht haben, daß es ihm allein zuzuschreiben ist, wenn auch der zweite Termin günstig für die beiden Geistlichen auslief. Aber das alles ist Onkel Franz inzwischen gleichgültig geworden: bei ihm ist der Verfall komplett, schon vollzogen. Er war auch der erste, der die gräßliche Idee hatte, sich von einem Schauspieler bei der abendlichen Feier vertreten zu lassen. Er hatte einen arbeitslosen Bonvivant aufgetrieben, der ihn vierzehn Tage lang so vorzüglich nachahmte, daß nicht einmal seine Frau die ausgewechselte Identität bemerkte. Auch seine Kinder merkten es nicht. Es war einer der Enkel, der während einer kleinen Singepause abends plötzlich in den Ruf ausbrach: »Opa hat Ringelsocken an«, wobei er triumphierend das Hosenbein des Bonvivants hochhob. Für den armen Künstler muß diese Szene schrecklich gewesen sein, auch die Familie war bestürzt, und, um Unheil zu vermeiden, stimmte man, wie so oft schon in peinlichen Situationen, schnell ein Lied an. Nachdem die Tante zu Bett gegangen war, war die Identität des Künstlers schnell festgestellt. Es war das Zeichen zum fast völligen Zusammenbruch.

IX

Immerhin, man muß bedenken: einundeinhalb Jahre sind eine lange Zeit, und der Hochsommer war wieder gekommen, eine Jahreszeit, in der meinen Verwandten die Teilnahme an diesem alltäglichen Spiel am schwersten fällt. Lustlos knabbern sie in dieser Hitze an Printen und Pfeffernüssen, lächeln starr vor sich hin, während sie ausgetrocknete Nüsse knacken, sie hören den unermüdlich hämmernden Zwergen zu und zukken zusammen, wenn der rotwangige Engel über ihre Köpfe hinweg »Frieden« flüstert, »Frieden«. Aber sie harren aus, während ihnen trotz sommerlicher Kleidung der Schweiß über Hals und Wangen läuft und ihnen die Hemden festklebt. Vielmehr: sie haben ausgeharrt ...

Geld spielt vorläufig noch keine Rolle – fast im Gegenteil.

Man beginnt sich zuzuflüstern, daß Onkel Franz nun auch geschäftlich zu Methoden gegriffen hat, die die Bezeichnung »christlicher Kaufmann« kaum noch zulassen. Er ist entschlossen, keine wesentliche Schwächung des Vermögens zuzulassen, eine Versicherung, die uns zugleich beruhigt und erschreckt.

Nach der Entlarvung des Bonvivants kam es zu einer regelrechten Meuterei, deren Folge ein Kompromiß war: Onkel Franz hat sich bereiterklärt, die Kosten für ein kleines Ensemble zu übernehmen, das ihn, Johannes, meinen Schwager Karl und Lucie ersetzt, und es ist ein Abkommen getroffen worden, daß immer einer von den Vieren im Original an der abendlichen Feier teilzunehmen hat, damit die Kinder in Schach gehalten werden. Der Prälat hat bisher nichts von diesem Betrug gemerkt, den man keineswegs mit dem Adjektiv fromm wird belegen können. Abgesehen von meiner Tante und den Kindern ist er die einzige originale Figur bei diesem Spiel.

Es ist ein genauer Plan aufgestellt worden, der in unserer Verwandtschaft Spielplan genannt wird, und durch die Tatsache, daß einer immer wirklich teilnimmt, ist auch für die armen Schauspieler eine gewisse Vakanz gewährleistet. Inzwischen hat man auch bemerkt, daß diese sich nicht ungern zu der Feier hergeben, sich gerne zusätzlich etwas Geld verdienen, und man hat mit Erfolg die Gage gedrückt, da ja glücklicherweise an arbeitslosen Schauspielern kein Mangel herrscht. Karl hat mir erzählt, daß sie hoffen können, diesen »Posten« noch ganz erheblich herunterzusetzen, zumal ja den Schauspielern eine zusätzliche Mahlzeit geboten wird und die Kunst bekanntlich, wenn sie nach Brot geht, billiger wird.

X

Lucies verhängnisvolle Entwicklung habe ich schon angedeutet: sie treibt sich fast nur noch in Nachtlokalen herum, und besonders an den Tagen, wo sie gezwungenermaßen an der häuslichen Feier hat teilnehmen müssen, ist sie wie toll. Sie trägt Cordhosen, bunte Pullover, läuft in Sandalen herum und hat sich ihr prachtvolles Haar abgeschnitten, um eine schmucklose Fransenfrisur zu tragen, von der ich jetzt erst erfahre, daß sie unter dem Namen Pony schon einige Male modern war. Obwohl ich offenbare Unsittlichkeit bei ihr bisher nicht beobachten konnte, nur eine gewisse Exaltation, die sie selbst als Existenzialismus bezeichnet, trotzdem kann ich mich nicht entschließen, diese Entwicklung erfreulich zu finden, ich liebe die milden Frauen mehr, die sich sittsam im Takte des Walzers bewegen, die angenehme Verse zu zitieren verstehen und deren Nahrung nicht ausschließlich aus sauren Gurken und mit Paprika überwürzten Gulaschs besteht.

Die Auswanderungspläne meines Schwagers Karl scheinen sich zu realisieren: er hat ein Land entdeckt – nicht weit vom Äquator – das seinen Bedingungen gerecht zu werden verspricht, und Lucie ist begeistert: man trägt in diesem Lande Kleider, die den ihren nicht unähnlich sind, man liebt dort die scharfen Gewürze und tanzt nach Rhythmen, ohne die nicht mehr leben zu können sie vorgibt. Es ist zwar ein wenig schockierend, daß diese beiden dem Sprichwort »Bleibe im Lande und nähre dich redlich« nicht zu folgen gedenken, aber andererseits verstehe ich, daß sie die Flucht ergreifen.

Schlimmer ist es mit Johannes! Leider hat sich das böse Gerücht bewahrheitet: er ist Kommunist geworden. Er hat alle Beziehungen zur Familie abgebrochen, kümmert sich um nichts mehr und existiert bei den abendlichen Feiern nur noch in seinem Double. Seine Augen haben einen fanatischen Ausdruck angenommen, derwischähnlich produziert er sich in öffentlichen Veranstaltungen seiner Partei, vernachlässigt seine Praxis und schreibt wütende Artikel in den entsprechenden Organen. Merkwürdigerweise trifft er sich jetzt häufiger mit Franz, der ihn und den er vergeblich zu bekehren versucht. Bei aller geistigen Entfremdung sind sie sich persönlich etwas näher gekommen.

Franz selbst habe ich lange nicht gesehen, nur von ihm gehört. Er soll von tiefer Schwermut befallen sein, hält sich in dämmerigen Kirchen auf; ich glaube, man kann seine Frömmigkeit getrost als übertrieben bezeichnen. Er fing an, seinen Beruf zu vernachlässigen, nachdem das Unheil über seine Familie gekommen war, und neulich sah ich an der Mauer eines zertrümmerten Hauses ein verblichenes Plakat mit der Aufschrift: »Letzter Kampf unseres Altmeisters Lenz gegen Lecoq. Lenz hängt die Boxhandschuhe an den Nagel.« Das Plakat war von März und jetzt haben wir längst August. Franz soll sehr, sehr heruntergekommen sein. Ich glaube, er befindet sich in einem Zustand, der in unserer Familie bisher noch nicht vorgekommen ist: er ist arm. Zum Glück ist er unverheiratet geblieben, die sozialen Folgen seiner unverantwortlichen Frömmigkeit treffen also nur ihn selbst. Mit erstaunlicher Hartnäckigkeit hat er versucht, einen Jugendschutz für die Kinder von Lucie zu erwirken, die er durch die abendlichen Feiern gefährdet glaubt. Aber seine Bemühungen sind ohne Erfolg geblieben. Gott sei Dank sind ja die Kinder begüterter Menschen nicht dem Zugriff sozialer Institutionen ausgeliefert.

Am wenigsten von der übrigen Verwandtschaft entfernt hat sich – trotz mancher widerwärtigen Züge – Onkel Franz. Zwar hat er tatsächlich trotz seines hohen Alters eine Geliebte, auch sind seine geschäftlichen Praktiken von einer Art, die wir zwar bewundern, aber keinesfalls billigen können. Neuerdings hat er einen arbeitslosen Inspizienten aufgetan, der die abendliche Feier überwacht und sorgt, daß alles wie am Schnürchen läuft. Es läuft wirklich alles wie am Schnürchen.

XI

Fast zwei Jahre sind inzwischen verstrichen: eine lange Zeit. Und ich konnte es mir nicht versagen, auf einem meiner abendlichen Spaziergänge einmal am Hause meines Onkels vorbeizugehen, in dem nun keine natürliche Gastlichkeit mehr möglich ist, seitdem fremdes Künstlervolk dort allabendlich herumläuft und die Familienmitglieder sich befremdenden Vergnügungen hingeben.

Es war ein lauer Sommerabend, als ich dort vorbeikam, und schon als ich um die Ecke in die Kastanienallee einbog, hörte ich den Vers:

»weihnachtlich glänzet der Wald ...«

Ein vorüberfahrender Lastwagen machte den Rest unhörbar; ich schlich mich langsam ans Haus und sah durch einen Spalt zwischen den Vorhängen ins Zimmer: Die Ähnlichkeit der anwesenden Mimen mit den Verwandten, die sie darstellten, war so erschreckend, daß ich im Augenblick nicht erkennen konnte, wer nun wirklich an diesem Abend die Aufsicht führte – so nennen sie es. Die Zwerge konnte ich nicht sehen, aber hören. Ihr zirpendes Gebimmel bewegt sich auf Wellenlängen, die durch alle Wände dringen. Das Flüstern des Engels war unhörbar. Meine Tante schien wirklich glücklich zu sein: sie plauderte mit dem Prälaten, und erst später erkannte ich meinen Schwager Karl als einzige – wenn man so sagen kann – reale Person. Ich erkannte ihn daran, wie er beim Auspusten des Streichholzes die Lippen spitzte. Es scheint doch unverwechselbare Züge der Individualität zu geben. Dabei kam mir der Gedanke, daß die Schauspieler offenbar auch mit Zigarren, Zigaretten und Wein traktiert werden – zudem gibt es ja jeden Abend Spargel. Wenn sie unverschämt sind – und welcher Künstler wäre das nicht? – bedeutet dies eine erhebliche zusätzliche Verteuerung für meinen Onkel. Die Kinder spielten mit Puppen und hölzernen Wagen in einer Zimmerecke: sie sahen blaß und müde aus. Tatsächlich, vielleicht müßte man auch an sie denken. Mir kam der Gedanke, daß man sie vielleicht durch Wachspuppen ersetzen könnte, solcher Art, wie sie in den Schaufenstern der Drogerien als Reklame für Milchpulver und Hautcreme Verwendung finden. Ich finde, die sehen doch recht natürlich aus. Tatsächlich will ich die Verwandtschaft einmal auf die möglichen Auswirkungen dieser ungewöhnlichen täglichen Erregung auf die kindlichen Gemüter aufmerksam machen. Obwohl eine gewisse Disziplin ihnen ja nichts schadet, scheint man sie hier doch über Gebühr zu beanspruchen. Ich floh von meinem Beobachtungsposten, als man drinnen anfing »Stille Nacht« zu singen. Ich konnte das Lied wirklich nicht ertragen. Die Luft war so lau – und ich hatte einen Augenblick lang den Eindruck, einer Versammlung von Gespenstern beizuwohnen. Ich ging sehr schnell weg, um an einer Limonadenbude ein Cola zu trinken. Ein scharfer Appetit auf saure Gurken befiel mich ganz plötzlich und ließ mich leise ahnen, wie sehr Lucie gelitten haben muß.

XII

Inzwischen ist es mir gelungen durchzusetzen, daß die Kinder durch Wachspuppen ersetzt wurden. Die Anschaffung war kostspielig – Onkel Franz scheute lange davor zurück –, aber es war nicht länger zu verantworten, die Kinder täglich mit Marzipan zu füttern und sie Lieder singen zu lassen, die ihnen auf die Dauer psychisch schaden können.

Die Anschaffung der Puppen erwies sich als nützlich, weil Karl und Lucie wirklich auswanderten und auch Johannes seine Kinder aus dem Haushalt des Vaters zog. Zwischen großen Überseekisten stehend, habe ich mich von Karl, Lucie und den Kindern verabschiedet; sie erschienen mir glücklich, wenn auch etwas beunruhigt. Auch Johannes ist aus unserer Stadt weggezogen. Irgendwo ist er damit beschäftigt, einen Bezirk seiner Partei umzuorganisieren.

Onkel Franz ist lebensmüde. Mit klagender Stimme erzählte er mir neulich, daß man immer wieder vergißt, die Puppen abzustauben. Überhaupt machen ihm die Dienstboten Schwierigkeiten, und die Schauspieler scheinen zur Disziplinlosigkeit zu neigen: sie trinken mehr als ihnen zusteht, und einige sind dabei ertappt worden, daß sie sich Zigarren und Zigaretten einstecken. Ich riet meinem Onkel, ihnen gefärbtes Wasser vorzusetzen und Pappezigarren anzuschaffen.

Die einzig Zuverlässigen sind meine Tante und der Prälat. Sie plaudern miteinander über die gute alte Zeit, kichern und scheinen recht vergnügt und unterbrechen ihr Gespräch nur, wenn ein Lied angestimmt wird.

Jedenfalls: die Feier wird fortgesetzt.

Mein Vetter Franz hat eine merkwürdige Entwicklung genommen. Er ist als Laienbruder in ein Kloster der Umgebung aufgenommen worden. Als ich ihn zum erstenmal in der Kutte sah, war ich erschreckt: diese große Gestalt mit der zerschlagenen Nase und den dicken Lippen, sein schwermütiger Blick – erinnerte mich eher an einen Sträfling als an einen Mönch ... Es schien fast, als habe er meine Gedanken erraten. »Wir sind mit dem Leben bestraft«, sagte er leise. Ich folgte ihm ins Sprechzimmer. Wir unterhielten uns stockend, und er war offenbar erleichtert, als die Glocke ihn zum Gebet in die Kirche rief.

Ich blieb nachdenklich stehen, als er ging: er beeilte sich sehr, und seine Eile schien aufrichtig zu sein.

FRIEDRICH DÜRRENMATT
Der Tunnel

Ein Vierundzwanzigjähriger, fett, damit das Schreckliche hinter den Kulissen, welches er sah (das war seine Fähigkeit, vielleicht seine einzige), nicht allzu nah an ihn herankomme, der es liebte, die Löcher in seinem Fleisch, da doch gerade durch sie das Ungeheuerliche hereinströmen konnte, zu verstopfen, derart, daß er Zigarren rauchte (Ormond-Brasil 10) und über seiner Brille eine zweite trug, eine Sonnenbrille und in den Ohren Wattebüschel: Dieser junge Mann, noch von seinen Eltern abhängig und mit nebulosen Studien auf einer Universität beschäftigt, die in einer zweistündigen Bahnfahrt zu erreichen war, stieg eines Sonntagnachmittags in den gewohnten Zug, Abfahrt siebzehnuhrfünfzig, Ankunft neunzehnuhrsiebenundzwanzig, um anderentags ein Seminar zu besuchen, das zu schwänzen er schon entschlossen war. Die Sonne schien an einem wolkenlosen Himmel, da er seinen Heimatort verließ. Es war Sommer. Der Zug hatte sich bei diesem angenehmen Wetter zwischen den Alpen und dem Jura fortzubewegen, an reichen Dörfern und kleineren Städten vorbei, später an einem Fluß entlang, und tauchte denn auch nach noch nicht ganz zwanzig Minuten Fahrt, gerade nach Burgdorf in einen kleinen Tunnel. Der Zug war überfüllt. Der Vierundzwanzigjährige war vorne eingestiegen und hatte sich mühsam nach hinten durchgearbeitet, schwitzend und einen leicht vertrottelten Eindruck erweckend. Die Reisenden saßen dicht gedrängt, viele auf Koffern, auch die Coupés der zweiten Klasse waren besetzt, nur die erste Klasse schwach belegt. Wie sich der junge Mann endlich durch das Wirrwarr der Familien, Rekruten, Studenten und Liebespaare gekämpft hatte, bald, vom Zug hin und her geschleudert, gegen diesen fallend und bald gegen jenen, gegen Bäuche und Brüste torkelnd, fand er im hintersten

Wagen Platz, so viel sogar, daß er in diesem Abteil der dritten Klasse – in der es sonst Wagen mit Coupés selten gibt – eine ganze Bank für sich allein hatte: Im geschlossenen Raume saß ihm gegenüber einer, noch dicker als er, der mit sich selbst Schach spielte, und in der Ecke der gleichen Bank, gegen den Korridor zu, ein rothaariges Mädchen, das einen Roman las. So saß er schon am Fenster und hatte eben eine Ormond Brasil 10 in Brand gesteckt, als der Tunnel kam, der ihm länger als sonst zu dauern schien. Er war diese Strecke schon manchmal gefahren, fast jeden Samstag und Sonntag seit einem Jahr und hatte den Tunnel eigentlich gar nie beachtet, sondern immer nur geahnt. Zwar hatte er ihm einige Male die volle Aufmerksamkeit schenken wollen, doch hatte er, wenn er kam, jedes Mal an etwas anderes gedacht, so daß er das kurze Eintauchen in die Finsternis nicht bemerkte, denn der Tunnel war eben gerade vorbei, wenn er, entschlossen ihn zu beachten, aufschaute, so schnell durchfuhr ihn der Zug und so kurz war der kleine Tunnel. So hatte er denn auch jetzt die Sonnenbrille nicht abgenommen, als sie einfuhren, da er nicht an den Tunnel dachte. Die Sonne hatte eben noch mit voller Kraft geschienen und die Landschaft, durch die sie fuhren, die Hügel und Wälder, die fernere Kette des Juras und die Häuser des Städtchens war wie von Gold gewesen, so sehr hatte alles im Abendlicht geleuchtet, so sehr, daß ihm die nun schlagartig einsetzende Dunkelheit des Tunnels bewußt wurde, der Grund wohl auch, warum ihm die Durchfahrt länger erschien, als er sie sich dachte. Es war völlig finster im Abteil, da der Kürze des Tunnels wegen die Lichter nicht in Funktion gesetzt waren, denn jede Sekunde mußte sich ja in der Scheibe der erste, fahle Schimmer des Tages zeigen, sich blitzschnell ausweiten und mit voller, goldener Helle gewaltig hereinbrechen; als es jedoch immer noch dunkel blieb, nahm er die Sonnenbrille ab. Das Mädchen zündete sich in diesem Augenblick eine Zigarette an, offenbar ärgerlich, daß es im Roman nicht weiterlesen konnte, wie er im rötlichen Aufflammen des Streichholzes zu bemerken glaubte; seine Armbanduhr mit dem leuchtenden Zifferblatt zeigte zehn nach sechs. Er lehnte sich in die Ecke zwischen der Coupéwand und der Scheibe und beschäftigte sich mit seinen verworrenen Studien, die ihm niemand recht glaubte, mit dem Seminar, in das er morgen mußte und in das er nicht gehen würde (alles, was er tat, war nur ein Vorwand, hinter der Fassade seines Tuns Ordnung zu erlangen, nicht die Ordnung selber, nur die Ahnung einer Ordnung, angesichts des Schrecklichen, gegen das er sich mit Fett polsterte, Zigarren in den Mund steckte, Wattebüschel in die Ohren), und wie er wieder auf das Zifferblatt schaute, war es viertel nach sechs und immer noch der Tunnel. Das verwirrte ihn. Zwar leuchteten nun die Glühbirnen auf, es wurde hell im Coupé, das rote Mädchen konnte in seinem Roman weiterlesen und der dicke Herr spielte wieder mit sich selber Schach, doch draußen, jenseits der Scheibe, in der sich nun das ganze Abteil spiegelte, war immer noch der Tunnel. Er trat in den Korridor, in welchem ein hochgewachsener Mann in einem hellen Regenmantel auf und ab ging, ein schwarzes Halstuch umgeschlagen. Wozu auch bei diesem Wetter, dachte er und schaute in die anderen Coupés dieses Wagens, wo man Zeitung las und miteinander schwatzte. Er trat wieder zu seiner Ecke und setzte sich, der Tunnel mußte nun jeden Augenblick aufhören, jede Sekunde; auf der Armbanduhr war es nun beinahe zwanzig nach; er ärgerte sich, den Tunnel vorher so wenig beachtet zu haben, dauerte er doch nun schon eine Viertelstunde und mußte, wenn die Geschwindigkeit eingerechnet wurde, mit welcher der Zug fuhr, ein bedeutender Tunnel sein, einer der längsten Tunnel in der Schweiz. Es war daher wahrscheinlich, daß er einen falschen Zug genommen hatte, wenn ihm im Augenblick auch nicht erinnerlich war, daß sich zwanzig Minuten Bahnfahrt von seinem Heimatort aus ein so langer und bedeutender Tunnel befand. Er fragte deshalb den dicken Schachspieler, ob der Zug nach Zürich fahre, was der bestätigte. Er wüßte gar nicht, daß an dieser Stelle der Strecke ein so langer Tunnel sei, sagte der junge Mann, doch der Schachspieler antwortete, etwas ärgerlich, da er in irgendeiner schwierigen Überlegung zum zweiten Mal unterbrochen wurde, in der Schweiz gebe es eben viele Tunnel, außerordentlich viele, er reise zwar zum ersten Mal in diesem Lande, doch falle dies sofort auf, auch habe er in einem statistischen Jahrbuch gelesen, daß kein Land so viele Tunnel wie die Schweiz besitze. Er müsse sich nun entschuldigen, wirklich, es tue ihm schrecklich leid, da er sich mit einem wichtigen Problem der Nimzowitsch-Verteidigung beschäftige und nicht mehr abgelenkt werden dürfe. Der Schachspieler hatte höflich, aber bestimmt geantwortet; daß von ihm keine Antwort zu erwarten war, sah der junge Mann ein. Er war froh, als nun der Schaffner kam. Er war überzeugt, daß seine Fahrkarte zurückgewiesen werden würde; auch als der Schaffner, ein blasser, magerer Mann, nervös, wie es den Eindruck machte, dem Mädchen gegenüber, dem er zuerst die Fahrkarte abnahm, bemerkte, es müsse in Olten umsteigen, gab der Vierundzwanzigjährige noch nicht alle Hoffnung auf, so sehr war er überzeugt, in den falschen Zug gestiegen zu sein. Er werde wohl nachzahlen müssen, er sollte nach Zürich, sagte er denn, ohne die Ormond Brasil 10 aus dem Munde zu nehmen, und reichte dem Schaffner das Billet hin. Der Herr sei im rechten Zug, antwortete der, wie er die Fahrkarte geprüft hatte. »Aber wir fahren doch durch einen Tunnel!« rief der junge Mann ärgerlich und recht energisch aus, entschlossen, nun die verwirrende Situation aufzuklären. Man sei eben an Herzogenbuchsee vorbeigefahren und nähere sich Langenthal, sagte der Schaffner. »Es stimmt, mein Herr, es ist jetzt zwanzig nach sechs.« Aber man fahre seit zwanzig Minuten durch einen Tunnel, beharrte der junge Mann auf seiner Feststellung. Der Schaffner sah ihn verständnislos an. »Es ist der Zug nach Zürich«, sagte er, und schaute nun auch nach dem Fenster. »Zwanzig nach sechs«, sagte er wieder, jetzt etwas beunruhigt, wie es schien, »bald kommt Olten, Ankunft achtzehnuhrsiebenunddreißig. Es wird schlechtes Wetter gekommen sein, ganz plötzlich, daher die Nacht, vielleicht ein Sturm, ja, das wird es sein.« »Unsinn«, mischte sich nun der Mann, der sich mit einem Problem der Nimzowitsch-Verteidigung beschäftigte, ins Gespräch, ärgerlich, weil er immer noch sein Billet hinhielt, ohne vom Schaffner beachtet zu werden, »Unsinn, wir fahren durch einen Tunnel. Man kann deutlich den Fels sehen, Granit wie es scheint. In der Schweiz gibt es am meisten Tunnel der ganzen Welt. Ich habe es in einem statistischen Jahrbuch gelesen.« Der Schaffner, indem er endlich die Fahrkarte des Schachspielers entgegennahm, versicherte aufs neue, fast flehentlich, der Zug fahre nach Zürich, worauf der Vierundzwanzigjährige den Zugführer verlangte. Der sei vorne im Zug, sagte der Schaffner, im übrigen fahre der Zug nach Zürich, jetzt sei es sechsuhrfünfundzwanzig und in zwölf Minuten werde er nach dem Sommerfahrplan in Olten anhalten, er fahre jede Woche diesen Zug dreimal. Der junge Mann machte sich auf den Weg. Das Gehen fiel ihm noch schwerer im überfüllten Zug als vor kurzem, wie er die gleiche Strecke umgekehrt gegangen war; der Zug mußte überaus schnell fahren; auch war das Getöse, das er dabei verursachte, entsetzlich; so steckte er sich seine Wattebüschel denn wieder in die Ohren, nachdem er sie beim Betreten des Zuges entfernt hatte. Die Menschen, an denen er vorbeikam, verhielten sich ruhig, in nichts unterschied sich der Zug von anderen Zügen, die er an den Sonntagnachmittagen gefahren war, und niemand fiel ihm auf, der beunruhigt gewesen wäre. In einem Wagen mit Zweitklaß-Abteilen stand ein Engländer am Fenster des Korridors und tippte freudestrahlend mit der Pfeife, die er rauchte, an die Scheibe. »Simplon«, sagte er. Auch im Speisewagen war alles wie sonst, obwohl kein Platz frei war, und der Tunnel doch einem der Reisenden oder der Bedienung, die Wienerschnitzel und Reis servierte, hätte auffallen können. Den Zugführer, den er an der roten Tasche erkannte, fand der junge Mann am Ausgang des Speisewagens. »Sie wünschen?« fragte der Zugführer, der ein großgewachsener, ruhiger Mann war, mit einem sorgfältig gepflegten schwarzen Schnurrbart und einer randlosen Brille. »Wir sind in einem Tunnel, seit fünfundzwanzig Minuten«, sagte der junge Mann. Der Zugführer schaute nicht nach dem Fenster, wie der Vierundzwanzigjährige erwartet hatte, sondern wandte sich zum Kellner. »Geben Sie mir eine Schachtel Ormond 10«, sagte er, »ich rauche die gleiche Sorte wie der Herr da«; doch konnte ihn der Kellner nicht bedienen, da man diese Zigarre nicht besaß, so daß denn der junge Mann, froh, einen Anknüpfungspunkt zu haben, dem Zugführer eine Brasil anbot. »Danke«, sagte der, »ich werde in Olten kaum Zeit haben, mir eine zu verschaffen, und so tun Sie mir denn einen großen Gefallen. Rauchen ist wichtig. Darf ich Sie nun bitten, mir zu folgen?« Er führte den Vierundzwanzigjährigen in den Packwagen, der vor dem Speisewagen lag. »Dann kommt noch die Maschine«, sagte der Zugführer, wie sie den Raum betraten, »wir befinden uns an der Spitze des Zuges.« Im Packraum brannte ein schwaches, gelbes Licht, der größte Teil des Wagens lag im Ungewissen, die Seitentüren waren verschlossen, und nur durch ein kleines vergittertes Fenster drang die Finsternis des Tunnels. Koffern standen herum, viele mit Hotelzetteln beklebt, einige Fahrräder und ein Kinderwagen. Der Zugführer hing seine rote Tasche an einen Haken. »Was wünschen Sie?« fragte er aufs neue, schaute jedoch den jungen Mann nicht an, sondern begann in einem Heft, das er der Tasche entnommen hatte, Tabellen auszufüllen. »Wir befinden uns seit Burgdorf in einem Tunnel«, antwortete der Vierundzwanzigjährige entschlossen, »einen so gewaltigen Tunnel gibt es auf dieser Strecke nicht, ich fahre sie jede Woche hin und zurück, ich kenne die Strecke.« Der Zugführer schrieb weiter. »Mein Herr«, sagte er endlich und trat nah an den jungen Mann heran, so nah, daß sich die beiden Leiber fast berührten, »mein Herr, ich habe Ihnen wenig zu sagen. Wie wir in diesen Tunnel geraten sind, weiß ich nicht, ich habe dafür keine Erklärung. Doch bitte ich Sie zu bedenken: Wir bewegen uns auf Schienen, der Tunnel muß also irgendwo hinführen. Nichts beweist, daß am Tunnel etwas nicht in Ordnung ist, außer natürlich, daß er nicht aufhört.« Der Zugführer, die Ormond Brasil immer noch ohne zu rauchen zwischen den Lippen, hatte überaus leise gesprochen, jedoch mit so großer Würde und so deutlich und bestimmt, daß seine Worte vernehmbar waren, obgleich im Packwagen das Tosen des Zuges um vieles stärker war als im Speisewagen. »Dann bitte ich Sie, den Zug anzuhalten«, sagte der junge Mann ungeduldig, »ich verstehe kein Wort von dem, was Sie sagen. Wenn etwas nicht stimmt mit diesem Tunnel, dessen Vorhandensein Sie selbst nicht erklären können, haben Sie den Zug anzuhalten.« »Den Zug anhalten?« antwortete der andere langsam, gewiß, daran habe er auch schon gedacht, worauf er das Heft schloß und in die rote Tasche zurücksteckte, die an ihrem Haken hin und her schwankte, dann steckte er die Ormond sorgfältig in Brand. Ob er die Notbremse ziehen solle, fragte der junge Mann und wollte nach dem Haken der Bremse über seinem Kopf greifen, torkelte jedoch im selben Augenblick nach vorne, wo er an die Wand prallte. Ein Kinderwagen rollte auf ihn zu und Koffer rutschten heran; seltsam schwankend kam auch der Zugführer mit vorgestreckten Händen durch den Packraum. »Wir fahren abwärts«, sagte der Zugführer und lehnte sich neben dem Vierundzwanzigjährigen an die Vorderwand des Wagens, doch kam der erwartete Aufprall des rasenden Zuges am Fels nicht, dieses Zerschmettern und Ineinanderschachteln der Wagen, der Tunnel schien vielmehr wieder eben zu verlaufen. Am andern Ende des Wagens öffnete sich die Türe. Im grellen Licht des Speisewagens sah man Menschen, die einander zutranken, dann schloß sich die Türe wieder. »Kommen Sie in die Lokomotive«, sagte der Zugführer und schaute dem Vierundzwanzigjährigen nachdenklich und, wie es plötzlich schien, seltsam drohend ins Gesicht, dann schloß er die Türe auf, neben der sie an der Wand lehnten: Mit solcher Gewalt jedoch schlug ihnen ein sturmartiger, heißer Luftstrom entgegen, daß sie von der Wucht des Orkans aufs neue gegen die Wand taumelten; gleichzeitig erfüllte ein fürchterliches Getöse den Packwagen. »Wir müssen zur Maschine hinüberklettern«, schrie der Zugführer dem jungen Mann ins Ohr, auch so kaum vernehmbar, und verschwand dann im Rechteck der offenen Türe, durch die man die hellerleuchteten, hin und her schwankenden Scheiben der Zugmaschine sah. Der Vierundzwanzigjährige folgte entschlossen, wenn er auch den Sinn der Kletterei nicht begriff. Die Plattform, die er betrat, besaß auf beiden Seiten ein Eisengeländer, woran er sich klammerte, doch war nicht der ungeheure Luftzug das Entsetzliche, der sich milderte, wie er sich der Maschine zubewegte, sondern die unmittelbare

Nähe der Tunnelwände, die er zwar nicht sah, da er sich ganz auf die Maschine konzentrieren mußte, die er jedoch ahnte, durchzittert vom Stampfen der Räder und vom Pfeifen der Luft, so daß ihm war, als rase er mit Sterngeschwindigkeit in eine Welt aus Stein. Der Lokomotive entlang lief ein schmales Band und darüber als Geländer eine Stange, die sich in immer gleicher Höhe über dem Band um die Maschine herumkrümmte: Dies mußte der Weg sein; den Sprung den es zu wagen galt, schätzte er auf einen Meter. So gelang es ihm denn auch, die Stange zu fassen. Er schob sich, gegen die Lokomotive gepreßt, dem Band entlang; fürchterlich wurde der Weg erst, als er auf die Längsseite der Maschine gelangte, nun voll der Wucht des brüllenden Orkans ausgesetzt und drohenden Felswänden, die, hell erleuchtet von der Maschine, heranfegten. Nur der Umstand, daß ihn der Zugführer durch eine kleine Türe ins Innere der Maschine zog, rettete ihn. Erschöpft lehnte sich der junge Mann gegen den Maschinenraum, worauf es mit einem Male still wurde, denn die Stahlwände der riesenhaften Lokomotive dämpften, wie der Zugführer die Türe geschlossen hatte, das Tosen so sehr ab, daß es kaum mehr zu vernehmen war. »Die Ormond Brasil haben wir auch verloren«, sagte der Zugführer. »Es war nicht klug, vor der Kletterei eine anzuzünden, aber sie zerbrechen leicht, wenn man keine Schachtel mit sich führt, bei ihrer länglichen Form.« Der junge Mann war froh, nach der bedenklichen Nähe der Felswände auf etwas gelenkt zu werden, das ihn an die Alltäglichkeit erinnerte, in der er sich noch vor wenig mehr denn einer halben Stunde befunden hatte, an diese immergleichen Tage und Jahre (immergleich, weil er nur auf diesen Augenblick hinlebte, der nun erreicht war, auf diesen Augenblick des Einbruchs, auf dieses plötzliche Nachlassen der Erdoberfläche, auf den abenteuerlichen Sturz ins Erdinnere). Er holte eine der braunen Schachteln aus der rechten Rocktasche und bot dem Zugführer erneut eine Zigarre an, selber steckte er sich auch eine in den Mund, und vorsichtig nahmen sie Feuer, das der Zugführer bot. »Ich schätze diese Ormond sehr«, sagte der Zugführer, »nur muß einer gut ziehen, sonst gehen sie aus«,

Worte, die den Vierundzwanzigjährigen mißtrauisch machten, weil er spürte, daß der Zugführer auch nicht gern an den Tunnel dachte, der draußen immer noch dauerte (immer noch war die Möglichkeit, er könnte plötzlich aufhören, wie ein Traum mit einem Mal aufzuhören vermag). »Achtzehn Uhr vierzig«, sagte er, indem er auf seine Uhr mit dem leuchtenden Zifferblatt schaute, »jetzt sollten wir doch schon in Olten sein«, und dachte dabei an die Hügel und Wälder, die doch noch vor kurzem waren, goldüberhäuft in der sinkenden Sonne. So standen sie und rauchten, an die Wand des Maschinenraums gelehnt. »Keller ist mein Name« sagte der Zugführer und zog an seiner Brasil. Der junge Mann gab nicht nach. »Die Kletterei auf der Maschine war nicht ungefährlich« bemerkte er, »wenigstens für mich, der ich an dergleichen nicht gewöhnt bin, und so möchte ich denn wissen, wozu Sie mich hergebracht haben.« Er wisse es nicht, antwortete Keller, er habe sich nur Zeit zum Überlegen schaffen wollen. »Zeit zum Überlegen« wiederholte der Vierundzwanzigjährige. »Ja« sagte der Zugführer, so sei es, rauchte dann wieder weiter. Die Maschine schien sich von neuem nach vorne zu neigen. »Wir können ja in den Führerraum gehen« schlug Keller vor, blieb jedoch immer noch unschlüssig an der Maschinenwand stehen, worauf der junge Mann den Korridor entlangschritt. Wie er die Türe zum Führerraum geöffnet hatte, blieb er stehen. »Leer« sagte er zum Zugführer, der nun auch herankam, »der Führerstand ist leer.« Sie betraten den Raum, schwankend durch die ungeheure Geschwindigkeit, mit der die Maschine, den Zug mit sich reißend, immer weiter in den Tunnel hineinraste. »Bitte« sagte der Zugführer und drückte einige Hebel nieder, zog auch die Notbremse. Die Maschine gehorchte nicht. Sie hätten alles getan, sie anzuhalten, gleich als sie die Änderung in der Strecke bemerkt hätten, versicherte Keller, doch sei die Maschine immer weitergerast. »Sie wird immer weiterrasen« antwortete der Vierundzwanzigjährige und wies auf den Geschwindigkeitsmesser. »Hundertfünfzig. Ist die Maschine je Hundertfünfzig gefahren?« »Mein Gott« sagte der Zugführer, »so schnell ist sie nie gefahren, höchstens Hundertfünf.« »Eben« sagte der junge Mann. »Ihre Schnelligkeit nimmt zu. Jetzt zeigt der Messer Hundertachtundfünfzig. Wir fallen.« Er trat an die Scheibe, doch konnte er sich nicht aufrechterhalten, sondern wurde mit dem Gesicht an die Glaswand gepreßt, so abenteuerlich war nun die Geschwindigkeit. »Der Lokomotivführer?« schrie er und starrte nach den Felsmassen, die in das grelle Licht der Scheinwerfer hinaufstürzten, ihm entgegen, die auf ihn zurasten, und über ihm, unter ihm und zu beiden Seiten des Führerraums verschwanden. »Abgesprungen« schrie Keller zurück, der nun mit dem Rücken gegen das Schaltbrett gelehnt auf dem Boden saß. »Wann?« fragte der Vierundzwanzigjährige hartnäckig. Der Zugführer zögerte ein wenig und mußte sich seine Ormond aufs neue anzünden, die Beine, da sich der Zug immer stärker neigte, in der gleichen Höhe wie sein Kopf. »Schon nach fünf Minuten« sagte er dann. »Es war sinnlos, noch eine Rettung zu versuchen. Der im Packraum ist auch abgesprungen.« »Und Sie« fragte der Vierundzwanzigjährige. »Ich bin der Zugführer« antwortete der andere, »auch habe ich immer ohne Hoffnung gelebt.« »Ohne Hoffnung« wiederholte der junge Mann, der nun geborgen auf der Glasscheibe des Führerstandes lag, das Gesicht über den Abgrund gepreßt. »Da saßen wir noch in unseren Abteilen und wußten nicht, daß schon alles verloren war« dachte er. »Noch hatte sich nichts verändert, wie es uns schien, doch schon hatte uns der Schacht nach der Tiefe zu aufgenommen, und so rasen wir denn wie die Rotte Korah in unseren Abgrund.« Er müsse nun zurück, schrie der Zugführer, »in den Wagen wird die Panik ausgebrochen sein. Alles wird sich nach hinten drängen.« »Gewiß« antwortete der Vierundzwanzigjährige und dachte an den dicken Schachspieler und an das Mädchen mit seinem Roman und dem roten Haar. Er reichte dem Zugführer seine übrigen Schachteln Ormond Brasil 10. »Nehmen Sie« sagte er, »Sie werden Ihre Brasil beim Hinüberklettern doch wieder verlieren.« Ob er denn nicht zurückkomme, fragte der Zugführer, der sich aufgerichtet hatte und mühsam den Trichter des Korridors hinaufzukriechen begann. Der junge Mann sah nach den sinnlosen Instrumenten, nach diesen lächerlichen

Hebeln und Schaltern, die ihn im gleißenden Licht der Kabine silbern umgaben. »Zweihundertzehn« sagte er. »Ich glaube nicht, daß Sie es bei dieser Geschwindigkeit schaffen, hinaufzukommen in die Wagen über uns.« »Es ist meine Pflicht« schrie der Zugführer. »Gewiß« antwortete der Vierundzwanzigjährige, ohne seinen Kopf nach dem sinnlosen Unternehmen des Zugführers zu wenden. »Ich muß es wenigstens versuchen« schrie der Zugführer noch einmal, nun schon weit oben im Korridor, sich mit Ellbogen und Schenkeln gegen die Metallwände stemmend, doch wie sich die Maschine weiter hinabsenkte, um nun in fürchterlichem Sturz dem Innern der Erde entgegenzurasen, diesem Ziel aller Dinge zu, so daß der Zugführer in seinem Schacht direkt über dem Vierundzwanzigjährigen hing, der am Grunde der Maschine auf dem silbernen Fenster des Führerraumes lag, das Gesicht nach unten, ließ seine Kraft nach. Der Zugführer stürzte auf das Schaltbrett und kam blutüberströmt neben den jungen Mann zu liegen, dessen Schultern er umklammerte. »Was sollen wir tun?« schrie der Zugführer durch das Tosen der ihnen entgegenschnellenden Tunnelwände hindurch dem Vierundzwanzigjährigen ins Ohr, der mit seinem fetten Leib, der jetzt nutzlos war, und nicht mehr schützte, unbeweglich auf der ihn vom Abgrund trennenden Scheibe ruhte, und durch sie hindurch den Abgrund gierig in seine nun zum ersten Male weit geöffneten Augen sog. »Was sollen wir nun tun?« »Nichts« antwortete der andere unbarmherzig, ohne sein Gesicht vom tödlichen Schauspiel abzuwenden, doch nicht ohne eine gespensterhafte Heiterkeit, von Glassplittern übersät, die von der zerbrochenen Schalttafel herstammten, während zwei Wattebüschel, durch irgendeinen Luftzug ergriffen, der nun plötzlich hereindrang (in der Scheibe zeigte sich ein erster Spalt) pfeilschnell nach oben in den Schacht über ihnen fegten. »Nichts. Gott ließ uns fallen und so stürzen wir denn auf ihn zu.«

STEPHAN HERMLIN
Die Kommandeuse

Am 17. Juni 1953, kurz vor Mittag, betraten zwei Männer die Zelle einer gewissen Hedwig Weber in der Saalstedter Strafanstalt und machten, als die Weber auf die Frage nach dem Grunde ihrer Haft erwidert hatte, sie habe fünfzehn Jahre abzusitzen wegen Verbrechens gegen die Menschlichkeit, ihr mit den Worten: »Solche wie Sie suchen wir gerade!« die Mitteilung, sie sei frei.

Spät am Vorabend hatte die Prostituierte und Kindesmörderin Rallmann, die in der darübergelegenen Zelle saß, sie mit dem verabredeten Zeichen ans Fenster geholt. Die Weber hatte sich am Fenster hochgezogen und ein Flüstern gehört, in der Stadt werde gestreikt. Sie wollte zurückfragen, aber die Rallmann war schon weggesprungen. Frühmorgens, während der Freistunde, war zum erstenmal etwas zu ihnen herübergedrungen wie Singen und Rufen. Die Weber hatte faul, unwillig gedacht, was die wohl wieder einmal feierten, sie hatte dann in Gedanken nach dem Datum gesucht, das ihr nicht einfallen wollte, und wozu auch, die erfanden ja immer neue Feiertage. Während sie jetzt den Männern gegenüberstand, schien ihr, als sei die Freistunde heute kürzer gewesen als sonst. Sie hatte dann ein, zwei Stunden später erneut vielstimmigen Lärm gehört, viel näher als sonst, schärfer, bestimmter, aber ohne deutliche Worte. Die Weber hatte vor ein paar Jahren einmal wegen Diebstahls vier Monate im Gefängnis gesessen. Jetzt war im Strichkalender an der Wand die achtundzwanzigste Woche begonnen. Sie saß lange genug, um gegen die Geräusche der Haft abgestumpft zu sein. Der Flügel der Strafanstalt, in dem die Frauen untergebracht waren, lag ein gutes Stück von der Straße weg. Das, was gelegentlich von draußen hereindrang, wurde von ihr nicht immer genau erkannt, es war auch nicht wichtig an sich, es wurde nur zum Anlaß, in einen Gedanken, eine Vorstellung hineinzuspringen, wie man auf eine fahrende Bahn springt: man brauchte sich nicht weiter zu rühren, man war drin, alles kam von selbst auf einen zu. Sie träumte dann wild, gierig vor sich hin, aber doch ohne Ziel, ohne Glauben. Auch heute früh hatte sich daran gar nichts geändert, nicht einmal als die Rallmann sie wieder ans Fenster geholt hatte: sie sehe Rauch. Die Weber konnte keinen Rauch sehen. Was denn, es war leichter Südwind und heiß, die Sonne drückte den Rauch von der Pumpenfabrik herunter. Der Rauch war in ihr selbst, ein Nebel breitete und breitete sich in ihr aus, sie hörte ein Hasten in den Gängen und dumpfe Schläge von unten zwischen dem Lärm der Menge. Dann kam von weither ein Schrei, den die Weber kalt registrierte: es war ein unmenschlicher Schrei, wie ihn nur ein Mensch ausstoßen kann.

In den Zellen war es bisher still geblieben. Jetzt begann dort ein Sprechen, laut, hastig, mit schrillem Lachen; es kam näher mit Schritten und dem Schließen von Türen. Dann klirrten Riegel, und die Weber sah die beiden Männer. Der sich nach dem Grund ihrer Strafe erkundigt hatte, war jung, hübsch, groß; an dem anderen, Älteren, fiel ihr nur der Blick auf, der dem ihren, als sie antwortete, ganz schnell begegnet war. Der Blick streifte sonst immer um Haaresbreite an einem vorbei, aber auf Leute mit diesem Blick war Verlaß. Die beiden standen in der Tür; sie trugen Baskenmützen und Sonnenbrillen, und hinter ihnen sah man Häftlinge den Gang hinunterlaufen. Sie erkannte die Inge Grützner aus dem oberen Stockwerk, die ihr über die Köpfe der beiden Männer weg lustig zuwinkte und auch schon verschwunden war. In der Weber lief eine rasende Folge von Glaubenwollen und Nichtglaubenkönnen ab. Dieser Nebel, das, was sich in ihr breit machte und blähte, war eine wilde, verworrene Sucht zu schreien, zu toben, etwas in Trümmer zu schlagen. Die Männer sagten, in Berlin und überall sonst seien große Dinge im Gang, die Regierung sei gestürzt, die Kommune gehe stiften, die Amis seien schon im Anrollen. »Und der Russe?« »Der Russe will doch keinen Krieg haben wegen Ulbricht«, sagte der Hübsche und betrachtete pfeifend die Wände, als sei da wer weiß was zu sehen. »Der geht auf die Weichsel zurück.« »Leute wie Sie«, sagte der Ältere, »können wir brauchen. Sie müssen in den Saalstedter Führungsstab. Ich kann jetzt schon sehen, was alles sich uns an den Hals schmeißen wird. Da braucht man Leute mit Erfahrung und Überzeugung.« Die Weber fragte aus ihrem Nebel heraus: »Sagt ihr auch die Wahrheit? Bin ich wirklich frei?« Die beiden lachten.

Die Weber hörte den Lärm in den Gängen und auf der Straße, ihr war, als höre sie plötzlich eine halbvergessene Musik, das Gellen der Pfeifen über dem Knattern der Trommeln, das den folgenden Marsch einleitete, und diese Musik eingebettet in tobendes Heil-Gebrüll, das sich von Straße zu Straße fortpflanzt, und in diesem Moment war sie aus dem Nebel heraus. Sie sah deutlich und gleichgültig auf die sieben Monate in dieser Zelle zurück, in der sie fünfzehn Jahre hatte verbringen sollen, und auf die sieben Jahre vor diesen sieben Monaten, voller Angst, Verstellung, Hoffnungslosigkeit, voll unausdrückbarem Haß auf alles, was sie unter sich gehabt hatte und nun über sich sah, auf diese neuen Leute in den Verwaltungen und ihre Zeitungen und Fahnen und Wettbewerbe und Spruchbänder. Diese ganze Zeit war ein langer Alptraum gewesen mit unbegrenzten, unbegrenzbaren Drohungen, vor denen man nicht fliehen konnte, weil etwas in einem nicht an die Möglichkeit einer Flucht, einer Änderung glaubte. Alte Verbindungen hatte sie nicht gesucht. Sie hörte nur regelmäßig bei einer Bekannten, die nicht wußte, wer sie war, am Radio die Suchmeldungen der Kampfgruppe. Sie hatte ein, zwei Namen gehört, die sie von früher kannte. Eines Tages hörte sie ihren eigenen Namen: »Gesucht wird die Angestellte Hedwig Weber, zuletzt gesehen im März 1945 in Fürstenberg.« Sie hätte sich fast verraten. Es war auch klug, daß sie »Fürstenberg« sagten, das gleich neben Ravensbrück liegt.

Sie hatte ein paarmal in Fabriken angefangen, es aber immer schnell satt bekommen mit den Leuten und auch mit der Arbeit. Die falschen Papiere, die auf den Namen Helga Schmidt lauteten, zwangen sie in eine aus tausend Einzelheiten bestehende fremde Vergangenheit, von der sie nichts wußte. Sie hatte Geschichten mit Männern gehabt, damit die Zeit schneller verging. In Magdeburg hatte sie jemand kennengelernt, der sie an den Oberscharführer Worringer erinnerte, mit dem sie in Ravensbrück ein Verhältnis gehabt hatte. Als sie nach dem Diebstahl einer Rolle Kupferdraht zu vier Monaten verurteilt worden war, hatte sie sich zum erstenmal beruhigt – die Strafgefangene Schmidt konnte man nicht mehr beobachten, man konnte ihr keine Fragen stellen, sie brauchte nicht mehr zu befürchten, auf der Straße erkannt zu werden. Sie hatte danach von ihrem Vater aus Hannover einen Brief bekommen – dort kümmere sich kein Mensch um einen, im Gegenteil, seine frühere Tätigkeit im Reichssicherheitshauptamt sei für die Justizverwaltung eigentlich eine Empfehlung gewesen, er könne nicht klagen, aber sie solle lieber noch nicht kommen, er habe noch Schwierigkeiten mit einer Neubauwohnung. Sie hatte dieses Leben bald wieder so über, mit den blauen Hemden und dem ganzen Betrieb von Unterschriftslisten und Kultur und Fakultäten und Ferienheimen und den Volkspolizisten auf ihren Lastwagen und mit dem Gelaufe nach einem Stück Wäsche, das einfach nicht aufzutreiben war, und vor allem hatte sie das Gehen auf der Straße und das Sitzen im Café satt, wo sie immer darauf achten mußte, nicht aufzufallen und das Gesicht möglichst im Profil zu zeigen – sie hatte das alles so über, daß sie ernsthaft daran dachte, einfach nach Hannover zu fahren, obwohl sie fürchtete, dort eher gesucht zu werden als hier, wo sicher niemand mehr sie vermutete. Aber damals war geschehen, was sie tausendmal ins Auge gefaßt und erwogen und gerade aus diesem Grund schließlich für unmöglich gehalten hatte: ein ehemaliger Häftling hatte sie hier in Saalstedt auf der Straße erkannt, als sie einen Laden verließ, sie war festgenommen und zu fünfzehn Jahren Zuchthaus verurteilt worden.

In diesem Augenblick jetzt sagte sich die Weber, daß Alpträume nicht ewig dauern, und daß, was oben war, wieder oben sein wird. Es hatte einfach so kommen müssen. Sie mußte lächeln, weil ihre Hand unwillkürlich, vielleicht schon eine ganze Weile, eine ihr seit langem vertraute bestimmte Bewegung vollführte: sie schlug mit einer unsichtbaren Gerte gegen einen unsichtbaren Stiefelschaft. »Auf den Blümlein können Sie sich verlassen. Der weiß, was gespielt wird«, sagte der Hübsche, »der war noch gestern in Zehlendorf. Der hört das Gras wachsen. Daher der Name.« Er lachte wieder. »Mir scheint, wir können uns überhaupt alle aufeinander verlassen«, sagte der Mann, der Blümlein hieß, bescheiden. »Sie müssen vor allem was anderes auf den Leib bekommen. So fallen Sie zu sehr auf. Na, das können Sie sich bei der HO aussuchen. Kostet heute nichts.« Er ließ der Weber an der Tür den Vortritt.

Auf dem ersten Treppenabsatz lag die fröhliche blonde Wachtmeisterin Helmke, mit zertrampeltem Gesicht, aber noch atmend. »Das war bestimmt eine der größten Quälerinnen«, sagte der Hübsche im Vorbeigehen. Die Weber war nie gequält worden. Niemand war gequält worden in Saalstedt. Das war etwas, was die Weber nie hatte verstehen können, und gerade darum sagte sie jetzt: »Na, und ob ...« Dabei bemerkte sie, daß Blümlein einen kurzen Blick zu ihr hinüberschoß. Der Mann konnte lachen, ohne sein Gesicht zu verziehen. Der Blick besagte: »Wir beide verstehen uns schon ...« Die Weber verspürte etwas wie Geborgenheit. Das Zuchthaus war nun beinahe leer. Irgendwo hatte jemand einen Radioapparat so laut wie möglich aufgedreht. »Man hätte Lust, den ganzen Tag am Kasten zu sitzen«, sagte Blümlein, »der Rias bringt eine Sondermeldung nach der anderen.« Die Weber erinnerte sich, wie sie die Einnahme von Paris gefeiert hatten und die von Smolensk und von Simferopol und wie die Nester alle hießen. »Man darf gar nicht daran denken«, dachte sie.

Es trieb sie, irgend jemand Nachricht zu geben von dem, was mit ihr geschehen war. Niemand fiel ihr ein; Worringer hätte es eigentlich sein können, aber er war weg wie eine Erscheinung; einmal hatte es geheißen, er sei in Argentinien. Sie dachte an ihren Vater in Hannover. »Wartet doch mal eine Minute. Ich möchte einen Brief schreiben.« Sie traten zu dritt in eine Art Wachstube, deren Tür weit offenstand. Eine Schreibmaschine lag neben einem umgeworfenen Stuhl ohne

Lehne. Durch die leeren Fensterrahmen, in denen noch zackige Splitter steckten, kam ein heißer Wind. Die Weber angelte sich von einem Stoß Papier ein Blatt herunter. Sie fand auch einen Bleistift in einer Schublade. Halb auf dem Tisch sitzend, schrieb sie rasch: »Lieber Vater, es ist soweit. Der Osten mußte ja mal frei werden. Bald ziehen wir wieder unsere geliebte SS-Uniform an. Dann wird auch die Stunde kommen, da ich meinen Dienst in der politischen Abteilung oder bei unserer Gestapo versehen kann. Gute Freunde haben sich meiner angenommen, bis endgültig unsere Fahne weht. Das wird nicht mehr lange dauern. Deine Hedi.«

Sie suchte nach einem Briefumschlag, konnte aber keinen finden. Das kann man immer noch erledigen, dachte sie, und schob den Brief in die Tasche.

Auf der Straße wurde sie vom Licht geblendet. Sie hatte nicht gedacht, daß die Straße so leer sein würde. Vor dem Zuchthaus lungerten noch ein paar Leute herum und sahen ihr nach. Der Lärm war abgelaufen wie Wasser nach einem Sturzregen. Alles war heiß und leer, und sie schwamm wie in einem Element in dieser Leere und in dem heißen Wind, der mit frühgefallenen verbrannten Blättern spielte. An der Ecke der Merseburger Straße hatte ein Trupp einen Bierwagen angehalten. Zwei Männer luden die Kästen ab, andere teilten Flaschen aus an Umstehende und Passanten. Ein Alter in Weste und kragenlosem Hemd nahm die schweißnasse Mütze ab und sah die Weber mit angestrengtem, müdem Blick an: »Kannst ruhig mithalten. Der Ami zahlt alles.« Durch die Straße fuhr langsam ein kleiner Lautsprecherwagen und rief die Einwohner von Saalstedt für sechs Uhr zu einer Freiheitskundgebung auf dem Marktplatz zusammen. Die Weber sah in einem Vorgarten einen Mann, der ein Taschentuch auf dem Kopf trug, in einem winzigen Beet wühlen. Sie sah auch, daß jemand das Fenster schloß, als der Lautsprecherwagen vorbeifuhr. Sie überraschte sich wieder dabei, wie ihre Hand die unsichtbare Gerte pfeifen ließ. Sie wünschte plötzlich, die Leute in den Häusern und Vorgärten und überall sonst vor sich zu haben, den Blick in ihre Gesichter zu zwängen wie auf dem Appellplatz von Ravensbrück. Als sie in die Feldstraße einbogen, stapelte sich vor einem Haus mit eingeschlagenen Scheiben ein Haufen Papier, das sich in einer unsichtbaren Flamme krümmte und schwärzte. Zwei, drei Leute kümmerten sich um das Feuer, das große schwarze Flocken an den Häuserwänden hochtrieb. Aus dem zweiten Stock fiel durch flatternde Gardinen ein verspäteter Aktendeckel knallend auf die Straße. Die Buchhandlung im Erdgeschoß stand offen mit durcheinandergewirbelten Auslagen. Der Hübsche griff sich das oberste Buch von dem Stoß, den ein Bursche in buntem Hemd gerade auf die Straße trug, und entzifferte die Aufschrift: »Tscheschoff ... Noch so ein Iwan. Ab dafür.« Sie sahen eine Weile zu, wie die Flamme in dem Band blätterte.

Der Führungsstab befand sich im dritten Stock eines Mietshauses. Man ließ die Weber ein paar Minuten in einem leeren Zimmer warten, dann rief Blümlein sie hinüber, wo die übrigen saßen. Sie kannte keinen von diesen sieben oder acht Männern. Man fragte sie nach Ravensbrück und allem möglichen anderen. Blümlein und ein großer Mann mit kahler Stirn und schweren Lidern schienen die Respektspersonen zu sein; sie konnte sich beide gut in Uniform vorstellen. Später verlangte sie etwas zu essen und zog sich dann im Badezimmer um. Während sie beim Waschen war, dröhnte und rasselte etwas die Straße herunter. Sie stieß das Fenster auf und folgte mit dem Blick der kleinen Kolonne sowjetischer Panzer, während es ihr im Hals trocken wurde. Von hier oben ging der Blick über die Dächer weg, er faßte sogar noch ein Stück des Flusses, weil die Stadt zum Markt und zum Fluß hin abfiel. Es waren jetzt mehr Menschen in den Straßen, man konnte Spaziergänger erkennen und Frauen mit Kinderwagen, als sei Sonntag, es gab auch eine Menge Betrunkener, deren Gegröl dünn und fern heraufdrang, und durch alle Geräusche knirschten die Panzer, mit ihren Kommandanten in den offenen Türmen, gleichmütig und hartnäckig die Straße hinab und verschwanden mit kreischenden Ketten um die Ecke.

Die Weber kehrte rasch ins Zimmer zurück. Es kamen und gingen Leute, manche aufgeräumt, manche kopfhängerisch und flackernd. Einer berichtete, die Pumpenfabrik sei nicht zum Streik zu bringen, die Arbeiter hätten einen Trupp mit Knüppeln vom Fabrikhof getrieben. »Man muß mit dem roten Pack rechnen«, sagte der Mann mit der kahlen Stirn zur Weber. Er zog sie in eine Ecke und fuhr fort: »Nur die Nerven behalten, Parteigenossin ...« Er sprach halblaut und lächelte. »Merken Sie sich eins: Wir haben auch hier mit allen möglichen Leuten zu rechnen, denen wir nicht fein genug sind oder die uns an die Wand drücken wollen. Wir sind nicht ganz unter uns, verstehen Sie? Auch jetzt heißt es: Legal an die Macht. Noch sind wir nicht soweit. Wir sind nicht das einzige Eisen, das der Ami im Feuer hat. Man muß noch auf das liberale Kroppzeug gewisse Rücksichten nehmen.« Blümlein stellte sich dazu: »Na, Chef, kleiner NS-Schulungsbrief?« Der Kahlstirnige sprach weiter: »Ich sage Ihnen das, weil Sie heute abend auf der Kundgebung als Vertreterin der politischen Gefangenen sprechen sollen. Also: immer gut auf die Tube gedrückt, aber auf die richtige ...« Die Weber fragte nach den Panzern, wie es mit dem Abzug der Russen sei. »Kommt Zeit, kommt Rat. Die Volkspolizei haben wir weggefegt, die hat sich verkrochen. Die hat ja nicht mal geschossen. Der Russe wird auch noch klein werden.« Mit solchen Männern an der Spitze, dachte die Weber, müssen wir es schaffen. Eine Sekunde lang dachte sie sich eine ganze unendliche Zukunft, erfüllt von Aufmärschen, Sondermeldungen, brüllenden, jubelnden Lautsprechern; sie stellte sich eine Menge verschiedenfarbiger, adretter Uniformen vor, die eine zivile Masse neidisch und respektvoll musterte; aus den Giebelfenstern schleiften die langen Fahnen fast bis in die Straßen hinunter; sie sah sich selbst, ganz in Weiß, und Worringer, ganz in Schwarz, aus dem Standesamt treten, vor dem sein Trupp Spalier stand. Eine blinde, wilde Wut wischte das Zimmer fort, die Gespräche, die Geräusche. Sie sah sich wieder an der Arbeit, einer genau eingeteilten, auf lange Sicht berechneten, vernünftigen, nützlichen Arbeit: Ermittlungen, Verhöre, später Ravensbrück, das hatte alles seine Ordnung, seinen Sinn gehabt. Nur habt ihr uns noch nicht gekannt, dachte sie, aber das nächste Mal werdet ihr uns kennenlernen. Das andere ist nur ein Vorspiel gewesen.

Sie gingen in Gruppen zu zweit und zu dritt zum Markt. Leute lagen in den Fenstern und sahen auf die Menge hinab, die zur Kundgebung zog. Die Menge ging schlendernd, schwatzend; sie blieb gelegentlich vor den Anschlägen stehen, auf denen der Militärkommandant die Verhängung des Belagerungszustandes verkündete. Die Weber hörte vor einem geplünderten Laden, den eine Gruppe schweigend betrachtete, im Vorbeigehen einen breitschultrigen Mann sagen: »Das kostet nur unser Geld. Lumpenpack ...« Eine Stimme erwiderte schnell und spitz: »Wo gehobelt wird, fallen Späne.« Der Mann wandte sich drohend um, aber die Weber konnte seine Antwort nicht mehr hören. Am Eingang zum Markt stießen sie auf die ersten Panzer. Ein kleiner Soldat mit rasiertem Kopf lehnte an der Fassade und drehte sich eine Zigarette. Eine Frau, die vor der Weber ging, spie ihm theatralisch vor die Füße. Der kleine Soldat sah ihr verwundert ins Gesicht und tippte ein paarmal vorsichtig mit dem Finger an die Schläfe. Jemand lachte verlegen.

Man hatte die Rednertribüne an der Rückseite der Marienkirche errichtet und hinter die Tribüne ein weißes Spruchband gehängt, auf dem »Freiheit!« stand. Die Weber hatte nur die Tribüne und das Spruchband im Auge, sie bemerkte kaum die Panzer, die auf allen vier Seiten um den Markt standen; sie kümmerte sich auch nicht um die Menge, die in lockeren Strudeln durcheinanderquirlte. Die Russen hatten die Kundgebung zugelassen. Gut, das würden sie noch bereuen. In ihrem Kopf war ein Gewoge von Glockengeläut und Kommandos auf dem Appellplatz, eine eisige Raserei, in der sie sich an die Stichworte zu klammern suchte, die ihr der Kahlstirnige eingeschärft hatte. Sie hörte Blümlein die Kundgebung eröffnen, einem Redner das Wort erteilen, sie hörte nach einer Weile: »Es spricht zu Ihnen ein Opfer des kommunistischen Terrors, die ehemalige politische Gefangene Helga Schmidt.«

Sie begriff erst nach Sekunden, daß sie gemeint war. Es war vielleicht ganz gut, daß man auf diesen Namen zurückgekommen war. Dann vernahm sie eine alte halbvergessene Stimme, ihre eigene: »Volksgenossen ...« Vielleicht wäre es besser gewesen, mit einer anderen Anrede zu beginnen. Aber nun machte sie keinen Fehler mehr. Es war alles so leicht, als habe sie die ganze Zeit nichts anderes getan als gerade das. Sie sagte, daß die lange Not der Nachkriegszeit, der totalitäre Terror die Bevölkerung Mitteldeutschlands geläutert habe. Dieses Volk wisse wahrhaft, was Freiheit und Menschenwürde bedeute, besonders seine politischen Gefangenen; in den Kerkern und im von Elend und Hunger geprägten Alltag des Regimes sei die unverbrüchliche Verbundenheit zum Abendland erwachsen, die dem Westen die Befreiung der achtzehn Millionen nach Recht und Freiheit Schmachtenden zur Pflicht gemacht habe, jene Befreiung, die jetzt gerade Wirklichkeit werde.

Die Menge lief vor ihrem Blick zu veränderlichen farbigen Flecken zusammen, zwischen denen Streifen des staubigen Pflasters sichtbar wurden. Das werdet ihr uns auch noch büßen, dachte sie, daß wir euch so nehmen müssen. Sie hatte die Empfindung, daß jemand sie beobachte, auf besondere Weise. Sie hakte sich in einem Gesicht fest, dem alten bartstoppeligen Gesicht eines kleinen Mannes in schäbigem Anzug, der mit blassen, ängstlichen Augen zu ihr hinaufsah. Er hatte ein-, zweimal geklatscht, ein-, zweimal den Kopf geschüttelt. Es wurde öfters applaudiert, einmal hier, einmal dort; es war ein zögernder, verwirrter Beifall, der manchmal an der falschen Stelle kam. Sie sprach jetzt zu dem schäbigen alten Mann, als sei er der einzige Zuhörer. Wer bist denn du, dachte sie, jetzt klatschst du, aber wenn es hart auf hart geht, haust du in den Sack. Wer seid ihr denn überhaupt. Verräter und Defätisten wart ihr alle mehr oder weniger. Ihr habt unseren Krieg verloren, weil es euch um euern Fraß ging und um eure vier Wände, statt um den Führer und das neue Europa. Und als Schluß war, haben wir euch angewidert, und ihr habt euch denen mit dem roten Winkel und den Bolschewisten an den Hals geschmissen. Ihr seid Mörtel, im besten Fall, wenn es um den Bau von Großdeutschland geht, und ihr wart ein Dreckmörtel beim letztenmal. Jetzt gebt ihr uns den kleinen Finger, ihr Idioten, aber wir nehmen die Hand dazu und alles übrige, und dann drehen wir euch durch den Wolf. Sie sagte laut: »Die Stunde der Abrechnung naht. Die Gnadenfrist der roten Unterdrücker läuft ab. Nur diese Panzer schützen sie noch. Haltet euch bereit: und dann leuchtet ihnen heim mit Kugel und Strick!«

Sie trat einen Schritt zurück. Die Menge brach auseinander. Der alte Mann war fort, ohne sich umzusehen. Gruppen steuerten auf die Nebenstraßen zu. Dicht neben sich hörte sie eine tiefe Stimme das Niederländische Dankgebet singen. Weiter hinten hatten ein paar Leute das Horst-Wessel-Lied angestimmt, und zugleich entstand ein Tumult, der in das Lied einbrach. Man sah einige Männer, die auf die Singenden einschlugen. »Welche von der Pumpenfabrik!« rief jemand. Aber gerade jetzt begann der Platz zu brüllen und zu beben: Die Panzerleute hatten ihre Motoren angeworfen und ließen sie auf Touren laufen, sie lehnten an den riesigen Maschinen und lachten. Die Panzer standen an ihrem Platz, nur ihre Motoren donnerten. Die Weber war von der Tribüne gestiegen. Vor ihr gingen die Menschen auseinander, und sie begriff, daß die Kundgebung beendet war. Sie suchte mit den Blicken den Kahlstirnigen, Blümlein, den Hübschen, irgend jemand, den sie kannte. Sie machte ein paar Schritte in Richtung Feldstraße. Da stand sie zwischen zwei jungen Leuten in Trenchcoats, von denen einer sich zu ihrem Ohr beugte, um durch das Motorengebrüll zu sagen: »Hedwig Weber? Bitte folgen Sie uns!« Sie machte keinen Versuch, davonzulaufen oder um Hilfe zu rufen. Niemand hätte sie gehört, niemand achtete auf sie. Es war alles so schnell, so rasend schnell gegangen, daß es nicht wahr sein konnte. Es konnte nicht das Ende sein, es war nicht das Ende. Und sie dachte: Vielleicht laß ich euch noch heute abend baumeln.

Drei Tage später stand sie vor Gericht. In der Nacht vor der Verhandlung hatte sie einen Traum gehabt: ein ungeheures Glockengeläut war in den Lüften, ein Tosen und Schreien ging durch die Straßen, tausendfacher, unwiderstehlicher Marschschritt hallte vor den Fenstern, ein feldgrauer und khakifarbener Heerwurm durchzog die Stadt. Da ging die Tür ihrer Zelle auf und ihr Vater erschien in der schwarzen Uniform, mit dem Totenkopf an der Mütze und sagte: »Hedi, der Führer erwartet dich unten.« Vor Gericht leugnete sie nicht, denn es gab nichts zu leugnen. Sie war zwei Jahre hindurch Lagerführerin in Ravensbrück gewesen. Sie hatte vorher bei der Gestapo gearbeitet. Man fragte sie, wie viele Häftlinge auf ihre eigene Anweisung hin ermordet worden seien. Sie antwortete, nicht mehr als achtzig oder neunzig. Ja, sie habe auch selber Häftlinge mißhandelt, mit Fußtritten und Peitschenhieben, und habe die Bluthunde auf sie gehetzt. Alles das hatte sie schon einmal gestehen müssen, sieben Monate zuvor, als sie zu fünfzehn Jahren Zuchthaus verurteilt worden war. Sie begriff, aus welchem Grunde man sie alles wiederholen ließ. Der Saal war bis auf den letzten Platz gefüllt, und im Publikum mußten sich viele befinden, die ihre Rede auf dem Markt angehört hatten. Man verlas das Protokoll dieser Rede, man verlas auch den Brief, den man bei ihr gefunden hatte.

Bis zum Beginn der Verhandlung hatte sie eine immer schwächer und schwächer werdende Hoffnung bewahrt, daß der Prozeß nicht stattfinden, daß diese rote Systemregierung doch noch über den Haufen geworfen würde. Vielleicht kamen doch noch die Amerikaner, die längst gemerkt hatten, daß sie den Krieg gemeinsam mit Hitler hätten führen müssen, und holten sie heraus. Wenn sie sich setzen konnte und der Verteidiger oder der Staatsanwalt oder irgendwelche Zeugen das Wort hatten, ließ sie sich in einem Strom von Vorstellungen und unhörbaren Verwünschungen treiben. Das Geschwätz da vorn interessierte sie nicht. Die Feiglinge von Amis, dachte sie, fressen wir, wenn wir die Russen und Franzosen und das übrige Gesindel gefressen haben. Sie werden mich zu zwanzig Jahren oder zu Lebenslänglich verurteilen, dachte sie, aber nicht einmal ein Viertel davon werde ich absitzen. Dann sah sie wieder den Appellplatz vor sich und eine gesichtslose Masse in gestreiften Lumpen bis zum Horizont. Und jeden Sommer geht's dann in die Ferien, dachte sie, und sah sich mit Worringer in einer Landschaft mit Meer und Bergen und Palmen, wie sie es auf Bildern von der Riviera gesehen hatte, und zugleich erinnerte sie sich an einen Kameraden, der ihr erzählt hatte, wie sie in der Gegend von Avignon eine ganze Landstraße mit

Franzosen behängt hatten, einen an jeden Baum rechts und links. Dann war sie in Gedanken wieder in Ravensbrück, wie sie die Hunde rief und Häftlinge in die Latrinen trieb: »Faß, Thilo! Faß, Teut!«

Die Beratung des Gerichts dauerte nur wenige Minuten. Als man sie in den Saal zurückbrachte, bemerkte sie unter den Zuhörern den kleinen schäbigen Mann, der ihr auf dem Markt aufgefallen war. Sein Gesicht war ihr zugekehrt; sie las darin nichts als Ekel und Haß. Sie dachte, als das Gericht erschien, ganz schnell: Lebenslänglich, lebenslänglich, lebenslänglich. Man hatte sie aufstehen lassen. Sie war zum Tode verurteilt. Durch Brausen hörte sie einzelne Worte: das Urteil sei endgültig und sofort vollstreckbar. Sie wollte nicht schreien und umfallen. Zum ersten und letzten Male in ihrem Leben suchte sie in sich vergeblich die unbekannte Kraft, die sie an ihren eigenen Opfern toll gemacht hatte. Da war eine deutsche Studentin gewesen, die sich stumm zu Tode prügeln ließ; eine Russin hatte vorher noch »Hitler kaputt!« gerufen; vier Französinnen waren, die »Marseillaise« singend, zum Erschießen in den Bunker gegangen. Eine Stimme in ihr jammerte um ihr Leben. Da war nur diese Stimme in ihr und eine blutige wüste Leere, als zwei Volkspolizisten sie abführten.

Die Geschichte verordnet: entweder seht oder weint!
Diese Wahl zwischen offenen und nassen Augen habt ihr nicht mehr, wenn euch die maskierten Lustbälle des Hofwesens endlich an die maskierten Batterien haben tanken lassen, weil ihr nicht bedachtet, daß alles Bedeckte (von bedeckten Wegen und Wagen an bis zu heimlichen Artikeln) dem Kriege zuführt oder angehört.

Jean Paul

SIEGFRIED LENZ
Der Leseteufel

Hamilkar Schaß, mein Großvater, ein Herrchen von, sagen wir mal, einundsiebzig Jahren, hatte sich gerade das Lesen beigebracht, als die Sache losging. Die Sache: darunter ist zu verstehen ein Überfall des Generals Wawrila, der unter Sengen, Plündern und ähnlichen Dreibastigkeiten aus den Rokitno-Sümpfen aufbrach und nach Masuren, genauer nach Suleyken, seine Hand ausstreckte. Er war, hol's der Teufel, nah genug, man roch gewissermaßen schon den Fusel, den er und seine Soldaten getrunken hatten. Die Hähne von Suleyken liefen aufgeregt umher, die Ochsen scharrten an der Kette, die berühmten Suleyker Schafe drängten sich zusammen – hierhin und dorthin: worauf das Auge fiel, unser Dorf zeigte mannigfaltige Unruhe und wimmelnde Aufregung – die Geschichte kennt ja dergleichen.

Zu dieser Zeit, wie gesagt, hatte sich Hamilkar Schaß, mein Großvater, fast ohne fremde Hilfe die Kunst des Lesens beigebracht. Er las bereits geläufig dies und das. Dies: damit ist gemeint ein altes Exemplar des Masuren-Kalenders mit vielen Rezepten zum Weihnachtsfest; und das: darunter ist zu verstehen das Notizbuch eines Viehhändlers, das dieser vor Jahren in Suleyken verloren hatte. Hamilkar Schaß las es wieder und wieder, klatschte dabei in die Hände, stieß, während er immer neue Entdeckungen machte, sonderbar dumpfe Laute des Jubels aus, mit einem Wort: die tiefe Leidenschaft des Lesens hatte ihn erfaßt. Ja, Hamilkar Schaß war ihr derart verfallen, daß er sich in ungewohnter Weise vernachlässigte; er gehorchte nur mehr einem Gebieter, welchen er auf masurisch den »Zatangä Zitai« zu nennen pflegte, was soviel heißt wie Leseteufel, oder, korrekter, Lesesatan.

Jeder Mann, jedes Wesen in Suleyken war von Schrecken

und Angst geschlagen, nur Hamilkar Schaß, mein Großvater, zeigte sich von der Bedrohung nicht berührt; sein Auge leuchtete, die Lippen fabrizierten Wort um Wort, dieweil sein riesiger Zeigefinger über die Zeilen des Masuren-Kalenders glitt, die Form einer Girlande nachzeichnend, zitternd vor Glück.

Da kam, während er so las, ein magerer, aufgescheuchter Mensch herein, Adolf Abromeit mit Namen, der zeit seines Lebens nicht mehr gezeigt hatte als zwei große rosa Ohren. Er trug eine ungeheure Flinte bei sich, trat, damit fuchtelnd, an Hamilkar Schaß heran und sprach folgendermaßen: »Du tätest«, sprach er, »Hamilkar Schaß, gut daran, deine Studien zu verschieben. Es könnte sonst, wie die Dinge stehen, leicht sein, daß der Wawrila mit dir seine Studien treibt. Nur, glaube ich, wirst du nachher zerplieserter aussehen als dieses Buch.« Hamilkar Schaß, mein Großvater, blickte zuerst erstaunt, dann ärgerlich auf seinen Besucher; er war, da die Lektüre ihn stets völlig benommen machte, eine ganze Weile unfähig zu einer Antwort. Aber dann, nachdem er sich gefaßt hatte, erhob er sich, massierte seine Zehen und sprach so: »Mir scheint«, sprach er, »Adolf Abromeit, als ob auch du die Höflichkeit verlernt hättest. Wie könntest du mich sonst, bitte schön, während des Lesens stören.« – »Es ist«, sagte Abromeit, »nur von wegen Krieg. Ehrenwort. Wawrila, dem Berüchtigten, ist es in den Sümpfen zu langweilig geworden. Er nähert sich unter gewöhnlichsten Grausamkeiten diesem Dorf. Und weil er, der schwitzende Säufer, schon nah genug ist, haben wir beschlossen, ihn mit unseren Flinten nüchtern zu machen. Dazu aber, Hamilkar Schaß, brauchen wir jede Flinte, die deine sogar besonders.«

»Das ändert«, sagte Hamilkar Schaß, »überhaupt nichts. Selbst ein Krieg, Adolf Abromeit, ist keine Entschuldigung für Unhöflichkeit. Aber wenn die Sache, wie du sagst, arg steht, könnt ihr mit meiner Flinte rechnen. Ich komme.«

Hamilkar Schaß küßte seine Lektüre, verbarg sie in einem feuerfesten Steinkrug, nahm seine Flinte und lud sich ein gewaltiges Stück Rauchfleisch auf den Rücken, und dann traten sie beide aus dem Haus. Auf der Straße galoppierten einige der intelligenten Suleyker Schimmel vorbei, herrenlos, mit vor

Furcht weitgeöffneten Augen, Hunde winselten, Tauben flohen mit panisch klatschendem Flügelschlag nach Norden – die Geschichte kennt solche Bilder des Jammers.

Die beiden bewaffneten Herren warteten, bis die Straße frei war, dann sagte Adolf Abromeit: »Der Platz, Hamilkar Schaß, auf dem wir kämpfen werden, ist schon bestimmt. Wir werden, Gevatterchen, Posten in einem Jagdhaus beziehen, das dem nachmaligen Herrn Gonsch von Gonschor gehörte. Es ist etwa vierzehn Meilen entfernt und liegt an dem Weg, den Wawrila zu nehmen gezwungen ist.« – »Ich habe«, sagte mein Großvater, »keine Einwände.«

So begaben sie sich, nahezu wortlos, zu dem soliden Jagdhaus, richteten es zur Verteidigung ein, schnupften Tabak und bezogen Posten. Sie saßen, durch dicke Bohlen geschützt, vor einer Luke und beobachteten den aufgeweichten Weg, den Wawrila zu nehmen gezwungen war.

Sie saßen so, sagen wir mal, acht Stunden, als dem Hamilkar Schaß, der in Gedanken bei seiner Lektüre war, die Zehen derart zu frieren begannen, daß selbst Massage nicht mehr half. Darum stand er auf und sah sich um, in der Hoffnung, etwas zu finden, woraus sich ein Feuerchen machen ließe. Er zog hier was weg und da was, kramte ein bißchen herum, prüfte, ließ fallen, und während er das tat, entdeckte er, hol's der Teufel, ein Buch, ein hübsches, handliches Dingchen. Ein Zittern durchlief seinen Körper, eine heillose Freude rumorte in der Brust, und er lehnte hastig, wie ein Süchtiger, die Flinte an einen Stuhl, warf sich, wo er stand, auf die Erde und las. Vergessen war der Schmerz der Kälte in den Zehen, vergessen war Adolf Abromeit an der Luke und Wawrila aus den Sümpfen: Der Posten Hamilkar Schaß existierte nicht mehr.

Unterdessen, wie man sich denken wird, tat die Gefahr das, was sie so besonders unangenehm macht: sie näherte sich. Näherte sich in Gestalt des Generals Wawrila und seiner Helfer, die, sozusagen fröhlich, den Weg heraufkamen, den zu nehmen sie gezwungen waren. Dieser Wawrila, ach Gottchen, er sah schon aus, als ob er aus den Sümpfen käme, war unrasiert, dieser Mensch, und hatte eine heisere Flüsterstimme, und natürlich besaß er nicht, was jeder halbwegs ehrliche Mensch besitzt – Angst nämlich. Kam mit seinen besoffenen Flintenschützen den Weg herauf und tat, na, wie wird er getan haben: als ob er der Woiwode von Szczylipin selber wäre, so tat er. Dabei hatte er nicht mal Stiefel an, sondern lief auf Fußlappen, dieser Wawrila.

Adolf Abromeit, an der Luke auf Posten, sah die Sumpfbagage herankommen; also spannte er die Flinte und rief:

»Hamilkar Schaß«, rief er, »ich hab' den Satan in der Kimme.« Hamilkar Schaß, wen wird es wundern, hörte diesen Ruf nicht. Nach einer Weile, Wawrila war keineswegs dabei stehengeblieben, rief er abermals: »Hamilkar Schaß, der Satan aus dem Sumpf ist da.« – »Gleich«, sagte Hamilkar Schaß, mein Großvater, »gleich, Adolf Abromeit, komme ich an die Luke, und dann wird alles geregelt, wie sich's gehört. Nur noch das Kapitelchen zu Ende.«

Adolf Abromeit legte die Flinte auf den Boden, legte sich dahinter und visierte und wartete voller Ungeduld. Seine Ungeduld, um nicht zu sagen: Erregung, wuchs mit jedem Schritt, den der General Wawrila näher kam. Schließlich, sozusagen am Ende seiner Nerven angekommen, sprang Adolf Abromeit auf, lief zu meinem Großvater, versetzte ihm – jeder Verständige wird's verzeihen – einen Tritt und rief: »Der Satan Wawrila, Hamilkar Schaß, steht vor der Tür.« – »Das wird«, sagte mein Großvater, »alles geregelt werden zur Zeit. Nur noch, wenn ich bitten darf, die letzten fünf Seiten.« Und da er keine Anstalt machte, sich zu erheben, lief Adolf Abromeit allein vor seine Luke, warf sich hinter die Flinte und begann dergestalt zu feuern, daß ein Spektakel entstand, wie sich niemand in Masuren eines ähnlichen entsinnen konnte. Wiewohl er keinen von der Sumpfbagage hinreichend treffen konnte, zwang er sie doch in Deckung, ein Umstand, der Adolf Abromeit äußerst vorwitzig und waghalsig machte. Er trat offen vor die Luke und feuerte, was die ungeheure Flinte hergab; er tat es so lange, bis er plötzlich einen scharfen, heißen Schmerz verspürte, und als er sich, reichlich betroffen, vergewisserte, stellte er fest, daß man ihn durch eines seiner großen rosa Ohren geschossen hatte. Was blieb ihm zu tun? Er ließ die Flinte fallen, sprang zu Hamilkar Schaß, meinem Großvater, und diesmal sprach er folgendermaßen: »Ich bin, Hamilkar Schaß, verwundet. Aus mir läuft Blut. Wenn du nicht an die Luke gehst, wird der Satan Wawrila, Ehrenwort, in zehn Sekunden hier sein, und dann, wie die Dinge stehen, ist zu fürchten, daß er Druckerschwärze aus dir macht.«

Hamilkar Schaß, mein Großvater, blickte nicht auf; statt dessen sagte er: »Es wird, Adolf Abromeit, alles geregelt, wie es kommen soll. Nur noch, wenn ich bitten darf, zwei Seiten vom Kapitelchen.« Adolf Abromeit, eine Hand auf das lädierte Ohr gepreßt, sah sich schnell und prüfend um, dann riß er ein Fenster auf, schwang sich hinaus und verschwand im Dickicht des nahen Waldes.

Wie man vermuten wird: kaum hatte Hamilkar Schaß weitere Zeilen gelesen, als die Tür erbrochen ward, und wer kam hereinspaziert? General Zoch Wawrila. Ging natürlich gleich auf den Großvater zu, brüllte heiser und lachte, wie er das so an sich hatte, und dann sagte er: »Spring auf meine Hand, du Frosch, ich will dich aufblasen.« Das war, ohne Zweifel, eine Anspielung auf seine Herkunft und seine Gewohnheiten. Doch Hamilkar Schaß entgegnete: »Gleich. Nur noch anderthalb Seiten.«

Wawrila wurde wütend und zog meinem Großvater eine über, und dann fühlte er sich bemüßigt, so zu sprechen: »Ich werde dich jetzt, du alte Eidechse, halbieren. Aber ganz langsam.«

»Eine Seite nur noch«, sagte Hamilkar Schaß. »Es sind, bei Gottchen, nicht mehr als fünfunddreißig Zeilen. Dann ist das Kapitelchen zu Ende.«

Wawrila, bestürzt, beinahe nüchtern geworden, lieh sich von einem hinkenden Menschen aus seiner Begleitung eine Flinte, drückte den Lauf auf den Hals des Hamilkar Schaß und sagte: »Ich werde dich, du stinkende Dotterblume, mit gehacktem Blei wegpusten. Schau her, die Flinte ist gespannt.« »Gleich«, sagte Hamilkar Schaß. »Nur noch zehn Zeilen, dann wird alles geregelt werden, wie es sein soll.«

Da packte, wie jeder Kundige verstehen wird, Wawrila und seine Bagage ein solch unheimliches Entsetzen, daß sie, ihre Flinten zurücklassend, dahin flohen, woher sie gekommen waren – dahin: damit sind gemeint die besonders trostlosen Sümpfe Rokitnos.

Adolf Abromeit, der die Flucht staunend beobachtet hatte, schlich sich zurück, trat, mit seiner Flinte in der Hand, neben den Lesenden und wartete stumm. Und nachdem auch die letzte Zeile gelesen war, hob Hamilkar Schaß den Kopf, lächelte selig und sagte: »Du hast, Adolf Abromeit, scheint mir, etwas gesagt?«

WOLFGANG KOEPPEN
Landung in Eden

*Und Gott der Herr pflanzte einen Garten
in Eden gegen Morgen und setzte den
Menschen hinein, den er gemacht hatte.*

Keinem hat je die Welt so gehört wie mir. Ich sah die Sonne über Wüsten und Meeren, ich sah sie am Mittag über Urwäldern und weiten Savannen, am Abend sah ich sie im Polareis versinken und im Dunstschleier der Tropen untergehen. Ich sah dies alles oft in wenigen Stunden und zusammengedrängt wie in den Bildern eines Films; manchmal flog ich mit der Morgenröte, und ihr rosiger Schein schien mich herrlich zu tragen. Kein Gott hat es vor mir vermocht. In Minuten überbrücke ich Ozeane. Der Elbrus, der Gaurisankar, der Fudschijama, der Pik von Orizaba, die Sierra Nevada, der Ätna, der Berg Sinai und der Olymp, sie waren nicht einmal mehr Wegmarken für meinen Flug. In dreißigtausend Meter Höhe schwebe ich über dem Land des Feindes. Ich sehe aus meinem Himmel seine Städte nicht. Ich will sie nicht sehen. Ich will nicht wissen, ob es Menschen sind, die in ihnen wohnen. Mein Vater sagt, wenn wir sie doch vernichten könnten, wenn wir sie doch mit einem einzigen Schlag endlich vernichten könnten. Mein Vater ist stolz auf mich. Er hat mir die beste Rüstung der Welt gegeben. Sie nennen mich sein Schwert.

Ich diene und reise in einer engen Kammer. Ich sitze angeschnallt auf einem Stuhl, der mir kaum erlaubt, mich zu rühren. Gewaltige Flammenstöße reißen mich rasender als der Schall durch den Raum. Mein Anzug und mein Helm bewahren mein Leben. Ich atme in einem von Wissenschaftlern erfundenen Klima. Keiner war schneller als ich. Niemand erreichte so viele Ziele.

Mein Mund ist stumm. Ich habe nichts zu erzählen. Mein Auge hat die Erde nicht gesehen, die ich vielfach umkreiste.

Ich fliege blind. Den Kurs flüstert man mir ins Ohr. Blind folge ich den Weisungen der fernen Stimme. Ich schalte. Ich drücke Knöpfe. Ich halte stumme Zwiesprache mit den Leuchtzeichen der Instrumententafel vor meinen Knien. Ich bin ein Wächter; aber noch ist Frieden. Erst wenn der Kommandant meines Horstes das Wort Zebaoth in mein Ohr spricht, wird Krieg sein. Zebaoth, ein geheimnisvolles Wort, eine Erinnerung an Kindestage und schon vergessen, was kümmert es mich, so seltsam und so fremd? Mir genügt es, daß Zebaoth das Zeichen ist. Meine Hände werden dann tun, was sie in der Instruktionsstunde geübt haben. Unter dem Gehäuse, das mich jagend trägt, hängt ein blankes Projektil. Wenn das Wort Zebaoth in meinen Ohren erklungen ist, werden meine Hände das Projektil von meinem Gehäuse lösen, wie ein Muttertier sein Junges ausstößt, und es wird Krieg sein. Ich fliege heute meine hundertste Patrouille. Der Dienstplan nennt es einen Routineflug. Zum hundertsten Mal bin ich abgesprungen von meiner Herkunft; ein Sack künstlicher Luft verbindet mich mit dem Leben und das Warten auf das Wort Zebaoth mit meinem Land. Mein Kommandant spricht das Wort wieder nicht. Mein Vater würde das Wort schreien.

Meine Hände haben es getan. Sie haben das Projektil scharf gemacht, sie haben es vom Mutterleib gelöst und auf eigene Bahn gesetzt. In Sekunden wird es sein: eine verwandelte Welt, unter mir ein Erdball künstlicher Sonnen. Ich bin ihr Schöpfer. Ich habe das Wort Zebaoth gesprochen. Ich habe das Wort Zebaoth allein für mich gesprochen. Der Feind wird mir mit seinem Wort Zebaoth antworten, und mein Kommandant wird Zebaoth Zebaoth über Kontinente, Meere und Wolken in mein Ohr brüllen.

Wo ich nun lande, ist Eden. Niemand spricht mehr von Zebaoth. Im Paradies wohnen keine Menschen.

INGEBORG BACHMANN
Undine geht

Ihr Menschen! Ihr Ungeheuer!

Ihr Ungeheuer mit Namen Hans! Mit diesem Namen, den ich nie vergessen kann.

Immer wenn ich durch die Lichtung kam und die Zweige sich öffneten, wenn die Ruten mir das Wasser von den Armen schlugen, die Blätter mir die Tropfen von den Haaren leckten, traf ich auf einen, der Hans hieß.

Ja, diese Logik habe ich gelernt, daß einer Hans heißen muß, daß ihr alle so heißt, einer wie der andere, aber doch nur einer. Immer einer nur ist es, der diesen Namen trägt, den ich nicht vergessen kann, und wenn ich euch auch alle vergesse, ganz und gar vergesse, wie ich euch ganz geliebt habe. Und wenn eure Küsse und euer Samen von den vielen großen Wassern – Regen, Flüssen, Meeren – längst abgewaschen und fortgeschwemmt sind, dann ist doch der Name noch da, der sich fortpflanzt unter Wasser, weil ich nicht aufhören kann, ihn zu rufen, Hans, Hans ...

Ihr Monstren mit den festen und unruhigen Händen, mit den kurzen blassen Nägeln, den zerschürften Nägeln mit schwarzen Rändern, den weißen Manschetten um die Handgelenke, den ausgefransten Pullovern, den uniformen grauen Anzügen, den groben Lederjacken und den losen Sommerhemden! Aber laßt mich genau sein, ihr Ungeheuer, und euch jetzt einmal verächtlich machen, denn ich werde nicht wiederkommen, euren Winken nicht mehr folgen, keiner Einladung zu einem Glas Wein, zu einer Reise, zu einem Theaterbesuch. Ich werde nie wiederkommen, nie wieder Ja sagen und Du und Ja. All diese Worte wird es nicht mehr geben, und ich sage euch vielleicht, warum. Denn ihr kennt doch die Fragen, und sie beginnen alle mit warum. Es gibt keine Fragen in meinem Leben. Ich liebe das Wasser, seine dichte Durchsichtigkeit, das Grün im Wasser und die sprachlosen Geschöpfe (und so sprachlos bin auch ich bald!), mein Haar unter ihnen, in ihm, dem gerechten Wasser, dem gleichgültigen Spiegel, der es mir verbietet, euch anders zu sehen. Die nasse Grenze zwischen mir und mir ...

Ich habe keine Kinder von euch, weil ich keine Fragen gekannt habe, keine Forderung, keine Vorsicht, Absicht, keine Zukunft und nicht wußte, wie man Platz nimmt in einem anderen Leben. Ich habe keinen Unterhalt gebraucht, keine Beteuerung und Versicherung, nur Luft, Nachtluft, Küstenluft, Grenzluft, um immer wieder Atem holen zu können für neue Worte, neue Küsse, für ein unaufhörliches Geständnis: Ja. Ja. Wenn das Geständnis abgelegt war, war ich verurteilt zu lieben; wenn ich eines Tages freikam aus der Liebe, mußte ich zurück ins Wasser gehen, in dieses Element, in dem niemand sich ein Nest baut, sich ein Dach aufzieht über Balken, sich bedeckt mit einer Plane. Nirgendwo sein, nirgendwo bleiben. Tauchen, ruhen, sich ohne Aufwand von Kraft bewegen – und eines Tages sich besinnen, wieder auftauchen, durch eine Lichtung gehen, ihn sehen und »Hans« sagen. Mit dem Anfang beginnen.

»Guten Abend.«
»Guten Abend.«
»Wie weit ist es?«
»Wohin?«
»Zu dir.«
»Weiter als bis zu mir.«

Einen Fehler immer wiederholen, den einen machen, mit dem man ausgezeichnet ist. Und was hilft's dann, mit allen Wassern gewaschen zu sein, mit den Wassern der Donau und des Rheins, mit denen des Tibers und des Nils, den hellen Wassern der Eismeere, den tintigen Wassern der Hochsee und der zaubrischen Tümpel? Die heftigen Menschenfrauen schärfen ihre Zungen und blitzen mit den Augen, die sanften Menschenfrauen lassen still ein paar Tränen laufen, die tun auch ihr Werk. Aber die Männer schweigen dazu. Fahren ihren Frauen, ihren Kindern treulich übers Haar, schlagen die Zeitung auf, sehen die Rechnungen durch oder drehen das Radio laut auf und hören doch darüber den Muschelton, die Windfanfare, und dann noch einmal, später, wenn es dunkel ist in den Häusern, erheben sie sich heimlich, öffnen die Tür, lauschen den Gang hinunter, in den Garten, die Alleen hinunter, und nun hören sie es ganz deutlich: Den Schmerzton, den Ruf von weither, die geisterhafte Musik. Komm! Komm! Nur einmal komm!

Ihr Ungeheuer mit euren Frauen!

Hast du nicht gesagt: Es ist die Hölle, und warum ich bei ihr bleibe, das wird keiner verstehen. Hast du nicht gesagt: Meine Frau, ja, sie ist ein wunderbarer Mensch, ja, sie braucht mich, wüßte nicht, wie ohne mich leben –? Hast du's nicht gesagt! Und hast du nicht gelacht und im Übermut gesagt: Niemals schwer nehmen, nie dergleichen schwer nehmen. Hast du nicht gesagt: So soll es immer sein, und das andere soll nicht sein, ist ohne Gültigkeit! Ihr Ungeheuer mit euren Redensarten, die ihr die Redensarten der Frauen sucht, damit euch nichts fehlt, damit die Welt rund ist. Die ihr die Frauen zu euren Geliebten und Frauen macht, Eintagsfrauen, Wochenendfrauen, Lebenslangfrauen und euch zu ihren Männern machen laßt. (Das ist vielleicht ein Erwachen wert!) Ihr mit eurer Eifersucht auf eure Frauen, mit eurer hochmütigen Nachsicht und eurer Tyrannei, eurem Schutzsuchen bei euren Frauen, ihr mit eurem Wirtschaftsgeld und euren gemeinsamen Gutenachtgesprächen, diesen Stärkungen, dem Rechtbehalten gegen draußen, ihr mit euren hilflos gekonnten, hilflos zerstreuten Umarmungen. Das hat mich zum Staunen gebracht, daß ihr euren Frauen Geld gebt zum Einkaufen und für die Kleider und für die Sommerreise, da ladet ihr sie ein (ladet sie ein, zahlt, es versteht sich). Ihr kauft und laßt euch kaufen. Über euch muß ich lachen und staunen, Hans, Hans, über euch kleine Studenten und brave Arbeiter, die ihr euch Frauen nehmt zum Mitarbeiten, da arbeitet ihr beide, jeder wird klüger an einer anderen Fakultät, jeder kommt fort in einer anderen Fabrik, da strengt ihr euch an, legt das Geld zusammen und spannt euch vor die Zukunft. Ja, dazu nehmt ihr euch die Frauen auch, damit ihr die Zukunft erhärtet, damit sie Kinder kriegen, da werdet ihr mild, wenn sie furchtsam und glücklich herumgehen mit den Kindern in ihren Leibern. Ja, ihr verbietet euren Frauen, Kinder zu haben, wollt ungestört sein und hastet ins Alter mit eurer gesparten Jugend. O das wäre ein großes Erwachen wert! Ihr Betrüger und ihr Betrogenen. Versucht das nicht mit mir. Mit mir nicht!

Ihr mit euren Musen und Tragtieren und euren gelehrten, verständigen Gefährtinnen, die ihr zum Reden zulaßt. Mein Gelächter hat lang die Wasser bewegt, ein gurgelndes Gelächter, das ihr manchmal nachgeahmt habt mit Schrecken in der Nacht. Denn gewußt habt ihr immer, daß es zum Lachen ist und zum Erschrecken und daß ihr euch genug seid und nie einverstanden wart. Darum ist es besser, nicht aufzustehen in der Nacht, nicht den Gang hinunterzugehen, nicht zu lauschen im Hof, nicht im Garten, denn es wäre nichts als das Eingeständnis, daß man noch mehr als durch alles andere verführbar ist durch einen Schmerzton, den Klang, die Lokkung und giert nach dem großen Verrat. Nie wart ihr mit euch einverstanden. Nie mit euren Häusern, all dem Festgelegten. Über jeden Ziegel, der fortflog, über jeden Zusammenbruch, der sich ankündigte, wart ihr froh insgeheim. Gern habt ihr gespielt mit dem Gedanken an Fiasko, an Flucht, an Schande, an die Einsamkeit, die euch erlöst hätten von allem Bestehenden. Zu gern habt ihr in Gedanken damit gespielt. Wenn ich kam, wenn ein Windhauch mich ankündigte, dann sprangt ihr auf und wußtet, daß die Stunde nah war, die Schande, die Ausstoßung, das Verderben, das Unverständliche. Ruf zum Ende. Zum Ende. Ihr Ungeheuer, dafür habe ich euch geliebt, daß ihr wußtet, was der Ruf bedeutet, daß ihr euch rufen ließt, daß ihr nie einverstanden wart mit euch selber. Und ich, wann war ich je einverstanden? Wenn ihr allein wart, ganz allein, und wenn eure Gedanken nichts Nützliches dachten, nichts Brauchbares, wenn die Lampe das Zimmer versorgte, die Lichtung entstand, feucht und rauchig der Raum war, wenn ihr so dastandet, verloren, für immer verloren, aus Einsicht verloren, dann war es Zeit für mich. Ich konnte eintreten mit dem Blick, der auffordert: Denk! Sei! Sprich es aus! – Ich habe euch nie verstanden, während ihr euch von jedem Dritten verstanden wußtet. Ich habe gesagt: Ich verstehe dich nicht, verstehe nicht, kann nicht verstehen! Das währte eine herrliche und große Weile lang, daß ihr nicht verstanden wurdet und selbst nicht verstandet, nicht warum dies und das, warum Grenzen und Politik und Zeitungen und Banken und Börse und Handel und dies immerfort.

Denn ich habe die feine Politik verstanden, eure Ideen, eure Gesinnungen, Meinungen, die habe ich sehr wohl verstanden und noch etwas mehr. Eben darum verstand ich nicht. Ich habe die Konferenzen so vollkommen verstanden, eure Drohungen, Beweisführungen, Verschanzungen, daß sie nicht mehr zu verstehen waren. Und das war es ja, was euch bewegte, die Unverständlichkeit all dessen. Denn das war eure wirkliche große verborgene Idee von der Welt, und ich habe eure große Idee hervorgezaubert aus euch, eure unpraktische Idee, in der Zeit und Tod erschienen und flammten, alles niederbrannten, die Ordnung, von Verbrechen bemäntelt, die Nacht, zum Schlaf mißbraucht. Eure Frauen, krank von eurer Gegenwart, eure Kinder, von euch zur Zukunft verdammt, die haben euch nicht den Tod gelehrt, sondern nur beigebracht kleinweise. Aber ich habe euch mit einem Blick gelehrt, wenn alles vollkommen, hell und rasend war – ich habe euch gesagt: Es ist der Tod darin. Und: Es ist die Zeit daran. Und zugleich: Geh, Tod! Und: Steh still, Zeit! Das habe ich euch gesagt. Und du hast geredet, mein Geliebter, mit einer verlangsamten Stimme, vollkommen wahr und gerettet, von allem dazwischen frei, hast deinen traurigen Geist hervorgekehrt, den traurigen, großen, der wie der Geist aller Männer ist und von der Art, die zu keinem Gebrauch bestimmt ist. Weil ich zu keinem Gebrauch bestimmt bin und ihr euch nicht zu einem Gebrauch bestimmt wußtet, war alles gut zwischen uns. Wir liebten einander. Wir waren vom gleichen Geist.

Ich habe einen Mann gekannt, der hieß Hans, und er war anders als alle anderen. Noch einen kannte ich, der war auch anders als alle anderen. Dann einen, der war ganz anders als alle anderen und er hieß Hans, ich liebte ihn. In der Lichtung traf ich ihn, und wir gingen so fort, ohne Richtung, im Donauland war es, er fuhr mit mir Riesenrad, im Schwarzwald war es, unter Platanen auf den großen Boulevards, er trank mit mir Pernod. Ich liebte ihn. Wir standen auf einem Nordbahnhof, und der Zug ging vor Mitternacht. Ich winkte nicht; ich machte mit der Hand ein Zeichen für Ende. Für das Ende, das kein Ende findet. Es war nie zu Ende. Man soll ruhig das Zeichen machen. Es ist kein trauriges Zeichen, es umflort die Bahnhöfe und Fernstraßen nicht, weniger als das täuschende Winken, mit dem so viel zu Ende geht. Geh, Tod, und steh still, Zeit. Keinen Zauber nutzen, keine Tränen, kein Händeverschlingen, keine Schwüre, Bitten. Nichts von alledem. Das Gebot ist: Sich verlassen, daß Augen den Augen genügen, daß ein Grün genügt, daß das Leichteste genügt. So dem Gesetz gehorchen und keinem Gefühl. So der Einsamkeit gehorchen. Einsamkeit, in die mir keiner folgt.

Verstehst du es wohl? Deine Einsamkeit werde ich nie teilen, weil da die meine ist, von länger her, noch lange hin. Ich bin nicht gemacht, um eure Sorgen zu teilen. Diese Sorgen nicht! Wie könnte ich sie je anerkennen, ohne mein Gesetz zu verraten? Wie könnte ich je an die Wichtigkeit eurer Verstrickungen glauben? Wie euch glauben, solange ich euch wirklich glaube, ganz und gar glaube, daß ihr mehr seid als eure schwachen, eitlen Äußerungen, eure schäbigen Handlungen, eure törichten Verdächtigungen. Ich habe immer geglaubt, daß ihr mehr seid, Ritter, Abgott, von einer Seele nicht weit, der allerköniglichsten Namen würdig. Wenn dir nichts mehr einfiel zu deinem Leben, dann hast du ganz wahr geredet, aber auch nur dann. Dann sind alle Wasser über die Ufer getreten, die Flüsse haben sich erhoben, die Seerosen sind gleich hundertweis erblüht und ertrunken, und das Meer war ein machtvoller Seufzer, es schlug, schlug und rannte und rollte gegen die Erde an, daß seine Lefzen trieften von weißem Schaum.

Verräter! Wenn euch nichts mehr half, dann half die Schmähung. Dann wußtet ihr plötzlich, was euch an mir verdächtig war, Wasser und Schleier und was sich nicht festlegen läßt.

Dann war ich plötzlich eine Gefahr, die ihr noch rechtzeitig erkanntet, und verwünscht war ich und bereut war alles im Handumdrehen. Bereut habt ihr auf den Kirchenbänken, vor euren Frauen, euren Kindern, eurer Öffentlichkeit. Vor euren großen, großen Instanzen wart ihr so tapfer, mich zu bereuen und all das zu befestigen, was in euch unsicher geworden war. Ihr wart in Sicherheit. Ihr habt die Altäre rasch aufgerichtet und mich zum Opfer gebracht. Hat mein Blut geschmeckt? Hat es ein wenig nach dem Blut der Hindin geschmeckt und nach dem Blut des weißen Wales? Nach deren Sprachlosigkeit?

Wohl euch! Ihr werdet viel geliebt, und es wird euch viel verziehen. Doch vergeßt nicht, daß ihr mich gerufen habt in die Welt, daß euch geträumt hat von mir, der anderen, dem anderen, von eurem Geist und nicht von eurer Gestalt, der Unbekannten, die auf euren Hochzeiten den Klageruf anstimmt, auf nassen Füßen kommt und von deren Kuß ihr zu sterben fürchtet, sowie ihr zu sterben wünscht und nie mehr sterbt: ordnungslos, hingerissen und von höchster Vernunft.

Warum sollt ich's nicht aussprechen, euch verächtlich machen, ehe ich gehe.

Ich gehe ja schon.

Denn ich habe euch noch einmal wieder gesehen, in einer Sprache reden gehört, die ihr mit mir nicht reden sollt. Mein Gedächtnis ist unmenschlich. An alles habe ich denken müssen, an jeden Verrat und jede Niedrigkeit. An denselben Orten habe ich euch wieder gesehen; da schienen mir Schandorte zu sein, wo einmal helle Orte waren. Was habt ihr getan! Still war ich, kein Wort habe ich gesagt. Ihr sollt es euch selber sagen. Eine Handvoll Wasser habe ich über die Orte gesprengt, damit sie grünen mögen wie Gräber. Damit sie zuletzt hell bleiben mögen.

Aber so kann ich nicht gehen. Drum laßt mich euch noch einmal Gutes nachsagen, damit nicht so geschieden wird. Damit nichts geschieden wird.

Gut war trotzdem euer Reden, euer Umherirren, euer Eifer und euer Verzicht auf die ganze Wahrheit, damit die halbe gesagt wird, damit Licht auf die eine Hälfte der Welt fällt, die ihr gerade noch wahrnehmen könnt in eurem Eifer. So mutig wart ihr und mutig gegen die anderen – und feig natürlich auch und oft mutig, damit ihr nicht feige erschient. Wenn ihr das Unheil von dem Streit kommen saht, strittet ihr dennoch weiter und beharrtet auf eurem Wort, obwohl euch kein Gewinn davon wurde. Gegen ein Eigentum und für ein Eigentum habt ihr gestritten, für die Gewaltlosigkeit und für die Waffen, für das Neue und für das Alte, für die Flüsse und für die Flußregulierung, für den Schwur und gegen das Schwören. Und wißt doch, daß ihr gegen euer Schweigen eifert und eifert trotzdem weiter. Das ist vielleicht zu loben.

In euren schwerfälligen Körpern ist eure Zartheit zu loben. Etwas so besonders Zartes erscheint, wenn ihr einen Gefallen erweist, etwas Mildes tut. Viel zarter als alles Zarte von euren Frauen ist eure Zartheit, wenn ihr euer Wort gebt oder jemand anhört und versteht. Eure schweren Körper sitzen da, aber ihr seid ganz schwerelos, und eine Traurigkeit, ein Lächeln von euch können so sein, daß selbst der bodenlose Verdacht eurer Freunde einen Augenblick lang ohne Nahrung ist.

Zu loben sind eure Hände, wenn ihr zerbrechliche Dinge in die Hand nehmt, Uhren und das Silber, das zu schmieden ist, die Nadel, die durch das Leder sticht oder wenn ihr die Körper der Menschen und der Tiere behandelt und ganz vorsichtig einen Schmerz aus der Welt schafft. So begrenzte Dinge kommen von euren Händen, aber manches Gute, das für euch einstehen wird.

Zu bewundern ist auch, wenn ihr euch über Motoren und Maschinen beugt, sie macht und versteht und erklärt, bis vor lauter Erklärungen wieder ein Geheimnis daraus geworden ist. Hast du nicht gesagt, es sei dieses Prinzip und jene Kraft? War das nicht gut und schön gesagt? Nie wird jemand wieder so sprechen können von den Strömen und Kräften, den Magneten und Mechaniken und von den Kernen aller Dinge.

Nie wird jemand wieder so sprechen von den Elementen, vom Universum und allen Gestirnen.

Nie hat jemand so von der Erde gesprochen, von ihrer Gestalt, ihren Zeitaltern. In deinen Reden war alles so deutlich: die Kristalle, die Vulkane und Aschen, das Eis und die Innenglut.

So hat niemand von den Menschen gesprochen, von den Bedingungen, unter denen sie leben, von ihren Hörigkeiten, Gütern, Ideen, von den Menschen auf dieser Erde, auf einer früheren und einer künftigen Erde. Es war recht, so zu sprechen und so viel zu bedenken. Nie war so viel Zauber über den Gegenständen, wie wenn du geredet hast, und nie waren Worte so überlegen. Auch durcheinandergeraten konnte die Sprache durch dich, irrewerden oder mächtig werden, und es konnte sich etwas reimen mit deiner Hilfe. Alles hast du mit den Worten und Sätzen gemacht, hast sie gewandelt, umgezogen, verkleidet; und die Gegenstände, die weder die geraden noch die ungeraden Worte verstehen, bewegten sich beinahe davon.

Ach, so gut spielen konnte niemand, ihr Ungeheuer! Alle Spiele habt ihr erfunden, Zahlenspiele und Wortspiele, Traumspiele und Liebesspiele.

Nie hat jemand so von sich selber gesprochen. Beinahe wahr. Beinahe mörderisch wahr. Übers Wasser gebeugt, beinah aufgegeben. Die Welt ist schon finster, und ich kann die Muschelkette nicht anlegen. Keine Lichtung wird sein. Du anders als die anderen. Ich bin unter Wasser. Bin unter Wasser.

Und nun geht einer oben und haßt Wasser und haßt Grün und versteht nicht, wird nie verstehen. Wie ich nie verstanden habe.

Beinahe verstummt,
beinahe noch
den Ruf
hörend.

Komm. Nur einmal.
Komm.

JOHANNES BOBROWSKI
Mäusefest

Moise Trumpeter sitzt auf dem Stühlchen in der Ladenecke. Der Laden ist klein, und er ist leer. Wahrscheinlich weil die Sonne, die immer hereinkommt, Platz braucht und der Mond auch. Der kommt auch immer herein, wenn er vorbeigeht. Der Mond also auch. Er ist hereingekommen, der Mond, zur Tür herein, die Ladenklingel hat sich nur einmal und ganz leise nur gerührt, aber vielleicht gar nicht, weil der Mond hereinkam, sondern weil die Mäuschen so laufen und herumtanzen auf den dünnen Dielenbrettern. Der Mond ist also gekommen, und Moise hat Guten Abend, Mond! gesagt, und nun sehen sie beide den Mäuschen zu.

Das ist aber auch jeden Tag anders mit den Mäusen, mal tanzen sie so und mal so, und alles mit vier Beinen, einem spitzen Kopf und einem dünnen Schwänzchen.

Aber lieber Mond, sagt Moise, das ist längst nicht alles, da haben sie noch so ein Körperchen, und was da alles drin ist! Aber das kannst du vielleicht nicht verstehen, und außerdem ist es gar nicht jeden Tag anders, sondern immer ganz genau dasselbe, und das, denk ich, ist gerade so sehr verwunderlich. Es wird schon eher so sein, daß du jeden Tag anders bist, obwohl du doch immer durch die gleiche Tür kommst und es immer dunkel ist, bevor du hier Platz genommen hast. Aber nun sei mal still und paß gut auf.

Siehst du, es ist immer dasselbe.

Moise hat eine Brotrinde vor seine Füße fallen lassen, da huschen die Mäuschen näher, ein Streckchen um das andere, einige richten sich sogar auf und schnuppern ein bißchen in die Luft. Siehst du, so ist es. Immer dasselbe.

Da sitzen die beiden Alten und freuen sich und hören zuerst

gar nicht, daß die Ladentür aufgegangen ist. Nur die Mäuse haben es gleich gehört und sind fort, ganz fort und so schnell, daß man nicht sagen kann, wohin sie gelaufen sind.

In der Tür steht ein Soldat, ein Deutscher. Moise hat gute Augen, er sieht: ein junger Mensch, so ein Schuljunge, der eigentlich gar nicht weiß, was er hier wollte, jetzt, wo er in der Tür steht. Mal sehen, wie das Judenvolk haust, wird er sich draußen gedacht haben. Aber jetzt sitzt da der alte Jude auf seinem Stühlchen, und der Laden ist hell vom Mondlicht. Wenn Se mechten hereintreten, Herr Leitnantleben, sagt Moise.

Der Junge schließt die Tür. Er wundert sich gar nicht, daß der Jude Deutsch kann, er steht so da, und als Moise sich erhebt und sagt: Kommen Se man, andern Stuhl hab ich nicht, sagt er: Danke, ich kann stehen, aber er macht ein paar Schritte, bis in die Mitte des Ladens, und dann noch drei Schritte, auf den Stuhl zu. Und da Moise noch einmal zum Sitzen auffordert, setzt er sich auch.

Jetzt sind Se mal ganz still, sagt Moise und lehnt sich an die Wand.

Die Brotrinde liegt noch immer da, und, siehst du, da kommen auch die Mäuse wieder. Wie vorher, gar nicht ein bißchen langsamer, genau wie vorher, ein Stückchen, noch ein Stückchen, mit Aufrichten und Schnuppern und einem ganz winzigen Schnaufer, den nur Moise hört und vielleicht der Mond auch. Ganz genau wie vorher.

Und nun haben sie die Rinde wiedergefunden. Ein Mäusefest, in kleinem Rahmen, versteht sich, nichts Besonderes, aber auch nicht ganz alltäglich.

Da sitzt man und sieht zu. Der Krieg ist schon ein paar Tage alt. Das Land heißt Polen. Es ist ganz flach und sandig. Die Straßen sind schlecht, und es gibt viele Kinder hier. Was soll man da noch reden? Die Deutschen sind gekommen, unzählig viele, einer sitzt hier im Judenladen, ein ganz junger, ein Milchbart. Er hat eine Mutter in Deutschland und einen Vater, auch noch in Deutschland, und zwei kleine Schwestern. Nun kommt man also in der Welt herum, wird er denken, jetzt ist man in Polen, und später vielleicht fährt man nach England, und dieses Polen hier ist ganz polnisch.

Der alte Jude lehnt an der Wand. Die Mäuse sind noch immer um ihre Rinde versammelt. Wenn sie noch kleiner geworden ist, wird eine ältere Mäusemutter sie mit nach Hause nehmen, und die andern Mäuschen werden hinterherlaufen.

Weißt du, sagt der Mond zu Moise, ich muß noch ein bißchen weiter. Und Moise weiß schon, daß es dem Mond unbehaglich ist, weil dieser Deutsche da herumsitzt. Was will er denn bloß? Also sagt Moise nur: Bleib du noch ein Weilchen.

Aber dafür erhebt sich der Soldat jetzt. Die Mäuse laufen davon, man weiß gar nicht, wohin sie alle so schnell verschwinden können. Er überlegt, ob er Aufwiedersehen sagen soll, bleibt also einen Augenblick noch im Laden stehen und geht dann einfach hinaus.

Moise sagt nichts, er wartet, daß der Mond zu sprechen anfängt. Die Mäuse sind fort, verschwunden. Mäuse können das.

Das war ein Deutscher, sagt der Mond, du weißt doch, was mit diesen Deutschen ist.

Und weil Moise noch immer so wie vorher an der Wand lehnt und gar nichts sagt, fährt er dringlicher fort: Weglaufen willst du nicht, verstecken willst du dich nicht, ach Moise. Das war ein Deutscher, das hast du doch gesehen. Sag mir bloß nicht, der Junge ist keiner, oder jedenfalls kein schlimmer. Das macht jetzt keinen Unterschied mehr. Wenn sie über Polen gekommen sind, wie wird es mit deinen Leuten gehn?

Ich hab gehört, sagt Moise.

Es ist jetzt ganz weiß im Laden. Das Licht füllt den Raum bis an die Tür in der Rückwand. Wo Moise lehnt, ganz weiß, daß man denkt, er werde immer mehr eins mit der Wand. Mit jedem Wort, das er sagt.

Ich weiß, sagt Moise, da hast du ganz recht, ich werd Ärger kriegen mit meinem Gott.

ALEXANDER KLUGE
Anita G.

Haben Sie nicht eine erfreulichere Geschichte?

1

Das Mädchen Anita G. sah, unter dem Treppenaufbau hokkend, die Stiefel, als ihre Großeltern abgeholt wurden. Nach der Kapitulation kamen die Eltern aus Theresienstadt zurück, was keiner geglaubt hätte, und gründeten Fabriken in der Nähe von Leipzig. Das Mädchen besuchte die Schule, glaubte an eine ruhige Weiterentwicklung. Plötzlich bekam sie Angst und floh in die Westzonen. Natürlich beging sie Diebstähle auf ihrer langen Reise. Der Richter, der sich ernstlich Sorgen um sie machte, gab ihr vier Monate, von denen sie aber nur die Hälfte abzusitzen brauchte. Für die andere Hälfte bekam sie Bewährungsauflagen und eine Bewährungshelferin, die aber die Betreuung übertrieb, also floh das Mädchen weiter nach WIESBADEN. Von WIESBADEN, wo sie Ruhe fand, nach KARLSRUHE, wo sie verfolgt wurde, nach FULDA, wo sie verfolgt wurde, nach KASSEL, wo sie nicht verfolgt wurde, von dort nach FRANKFURT. Sie wurde aufgegriffen und (da ein Fahndungsersuchen wegen Bruchs der Bewährungsauflagen vorlag) nach HANNOVER auf Transport gebracht, sie aber floh nach MAINZ.

Warum begeht sie auf ihren Reisen immer wieder Eigentumsdelikte? Sie wird unter verschiedenen Namen im Fahndungsblatt gesucht. Weshalb ordnet dieser intelligente Mensch nicht seine Angelegenheiten befriedigend? Häufig wechselt sie ihr Zimmer, sie hat meist gar keines, weil sie sich mit den Wirtinnen überwirft. Man kann nicht wie ein Zigeuner in der Gegend herumziehen. Warum verhält sie sich nicht dementsprechend? Warum schließt sie sich dem Mann nicht an, der sich um sie bemüht? Warum stellt sie sich nicht auf den Boden der Tatsachen? Will sie nicht?

2

Den Mann, den sie gestern kennengelernt hatte, nahm sie mit in das Zimmer, das ihr schon nicht mehr gehörte. Komm, hier, sagte sie leise, als sie hörte, wie er sich in dieser Dunkelheit vorsichtig hinter ihr hertastete. Er konnte sich nicht ganz lautlos bewegen. Er war überhaupt nicht geschickt. Sie bewegte sich in dieser Dunkelheit auf ihn zu und führte ihn, an der Hand gefaßt, vorbei an den Räumen ihrer früheren Wirtin bis zu ihrem Zimmer. Sie schloß ab und machte Licht.

Der Mann mißbilligte dieses Theater, aber er wußte auch nicht, weshalb es veranstaltet wurde. Vermutlich nahm er an, daß sie auf Verwandte Rücksicht nahm, bei denen sie wohnte. Er hätte es vorgezogen, seinen Besuch bei diesen Verwandten zu machen und so die neue Verbindung mit dem schönen Mädchen zu legalisieren. Geheimnistuerei war ihm fremd. Er sagte das auch. Sie wollte ihm aber jetzt nicht erklären, inwiefern ihr dieses Zimmer nicht mehr gehörte. Der Grund, weshalb die Schepp sie hinausgeworfen hatte oder weshalb das Mädchen seinerseits das Mietsverhältnis beendet hatte, woraufhin sie von der Schepp hinausgeworfen worden war, war nicht mit ein paar Worten faßbar. Die Schepp: großer, ungewöhnlicher Hut, große, funkelnde Augen, voller Eitelkeiten. Ihr Mann, sagen wenigstens einige Leute, soll sich vom Balkon des 3. Stocks auf die Straße gestürzt haben, während sie im Nebenzimmer hantierte. Vielleicht rechnete die Schepp damit, daß das Mädchen heimlich zurückkäme? Das Mädchen bewegte sich ohne jeden Laut im Zimmer, was ihr leichter fiel als Lärm zu machen, sie gehörte zu den Leuten, deren Phantasie zum Lärmmachen nicht reicht. Der Mann stieß an das Eisenbett. Sie zitterte, da sie mit der Schepp rechnete.

An die Wärme und Sicherheit, die von dem neben ihr liegenden Körper ausging, glaubte A. nicht. Die bleiche, großporige Haut, die engen Brustwarzen, von einzelstehenden langen Härchen umgeben, schienen selbst schutzbedürftig. Sie hatte keinen Schutz zu vergeben. Wenn es nicht in wichtigen Punkten sie selbst beträfe, fände sie diesen Mann vielleicht sogar lächerlich mit seinen Besorgnissen, der Furcht, sich auf etwas Unerlaubtes einzulassen. Sie hatte nicht die Fähigkeit, sich Menschen lange auszusuchen. Ungeduldig nahm sie den auf, der bereit war, sich mit ihr abzugeben. Es war eine Chance, ihr Leben wieder in den Zustand von Sicherheit und Ordnung zu bringen. Insofern wollte sie ihren Vorteil wahren.

Sie fror in dem ungeheizten Raum und spürte die kommende Erkältung wie etwas, auf das sie sich freute und das sie doch gleichzeitig mißbilligte, weil es hinderlich sein würde, alles so ähnlich wie ein Kind bekommen – sie suchte die Wärme in dem neben ihr liegenden Körper, an den sie sich erst wieder gewöhnen mußte. Sie genierte sich nicht mehr vor ihm. Sie lieferte ihm jeden Teil ihres Körpers aus, den er haben wollte. Sie gab sich mit einer Einfachheit, die es auch bei einfachen Leuten nicht gibt, und sorgte dafür, daß die Erzählungen, die ihre Vergangenheit betrafen, natürlich blieben. Sie richtete ihre Vergangenheit so zu, daß sie ihn nicht stören konnte. Pläne machte sie nicht, sondern wartete auf seine Vorschläge für den nächsten Tag. Sie vergewisserte sich des neben ihr schlafenden Körpers durch die dünne Decke. Sie schlief, wenn er da war, außerhalb der Decke, am Bettrand, auf der Seite liegend und etwas angelehnt an den Berg unter der Decke; sie hätte sonst befürchtet, ihn zu stören, wenn sie sich bewegte, was sie nachts nicht in der Kontrolle hatte.

Gegen Morgen erwachte der Mann und wandte sich ihr noch einmal zu. Sie hätte ihn gern geschont, weil sie auf keinen Fall wollte, daß er mehr tat, als er selbst wollte. Sie wollte nicht, daß er diese Nacht, die vielleicht die letzte war, in fader Erinnerung hätte. Aber sie konnte sich andererseits nicht gut gegen ihn wehren, wenn sie einfach und natürlich sein wollte. Sie gab sich Mühe, beteiligt zu erscheinen, was ihr nicht gut gelang. Sie war gespannt auf das, was er sagen würde, und verpaßte so, was er zu ihr sagte. Sie deckte den Erschöpften zu und machte sich Vorwürfe, ihm nicht nützlich gewesen zu sein. Sie schmiegte sich an die Decke, die ihn umgab, und wartete, bis er eingeschlafen war. Sie wollte ihn auf keinen Fall ausnützen. Insbesondere wollte sie ihn nicht auf diese Art ausnützen, die ihr nichts half.

Sie konnte sich bewegen, ohne irgendein Geräusch zu machen, und öffnete auch jedes Schloß ohne Geräusch. Der Mann stolperte, als sie ihn hinausbrachte, aber das ging im Morgenlärm des Hauses unter. Es zerschnitt ihr das Herz, als er sich in der Kälte des Zimmers ankleidete, aber sie konnte an dem Zustand nichts ändern, da sie eigentlich ja nicht einmal dieses Zimmer benutzen durfte. Sie entließ ihn schnell, damit sich diese Momente nicht in seiner Erinnerung einprägten. Sie selbst verließ, sobald er sich entfernt hatte, diese Wohnung.

3

Sie wollte ihn noch einmal sehen, bevor sie abreiste. Seit mehreren Wochen verlängerte sie sich von Tag zu Tag diese Beziehung, obwohl ihre Lage in der Stadt immer gefährlicher wurde. Sie suchte nach ihm und sah ihn später im Café am Dom. Er sah noch immer müde aus, schlaffer Mund und etwas hohle, eingefallene, »kandierte« Lippen. Eine ziemlich läppische Unterhaltung. Zu einem Nebenmann: Er hätte Nachtschicht gehabt ..., wenn man mit einer temperamentvollen Frau zusammen sei ... Er spürte nicht, daß sie in seiner Nähe war.

Sie erschrak. Dies war alles, was die Liebe bewirkt. Sie hätte gewünscht, daß sie schon gestern abgereist wäre. Was sie von ihrer Kraft in diesen Mann investierte, er blieb platt. Sie gab die Hoffnung auf, ihn für sich einzuspannen. Sie begleitete den Mann aus einiger Entfernung zum Amtsgebäude, in dem er wie jeden Tag verschwand. Später beruhigte sie sich. Sie beschloß, mit ihm noch einen weiteren Versuch zu machen.

4

Die Vorgeschichte ist mit wenigen Worten wiedergegeben:
Sie hätte mit diesem Mann nie ein Wort gesprochen, wenn der Unfall nicht als Vermittler dagewesen wäre. A. wollte an dem betreffenden Tag Mai 1956 die Stadt MAINZ verlassen, weil sie in mehreren Pensionen in der Bahnhofsgegend Schulden gemacht hatte und sich auch aus anderen Gründen in der Stadt nicht mehr sicher fühlte. Bevor sie die Stadt verließ, besuchte sie die auf einer Anhöhe gelegene Universität. Sie überbrückte den Tag in den Aufenthaltsräumen der Universität und in Vorlesungen. Sie wollte nach WIESBADEN hinüberfahren und dort vielleicht arbeiten, aber an der Torausfahrt der Universität wurde sie, als sie die Straße überquerte, von einem Auto erfaßt (es kann auch sein, daß sie in das Fahrzeug hineinlief). Sie erhob sich vom Sturz und prüfte die Schrammen an ihrem Körper. Der Autobesitzer kam auf sie zu und ohrfeigte sie. Sie wußte keine Reaktion darauf. Später lernte sie diesen Mann näher kennen. Wenn der Unfall nicht gewesen wäre, hätte sie nie ein Wort mit ihm gesprochen. Der Mann hielt sie an, in MAINZ zu bleiben, sich ein Quartier und Arbeit zu suchen. Er wünschte, daß sie richtig mit Geld versorgt wäre und eine Arbeit hätte. Er hätte sonst befürchtet, daß aus ihrer Untätigkeit Belastungen resultierten. Obwohl er Belastungen jeder Art ausdrücklich ablehnte, gebrauchte er selbst im weiteren Verlauf dieser Beziehung nicht die nötige Vorsicht. Sie erkannte die Folgen seiner Unvorsichtigkeit, behielt aber diese Tatsache für sich, wahrscheinlich, weil sie sich vor seiner Reaktion darauf fürchtete und er auch nicht danach fragte.

5   Auf der Suche nach einem Anwalt

Das Mädchen war auf einen Zeitungsartikel aufmerksam geworden, der von der Tätigkeit des Frankfurter Anwalts Dr. Sch. berichtete. Sie reiste nach FRANKFURT und versuchte mit diesem Verteidiger in Verbindung zu kommen. Den Vormittag über war er jedoch in seinem Büro nicht zu erreichen. Nachmittags sah sie ihn von weitem im Justizgebäude, der Bürovorsteher des Anwalts hatte ihr geraten, ihn dort zu suchen. Sie wagte nicht, ihn anzusprechen, als er, umgeben von einem Pulk Fragender, den Sitzungssaal verließ und die mächtige Freitreppe hinabstieg. Am späteren Nachmittag war er wieder unerreichbar, so oft sie auch in seinem Büro anrief. Sich für einen der nächsten Tage anmelden wollte sie nicht, sie hatte bereits die Hoffnung aufgegeben, an den berühmten Mann heranzukommen und ihn für ihren Fall zu interessieren. Mit einem der Assessoren, die im Anwaltsbüro zur Verfügung standen, wollte sie nicht sprechen, weil sie nur zum Anwalt selbst Vertrauen hatte und außerdem glaubte, daß nur bei dem Verteidiger selbst eine Beratung ohne Geld möglich sei. Ihr Fehler war, daß sie zu Anfang ihrer Versuche, genau genommen bei ihrem ersten Anruf, zu zaghaft gefragt hatte. Sie erhielt daher eine ablehnende Antwort des Büropersonals.

Tageslauf des Verteidigers: Der berühmte Mann trieb sich den Vormittag über im Bademantel in seiner Wohnung herum. Er war nicht neugierig auf den neuen Tag. Er telefonierte mit Wiesbaden und mit Zürich und saß dann an seinem Tisch.

Seine Hand lag auf dem Tisch, gestützt auf den zweiten und fünften Finger, der Daumen ruhig daneben, der dritte und vierte Finger knieten. Wenn er den vierten Finger langsam hochzog und nach vorn zog, schnappten an einem bestimmten Punkt die beiden knienden Finger gemeinsam nach vorn und die Hand fiel flach auf den Tisch. Er antwortete nicht, wartete, bis die Sekretärin das Klopfen aufgab und von der Tür verschwand. Dicke Adern auf dem schmalen und etwas behaarten Handrücken, die beiden knienden Finger nach vorn geschleudert, und die Hand lag flach, gewissermaßen atemlos, auf dem Tisch. Er sah sie da, war nicht neugierig auf den Tag.

Später brauchten Mitarbeiter seine Zustimmung zu einer eiligen Entscheidung. An der Beratung eines Gnadenaktes in der Staatskanzlei nahm er fernmündlich teil. Die Telefonate belebten ihn etwas. Wenn er lange genug Interesse an diesen Gesprächen heuchelte, bekam er Interesse. Einer nach dem anderen riefen seine Mitarbeiter über das Haustelefon an und baten um Weisungen. Er hatte keine Lust. Ein vitaler Mensch kann nicht aufgeklärt sein. Wie viel Schwäche ist nötig, damit einer aufgeklärt ist?

Der Mittelteil des Tages rollte nach einem Zeitplan ab, auf den er nur insofern Einfluß hatte, als er jeweils den Aufbruch von einer Veranstaltung oder Verabredung zur anderen hinauszögern konnte, was aber sein ausgezeichneter Chauffeur, der ihn durch den Nachmittagsverkehr brachte, zum Teil wieder ausglich. Seine beiden Assessoren erwarteten ihn vor dem Portal des Justizpalastes. Er ließ sich in diese entsetzlichen Säle führen. Er war jetzt müde von der anstrengenden Vorführung des Mittagessens, die er hinter sich gebracht hatte. Sie war anstrengend, weil er außer Witz, Klugheit, Scharfsinn, was noch dazu Eigenschaften waren, die er eigentlich nicht besaß, auch Standhaftigkeit im Trinken und Essen zeigen mußte; Gegenpol zu seiner Geschicklichkeit im Lavieren. Auf diesen vorgeblichen Eigenschaften beruhte ein Teil seiner Beliebtheit. Er näherte sich mit ambivalenten Empfindungen dem Stall des Angeklagten, redete mit allen möglichen Leuten, ehe er bei seiner Bank ankam und sich zu der üblichen Begrüßung zum Angeklagten zurückwandte. Die Assessoren blätterten in den Akten. Er zog sich in die äußerste Ecke der Bank zurück, prüfte, ob hier Zugluft herrschte. Der Angeklagte wurde befragt. Er war ein dicker, gut zahlender Kaufmann, dem Sittlichkeitsdelikte vorgeworfen wurden. Der Verteidiger wartete vor seinem Tisch, prüfte, ob ein Eingreifen erforderlich sei. Er bewegte sich so vorsichtig, als käme es darauf an, etwas zu fangen oder zu messen. Er war müde und versprach sich, als er, halb zum Angeklagten und zur Richterbank sich wendend, etwas sagte, während er mit abgedämpften Katzenschritten, wie um keinen Gedanken zu verscheuchen oder niemand zu beleidigen oder zu treten oder zu erschrecken, auf dem gebohnerten Boden vor seinem Verteidigertisch hin- und herging. Es fiel ihm schwer, sich zu konzentrieren. Es entstand Unruhe bei den Richtern und Schöffen. Die Richter mochten ihn nicht. Es war sein Name, der sie in Subordination hielt. Er versprach sich mehrmals, und die ganze Vorführung war wohl nicht sehr gut, die Richter blätterten während seines Plädoyers in ihren Unterlagen. Was konnten sie ihm schaden?

Als das Urteil gesprochen war, umringten ihn die Assessoren und weitere Personen wie eine Schar Verehrer und schirmten ihn ab gegen aufdringliche Fragen, die geeignet gewesen wären, ihn in Verlegenheit zu setzen. Der Angeklagte bedankte sich. In der Vorhalle traten eine Reihe von Leuten heran, die den Anwalt zu sprechen versuchten. Er krümmte die Schultern, weil er die Zugluft in dieser Vorhalle fürchtete, ließ sich aber doch mit dem einen oder anderen ein, der ihn ansprach. Er hätte um diese Nachmittagsstunde mit dem Generalstaatsanwalt in die Landesheilanstalt hinausfahren müssen, da er dort einen Fall entdeckt zu haben glaubte, in dem sein Eingreifen oder aber das des Generalstaatsanwalts nötig war. Statt dessen saß er eine Zeit lang mit dem Generalstaatsanwalt beim Tee.

Der gutgeschützte große Mann, der nicht mehr allzu viele Jahre zu leben hatte, machte von seinem Einfluß wenig Gebrauch. Er besaß mehr Einfluß, als er sich selbst eingestand. Er wurde um diese Abendzeit lebendig, hatte schon am Vorabend Tropfen genommen, die das Herz auf Gespräche vorbereiten und die Blutgefäße weiten. Man konnte nicht sagen, daß er in irgendeiner Hinsicht ein Spezialist war, auch nicht in seiner Eigenschaft als Anwalt, da er nirgends bereit gewesen wäre, sich sicher zu fühlen; er war aber insofern spezialisiert, als seine ganze Macht gesammelt war als Gegenmittel gegen den eventuell jederzeit wieder ausbrechenden Pogrom. Daher ließ sich diese Macht zu nichts anderem als zur Gefahrenabwehr verwenden. Er hatte vielleicht noch fünf Jahre zu leben und brauchte sich für diese Zeitspanne nicht mehr allzu sehr anzustrengen. Er kannte genügend Auswege, um auszukommen. Er konnte sich gewissermaßen im Gleitflug bis zur endgültigen Landung in der Luft halten, wenn der Vergleich paßt. Er ging an diesem Abend früh schlafen. Er hätte noch eine Menge Einfluß ausüben können, aber er wollte gar nichts. Er wollte in den Mutterleib zurück. Er glaubte nicht an Veränderungen, war auch, solange er nicht bedroht war, gegen Veränderungen, von denen man nicht wissen konnte, ob sie nicht Bedrohungen bringen.

Schutzbedürfnis
Sehr dünne Glieder unter dem erstklassigen Anzug, sehr haarig, weil er schon in den ersten Minuten seines Lebens diesen Schutz nötig hatte; keiner glaubte damals, daß er am Leben bleibt; die Hose ist am Rückgrat aufgehängt und hängt, ohne irgendwo mit dem Körper in Berührung zu kommen, hinunter bis zu den auseinandergerichteten Füßen.

Absicherung, Heuchelei
Sitzt in Strümpfen, was aber niemand weiß, in der guten Dekkung seines Schreibtischs und läßt seine Augen aufblinken, »signalisiert«, als sein Besucher irgend etwas sagt, er hat nicht zugehört und heuchelt; er muß diesem Besucher gefallen, obwohl er nicht unbedingt muß. Der Besucher gehört zu den Leuten, die zwar keine Macht über ihn haben, mit denen er aber auf keinen Fall in Unfrieden sein will.

Feindin Natur
Er zieht die Schultern zusammen, nicht weil es kalt ist, sondern weil niemand etwas zu sagen weiß, das ihn erwärmt; er sucht nach Zugluft, Rechtfertigung für sein Wärmebedürfnis. Er fürchtet sich vor Erkältungen. Er kann sich eine Schwächung des Körpers nicht leisten. Er ist geschützt vor Menschen, aber verletzbar durch Eingriffe der Zugluft.

Furchtsamkeit
Die Diskussion ging über eine Stunde in die Irre, weil er, den man zum Leiter des Gesprächs gemacht hatte, sich weigerte, die Diskussionsredner zu unterbrechen, wenn sie vom Thema abkamen. Sie diskutierten zuletzt ohne Thema in der Reihenfolge der Wortmeldungen. Viele waren wütend über diese Diskussionsleitung. Die Besten waren verärgert über dieses Verfahren und warfen dem Präsidenten vor, daß er überhaupt

nicht zuhöre. Er hörte auch nicht zu, was aber niemand beweisen konnte. Er nahm die Feindschaft der Guten in Kauf und weigerte sich, die Redner zu unterbrechen, was konnten die Unzufriedenen ihm schaden? Andererseits befürchtete er Racheakte der Unterbrochenen, wenn er die Redner unterbrach, und überhaupt lag ihm so etwas nicht. (Er sagte auch in Fällen, in denen Mitarbeiter Vorschläge machten, meist ja, obwohl er ebenso gut gleich nein hätte sagen können, weil er ebenso gut noch morgen nein sagen konnte, niemand hätte ihm deswegen etwas tun können, und es war für seine Sicherheit ohnehin egal, ob er ja sagte oder nein; dann aber kam noch hinzu, daß er ungern nein sagte, und lieber erst ja sagte, weil die Chance bestand, daß durch den Zeitablauf die Sache sich von selbst erledigte und er vielleicht überhaupt nie nein zu sagen brauchte. Er bezahlte seine Mitarbeiter für die Vorschläge und honorierte daher auch das Recht, die Vorschläge abzulehnen. Aber er hätte ungern einen der Vorschläge, die sie ihm machten, abgelehnt, wahrscheinlich, weil er Racheakte befürchtete.)

Stimulation
Dreistündige Mittagstafel in einem Lokal in Bahnhofsnähe, wo er Gäste empfängt, denen er gefallen muß: er zeichnet die Neuangekommenen aus, indem er ihnen entgegengeht und sich auf dem Weg von der Tür, an der er sie begrüßt, zu den Tischen abfällig über die schon dasitzenden Gäste äußert. Nach Tisch redete er von seinem Tode, nicht zu allen. Die Gäste, die es hörten, waren unsicher, wie sie sich verhalten sollten. Die Ausmalung seines baldigen Todes war sein stärkstes Anregungsmittel, von dem er – wie übrigens auch von Penicillin, Chinin usf. – hemmungslos Gebrauch machte.

Verfolgung, Schützling, zwei Alternativen
Er hat einen großartigen Apparat entwickelt, der ihn im Fall von Pogromen und natürlich erst recht in Ruhezeiten schützt. Wie aber hält er den empfindlichen Apparat am Laufen, wenn keine Verfolgung da ist? Er braucht deshalb starke Anre-

gungsmittel, um sich am Laufen zu halten. Das stärkste Anregungsmittel wäre natürlich ein Schützling, der wirklich gefährdet ist. Aber wie soll der Schützling durch den Schutzring von Berühmtheit, Assessoren, Mitarbeitern, Büroangestellten, diese komplizierte Organisation, bis zum großen Verteidiger selbst vordringen?

6   Das Mädchen übernachtet mit ihrem Freund in einem fremden Personenfahrzeug

Da er nicht wissen konnte, wo er sie finden sollte, wenn sie ohne Zimmer und ohne feste Punkte war, an denen sie sich zu bestimmten Zeiten aufhielt, wartete sie in der Straße vor seiner Wohnung, bis er abends heimkam. Sie ließ ihn ins Haus gehen, da sie sich nicht aufdrängen wollte, für den Fall, daß er etwas Wichtiges vorhätte, und folgte ihm, als er wieder auf die Straße kam, aus einer gewissen Entfernung, bis sie sicher war, daß er lediglich zum Theater ging. Sie sprach ihn an. Er war überrascht und fragte, was denn passiert sei. Sie erzählte ihm irgend etwas. Sie gaben die Theaterkarte irgendeinem, der vor dem Theater wartete. Sie war so froh, ihn wiederzuhaben, daß sie zugab, daß sie ohne Unterkunft war. Sie redete davon, daß sie Geld erwarte, um seine Bedenken zu zerstreuen. Sie fand ein unverschlossenes Auto und zerstreute seine Bedenken, ein Stück damit zu fahren und es später wieder an die alte Stelle zu bringen. Er hatte Angst vor Entdeckung und Disziplinarstrafen, aber sie rechnete damit, daß dies der letzte Abend sein würde, den sie zusammen hätten, und zerstreute deshalb alles, was er sagen wollte. Es war ein sehr schwerer Fehler, den sie beging, denn er fand seine Unbefangenheit an diesem Abend nicht wieder.

Er hatte sich vorbereitet und wollte sich an diesem Tage grundsätzlich mit ihr über eine festere Verbindung aussprechen. Er fand den Ton nicht, den diese Worte ursprünglich in seinem Kopf gehabt hatten, aber auch die zusammenhanglosen Möglichkeiten, in denen er herumstocherte, setzten sie in eine helle Panik. Sie wollte abwehren. Es war das, was sie in den letzten Wochen mühsam angestrebt hatte; jetzt kam zu dieser Wunschvorstellung eine Flut von Gegengründen, eine Antipathie gegen jeden Gedanken einer festeren Verbindung. Ihre zerrütteten Empfindungen durchjagten eine Skala von Reaktionen, sie fand nichts zu antworten. Sie wünschte sich eine Katastrophe, aus der sie ihn befreien könnte. Oder irgendeine Macht, die jetzt eingriff und die Flucht beendete, so daß sie ihm alles aufdecken könnte – nicht einmal aufdecken: daß sie Zeit gewänne. Sie verglich sich mit einer Zauberin, die einen Kreis um den Menschen, den sie liebt, zieht und alles, was es in der Welt gibt, in diesen Kreis transportiert. Ihr Gesicht war verkrampft. Sie erschrak, da doch Liebe alles glätten sollte. Sie zweifelte einen Augenblick an ihrer Liebe und entdeckte Anzeichen dafür, daß er ihr etwas vorspiegele und sie in Wirklichkeit mit seinen Worten nur auf geschickte Art loswerden wolle.

Er hatte die Angewohnheit, alles, was er mit ihr tat, in einen offiziellen und einen inoffiziellen Teil zu zerlegen, und versuchte, sie zu entkleiden, als er mit seinen Ausführungen zu Ende war. Es kam ihr unerwartet, und sie tat, als ob sie seine Absicht nicht verstünde, da sie den letzten Abend nicht auf diese Weise fortgeben wollte. Sie klammerte sich an das Gespräch, das sie miteinander gehabt hatten, und erklärte ihm, weshalb sie gern seine Frau wäre. Sie sagte »komm«, um ihn in Abstand zu halten, und redete sorgfältig kontrolliertes dummes Zeug. Es gefiel ihm gut: ob sie vom künftigen gemeinsamen Leben redete oder ihm zu gefallen suchte oder seine Hände wegbog – es bestätigte ihn nur in der Richtung, die er eingeschlagen hatte. Sie versuchte, sich zu wehren, mußte aber einfach und natürlich bleiben.

Einen Augenblick rechnete sie sich aus, was geschähe, wenn sie aufdeckte: das Kind und die Fahndung, aber sie schreckte zurück. Sie fand das unfair und sagte ihm weder von dem einen noch von dem anderen etwas. Sie befreite sich aus seiner Umarmung in den engen Autositzen und kroch aus dem Wagen. Es regnete heftig. Sie ließ das Wasser auf die Haut platschen. Sie ging auf und ab. Sie duschte sich, bis er aus dem

Wagen nach ihr rief. Sie war naß und schädigte die Polster, als sie wieder zu ihm hineinkroch. Es verwirrte ihn. Er schwankte zwischen den Empfindungen eines Autoeigentümers und der Empfindung ihrer Nässe.

7

Sie machte einen letzten Versuch, ihre Situation zu klären, indem sie die Eltern von Leipzig nach Bad Nauheim bestellte. Es gelang ihr aber nicht, in den zwei Tagen, die sie mit den Eltern verbrachte, die beiden auseinanderzuzerren. Sie waren eine geschlossene Phalanx der Furcht vor Strapazen. Sie brauchte Einzelkonferenzen mit ihrer Mutter und mit ihrem Vater, aber es blieb bei Plenarsitzungen. Wie nasse Bettfedern klebten die beiden aneinander, obwohl sie sich noch nie hatten leiden können und sich bei aller Gelegenheit sonst aus dem Wege gingen. Sie fürchteten sich, einen Augenblick mit der Tochter allein zu sein, und hatten sich verabredet.

Schon der Anfang war ein Fehler gewesen. Sie hatte sich in einem kleinen Café frisch machen wollen und war dort unvorbereitet von ihren Eltern entdeckt worden, die mit ihrem Wiedersehenslärm jede Bewegung abtöteten. Sie wollte sie nicht so lärmen hören, was sie ebenso abstoßend fand wie die Art, in der sie aßen oder bestimmte Dinge bemerkten und bestimmte Dinge nicht bemerkten. Sie versuchte, die geschlossene Front der beiden zu durchbrechen. Es mißlang, da das Gespräch in die schon traditionelle Fahrbahn geriet: Sie kritisierte die Eltern, was ihr nichts half. Sie sagte ihnen, daß sie einander haßten, was die beiden nur enger zusammenschloß, da sie Haß fürchteten. Die Eltern wiesen darauf hin, wie harmonisch das Zusammensein nach den vielen Jahren sein könnte, wenn die Tochter ihre Kritik unterließe. A. wünschte sich eine Katastrophe, die die Sperre, die sich mit jedem Wort verdichtete, beiseite gefegt hätte. Während sie das wünschte, verlor sie doch schon ihren Glauben daran, daß ihre Eltern ihr überhaupt noch helfen könnten. Sie hatte sich nicht vorgestellt, wie schwach sie waren, wenn sie gemeinsam operierten, wie sehr sie sich gegenseitig in ihrer Ehe geschwächt hatten.

Am Abend des zweiten Tages in Bad Nauheim kamen Kriminalbeamte, die den Meldezettel gelesen hatten, in das Hotel und verhafteten sie. Die Eltern erfuhren von der Verhaftung durch die Hoteldirektion. Im Laufe des folgenden Vormittags gelang es A., aus dem Polizeipräsidium zu entkommen. Sie eilte in das Hotel zurück, aber ihre Eltern waren bereits abgereist. Sie hatten Angst, in die Sache, um welche auch immer es sich handelte, hineingezogen zu werden. Sie hatten keinen Brief hinterlassen, wohl weil sie sich auf keine Fassung einigen konnten. A. vermied den Bahnhof und die Autobahn, da sie annahm, daß dort Polizei aufgestellt war, und hielt einen Wagen an auf der Reichsstraße nach FRANKFURT.

In MAINZ rannte sie in der Bahnhofsstraße direkt in die Arme der Schepp. Sie lief, ohne irgend etwas zu sehen, bis sie kurz vor ihr war, und wich entsetzt aus, über die Straße, in der Hoffnung, daß sie sie noch nicht bemerkt hätte. Sie lief in ein Auto hinein, das scharf bremsen mußte und noch weitere Fahrzeuge aus dem Kurs brachte; ein Lärm, der die Wirkung hatte, als würden Scheinwerfer auf sie konzentriert. Sie jagte eine Straße hinauf und immer weiter, bis sie vor der Wohnung ihres Freundes stand. Sie wartete.

Sie fuhren nach Wiesbaden. Sie war gegen die Unternehmung, weil sie mit der Zeit, die noch blieb, geizte. Nach der Spur, die sie in Bad Nauheim zurückgelassen hatte, konnte es sich nur noch um Tage handeln, daß die Polizei sie aufspürte. Sie versuchte, diesen Abend zu gestalten, aber als sie kurze Zeit im »Walhalla« saßen und die Neuigkeiten ausgetauscht hatten (was sie mit Ungeduld erfüllte – die Hurengesichter, die große Leuchttraube, die sich dreht –), kam Ausweiskontrolle. Sie versuchte, die Toilettenfrau zu bereden, ihr einen Ausgang zu sagen. Während sie feststellen konnte, daß einige Prostituierte auf irgendeine Art verschwanden, hielt man sie mit halben Versprechungen hin. Wahrscheinlich hielt die Toilettenfrau sie für einen schweren Fall, der nur Unannehmlichkeiten bringt, wenn man sich auf ihn einläßt. Das Mädchen schloß sich in eine Toilette ein. Sie gab der Toilettenfrau alles Geld, das sie bei sich hatte. Die Kontrolle forderte diejenigen, die in den Kabinen saßen, auf, die Ausweise unter der Tür hervorzuschieben. Sie fingen von der linken Seite an. Es dauerte eine bestimmte Zeit, dann kam das Zeichen »danke« und Füßescharren. A. kam auf die Aufforderung hin heraus und ließ sich bis zum Ausgang der Toilette führen, wo sie sich von den Beamten losriß. Sie verbrachte die Nacht im Freien, auf halber Strecke zwischen WIESBADEN und MAINZ. Sie fürchtete, daß die Rheinbrücken nachts bewacht würden. Sie wartete am Spätnachmittag in der Straße vor der Wohnung ihres Freundes, um ihm zu erklären, weshalb sie davongelaufen sei. Er gab ihr nicht ganz hundert Mark und riet ihr, nach Nordrhein-Westfalen zu gehen. Er wußte nicht, wie er sich verhalten sollte. Er wollte sie nicht im Stich lassen. Sie ertrug das nicht und machte ein Ende.

8

In einer leerstehenden Villa, die Leute waren vielleicht geflohen, nistete sie sich ein. Selbst die Wasserhähne waren herausmontiert, vielleicht sollte alles abgerissen werden. Sie richtete sich in den Dachzimmern ein und hätte entkommen können, wenn sie überrascht worden wäre. Die Unruhe und Müdigkeit des Abends, an dem sie diese Unterkunft entdeckt hatte bei ihren langen Gängen durch die Straßen dieser Stadt, verwandelte sich während der Nacht in einen Druck auf der Brust, Schmerzen, wenn sie nur atmete, und schwere fiebrige Glieder, später Kopfgrippe, die etwas vom Tod hat, die Augen waren nicht mehr warm zu kriegen, schmerzhaft sehr tief in den Höhlen liegende Augen, Glieder unbeweglich, flatterig, grantig. Sie lag mit ihrer Krankheit praktisch hier wie ein Hund in dem leer stehenden Haus. Sie ging nur ein Mal fort und holte etwas zum Essen, nicht weil sie Hunger hatte, sondern weil sie etwas für ihr Leben tun wollte.

9

Ab zwei Uhr wurde in dieser Ecke des großen Lokals das Licht ausgeschaltet, weil der Hauptmittagsstrom der Gäste vorüber war. Als sie aufsah und die Hände, mit denen sie die Augen angewärmt hatte, wegnahm, saß sie im Dunkeln wie in einem Kellergang, aber große Balken über ihr und an den Seiten, die den Saal trugen. Sie vermutete, daß es draußen regnete, Autolärm: daß etwas geschieht. Das Blut hatte, während sie die Augen geschlossen hielt und fast schlief, an ihren Magenwänden gesessen und gesaugt, jetzt strömte es in seine Ausgangsstellungen zurück. Es funktionierte alles, Kopf, Glieder. Später verließ sie das Lokal durch einen Nebeneingang, der von der Toilette zu erreichen war und im Gegensatz zum Haupteingang nicht von der Bedienung bewacht war. Sie erschrak heftig, als ein Auto bis dicht an den Zebrastreifen heranfuhr. Sie ging sofort in Angriffshaltung, die Hände gegen das Auto gestreckt, das aber dann noch rechtzeitig an der äußersten Begrenzung des Zebrastreifens, bis zu der es fahren durfte, zum Halten kam.

Im Spätherbst kam A. herunter nach Garmisch, wo sie sich das Krankenhaus aussuchen wollte, in dem sie ihr Kind zur Welt bringen wollte. Sie erreichte Garmisch in einem Tag, versagte aber dann. Der Mann, der sie dorthin gefahren hatte und für alles aufgekommen wäre, wollte sie abends ausführen. Sie bekam Nasenbluten und ihr wurde übel. Es gelang ihr, die Toilette zu erreichen, wo sie erst einmal in Sicherheit war, aber es war ihr später unmöglich, dem Mann noch zu gefallen. Sie wollte ihn nicht haben.

10   Fluchtbewegungen

In BONN arbeitete sie als Sekretärin und Kassiererin einer Studio-Bühne. Eine Polizeistimme am Telefon verlangte, mit dem Direktor des Theaterunternehmens verbunden zu werden. Das Mädchen glaubte, der Anruf gelte ihr. Sie gab das Telefonat zum Chef durch. Sie nahm DM 200.– aus den Kassen, die sie zu verwalten hatte, und reiste nach Norddeutschland. Sie fühlte sich noch zittrig, als sie im Zug saß. Im Warteraum erster Klasse von Lüneburg konnte sie einen aufdringlichen Mann, der eine Verabredung mit ihr treffen wollte, weil er aufgrund eines Mißverständnisses glaubte, daß sie zu haben sei, nur dadurch loswerden, daß sie ihm ihren Personalausweis zur Sicherheit überließ. Sie wagte sich danach nicht mehr in den Wartesaal erster Klasse, sondern saß die Nacht über in der zweiten Klasse. Die Bahnpolizei duldete sie, da sie einen gültigen Fahrausweis vorlegen konnte; obwohl es schwer ist, von Duldung zu sprechen, wenn sie einen nur wenig abgerisseneren Mann, der auf Aufforderung sein Bier nicht gleich austrank, zusammenschlugen und hinausbrachten. Das war das gute Recht der Bahn, A. nahm den ersten Zug, der weiterführte. Sie wandte sich auf ihrer Flucht nach ULM, AUGSBURG, DÜSSELDORF, SIEGEN, wo sie sich jeweils nur kurz aufhielt, unter Hinterlassung kleiner Schulden, die die Verfolgungswelle hinter ihr ankurbelten, so daß es – wenn man die Sache ohne ihre Zusammenhänge sieht – so aussah, als provoziere sie diese Verfolgungswelle absichtlich, um ihre Fluchtbewegung zu motivieren.

11   Fluchtbewegungen

In BRAUNSCHWEIG arbeitete sie im November, bis sie, mit der Fünf-Uhr-Welle zum Haus ihrer Wirtin kommend, Polizei vor dem Haus sah. Sie floh nach STUTTGART.

Von STUTTGART floh sie unter Hinterlassung von Hotelrechnungen nach MANNHEIM, KOBLENZ, WUPPERTAL, unter Umgehung von DÜSSELDORF, von WUPPERTAL nach KÖLN, die Nähe von KOBLENZ schreckte sie ab und sie wich aus nach DARMSTADT.

In der Absicht, sich einen rechtswidrigen Vermögensvorteil zu verschaffen, mietete sie sich ein in DARMSTADT, wie schon vorher in verschiedenen anderen Städten, unter Vorspiegelung eines Zahlungswillens, den sie eigentlich gar nicht hatte.

12   Die Ausgeplünderte

Im Februar brauchte sie dringend einen festen Platz für die Geburt. Sie versuchte es noch einmal im Rheinland, aber da ihr Zustand jedem deutlich war, nahm sie keiner. Sie stellte sich der Polizei, nachdem feststand, daß sie keine Papiere hatte und sich definitiv nicht selbst helfen konnte. Sie wurde eingeliefert in die Untersuchungsstrafanstalt Dietz. Sie mußte dort sehr kleine Figuren anpinseln, richtete sich aber sonst in ihrer geschützten Zelle ein. Als die Zeit für die Geburt kam, wurde sie in das Anstaltshospital, zwei abgeteilte Zimmer, verlegt. Zu dem Arzt hatte sie kein Vertrauen wegen seiner holzigen Haut und seines unreinen Atems; es war genau der Typ von Friseur, zu dem sie nicht ging. Sie hatte Angst und reichte Gesuche ein, daß man sie wieder in ihre Zelle zurückbringen sollte; sie hatte eine Mitgefangene gefunden, die ihr notfalls helfen konnte. Aber noch ehe die Antwort von der Gefängnisdirektion da war, begann die Geburt. Sie mußte diesen Mann zwischen ihren Beinen hantieren lassen, aber es blieb keine Zeit. Es ging alles ganz rasch. Nach zwei Tagen wurde das Kind fortgenommen und in eine Pflegeanstalt in der Nähe von KASSEL gebracht. Die Milch in ihren Brüsten wurde abgepumpt. Sie half noch einige Tage von ihrem Bett aus, das über viele Städte verstreute Belastungsmaterial zusammenzufinden. Der Nervenzusammenbruch kam für alle überraschend. Sie wurde aus dem Anstaltshospital an die Universitätsfrauenklinik weitergeleitet, wo man vor allem mit Penicillin vorging und den Zusammenbruch nach einiger Zeit einkreiste.

ROLF DIETER BRINKMANN
Das Alles

Eine der Tauben begann plötzlich zu flattern. Sie schlug langsam mit den Flügeln, etwas schwerfällig, als ob die Luft zähflüssig sei, graues Wasser, ein durchsichtiges, weißlichgraues und glasiges Wasser, das ein schnelleres, leichteres Flügelschlagen verhinderte, und es sah aus, als würde sie sich im nächsten Augenblick nur langsam vom Dachfirst abheben können und ebenso langsam und mühselig, mit lahmem, gelähmtem Flügelschlag wegtreiben, aber sie blieb stehen, stand weiter da und rührte sich nicht von der Stelle. Nur mit dem Kopf ruckte sie geschmeidiger vor und zurück wie beim Fressen, beim schnellen, hastigen und immer ängstlichen Aufpicken von Brotkrumen oder Körnern. Dann hörte sie wieder damit auf und legte die Flügel an. Es war eine häßliche und dicke Taube, aufgeplustert ihr Gefieder, das grauweiß gefleckt war, von einem schmutzigen, stumpfen Grau und Weiß. Sie stand starr und bewegungslos auf dem Dachfirst. Die beiden anderen Tauben hockten nicht weit von ihr entfernt ebenso starr und wie aufgeblasen da. Er hätte lachen mögen. Er fand das alles lächerlich, obwohl er nicht genau wußte was, was alles, und ihn hätte es in dem Augenblick nicht überrascht, wenn sie unvermittelt einen Kopfstand gemacht hätte oder sonst irgend etwas Verrücktes, er dachte, gleich wird sie weinen. Er kannte das. Es war noch immer darauf hinausgelaufen, und er dachte, es ist nicht schlimm. Er sah zu ihr hin und wollte etwas sagen, da redete sie aber schon wieder weiter. Ich kann das nicht mehr aushalten, es ist furchtbar, widerlich, du widerst mich an, sagte sie mit weinerlicher Stimme, und er empfand ihre Stimme klein, ihre Stimme ist klein, dachte er, jedesmal wenn sie erregt oder heftig mit ihm sprach, wenn sie ihn treffen wollte, wurde ihre Stimme klein wie die einer Vierzehnjährigen, überhaupt scheint sie ihm manchmal nicht älter als vierzehn geworden zu sein. Dann wußte er nicht, ob er das an ihr mochte oder nicht, meistens konnte er das an ihr nicht leiden, weil er selber zu wütend war und sich weiter in diese Wut hineinsteigerte, die plötzlich Haß war, er haßte sie dann mit einem Mal wegen einer Kleinigkeit, wegen ihrer unordentlichen Haare oder der Finger, Finger, die mit irgendwas spielten, mit einem Bleistift oder einem Teelöffel oder einem abgebrannten Streichholz, die das Streichholz durchbrachen und die einzelnen Stücke wieder durchbrachen und diese noch einmal, die diese kleinen, weißen Holzstückchen auf dem Tisch zu einer Figur zusammenlegten und ein neues Streichholz durchbrachen, oder er haßte sie und hätte sie schlagen können, nur weil sie dort am Tisch ihm gegenübersaß und nichts sagte, er haßte sie, weil sie nichts sagte und da war und nicht wegging, und wenn sie dann aufstand und tatsächlich hinausging, kam er ihr in die Küche oder ins Schlafzimmer nach, wo sie aufzuräumen begann, und dieser Haß war ein wirres, kopfloses Gefühl, das rosafarben in ihm aufquirlte oder weiß war, blind, ein blindes Gewimmel, als wären da plötzlich überall kleine, zuckende, schlängelnde Bewegungen, so daß er sie hätte schlagen können, jetzt war es nicht so. Jetzt sah er nur zu ihr hin. Sie saß dort am Fußende der Liege in ihrem hellblauen, lose übergeworfenen Morgenmantel aus rauhem Frottiertuch, in das weiße Punkte hineingemustert waren, die Punkte zusammengestellt zu einem Blütenkopf, und größere, geschwungene Blütenblätter, die sich um eine leere Mitte drehten, blau, hellblau, ein blasses, helles, fast farbloses Blau war ihre Lieblingsfarbe. Sie überraschte ihn immer wieder mit einer anderen, anders abgestuften Blauschattierung. Er dachte, vielleicht würde sie am liebsten die ganze Wohnung in Hellblau halten, dann würden sie am Ende verrückt werden, was das Beste wäre. Er fand die Vorstellung noch nicht einmal entsetzlich. Das lächerliche Gefühl war noch immer da. Er sah, daß sie auf den Ölofen starrte und wie zu dem Ölofen sprach, und im gleichen Moment fiel ihm ein, daß sie in den nächsten Tagen den Entsafter kaufen mußten, der Entsafter kostete um hundert Mark. Sie würden ihn billiger mit Prozenten kaufen können in dem kleinen Elektrogeschäft am Eigelsteintor, wo sie sich auch den Heizapparat geholt hatten, der Heizapparat stand im Badezimmer, wo auch der Wickeltisch stand, auf dem sie das Kind fertig machte, das ihn jeden Morgen, fast jeden Morgen mit seinem Wimmern aus dem Schlaf hochriß, so daß er es oft nicht länger aushalten konnte, aufstand und zu dem Wäschekorb hintappte, um ihn heftig hin und her zu schaukeln, damit das wimmernde, zittrige Heulen aufhörte. Das Schreien war überall. Es war etwas Weiches, Qualliges, das ungemein lebendig und überall um ihn herum im Zimmer war, das er nicht zu fassen bekam, und im Halbschlaf hatte er das Gefühl, er müsse dem Kind Windeln in den Mund stopfen, Mullwindeln oder Watte, um so das Weinen herunterzudrücken und ersticken zu können, bis sie aufgestanden war und das Kind endlich mit hinüber ins Bad nahm. Jedesmal kam es ihm vor, als habe er das Kind zuerst schreien gehört. Warum soll ich eigentlich schuld sein, ständig schiebst du mir die Schuld zu, ich hab das satt, ich hab das alles satt hier, bis obenhin, sagte sie, ich geh weg, du wirst sehen, ich geh weg. Er sah wieder von ihr fort und hatte die Vorstellung, der Streit sei wegen des Entsafters entstanden, obgleich davon mit keinem Wort die Rede gewesen war und er selber gerade erst an die Maschine gedacht hatte. Er sagte sich, nun geht sie weg wegen dieser blödsinnigen Maschine, wegen dieses Entsafters, und er sah sie auch schon unten aus dem Haus treten, während er oben auf dem Balkon stand und ihr nachblickte, wie sie die Straße überquerte, wie sie sich zwischen zwei parkenden Wagen hindurchzwängte und an dem Schaufenster entlangging, das vollgestellt war mit Fotoapparaten, Foto, Kino, Projektionen stand über dem Schaufenster und an der Hauswand in Neonleuchtschrift Foto, Focus, Kino. Sie verschwand um die Ecke. An der Ecke des Hauses, gleich neben dem Eingang waren schwärzlichblasse Streifen getrockneter Hundepisse. Sie liefen als Fäden, Schnüren oder Streifen von der Hauswand herunter zur Mitte des Bürgersteigs hin, wo sie in kleinen Lachen und Flecken sich ausgebreitet hatten oder mitten im Lauf eingetrocknet waren. Sie ging das kurze Stück

Richardwagnerstraße bis zum Ring und weiter in die Innenstadt. Zwischendurch besah sie sich Schaufenster, hielt sich etwas länger vor den Auslagen des Signoramodegeschäftes auf und überlegte, ob sie nicht ein Glas Tee trinken solle, in einer oder anderthalb Stunden würde sie ungefähr wieder zurück sein. Er begriff, daß das Weggehen hieß. Er war auch schon einige Male so weggegangen. Er hatte die Wohnungstür zugeschlagen und war dann durch die Innenstadt oder über den Ring geschlendert, hatte sich eine Zeitung gekauft, hatte sie auf der Straße flüchtig durchgeblättert und nur die Hauptspalten gelesen, dann die Zeitung wieder weggeworfen, dann hatte er sich in der Ringbuchhandlung oder bei Gonski am Neumarkt Neuerscheinungen angesehen. Er hatte nach irgendeinem Buch gesucht, das es gar nicht gab, von dem er aber eine genaue Vorstellung hatte, wie es geschrieben sein müßte, flach, ohne Absätze und die Zeilen langgezogen, Zeile um Zeile wegziehend, selten Punkte. Für zwanzig Pfennig hatte er dann eine Tasse Kaffee getrunken, eine Zigarette geraucht und gedankenlos an einem der kleinen, hohen, runden Stehpulte gelehnt, deren Platten mit übergeschwapptem Kaffee verschmiert waren, der Kaffee getrocknet, aber die Lachen waren noch deutlich sichtbar, verwischte Flecken, Streifen und Spritzer, Tropfen, deren Ränder verkrustet waren, dazwischen die Ringe der Untertassen, die fettigglänzenden Abdrücke von Fingern und Händen, um den Aschenbecher war lose, weißliche Asche gestreut. Er hatte da mitten unter den Hausfrauen gestanden, die eingekauft hatten, eingeklemmt unter diesen kleinen, fettleibigen Monstren, die durcheinander redeten, die geziert und mit steif abgespreiztem kleinen Finger die Tassen hochhoben, die mit vorgestülptem Mund, mit spitzen, gerundeten Lippen tranken, Gesichter, die schwammig und fleckig waren, welk, erschlafft oder fleischigaufgedunsen, aufgeschwemmt, grobe, häßliche Gesichter von Frauen, Frauen, die nach Küche rochen, miefig, und dazwischen Angestellte, Verkäufer, Verkäuferinnen, Lehrlinge in weißen Kitteln, die hier schnell für fünf Minuten zwischendurch Pause machten, rauchten, Butterbrote aßen oder Hefeteilchen, mitten in diesem bräunlichen, süßlichen, lauwarmen Milchkaffeegeruch und dem herberen Geruch frischgemahlenen Bohnenkaffees, in dem Gesumm der Stimmen, dem Surren der Mahlmaschinen. An der Tchiboreklame vorbei hatte er auf die Straße gesehen, wo es vorüberdrängte, sich hin und wieder staute und dann wieder gleichmäßig vorbeizog, aber noch bevor er die Zigarette aufgeraucht hatte, war er schon weiter an den Schaufenstern entlanggebummelt, ziellos und ohne andere Absicht als Zeit, soviel Zeit wie möglich verstreichen zu lassen, so daß er sich für Friseurgeschäfte interessierte, für die Auslagen in ihren Schaufenstern, die ausgelegten Lippenstifte und Pudersorten und Parfümflaschen und Seifen, Rasierseifen, Rasierklingen, Gesichtswässer und Mittel gegen Schuppen und Haarausfall, für die Reklamefotos neuer Frisuren, Fotos ganz in weiß gehalten, milchigweiß, weiße, weißgepuderte Gesichter, Gesichter von sorgfältig frisierten Frauen, von Männern, deren jugendlich-harte, sportliche Gesichter in einem leichten, überlegenen Lächeln stillstanden, und es war ihm nach einiger Zeit vorgekommen, als sei er schon endlos lang unterwegs, stundenlang, während er zurückschlenderte. Nachher aßen sie zu Abend, nach dem Abendbrot mußte das Kind schon wieder fertiggemacht werden, das war alles gewesen. Nun schlugen zwei der Tauben, die grauweißgefleckte, scheckige Taube von vorher, die inzwischen näher an die beiden anderen herangetrippelt war, und die mittlere, nur blau oder schmutziggrau gefiederte Taube mit den Flügeln, ein wenig aufgeregter, flatternder, wie es schien, doch immer noch lahm und watend, als wateten sie mit ihren Flügeln und hielten sich so im Gleichgewicht. Die dritte, ebenfalls einfarbiggrau oder schmutzigblau gefiederte Taube verhielt sich weiter ruhig. Geduckt und mit eingezogenem Kopf hockte sie neben den anderen und schien sie dadurch noch mehr zu erregen. Die Tauben standen hintereinander aufgereiht und nach rechts ausgerichtet, wo der Schornstein war. Dann hüpfte die mit dem gefleckten Gefieder auf. Sie drückte sich hoch und stand flatternd über den anderen augenblicklang in der Luft, ein Federballen, der sich ganz leicht hielt und sich mühelos hob, sich senkte und von neuem höher flog, kurz stillstand, von kräftigen Flügelschlägen getragen, um sich dann wieder herunterzusenken und sich zwischen die beiden anderen niederzulassen, die aber nicht auseinanderrückten, so daß sie zur Seite wegtrieb und sich auf das zur Straße hin abfallende Dach niederließ, ohne sogleich Halt zu finden, und deshalb weiter mit den Flügeln schlug, flügelschlagend hüpfte sie hinauf. Die erste Taube, wahrscheinlich das Weibchen, reckte den Hals und begann mit dem Schnabel im weichen, fedrigen Flaum ihrer Brust zu wühlen, sie säuberte sich, um sich im nächsten Moment vom Dachfirst abzuheben und in sanftem, geschwungenem und sehr ruhigem Flug übers Dach und über die Straße zu gleiten auf ihren Balkon zu. Er dachte, sie würde sich dort auf der Brüstung niederlassen oder weiter bis zur Flügeltür schweben, wo sie dann plump gegen die Scheibe prallen würde, doch kurz vor der Brüstung des Balkons schwang sie sich hoch, stieg steil auf und verschwand. Gleich darauf hörte er eine Art Rascheln oder Scharren über der Balkontür. Die Taube hatte sich auf die Dachrinne gesetzt. Zugleich hörte er das hohle, eiserne Schleifen, mit dem eine Straßenbahn um die Kurve bog, hörte den Lärm vorüberfahrender Autos, das dumpfe Summen und Aufbrummen der Motore beim Wechseln der Gänge, beim Abbremsen oder Anfahren, im Treppenhaus bellte ein Hund. Das Bellen war laut und kläffend. Es hallte im leeren Treppenhaus wider. Frau Meinecke führte ihren Hund aus. Als das Wasser einmal bei ihnen ausgeblieben war, hatte er bei ihr einige Eimer abzapfen müssen. Ihr Bett war noch ungemacht. Es stand an der Seite des Zimmers gegenüber dem Tisch und nicht weit von einem alten Küchenherd entfernt, neben dem ein Eimer Kohle stand. Hinter dem Herd war die Tapete mit Fettspritzern übersät, blasse, blaßfahle Flecken, von denen einige handgroß waren. In dem Zimmer sah es unordentlich aus und dreckig, was aber vielleicht an dem Fußboden lag, der verschlissen war und gewellt, ein grauer, staubiger Holzfußboden, roh, ohne Teppich oder Linoleumbelag. Das geräumige und viel zu hohe Zimmer lag nach hinten heraus. Das einzige Fenster, unter dem eine durchgesessene, alte Couch stand, bespannt mit rotem Plüsch, ging zum Lichtschacht auf. Er hatte einige Zeit warten müssen, bis die Eimer vollgelaufen waren. Es war nur sehr langsam in einem dünnen Faden aus der Leitung geflossen, und unterdessen hatte er sich mit ihr unterhalten. Er war irritiert gewesen und hatte nicht gewußt weswegen. Er hatte sich gesagt, daß er in diesem Zimmer nichts anfassen dürfe, er würde sich sonst womöglich anstecken. Jedes der Möbelstücke in dem Zimmer sah krank aus, das verschlissene, rote Sofa, das ungemachte Bett, das aufgetürmte Federbett in der Ecke und der Herd, der hohe, altmodische Küchenschrank, zwischen dem Küchenschrank, dessen cremigweißer Anstrich gelb geworden war, und dem Sofa das Fernsehgerät, das flimmerte ohne Ton. Der Verkehr draußen schwoll an. Das stumpfe, summende Rauschen staute sich, und immer wieder schoben sich neue Wagen heran, bremsten und standen mit laufendem Motor an der Ampel. Es war immer der gleiche Vorgang, das gleiche zittrige, summende Geräusch, das weit hinten klein und dünn aufkam und sich näher schob, lauter wurde, dumpfer, bis dann der Motor aufheulte und überwechselte in einen anderen Gang, das Motorgeräusch war stärker, massiger, wenn ein Bus vorbeirollte. Besonders nachts, wenn er schlaflos lag, war das quälend. Im Dunkeln war es zuerst ein leises, undeutliches Zittern, das langsam stärker wurde und anschwoll zu dem dumpfen Summen, ähnlich einem schwarzen, schwammigen Druck, der sich nach allen Seiten in der Stille ausbreitete, um dann über ihm sich zusammenzuziehen und nach vorn zu rutschen, dabei wieder kleiner zu werden, dünner, langauseinandergezogen, ein Faden, der mit einem Mal aufhörte. Danach kam nichts. Es blieb eine Weile ruhig und still. Die Stille um ihn herum war schwarz und taub. Sie wuchs in Kreisen hoch, türmte sich auf zu einer Wolke, aus der eine neue schwarze, wattige oder schaumige Wolke wuchs, die ihn in sich einsog, während er dabei in gleichem Maße tiefer hinabsank auf das Loch zu, das keinen Rand hatte und irgendwo unten, unter ihm entstanden war. Das blieb sich immer gleich. Eine Zeitlang konnte er noch spüren, wie sein Gehör nachließ, wie es abnahm und ausfloß, sich auflöste bis auf einen kleinen, krümeligen Rest an den Schläfen, in dem es darauf wieder zu zittern anfing, in dem wieder das zittrige, nasse Rauschen aufkam und sich hochschraubte, die gleiche summende oder kreisende Unruhe war wie vorher, die ihm erneut bewußt machte, noch immer nicht eingeschlafen zu sein, wach zu liegen und auf das Vorbeigleiten der Wagen zu lauschen, während sie in dem Bett neben ihm lag, mit angezogenen Beinen und schlafend, ein dunkler, körperhafter Schatten, der sich gleichmäßig unter der Bettdecke hob und senkte. Ich will nur meine Ruhe haben, als wäre das zuviel verlangt, meine Ruhe, sonst nichts, ich finde dich widerlich. Er wußte, daß es zwecklos war, etwas darauf zu erwidern, trotzdem hätte er sie gern ebenso angeschrien. Er versuchte, wütend zu sein, es gelang ihm nicht. In ihm war nur ein leeres, freundliches Gefühl, als sei er innen leergeblasen, was ihm fast wie Zärtlichkeit vorkam. Leicht vornübergeneigt saß sie am Fußende der Liege und starrte auf den Ölofen. Den blauen, blauweißgemusterten Morgenmantel hatte sie sich lose übergeworfen. Er wunderte sich, daß sie nicht fror. Sie war noch ungekämmt. Ihr Haar war weich und dünn und hing ihr in Strähnen, in aschblonden Fäden um den Kopf, und so wie sie dort in der Ecke saß, nicht weit von ihm entfernt, klein, mit bloßen Füßen, die in leicht angeschmutzten hellen Hausschuhen steckten, sah sie aus, als schliefe sie. Er dachte, wie einfach das ist, es ist das Kind, das Kind macht sie müde, schlaucht sie, das alle vier Stunden schreit, das trocken gelegt werden muß, in frische Windeln gepackt und gefüttert, ihr fehlt der Entsafter. Von dem Entsafter hatte er keine Vorstellung. Es war für ihn eine Maschine, und diese Maschine, mit der schnell und mühelos Möhrensaft gemacht werden konnte, war nichts anderes als ein Wort, mit dem er nichts anfangen konnte, aber er sah ein, daß dieses Wort, vielmehr diese Maschine, dieser Entsafter für sie nötig war. Das Kind sollte kräftig werden, sollte schnell wachsen, dafür war Möhrensaft gut, den sie nun zweimal am Tag mühsam mit irgendeiner Handpresse aus geraspelten Möhren drückte. Das Kind lag in dem hinteren Raum, den sie sich als Schlafzimmer eingerichtet hatten. Es würde schnell wachsen. Im Nu würde es groß sein und nicht mehr daliegen, schreien, ein gewundener Darm, der schrie, ein weiches, empfindliches Stück Fleisch, zartrosa, es würde zu sprechen anfangen, und langsam, ganz langsam würde er ihm einzelne Worte vorsprechen, dachte er, er wollte ihr das sagen, hielt sich aber zurück, als er sah, daß sie es dieses Mal war, die darauf bestand, daß der Streit dauerte und weiter geführt werde, aber wohin weiter, er wußte nicht mehr, worum es ging. Ich halt das mit dir hier nicht mehr aus, es ist widerlich und jedesmal dasselbe, du kümmerst dich um nichts, um gar nichts, ich hab das satt, ich geh weg, sagte sie. Sie rührte sich nicht. Sie saß gekrümmt auf der Liege, dann stand sie plötzlich auf und zog den Morgenmantel enger um ihre Schultern. Unschlüssig stand sie am Ofen. Der Ofen war ein rechteckiger Kasten, blechverschalt, der braungespritzte Blechmantel war an der Vorderseite von kleinen Löchern durchbrochen. Er dachte, jetzt ist es soweit. Sie wird gleich weinen. Er wollte ihr wieder etwas sagen, wollte ihr etwas anderes sagen, das, was er ihr schon vorhin hatte sagen wollen, als er sich leicht gefühlt hatte, als er dieses leichte, lächerliche Gefühl in sich einströmen gefühlt hatte wie Gas, wie Lachgas, er kam nicht mehr so schnell darauf, der Gedanke war plötzlich weg, und er sagte, hör zu, ich weiß, nun reg dich nicht auf, der Entsafter, das Kind, oder wollte das sagen und begriff auch schon, daß er das ja gar nicht gemeint hatte, daß es das nicht war, sondern das andere, vielleicht alles, überhaupt alles an diesem Morgen, vielleicht dieser ganze Morgen, dieser Vormittag und die Wäsche, die schmutzige Wäsche oder die Windeln und Tücher, die gewaschen werden mußten, ausgekocht und getrocknet, die nun in der Badewanne lagen, oder das Küchenfenster, das schon seit Tagen zerbrochen war, was er von einem Tag auf den anderen verschob, da war sie bereits aus dem Zimmer gegangen. Die Tür schlug zu. Er hörte, daß sie hinüber zur Küche ging. In der Wohnung war es still. Er hatte die Vorstellung, der Vormittag draußen sei eine riesiggroße Blase, die sich immer weiter ausdehnte. Das Dach des gegenüberliegenden Hauses war jetzt leer. Es war eine schräg nach unten zur Straße abfallende Fläche, eine Wand, entfernt, die wie mit Schindeln bedeckt war, die Dachziegel wie Schindeln, die alle gleich groß dem Dach ein schuppiges Aussehen gaben, grau, graubraune, manchmal auch ein wenig rötlicher gefärbte Schuppen, Reihe um Reihe, in der am unteren Rand zwei aufrechtstehende, rechteckige Flächen waren, weiß umrändert, die Fenster eines ausgebauten Dachzimmers. Auf dem schmalen Grad des Dachfirstes stand ein Stück Himmel, weißlichgraues Licht, ein sprödes, trockenes Vormittagslicht, vormittags gegen elf Uhr. Auch in der Luft war jetzt keine Bewegung mehr. Alles stand still. Auf dem Tisch lagen Apfelsinenschalen. Die Schalen waren ausgetrocknet, und die schmalen, lanzenförmigen Streifen wellten sich am Rand. Eine Tasse stand da. In der Tasse war ein Rest kalten Kaffees. Als dünne, mehlige, schwarze Schicht hatte sich der Satz über Nacht auf dem Boden der Tasse abgesetzt, die darüberstehende Flüssigkeit war hellbraun, wäßrig, bräunlichgefärbtes, schalgewordenes Wasser. Einige Bücher waren am Tischrand aufgestapelt. Daneben in einem Trinkglas standen Kugelschreiber, Bleistifte, der Füllhalter, dessen Feder kaputt war, Ersatzminen für den Kugelschreiber. In dem Aschenbecher häuften sich Kippen, zusammengedrückte, bräunliche Filterenden mit verkohltem Rand, Streichhölzer mit angesengtem Holz und weißliche, lose, lockere Asche, aschige Krümel. Vom Aschenbecher ging ein kalter, bitterer Geruch aus, ein fader Brandgeruch. Das Zimmer war noch nicht geheizt.

ERIKA RUNGE
Putzfrau Maria B.

Ich bin aus Ostpreußen, aber ich bin schon lange hier, seit 24. Da waren auch familiäre Dinge, die das bestimmten, daß meine Eltern hier nachm Rheinland gezogen sind. Meine Schwester, die hatte jemand kennengelernt, und die haben hierhin geheiratet, und wie das denn bei so ne Mutter ist: jetzt das Kind, das nicht da war, das fehlte am meisten. Ich hatte 5 Geschwister, wenn se lebten, wärns 13 gewesen. Wir warn vom Lande: viel Kinder, viel Arbeit und wenig Nachdenken, so war dat doch. Wenn man so die Zeit vergleicht: 13 Geschwister hätten wir gehabt, meine Brüder hatten 4 und 5, ich selbst hatte auch 4, aber meine Kinder haben wieder eins, und so ist das bei den andern Geschwistern auch. Ist doch irgend etwas im Gange, daß sie sagen: man kann das nicht verantworten, auch auf diesem Gebiet nicht. Man stellt auch mehr Ansprüche. Und ich seh das für richtig an. Warum sollen die Eltern denn nicht an sich denken? Wenn die Kinder so weit sind, daß sie dem Leben gegenüber auf eigene Füße stehen ...

Als wir hierher kamen, war ich 14. Ich bin denn in Haushalt gegangen. Zu Hause bleiben konnte man ja nicht. Beruf lernen – das lag noch nicht drin. Es ging ja auch nicht, weil jeder, der nun 14 Jahre alt war, zum Leben mitverdienen mußte. 24, 25 – was hab ich verdient, 10 und 12 Mark, dann ist das aufwärts gegangen auf 20 Mark, da war ich aber schon 16 Jahre, bei einem Lehrer-Ehepaar war ich im Haushalt. Muß ich wirklich sagen, ich hatte es noch sehr gut, ich hatte sehr nette Leute. Nun hab ich auch früh geheiratet, ich war noch keine 19. Mein Mann war Bergmann. Eigentümlicherweise war er auch von Ostpreußen. Wir ham uns hier kennengelernt, in Hamborn, bei meine Mutter zu Hause, die hatte dann noch zwei Logis-Gänger. Die wohnten da, die hat sie denn beköstigt. Und wenn ich denn mal nach Hause kam, alle zwei Monate – da haben wir uns dann kennengelernt. Na ja, er war n guter Mensch, und die Eltern haben denn immer gesorgt oder wenigstens gerne gesehen, wenn sich da was tat, nich. In Voraussicht, will ich mal sagen, das war noch gar nicht mal schlecht. Man soll ja auch auf der Alten Rat hören, nich? Muß wirklich sagen: bin gut gefahren im Leben damit. Obwohl, mit 19 Jahren, mit 18½ Jahren haste noch gar keine Vorstellung vom Leben, wenigstens damals nicht. Was hab ich mir vorgestellt, was ne Ehe war. Wir haben 27 geheiratet, im Juni, und mein Junge wurde geboren am 29. März 28. Ach Gott, war das ein Glück. Der ganze Inhalt war ja nun: krieg ich auch n Kind? Krieg ich auch eins? Ich konnte mir da gar nichts drunter vorstellen. Jetzt hab ich doch gedacht: na ja, wenn Mann und Frau zusammen ist – na, denn kriegste n Kind. Jetzt kriegt ich aber – meine Tage, wieder. Da hab ich geheult, hab ich geheult, ich hab gesagt: »Mutt, der nimmt mich nich, ich krieg ja kein Kind.« Also, das wußt ich nun auch, dann blieben ja die Tage aus. Dann warens noch drei Monate, bis wir verheiratet waren, dann hab ich doch n Kind gekriegt. Und ich wollte doch eins. Er wollte auch. Die Ehe, das beinhaltet ja das, sonst hätte man gar nicht heiraten brauchen. Und dann kommt dat nun: Wie, wie, wie? Wie man da dat Leben gefühlt hat, dat war so wat – Urkomisches, und doch was Beglückendes, und man hat nicht getraut, Mutter zu fragen. Dann hab ich mit mein Mann gesprochen: »Mein Gott, Hermann, fühl mal ...« Aber wie denn? Wenn es soweit ist: *Wie?* Daß das nu auch da her kommt, das wußt ich wahrhaftig Gott nicht. Dann hab ich mir das immer beguckt, so, und da ist denn immer so ne Narbe am Leib, na ja, da hab ich dann gedacht: irgendwie muß das ja mit dem Nabel zusammenhängen, also irgendwie muß das ja da her kommen. Daß das nun auf anderm Wege kommt, das – das war nicht reinzuschlagen. Bis das soweit war. Na ja, meine Mutter war gar nicht zu Hause, die hatte noch n paar Waschstellen, mein Mann war auf Schicht. Mein Vatter war mittlerweile erwerbslos, Vater war zu Hause, hat aber nichts gesagt. Ja, was weiß man denn davon? Steh auf – alles: oh je, oh je. Zusammengepackt, neues Bettzeug rein. Wieder hingelegt. Dasselbe war. Wieder raus. Jetzt rumgewankt. Da hatten wir denn noch diese Plumps-Klos, da mußte man denn noch ausm Haus raus, übern Hof und dann in Stall rein. Und da bin ich immer hingegangen, weil ja nun der Drang war, nich. Stelln Sie sich mal soviel Unwissenheit vor! Was da hätte passieren können. Bis auf einmal eine ältere Frau aus dem Nebenhaus, die hat mich wohl denn immer gesehen so rumwanken – und Vatter hat auch nichts gesagt – das sagt sie zu mir: »Mieze«, sagt sie, »geh du nich mehr in Stall.« »Ja, Tante, warum nicht?« »Das darfst du nicht, dann mußte aufn Eimer gehn.« Ja, aber mir kam noch immer keine Erleuchtung, warum nicht. Ich mußte doch! Und dann hat nachher der Vatter denn doch, wie ich denn so an so nen Halter gehangen hab, mich denn festgekrallt, ich konnt jetzt den Schmerz auch nicht mehr verbeißen, da sagt er: »Ich werd mal die Mutter holen.« Die Mutter kam, sagt sie: »Mein liebes Kind«, sagt sie, »das müssen Kaiserinnen und Königinnen mitmachen, das ist nun einmal im Leben der Frau so, das geht wieder vorüber.«

Ein Jahr ham wir bei meine Eltern gewohnt, die hatten da ein Zimmer freigemacht. Da haben wir tagsüber drin gegessen, und wenn Besuch kam, wurde sich dann aufgehalten. Stand allerdings n Bett drin. Das war denn unser. Jetzt hatten aber Vatter und Mutter n Großvater und ne Tante noch bei sich. 3 Räume hatte das Haus, Küche und 2 Zimmer. Und eine Schwester war noch zu Haus. 7 Personen und das Kind. Und dann hab ich nachher, wie das Kind ein halbes Jahr alt war, hab ich ein Zimmer gekriegt, ne Mansarde. Da haben wir gewohnt bis 30. Und 30 haben wir dann ne Wohnung gekriegt, da kam aber unser 2. Kind.

Da war der zweite denn vielleicht n halbes Jahr – da war mein Mann erwerbslos. Tja, was tun Männer, wenn sie keine Arbeit haben? Dann ham sie schon mal Karten gespielt, dann ham sie Holz gehackt, und so rum, man kann ehrlich sagen: rumgelungert. Mit dem Essen, das war happich, das war manchmal furchtbar. 17 Mark 25 haste gekriegt für die Woche, für zwei Kinder und zwei Personen. Und dann zumindestens 20 Mark für die Miete, obwohl die Wohnung über 40 Mark gekostet hat. Die 20 Mark sollten gezahlt werden. Ja, immer hats nicht gereicht. Denn hab ich mal 12 Mark bezahlt im Monat, dann hab ich mal 8 Mark gezahlt, dann hab ich auch mal 15 Mark gezahlt, an die Siedlung, die hing mit der Zeche zusamm. Das eine Zimmer wurde vom Gerichtsvollzieher beschlagnahmt, da kam der Kuckuck drauf. Und späterhin wurde das denn von der Stadt vermietet, da kam auch n Erwerbsloser rein, mit einem Kind. Das könn Sie sich ja vorstellen: hier zwei Kinder, da eine Familie mit einem Kind, Kinder schreien, wenn das eine aufhörte, fing das andre an. Zermürbend. Und man weiß mitunter nicht: was kochste n andern Tag, was gibste, was bringste aufn Tisch, obwohl damals die Preise billig warn. Was hat das Fleisch gekostet damals? 55 Pfennig, 48 Pfennig das Pfund, und 68 Pfennig, ja, Schweinefleisch. Ja, und wir konnten ja nur ¼ kaufen, und dat kam nich hin. Margarine 25, 35 Pfennig ein Pfund. Ja, aber man brauchte Zucker, man brauchte auch die Milch für die Kinder. Milch weiß ich nicht mehr, was die kam. Jedenfalls, es reichte nicht hin und reichte nicht her. Und Vatter, der noch n Päckchen Tabak haben mußte, das warn 50 Pfennig. Das war furchtbar, wenn er nicht damit auskam. Und für uns selber: Kino, so was – saß nicht drin. Wenn man da nicht die Eltern gehabt hätte, die noch manches beigesteuert haben ... Dann kam Vatter mal mit n Rucksack und ne Tasche oder Mutter hatte n Kleid oder für die Kinder Hemden oder sonstwas. Es ist ja vielen auch noch viel schlechter gegangen. Man hat natürlich immer versucht, obenauf zu bleiben. N bißchen Seife mußte auch sein! Man wollte ja auch nicht verkommen. Es mußte gewaschen werden, es mußte doch das Haus sauber gehalten werden, kostete doch alles Geld. Ach, da haste manchmal mit Asche gescheuert, weil keine Seife und kein Putzmittel eben zu kaufen war. Ich wünsch sie nicht zurück, die Zeiten ...

Dann hat mein Mann Kohle gesucht, dann hat er auch Waggons mit abgeladen, bei den Berufstätigen, die glücklich warn, Arbeit zu haben, da hat er denn mitgeholfen, die haben ihm dann wieder ne Mark, 2 Mark, 3 Mark die Woche von ihrem verdienten Lohn abgegeben. Also, einer hat den andern noch mit ausgebeutet. Der Arbeit hatte, der verdiente ja damals auch Geld, die konnten sich auch kaufen. Nun müssen Sie sich mal vorstellen: die haben für einen Waggon 2 Mark 50 bekommen. Und die ham mitunter 3 Waggons am Tag abgeladen. Und in jedem Waggon warn zumindestens, ich glaube 120 Tonnen – Schutt. Es kam nun wieder auch auf die Verpackung an, auf den Schutt; mal wars Kalk, mal warns Ascheberge, je nachdem wie schwer und wie festgebacken das all war. Einmal ham sie n Wagen leichter leer gekriegt, mal ham sie wer weiß wie lange dran gesessen bis spät in die Abendstunden, damit das denn auch wegkam. Das Eisen natürlich wurde dann rausgesucht, das wurde gesammelt und wurde verkauft. Und derjenige, der nun rechtmäßig in diesem Arbeitsverhältnis stand, da war mein Mann ja jetzt ne Hilfe für ihn. Und er kriegte von ihm dann gutwilligst 3 Mark. Und wir warn froh, daß er die 3 Mark kriegte, denn das war zusätzlich wieder etwas. Und wie hat er sich abgeschuftet. Darf man gar nicht drüber nachdenken.

1933 die Wahlen, natürlich war alles unruhig, hat draußen gesessen, hatte ja nun nicht jeder n Radio. Und diejenigen, welche eins hatten – da war alles wie Trauben außen, das stand im Fenster, und jeder hat nu gehört bis in die Nacht hinein, man kann bald sagen, bis in die frühen Morgenstunden. Nun ja, und dann wars natürlich geschehen: sie ham die Mehrheit. Wat kommt jetzt? Das werd ich nie vergessen ... Da hatten wir uns schon n paar Mark anne Seite, für Notgroschen, da kam n Nachbar zu mir, da gings um den Zusammenschluß KPD/SPD, vor der Machtübernahme. Sagt er: »Wir werden uns n bißchen Mehl und Grieß, n paar Pfund holen für die Kinder, denn es wird wahrscheinlich zur Arbeitsniederlegung kommen.« Na ja, wir ham uns für dat letzte Geld Mehl und Grieß geholt, daß die Kinder denn nun in der Zeit was zu essen haben. Aber was nicht kam, war der Zusammenschluß KPD/SPD. Und die Nationalsozialistische Partei, die stand oben an ...

Da haben wir denn auch gesehen oder gehört: da und da machen sie Haussuchung, da und da haben sie die Leute rausgeholt. Da sind wir auch gelaufen durch die Straßen und haben geguckt: das wird doch nicht wahr sein?! Und doch ist es geschehen. Und dann durfte man sich auch nicht sehen lassen, sonst wär man gleich noch der Nächste gewesen. Neugierige wurden ja zerstreut, es sollte ja nicht in die Öffentlichkeit, wenigstens nicht im Moment. Meistens wars denn auch so um 2, 3 Uhr, um die Zeit rum, am Morgen. Und dann ham sie ja nich et Licht angemacht, sondern mit Taschenlampen sind die rein ...

Aber das hat man einfach nicht geglaubt. Ich selbst auch nicht. Ich selbst auch nicht ... Mein Mann, der hat das auch aufgezeigt. Da sag ich: »Hermann, was du immer hast!« Also, wir warn am Sorgen, wir warn am Aufbauen, ja? Jetzt kam Geld ein, wir konnten etwas planen, wir konnten hier etwas kaufen, wir konnten da anschaffen, wir konnten auch mal ne Reise machen. Wir sind ja meistens nach Haus gefahren, nach Ostpreußen, mit »Kraft durch Freude«. Natürlich war man zufrieden.

Mein Mann, der hat gesagt, daß das nicht so bleibt: »Das dicke Ende kommt. Und wenn es zum Krieg kommt, was ham wir davon. Wie wird es uns gehen?« Da hat er dann mal solche Flugblätter gebracht, da wurden ja auch Schriften verteilt von der Kommunistischen Partei, na, ich hab die denn auch gelesen, hab ich gesagt: »Hör mal zu. Also das ist ja nun – das ist ja nun gelogen! Sowat gibt es ja nicht! Das ist ja Wahnsinn, was die schreiben.« Da stand drauf, daß man die Menschen in Konzentrationslager hat, daß mit Gas, ja, und mit Blaukreuz und Gelbkreuz, was weiß ich heute noch alles, und wie se gefoltert wurden, und wie der Angriffskrieg vorbereitet wurde und ... ja. »Was soll die Hetze?!« Wir haben uns gezankt, da drüber. »So was kann es nicht geben, das ist Unsinn, das ist nur ne Verhetzung!« Bis ich selber mal gesehen hab, wie sie welche ausm Haus geholt ham. Wo ich genau wußte: sind ehrliche und anständige und brave Leute, wie jeder andre auch. Nur weil se Kommunisten warn. Und wie man nachher natürlich die Juden rausgeholt hat, die hier den Judenstern trugen, irgendwie hat mich das gequält. Man hat die jungen Menschen aufwachsen sehen, und dann liefen sie damit rum, und keiner sprach mit ihnen. Es war so bedrückend! Beschämend, direkt. Wir haben unter uns auch gesprochen, vom menschlichen Standpunkt aus gesehen war uns das allen unerklärlich. Man war fassungslos. Na, es kam noch viel schlimmer. Wie ich denn mal nachher, im Krieg, da gabs ja auch noch diese Blätter, diese Informationsblätter, da hab ich gedacht: »Mein Gott, solln die doch recht haben? Gibt es so was?« Dann hatten wir schon n Volksempfänger. Und schwarz hören durfte man ja auch nicht. Den hatten se rausgeholt wegen Schwarzhören, und den hatten se rausgeholt. Denn hat man sich auch nicht gewagt. Die Männer wollten wir ganz davon frei halten, dann ham wir Frauen, die Nachbarin und ich, ham uns zwei Decken genommen, denn ham wir uns am Apparat gesetzt und ham gekurbelt. Ja, natürlich warn wir denn schockiert. Da war ja schon der Krieg. Da ham wir gedacht: so was kann n Mensch, so was können wir doch nicht tun! Nein, das kann nicht wahr sein! Auch Lüge! Dann kam mal n sehr guter Bekannter von meine Nachbarin in Urlaub, und der hat wörtlich erzählt, wie man die Juden, Männer, Frauen, Kinder, in Lastwagen packt und in verminte Felder reinjagt. Die Lastfahrer springen ab und die Fahrzeuge, die fahren in die Minenfelder rein. Da ham wir 8 Tage kein Auge zugemacht und ham gedacht: nein ... Aber der hats doch gesagt! Dann stimmt das doch. – Man hat Tag und Nacht nicht mehr geschlafen.

Na ja, und mit den Bombenterror, das haben wir ja nachher selber miterlebt. Da war ja nu jeder heilfroh, wenn er nachm Bombenangriff noch am Leben war. Anfangs sind wir in Keller gegangen, und dann natürlich in Bunker. Da hatt ich ja schon – nach 10 Jahren kriegt ich denn unsre zwei Mädchen, erst 40 eine, denn nochmal 42 eine, gerade im Krieg! Mein Mann war nicht eingezogen, er war auch Teilinvalide, der hatte n Nervendurchschlag, ne Abbau-Hammer-Krankheit. Da haben wir eine schwere Zeit gehabt. Es war eben, wie vieles im Leben, was man nicht ausm Weg gehen kann. Und mein Mann, der lag im Krankenhaus wegen dieser Abbauhammerkrankheit. Undn halb Jahr danach war er ausgesteuert und kriegte kein Krankengeld, nichts, gar nichts, entweder war er gezwungen, die Arbeit aufzunehmen, mittlerweile hatten wir n Rentenantrag gestellt auf – Unfall. Unfallentschädigung. Ich war manchmal so verzweifelt, daß ich gedacht hab, es geht nicht mehr weiter. Dann hat mein Mann im Dezember wieder die Arbeit aufgenommen, kurz vor Weihnachten. Und zu Weihnachten, der Restlohn, da kriegte ich 7 Mark 50, werd ich nie vergessen: Sieben Mark und fünfzig Pfennig. Und seine Kameradschaft, bei denen er gearbeitet hat, die hatten zur damaligen Zeit, und das war ja grade Kriegszeit, Anfang des Krieges, da wurde ja gut verdient, es mußte ja Kohle kommen und alles, die haben damals 230 und 270 Mark verdient. Ich kriegte 7 Mark 50. Na ja. Was sollte ich denn nu sagen, wie er das brachte, er konnte ja nichts dazu.

Es war vor Heilig Abend, dann hab ich die Kinder die Hemdchen gewaschen, was noch da war, damit das denn sauber und trocken war. Ich hoch in Umständen. Mein Mann hatt dem einen Jungen die Haare schon geschnitten, der andere, der war halbgeschoren. Auf einmal kam der Postbote, das war morgens nun schon, 10 Uhr so was, ja? »Ich hab Ihnen was gebracht, ich bringe Ihnen Geld!« Ich sage: »Machen Sie doch keinen Unsinn.« Ich hatte mittlerweile immer wieder um Vorschuß geschrieben, wir mußten doch leben. Und da brachte er mir 120 Mark. Ja, da haben wir alles liegen und stehen lassen. Ich hatte ein paar Sachen angezahlt, mittlerweile hatte ich ja auch keine Kinderwäsche und nichts da. Da hat mein Mann die Kindersachen abgeholt, ich bin dann schnell in Vorort gelaufen und hab die Kinder noch was zu Weihnachten gekauft, Kleinigkeiten, was notwendig war. Und das dollste war, da sind währenddessen von seiner Kameradschaft Kumpel gekommen, der eine hatte ein groß Paket mit Lebensmittel gebracht, da war alles drin: zum Backen, für die Kinder Nüsse, Äpfel – also alles, was fehlte, ja? Der andere war gekommen und hatte ne Kiste gebracht mit n großes fettes Kaninchen, schwarzweiß gescheckt, das lief hier in der Küche rum, wie wir kamen. Ich kann Ihnen nur sagen: so ein Weihnachtsfest haben wir nie wieder gefeiert! So dankbar ... Schon allein durch seine Arbeitskollegen, ja? Du warst nicht vergessen, du warst nicht verlassen, alle wußten, wie schwer es war, nich?

Und dann der Krieg, wir waren ja immer oben, bis es Alarm gab. Ja, dann ham wir das Kind in Decken gepackt, die eine, die ganz winzige, die hatt ich ja denn im Wagen. Der eine Junge hat das Mädchen gekriegt, und der andre mußte denn natürlich an Wagen anfassen, daß wir in Keller kamen. Da gings ja immer noch, bis nachher die schweren Angriffe kamen, da war der Bunker denn auch fertig, da sind wir in Bunker gegangen. Aber Nacht für Nacht, kann man da bald sagen, 1½ Jahr lang. Nacht für Nacht. Da haste auch manchmal gedacht, dat letzte Stündlein is gekommen. Nee, schön war was andres. Und doch: wenns dann vorüber war, eigentümlicherweise, dann hat man sich trotzdem gefreut, und man hat wieder weitergearbeitet – und wieder von dem Scherbenzeug weggemacht, wieder Ordnung geschaffen, und es gab ja eigentlich gar nichts mehr zu ordnen, denn was de hier noch geordnet hast, das kam ja schon wieder in die nächste Welle, war et ja schon wieder zu Bruch. Tja, nu sagen Sie mir mal, was der Mensch is? Er ging arbeiten, und er hat gekocht, der Mensch, und hat trotzdem die Kinder versorgt. Man wurde nicht irrsinnig. Man hat doch einfach gar nicht mehr gedacht. Kann doch nicht. Höchstens: es wird zu Ende sein. Und es war noch lange kein Ende. Wie lang soll das noch gehn, wie oft ham wir gesagt: »Lieber trokken Brot essen, aber endlich einmal aufhörn, endlich einmal zu Ende sein! Daß Ruhe ist. Daß jeder wieder dahin gehört, im Haus, wo er zu Hause ist. Daß die Familien wieder zusammen sind!« Und wie schnell ham wir et vergessen, wie schnell. Bei uns, wir haben immer versucht, die Dinge, na, wie soll ich Ihnen sagen: es wird nicht immer so sein, es muß ja mal anders werden! Man hat nicht so dahingeschlummert. Man hat sich auch mit politischen Fragen unterhalten. Wenns auch mal wieder daneben ging: ach, so kann et nich sein, so kann et nich gehn, nee, du hast unrecht! Aber: nachher mußte man doch sagen, wenn die Zeit dann immer weiter ging: Mensch, der hat doch recht gehabt, aber das gibste nich zu! Aber so allmählich – konntste es denn. Und am schlimmsten, wenn die Jungen so in dem Alter sind, daß sie in Krieg ziehn müssen. Dann kommt erst die Besinnung. Da könnt man sich vorn Kopf knallen! Und ich hätte immer schrein mögen und nur sagen: Hermann, du hast recht gehabt! Aber was jetzt? Ich wollts ja nicht sehn. Ich wollts ja nicht glauben. Und wie mein Junge 17 war, mußte er auch gehen. Kinder ... Man kann sagen: wider bessres Wissen. Ich wollte ihm nicht recht geben – und mußt es doch erkenn, bis ins letzte: jawohl, so ist et. Und heute? Jetzt sagen Sie mir mal n Ausweg. Es passiert nichts.

45 warn wir evakuiert, wir warn in Aschersleben, da warn wir bis 45 im Dezember. Ein Mädchen war ja gestorben, das war nur 5 Monate geworden. Mein Mann und die drei Kinder. Der Junge wurde eingezogen, der 17jährige, und dann ist der aber auch nachher im Juni entlassen worden von den Amerikanern, der war noch in Gefangenschaft geraten. Und dann sind wir dann wieder zurück. Ja, unsre Wohnung war besetzt, jemand anders drin. Der Engländer war hier, der alles bestimmt hat. Dann ham die Nachbarn uns aufgenommen. Wir sind natürlich alle Wege gelaufen, daß ich meine Wohnung wiederkriegte. Das war auch son furchtbares Drama. Die wollten nicht raus und hatten auch keine Wohnung, warn auch Bergleute. Und so schöpft man denn natürlich alle Möglichkeiten aus. Mittlerweile war der zweite Sohn auch 14, 15, und sie konnten beide natürlich auf n Schacht gehn, obwohl der Älteste Stahlbauschlosserei gelernt hatte, aber die Lehre durch den Einzug nicht beendet. Dann sind sie beide zum Schacht gegangen, und mein Mann auch. Erstensmal gabs ja das Essen, gute Ernährung ist zu viel gesagt, aber es war etwas zum Essen da. Und später gabs die Care-Pakete – da ham damals auch die Kommunisten gesagt: »Das wern wir alles nochmal bezahln müssen.« Und is ja auch Wahrheit gewordn. Sie sehn ja, wo wir heute sind.

Dann hab ich auch meine Wohnung wiedergekriegt. Tag für Tag bin ich gelaufen. Erstmal zur Zeche, die konnte nichts machen. Dann bin ich zum Wohnungsamt, da hat man mich von einem Tag auf n andern verschoben, von einer Woche auf de andre – da hab ich 7 Wochen bei Leuten gewohnt. Die Kinder schliefen woanders, wir gingen hier in ein Zimmer bei uns rüber schlafen, wo die Möbel zusammengestellt warn, und die

Kleine, die schlief denn bei de Nachbarn. Also, auf drei Familien sozusagen verteilt. Und dann war ich wieder aufn Wohnungsamt, da ham die immer gesagt, es wäre keine Möglichkeit. Hab ich gesagt: »Gut. Wenn Sie mir nicht helfen können, dann bin ich gezwungen, an die englische Kommandantur zu gehen.« »Das werden Sie nicht tun!« Ich sag: »Doch, das werde ich, und sofort von hier aus fahr ich hin.« Das hab ich auch gemacht. Hat der n Dolmetscher kommen lassen, und da hab ich ihm denn nun den Hergang erzählt, daß die 3 Mann aufn Schacht arbeiten, und so ging es bei uns nun. Und Bergleute warn gesucht. Jeder wehrt sich seiner Haut, nich? Dann sagt er zu mir, der Dolmetscher, ich sollte meinen Mann bestelln, für übernächsten Tag. Und dann kriegte der Wohnungsinhaber, der meine Wohnung belegt hatte, der kriegte auch ne Einladung, der mußte auch dahin. Und da hat sich herausgestellt: die hatten nur ein Kind, und wir hatten eben 3, und 3 Mann warn am Arbeiten, und der mußte meine Wohnung räumen, und ich konnt die natürlich ham. Aber unsre warn nicht imstande, mir die Wohnung zu geben, die deutsche Behörde. Und ich hätt sie nicht bekommen, wenn ich nicht da hingegangen wär. Ich hab gedacht: gehst doch hin, ist doch egal! Für de Familie gehste. Die andern, die ham ne andre Wohnung bekomm. Gar nich weit, die Nebentür. Erst warn wir uns spinnefeind, weil ich nun doch meinen Kopf durchgesetzt hatte. Ich habe gedacht: »Hier hab ich gelebt, hier drin, und hier will ich auch wieder rein.« Ich habs auch gekriegt. Na ja, nachher sind wir wieder gut Freund geworden.

Na ja, denn ham wir ja erstmal geschwarzhandelt. Das letzte Hemd wurde versilbert, was de noch nie angehabt hast, haste immer geschont, Kleid haste geschont, gutes Nachthemd haste geschont. Dann biste über Land gefahrn, bin ich morgens, halb drei, zu Fuß bis zum nächsten Hauptbahnhof, wo n Zug fuhr, gebibbert und geweint unterwegs, weit und breit keine Menschenseele, alles duster, Löcher, hingefallen, aufgestanden, weitergelaufen, haste hier 4 Kartoffeln gekriegt, für ne Pulle Schnaps, n halbes Schwarzbrot für ne Pulle Schnaps. Und manchmal hat man auch mehr Glück gehabt. Denn hab ich aufn Rücken n Sack, n Rucksack, mit Kartoffeln gehabt, und in ne Hand auch nochmal an jede Seite was, daß ich bald nicht mehr weiterkonnte. Mein Mann, der war gar nicht fähig für so was. Der konnte das nicht. Bis Hannover bin ich gefahren.

Dann ham wir die Marken, nicht gefälscht, will ich nicht sagen, aber in Hannover gabs andres, gabs auf unsre Marken, auf en andern Abschnitt, gab es Brot. Und derjenige, der nun meinte, daß er das schaffen würde, der ist gefahren. Das war ich und hier noch ne Frau, ne Apostolin. Alles zusammen, ob evangelisch, katholisch, apostolisch, Kommunist und Sozialdemokrat und Christ, das war ganz wurscht. Wenn sich nun jemand bereit fand, der machte die Tour. Das war ja auch schwierig, dann wurden die Karten genommen – sounsoviel Brote konnt ich kriegen. Ich hatte ja nicht nur für eine Familie, ich hatte mitunter für 8 Familien die Marken! Dann sind wir von einem Bäcker zum andern gegangen und ham die Marken umgetauscht und kriegten wieder von Hannover die Marken, die wir hier gebrauchen konnten. Ich hatte mitunter für 48 Brote Marken! Die hätt ich gar nicht tragen können. Und dann im Viehwagen gefahrn. Reingeregnet. Stundenlang, wat sag ich, den ganzen Tag biste gefahren, bis in de Nacht hinein. Und keine Schuhe an de Füße, die hatten doch alle Löcher, und dann im Winter. Nee – verheerend. Dann hab ich sogar Spanferkel eingetauscht. Mein Gott, dann sind wir mit det Spanferkel, abends, der eine Junge und ich, ham wir in Sack gepackt, durfteste doch auch nich, ham wir n Stall aufgebaut, großgezogen, zum Schlachten wars noch nicht, hat vielleicht so 95 Pfund gehabt, war noch kein Zentner. Hab ich zu mein Mann gesagt: »Du, das wird geschlachtet.« Da mußten wir doch erst ne Genehmigung haben und was nicht alles. »Kannst doch nicht schlachten!« Ich sag: »Das wird geschlachtet! Ausgeschlachtet sinds immerhin 60 Pfund. Dat könn wir machen.« »Ja, wie willste dat denn machen?« »Och«, sag ich, »laß man. Schlag du es mal dot. Dann hol ich den Tierarzt rauf und sag: wir mußten notschlachten.« Das hab ich dann auch gemacht. Der wollte erst nicht, wollt es mir berechnen für 25, nein für

30 Kilo, ausgeschlachtet. Ich sag: »Sie vertun sich! Das hat ja noch keine 15 Kilo!« »Nee, Frau!« sagt er. »Das kann ich nu doch nicht!« Ich sag: »Aber es is doch ne Notschlachtung!« Mußt ich doch sonst meine Karten wieder abgeben, war ja noch Kartensystem. Ich sag: »Mein Gott, ist doch gleich Weihnachten, dauert doch gar nicht mehr lange ...« Na, er hats mir denn für 15 Kilo berechnet. Jetzt hab ich Wurst gemacht. Kaninchen hatten wir auch noch. Jetzt hab ich Wurst gemacht ... Fleisch hatten wir – und die drei Care-Pakete kriegten wir! Jetzt hab ich eingeteilt: etwas war für meine Familie, für Mutter, für Geschwister, jedem n Häppchen. Die Nachbarn, jedem n Häppchen, und n Kännchen mit Wurstbrühe. Und da hatten wir hier den Ofen stehen, und da standen mein Mann und die zwei Jungens, alle in ner Reihe, und die Care-Pakete standen doch auch da, und von jedem wollt ich doch immer was nehmen. Und da schrie der eine: »Das is meins!« Und der andre auch: »Das ist aber mein Paket!« Und weil ich jetzt alles hatte, Fleisch, Kaffee, Butter, Rosinen, alles, Zigaretten, alles, und wollte den andern nu auch n klein bißchen geben, und jeder schrie: »Dat is mein!« und keiner wollte was abgeben – das is mir so an de Nieren gegangen, ich konnte einfach nicht mehr! Ich konnte dat nich aufkriegen, daß meine zwei Jungens und mein Mann das nun nich sehen konnten, wenn ich nu jedem ... Und allen könnt ich sowieso nich helfen. Es ging einfach nicht rein. Jetzt hatt ich alles, und jetzt war Unfrieden. Da hab ich abgebaut. Da hab ich bloß noch geschrien: »Hätt ich mein Stückchen trocken Brot, hätt ich doch nur mein Stückchen trocken Brot!«

Und 1948, die Währungsreform – na ja, da mußten wir erstmal unser Geld zusammensuchen, was wir noch hatten, damit wir erstmal was einzahlen konnten und das andere kriegten. Ich hatte nie Geld zuviel, ich mußte sogar noch n Viertelpfund Butter verkaufen, damit ich überhaupt an die Grenze rankam. Da wurde ja immer alles verscheuert und schwarz gekauft, also konnte ja kein Geld bleiben. Und da war ja auf einmal alles da – und da hatten wir wieder kein Geld. Da fehlte ja nun alles, da fehlte Geschirr, da fehlte Bettwäsche, da fehlte einfach alles. Denn das, was man noch gehabt hat, das hat man denn doch umgesetzt, beim Schwarzhandel, und nachher war einfach nichts mehr da.

Und dann kam es auch noch so, daß wir für unsere turnusmäßigen Geldtage nicht mal ausgezahlt kriegen sollten, sondern daß sich das mittlerweile einmal verschoben hatte, so um 5 Tage, und jeder war doch drauf angewiesen. Will mal sagen, wenn 12 Tage vorüber waren, daß das Geld dann kam. Na, und dann sind wir mal, wie war das doch? Ja, da hieß es dann also, wir kriegten es fünf Tage später, und ich bin dann auch zum Einkaufen gegangen, und die eine oder der andere erzählte das dann von den Frauen. »Haben Sie das schon gehört? Das gibts doch gar nicht! Jeder kleine Krauter zahlt das Geld aus, und so ne große Gesellschaft soll den Lohntag nicht auszahlen können, das war ja lächerlich, ne?« Haben wir Rabatz gemacht. S erstemal sind wir hingegangen, so mit 28 Frauen am Schacht. Da hat uns denn der Betriebsrat und die Beamten, die da nun zuständig waren, wollten uns dann beruhigen, und die haben gesagt, jetzt wäre nichts zu machen, die maßgebende Person wär nicht da, und sie könnten das mit uns nicht verhandeln, wir sollten um 2 Uhr kommen. Dann haben wir gesagt: »Gut, machen wir, gehen wir nach Hause.« Unterwegs haben wir uns überlegt und gesagt, ja das war doch bloß ne Finte, die wollen mit uns nicht verhandeln, die geben uns kein Geld, und da hatten wir abgemacht: »Wir gehen um 1 Uhr, so daß, wenn Schichtwechsel ist, die Mittagsschicht hingeht und die Frühschicht rauskommt, daß wir dann mit hineinkommen, sonst kommen wir ja nicht aufs Gelände.« Und da hab ich gedacht: ach, was willst du denn da gehen! Hast drei Mann am Arbeiten, eigentlich gar nicht nötig, ne? Und das muß Gedankenübertragung gewesen sein, kam ne sehr gute Bekannte, sagt sie: »Hör mal, du kommst doch?« Und da hab ich mich so geschämt, glauben Sie, weil ... innerlich wollt ich ja nicht mitgehen, und da hab ich gedacht: nee, da gehste aber doch, das kannste nich machen! Mittlerweile war das auch wie n Lauffeuer gegangen, und wie wir denn aufm Platz kamen, da warn wir nich mehr 28, da warn wir weit in die 80. Da hab ich mich innerlich gefreut, da hab ich gedacht: siehste, is nich dein Problem alleine! Erst wollten sie uns nicht reinlassen. Da gabs doch damals immer noch diese Marken, die Sondermarken für Spirituosen, Kaffee und so was, ja, dann wurden natürlich alle Frauen nur reingelassen, die diesen Schein vorweisen konnten. Ich war als 5. oder 6., und ich hatte natürlich keinen, bei uns war natürlich wieder alles leer. Na klar, mit 3 Mann. Und hinter mir war eine, eine Frau, also die war SPD, wußt ich ganz genau, und die hat mirn Schubs gegeben, und da war ich mittendrin durch das Tor, ja? Und von der andern Seite haben die Kumpel das gesehen, die kamen und haben das Tor losgemacht. Du liebe Zeit, da hab ich gedacht: was jetzt? Ja, jetzt mußten wir doch sagen, was wir wollten, warum wir hier sind! Meine Söhne hatten Mittagsschicht, und wie gesagt, man ist ja hier so bekannt, wenn man jahrelang wohnt. Und wie ich dann nun gesprochen habe, ich hab unser Anliegen vorgebracht, so gut ich konnte – ich weiß auch nicht, wo ichs hergenommen habe, aber auf einmal wars da. Und dann hat mein Junge dahinten in der Menge gestanden, und dann hat ihm einer angestoßen und gesagt: »Du, die Olle is in Ordnung!« Ich hatte unter anderm nämlich gesagt: »Wir haben nen Betriebsrat, und wenn der nicht fähig ist, diesen Posten auszufüllen, dann gibt es noch Frauen, die auch gerne arbeiten möchten, dann soll er den Platz freimachen, und dann wird ne Frau den vertreten. Ich glaube, daß dann manches anders wäre.« Also, etwa in dieser Form. Und der hat ihm angestoßen: »Du, die Olle is in Ordnung!« Na, mein Sohn hat sich geschämt, hat aber nicht gesagt, daß es seine Mutter ist.

Du liebe Zeit, da hab ich gedacht: was jetzt? Ja, jetzt mußten wir doch sagen, was wir wollten! Ja, und in meiner Aufregung war ich nachher dermaßen durch, daß ich mir immer wieder gesagt hab: Mensch, haste auch nichts Verkehrtes gesagt, haste auch nicht irgend etwas Anstößiges so, wissen Sie, in so nem groben Ton gesagt, ja? Dann hab ich eine Bekannte gefragt: »Ich weiß gar nicht, wie ich da auf den Tisch raufgekommen bin!« Da sagt sie zu mir: »Das eine kann ich Ihnen sagen, wenn ich hätt stenographieren können, das hätt ich alles mit

zu Papier gebracht!« »Nu sagen Sie mal, hab ich auch nichts
Unnötiges, ich meine, was nich hingehört, hab ich das nicht
oben gesagt, oder Beamten beleidigt oder so was?« »Nein«,
sagt sie, »ganz bestimmt nicht. Also ich hab mich nur gewundert:
wo haben Sie das hergenommen?« »Ja«, ich sag: »das
weiß ich selber nicht. Das erfordert eben die Lage, in der wir
uns befinden«, ich sag: »nicht ich allein, sondern wir alle! Ja?
Das ist doch nicht für mich, das ist doch für uns alle.« Ja, sagt
sie: »Und das nächste Mal, wenn so was ist, aber dann gehen
noch mehr mit!« Aber wo sind sie geblieben, nachher? Wies
notwendig war, noch notwendiger war!

Mein Mann hat immer noch gearbeitet, unter Tage, am
Bremsberg, natürlich leichte Arbeit. Dann konnte er es nicht
mehr, jetzt fing die linke Hand an, gingen auch die Muskel
weg, und dann hat er immer über furchtbare Kopfschmerzen
geklagt, ist zum Arzt gegangen, er war nicht arbeitsunfähig,
und er konnt es vor Kopfschmerzen nicht aushalten. Es wurde
anstatt besser immer schlechter. Und da hab ich gesagt: »Laß
dir ne Überweisung geben zur oberärztlichen Untersuchung.«
Und da wollte der Knappschaftsarzt nicht dran. Und dann haben
die auf den Brief drauf geschrieben: »Herz, Lunge, Leber
ohne Befund. Bei dem Versicherten läßt sich keine Arbeitsunfähigkeit
feststellen.« Dann ist der 2 Tage nicht arbeiten
gegangen, den 3. Tag wollt er gehn. Da hab ich gesagt: »Hermann,
bleib zu Hause.« Da sagt er: »Ich muß gehn, Mieze,
die schmeißen mich raus.« Na ja, er ist an Schacht gegangen,
unterwegs kriegt er am ganzen Körper son Hautekzem, das is
son Nervenausschlag. Da drauf hat er erst den Krankenschein
gekriegt. Jetzt wurden die Schmerzen immer schlimmer, und
um Ostern rum war ich denn beim andern Arzt, weil der die
Vertretung hatte, der sagt zu mir: »Und der Mann ist noch
nicht in stationäre Behandlung?« Da haben die ne Überweisung
nach Bottrop verlangt, zum Knappschaftskrankenhaus.
Und die haben wir dann nach 10 Tagen bekommen. »Ihr
Mann hat nix.« Dann ist er hingefahren, jetzt war kein Bett
frei für ihn, und er war auch nicht angemeldet. Mußt er wieder
zurückkommen. Dann hat er 8 Tage später wieder n Bescheid

gekriegt, er könnt hinkommen. Da konnt er nicht mehr alleine hinfahren. Da mußt ich ihn schon hinbringen. Nu hab ich gesessen bis Nachmittag um 4 Uhr, und dann haben sie mir gesagt, daß alles zu spät ist ...

Ich war aber nachher zu müde, zu müde war ich. Ich wollt n Prozeß anstrengen. Ich konnte nicht mehr.

Ich hab alle Tag ne Flasche Kognak ausgetrunken. Mögen Se glauben. So weit war ich. Bis Erika mal kam, die hat mich so gefunden. Da hat die so gottsjämmerlich geweint. Und das hat mich dann hochgerissen. Hab ich gedacht: nein, so gehts nicht. Wenn Vatter das sehen würde, der würde sagen: das ist nicht recht, was du machst. Und dann bin ich durch die Stadt gelaufen, bis zu meine Schwester gelaufen. Hat alles nix genutzt. Dann bin ich ein Tag am Arbeitsamt vorbeigekommen, na, hab ich gedacht: da gehste mal rein, irgendwas mußte tun. Ich rein, hab nach Arbeit gefragt. Mein Leben noch nicht gearbeitet, außer mein Haushalt. Ja, also: als was. Ich sag: »Das ist mir vollkommen egal.« Bestrebt war ich natürlich, am Schacht anzukommen, ja? Weil mich das gewurmt hat, wie man mit mein Mann verfahren hat, also das war eigentlich mein innerster Drang, aufm Schacht beschäftigt sein. Und ich hatte Glück. Ich kam in eine Fürsorgestelle, Werksfürsorge.

Die ersten 3 Monate wars schrecklich, alles ungewohnt, und einen Tag hier, einen Tag da, die Familie, die Familie, ja? Aber dann hab ich gesehen, wie notwendig das ist. Ich hab so viel Armut, so viel Kummer, so viel Zerwürfnisse ... und überall haste versucht zu helfen. Und das hat mir irgendwie wohlgetan, nich? Und wenn ich dann Familien hatte, wo so 5 Kinder waren, 7 Kinder, das waren eigentlich meine schönsten, bis heute noch. Wenn ich heute so durchkomme durch die Straßen, wo ich denn gearbeitet hab bei Familien, rufen die Kinder heute schon von weitem: »Tante, Tante! Kennst du mich noch?« Überall sollste nochmal hinkommen.

Das hab ich allerdings nur 3 1/2 Jahre gemacht. Dann hat sich ne Gelegenheit geboten, direkt im Heim zu arbeiten, ja, im Ledigenheim. Und da bin ich denn auch eingestiegen, weil ich ja nun meine 5 Jahre voll arbeiten wollte und das der Beitrag nachher zu meiner Altersrente ist. Und ich komm mit vielen Menschen zusammen und nicht nur mit Deutschen. Man muß manchmal staunen, wie unsre Gastarbeiter ein größeres politisches Bewußtsein haben, da legt man die Ohren an. Ich will Ihnen nur mal sagen mit dem Vietnam-Krieg, da war eine Zeit, wo dat so auf den Höhepunkt zuging, da hab ich auch gehört, daß sich Koreaner, vor allen Dingen Koreaner, verpflichten konnten in den Vietnam-Krieg. Gute Bezahlung war ihnen gesichert. Die wurden hier aufgefordert durch die Botschaft. Wer seinen Vertrag erfüllt hatte, der konnte ja denn nach Hause, und da wurde ihnen das Angebot gemacht: sie brauchten nicht nach Hause fahren, wenn sie sich verpflichten würden fürn Vietnam-Krieg. In Korea haben sie wenig Arbeit, die Verdienstmöglichkeiten sind – wie überall. Natürlich haben sie die Lebensweise billiger wie hier. Wiederum, technisch gesehen, Radio und Fernsehen und all diese Dinge, die sind dort unerschwinglich. Das sagen sie klipp und klar. Sie haben sich das hier auch gekauft, und bedenken gar nicht, daß der Transport zurück ... Sie müssen Zoll zahlen, und entweder müssen sie per Schiff, im Flugzeug können sie ja nicht, da dürfen sie nur soundsoviel Gepäck mitnehmen. Sie machen sich auch Illusionen. Ich weiß von etlichen, die hatten es vor, sich zu melden. Oft Familienväter, die sind ja alle sehr früh geheiratet, und dann hat man auch gesagt: 1000 Mark im Monat, freie Station. Und das hab ich auch zu ihm gesagt: »Ja, wie stellen Sie sich das vor?« »Ein Jahr und 12000 Mark, das ist viel Geld ...« Und ist das gespart, könnten sie nach Hause kommen und könnten sich Land kaufen oder n Häuschen oder was sie nun gern haben möchten. Ich sag: »Wer garantiert denn, daß Sie zurückkommen? Wenn Sie jetzt n halbes Jahr da sind und auf einmal – weg! Ja, was dann? Dann hat Ihre Mutter keinen Sohn, und Ihre Frau hat keinen Mann und Ihre Kinder keinen Vatter.« Ich sag: »Wie stellen Sie sich das vor? Für fremde Interessen? Wenns in Ihrem eigenen Land um Dinge ginge, dann könnt ich das direkt verstehen. Aber in ein fremdes Land? Für Amerikaner, für amerikanische Interessen?« Ich sag: »Nein!« Ist er nicht gegangen ... Mitunter sage ich dann: »Alle meine Jungens. Alle meine Kinder!« Dann tröste ich sie schon mal.

Und jetzt die Krise, hie und da, wo die Heime geschlossen wurden, sind auch Frauen schon entlassen. Unser Oberboß der hat mit mir gesprochen, da hab ich ihm gesagt: »Hören Sie mal zu, Herr W. Erst hat man die Frauen alle ins Arbeitsverhältnis gebracht, man ist drauf angewiesen in der Wirtschaft, Frauenarbeit, egal in welcher Branche. Und heute«, sag ich, »und heute wo man sie nicht mehr nötig hat, da schmeißt man sie wieder raus auf die Straße.« »Ich kann nicht versprechen«, sagt er, »daß Sie noch dableiben. Oder ob Sie gekündigt werden.« »Das täte mir leid«, sag ich, »ich arbeite gerne und außerdem, ich brauche die Arbeit, ich kann nicht ohne sein, fällt mir die Decke auf den Kopf. Sie wissen genau, was ich alles durchgemacht habe in den letzten Jahren.« Aber dann habe ich zu ihm gesagt: »Herr W. eins möchte ich voranstellen – ich habe so viel, ich meine, ich habe nicht zuviel, daß ich, ich kann leben von meiner Rente«, sag ich. »Ich weiß, daß wir Arbeitskolleginnen haben, die auf den Verdienst angewiesen sind, die keine Rente im Rücken haben. Ich möchte auf keinen Fall, daß jemand entlassen wird, der nichts im Rücken hat.«

PETER HANDKE
Das Umfallen der Kegel von einer bäuerlichen Kegelbahn

Zwei Österreicher, ein Student und sein jüngerer Bruder, ein Zimmermann, die sich gerade für kurze Zeit in Westberlin aufhielten, stiegen an einem ziemlich kalten Wintertag – es war Mitte Dezember – nach dem Mittagessen in die S-Bahn Richtung Friedrichstraße am Bahnhof Zoologischer Garten, um in Ostberlin Verwandte zu besuchen.

In Ostberlin angekommen, erkundigten sich die beiden bei Soldaten der Volksarmee, die am Ausgang des Bahnhofs vorbeigingen, nach einer Möglichkeit, Blumen zu kaufen. Einer der Soldaten gab Auskunft, wobei er, statt sich umzudrehen und mit den Händen den Weg zu zeigen, vielmehr den Neuankömmlingen ins Gesicht schaute. Trotzdem fanden die beiden, nachdem sie die Straße überquert hatten, bald das Geschäft; es wäre eigentlich schon vom Ausgang des Bahnhofs zu sehen gewesen, so daß sich das Befragen der Soldaten im nachhinein als unnötig erwies.

Vor die Wahl zwischen Topf- und Schnittpflanzen gestellt, entschieden sich die beiden nach längerer Unschlüssigkeit – die Verkäuferin bediente unterdessen andre Kunden – für Schnittpflanzen, obwohl gerade an Topfpflanzen in dem Geschäft kein Mangel herrschte, während es an Schnittpflanzen nur zwei Arten von Blumen gab, weiße und gelbe Chrysanthemen. Der Student, als der wortgewandtere der beiden, bat die Verkäuferin, ihm je zehn weiße und gelbe Chrysanthemen, die noch nicht zu sehr aufgeblüht seien, auszusuchen und einzuwickeln. Mit dem ziemlich großen Blumenstrauß, den der Zimmermann trug, gingen die beiden Besucher, nachdem sie die Straße, vorsichtiger als beim ersten Mal, überquert hatten, durch eine Unterführung zur anderen Seite des Bahnhofs, wo sich ein Taxistand befand. Obwohl schon einige Leute warteten und das Telefon in der Rufsäule ununterbrochen schrillte, ohne daß einer der Taxifahrer es abnahm, dauerte es nicht lange, bis die beiden, die als einzige nicht mit Koffern und Taschen bepackt waren, einsteigen konnten. Neben seinem Bruder hinten im Auto, in dem es recht warm war, nannte der Student dem Fahrer eine Adresse in einem nördlichen Stadtteil von Ostberlin. Der Taxifahrer schaltete das Radio ab. Erst als sie schon einige Zeit fuhren, fiel dem Studenten auf, daß in dem Taxi gar kein Radio war.

Er schaute zur Seite und sah, daß sein Bruder das Blumenbukett unverhältnismäßig sorgfältig in beiden Armen hielt. Sie redeten wenig. Der Taxifahrer fragte nicht, woher die beiden kämen. Der Student bereute, in einem so leichten, ungefütterten Mantel die Reise angetreten zu haben, zumal auch noch unten ein Knopf abgerissen war.

Als das Taxi hielt, war es draußen heller geworden. Der Student hatte sich schon so an den Aufenthalt im Taxi gewöhnt, daß es ihm Mühe machte, die Gegenstände draußen wahrzunehmen. Er bemerkte voll Anstrengung, daß sich zur einen Seite der Straße nur Schrebergärten mit niedrigen Hütten befanden, während die Häuser auf der anderen Seite, für die Augen des Studenten, mühsam weit von der Straße entfernt standen oder aber, wenn sie näher an der Straße waren, gleichfalls anstrengend niedrig waren; zudem waren die Sträucher und kleinen Bäume mit Rauhreif bedeckt, ein Grund mehr dafür, daß es draußen plötzlich heller geworden war. Der Taxifahrer stellte den Fahrgästen auf deren Verlangen eine Quittung aus; da es ziemlich lange dauerte, bis er das Quittungsbuch gefunden hatte, konnten die Brüder die Fenster des Hauses mustern, das sie vorhatten aufzusuchen. In der Straße, in der sonst gerade kein Auto fuhr, mußte das Taxi, besonders als es anhielt, wohl aufgefallen sein; sollte die Tante der beiden das Telegramm, das sie gestern in Westberlin telefonisch durchgegeben hatten, noch nicht bekommen haben? Die Fenster blieben leer; keine Haustür ging auf.

Während er die Quittung zusammenfaltete, stieg der Student vor seinem Bruder, der, die Blumen in beiden Armen, sich ungeschickt erhob, aus dem Taxi. Sie blieben draußen, am Zaun eines Schrebergartens, stehen, bis das Taxi gewendet hatte. Der Student ertappte sich selber dabei, wie er sich die Haare mit einem Finger ein wenig aus der Stirn strich. Sie gingen über den Vorhof zum Eingang hin, über dem die Nummer angebracht war, an die der Student früher, als er der Frau noch schrieb, die Briefe adressiert hatte. Sie waren unschlüssig, wer auf die Klingel drücken sollte; schließlich, noch während sie leise redeten, hatte schon einer von ihnen auf den Knopf gedrückt. Ein Summen im Haus war nicht zu hören. Sie stiegen beide rückwärts von den Eingangsstufen herunter und wichen ein wenig vom Eingang zurück; der Zimmermann entfernte eine Stecknadel aus dem Blumenbukett, ließ aber den Strauß eingewickelt. Der Student erinnerte sich, daß ihm die Frau, als er noch Briefmarken sammelte, in jedem Brief viele neue Sondermarken der DDR mitschickte.

Plötzlich, noch bevor die beiden das zugehörige Summen hörten, sprang die Haustür klickend auf; erst als sie schon einen Spalt breit offenstand, hörten die beiden ein Summen, das noch anhielt, nachdem sie schon lange eingetreten waren. Einmal im Stiegenhaus, grinsten beide. Der Zimmermann zog das Papier von dem Strauß und stopfte es in die Manteltasche. Über ihnen ging eine Tür auf, zumindest mußte es so sein; denn als die beiden so weit gestiegen waren, daß sie hinaufschauen konnten, stand oben schon die Tante in der offenen Tür und schaute zu ihnen hinunter. An dem Verhalten der Frau, als sie der beiden ansichtig wurde, erkannten sie, daß das Telegramm wohl noch immer nicht angekommen war. Die Tante, nachdem sie den Namen des Studenten – Gregor – gerufen hatte, war sogleich zurück in die Wohnung gelaufen, kam aber ebenso schnell wieder daraus hervor und umarmte die Besucher, noch bevor diese den Treppenabsatz erreicht hatten. Ihr Verhalten war derart, daß Gregor alle Vorbehalte vergaß und ihr nur zuschaute; vor lauter Schrecken oder warum auch immer war ihr Hals ganz kurz geworden.

Sie ging zurück in die Wohnung, öffnete Türen, sogar die Tür eines Nachtkästchens, schloß ein Fenster, kam dann aus der Küche hervor und sagte, sie wollte sofort Kaffee machen. Erst als alle im Wohnzimmer waren, fiel ihr der zweite Besucher auf, der ihr schon im Flur die Blumen überreicht hatte und nun ein wenig sinnlos im Zimmer stand. Die Erklärung des Studenten, es handle sich um den zweiten Neffen, den sie, die Tante, doch bei ihrem Urlaub in Österreich vor einigen Jahren gesehen habe, beantwortete die Frau damit, daß sie stumm in ein andres Zimmer ging und die beiden in dem recht kleinen, angeräumten Wohnraum einige Zeit stehen ließ.

Als sie zurückkehrte, war es draußen schon ein wenig dunkler geworden. Die Tante umarmte die beiden und erklärte, sie hätte sich schon draußen auf der Treppe, bei der ersten Begrüßung, gewundert, daß Hans – so hieß der Zimmermann – sie auf den Mund geküßt hatte. Sie hieß die beiden, sich zu setzen, und stellte rund um den Kaffeetisch Sessel zurecht, während sie sich dabei schon nach einer Vase für die Blumen umschaute. Zum Glück, sagte sie, habe sie gerade heute Kuchen eingekauft. (Sie sagt »eingekauft« statt »gekauft«, wunderte sich der Student.) Diese teuren Blumen! Sie habe sich gerade zum Mittagsschlaf hingelegt, als es geläutet habe. »Dort drüben« – der Student schaute aus dem Fenster, während sie redete – »steht ein Altersheim.« Die beiden würden doch wohl bei ihr übernachten? Hans erwiderte, sie hätten gerade in Westberlin zu Mittag gegessen, und beteuerte, nachdem er aufgezählt hatte, was sie gegessen hatten, sie seien jetzt, wirklich, satt. Während er das sagte, legte er die Hand auf den Tisch, so daß die Frau den kleinen Finger erblickte, von dem die Motorsäge, als Hans einmal nicht bei der Sache war, ein Glied abgetrennt hatte. Sie ließ ihn nicht zu Ende sprechen, sondern ermahnte ihn, da er sich doch schon einmal ins Knie gehackt habe, beim Arbeiten aufmerksamer zu sein. Dem Studenten, dem schon im Flur der Mantel abgenommen worden war, wurde es noch kälter, als er, indem er sich umschaute, hinter sich das Bett sah, auf dem die Frau gerade noch geschlafen hatte. Sie bemerkte, daß er die Schultern in der üblichen Weise zusammenzog, und stellte, während sie erklärte, sie selber lege sich einfach nieder, wenn ihr kalt sei, einen elektrischen Heizkörper hinter ihm auf das Bett.

Der Wasserkessel in der Küche hatte schon vor einiger Zeit zu pfeifen angefangen, ohne daß das Pfeifen unterdessen stärker geworden war; oder hatten die beiden den Anfang des Pfeifens nur überhört? Jedenfalls blieben die Armlehnen der Sessel, selbst der Stoff, mit dem die Sessel überzogen waren, kalt. Warum »jedenfalls«? fragte sich der Student, die gefüllte Kaffeetasse in beiden Händen, einige Zeit darauf. Die Frau deutete seinen Gesichtsausdruck, indem sie ihm mit einer schnellen Bewegung Milch in den Kaffee goß; den folgenden Satz des Studenten, der feststellte, sie habe ja einen Fernsehapparat im Zimmer, legte sie freilich so aus, daß sie, die Milchkanne noch in der Hand, den einen Schritt zu dem Apparat hintat und diesen einschaltete. Als der Student darauf den Kopf senkte, erblickte er auf der Oberfläche des Kaffees große Fetzen der Milchhaut, die sofort nach oben getrieben sein mußten. Er verfolgte den gleichen Vorgang bei seinem Bruder: ja, so mußte es gewesen sein. Ab jetzt hütete er sich, im Gespräch etwas, was er sah oder hörte, auch noch festzustellen, aus Furcht, seine Feststellungen könnten von der Frau ausgelegt werden. Der Fernsehapparat hatte zwar zu rauschen angefangen, aber noch ehe Bild und Ton ganz deutlich wurden, hatte die Frau ihn wieder abgeschaltet und sich, indem sie immer wieder von dem einen zum andern schaute, zu den beiden gesetzt. Es konnte losgehen! Halb belustigt, halb verwirrt, ertappte sich der Student bei diesem Satz. Statt ein Stück von dem Kuchen abzubeißen und darauf, das Stück Kuchen noch im Mund, einen Schluck von dem Kaffee zu nehmen, nahm er zuerst einen Mund voll von dem Kaffee, den er freilich, statt ihn gleich zu schlucken, vorn zwischen den Zähnen behielt, so daß die Flüssigkeit, als er den Mund aufmachte, um in den Kuchen zu beißen, zurück in die Tasse lief. Der Student hatte die Augen leicht geschlossen gehabt, vielleicht hatte das zu der Verwechslung geführt; aber als er jetzt die Augen aufmachte, sah er, daß die Tante Hans anschaute, der soeben mit einer schwerfälligen Geste, mit der ganzen Hand, das Schokoladeplätzchen ergriff und es, förmlich unter den Blicken der Frau, schnell in den Mund hinein steckte. »Das kann einfach nicht wahr sein!« rief der Student, vielmehr, die Frau war es, die das sagte, während sie auf das Buch zeigte, das auf ihrem Nachtkästchen lag, die Lebensbeschreibung eines berühmten Chirurgen, wie sich der Student sofort verbesserte; als Lesezeichen diente ein Heiligenbildchen. Es war kein Grund zur Beunruhigung.

Je länger sie redeten – sie hatten schon vor einiger Zeit ein Gespräch angefangen, so als ob sie garnicht an einem Tisch oder wo auch immer säßen – desto mehr wurde den beiden, die jetzt kaum mehr, wie kurz nach dem Eintritt, Blicke wechselten, die Umgebung selbstverständlich. Das Wort »selbstverständlich« kam auch immer häufiger in ihren Gesprächen vor. Lange Zeit waren dem Studenten die Reden der Tante unglaubwürdig gewesen; jetzt aber, mit der Zunahme der Wärme im Zimmer, konnte er sich das, was die Frau sprach, geschrieben vorstellen, und so, geschrieben, erschien es ihm glaubhaft. Trotzdem war es im Zimmer so kalt, daß der Kaffee, der unterdessen eher schon lau war, dampfte. Die Widersprüche, ging es dem Studenten durch den Kopf, häuften sich. Draußen fuhren keine Autos vorbei. Dementsprechend fingen auch die meisten Sätze der Tante mit dem Wort »Draußen« an. Das dauerte solange, bis der Student sie unterbrach, auf das Stocken der Frau sich jedoch entschuldigte, daß er sie unterbrochen hätte, ohne selber etwas sagen zu wollen. Jetzt wollte niemand wieder als erster zu reden anfangen; das Ergebnis war eine Pause, die der Zimmermann plötzlich beendete, indem er von seinem kurz bevorstehenden Einrücken zum österreichischen Bundesheer erzählte; die Tante, weil Hans in einem ihr fremden Dialekt redete, verstand »Stukas von Ungarn her« und schrie auf; der Student beruhigte sie, indem er einige Male das Wort »Draußen« gebrauchte. Es fiel ihm auf, daß die Frau von jetzt an jedesmal, wenn er einen Satz sprach, diesen Satz sofort nachsprach, als traue sie ihren Ohren nicht mehr; damit nicht genug, nickte sie schon bei den Einleitungswörtern zu bestimmten Sätzen des Studenten, so daß dieser allmählich wieder unsicher wurde und einmal mitten im Satz aufhörte. Das Ergebnis war ein freundliches Lachen der Tante und darauf ein »Danke«, so als hätte er ihr mit einem Wort beim Lösen des Kreuzworträtsels geholfen. In der Tat erblickte der Student kurz darauf auf dem Fensterbrett eine Seite der Ostberliner Zeitung ›BZ am Abend‹ mit einem kaum ausgefüllten Kreuzworträtsel. Neugierig bat er die Frau, das Rätsel ansehen zu dürfen – er gebrauchte den Ausdruck »überfliegen« –, doch als er merkte, daß die Fragen kaum anders waren als üblich, nur daß einmal nach der Bezeichnung eines »aggressiven Staates im Nahen Osten« gefragt wurde, reichte er die Zeitung seinem Bruder, der sich, obwohl er schon am Vormittag das Rätsel in der westdeutschen Illustrierten ›Stern‹ gelöst hatte, sofort ans Lösen auch dieses Kreuzworträtsels machen wollte. Aber nicht das Suchen von Hans nach einem Bleistift war es, was den Studenten verwirrte, sondern das jetzt unerträglich leere Brett vor dem Fenster; und er bat den Bruder gereizt, die Zeitung zurück »auf ihren Platz« zu legen; die Formulierung »auf ihren Platz« kam ihm jedoch, noch bevor er sie aussprach, so lächerlich vor, daß er gar nichts sagte, sondern aufstand und mit der Bemerkung, er wolle sich etwas umschauen, zur Tür hinausging. Eigentlich war aber, so verbesserte er sich, die Tante hinausgegangen, und er folgte ihr, angeblich, um einen Blick in die anderen Räume zu tun. In Wirklichkeit aber ... Dem Studenten fiel auf, daß vielmehr, als vorhin der Fernsehapparat gelaufen war, der Sprecher des Deutschen Fernsehfunks das Wort »Angeblich« gebraucht hatte; in Wirklichkeit aber war das Wort gar nicht gefallen.

Überall das gleiche Bild. »Überall das gleiche Bild«, sagte die Frau, indem sie ihm die Tür zur Küche aufmachte, »auch hier drin ist es kalt«, erwiderte der Student, »auch *dort* drin«, verbesserte ihn die Frau. »Was macht ihr denn hier *draußen*?« fragte Hans, der ihnen, die Zeitung mit dem Kreuzworträtsel in der Hand, in den Flur gefolgt war. »Gehen wir wieder hinein!« sagte der Student. »Warum?« fragte Hans. »Weil ich es *sage*«, erwiderte der Student. Niemand hatte etwas gesagt.

In das Wohnzimmer, in das sich alle wieder begeben hatten,

weil dort, wie die Frau wiederholte, noch etwas Kaffee auf sie wartete, klang das Klappern von Töpfen aus der Küche herein wie das ferne Umfallen der Kegel von einer bäuerlichen Kegelbahn in einem tiefen und etwas unheimlichen Wald. Der Student, dem dieser Vergleich auffiel, fragte die Tante, wie sie, die doch ihren Lebtag lang in der Stadt gelebt habe, auf einen solchen Vergleich gekommen sei; zur gleichen Zeit, als er das sagte, erinnerte er sich desselben Ausdrucks in einem Brief des Dichters Hugo von Hofmannsthal, ohne daß freilich das Verglichene dort, eine Einladung, sich an einer Dichterakademie zu beteiligen, dem Verglichenen hier, dem Klappern der Töpfe aus der Küche herein in das Wohnzimmer, auch nur vergleichsweise ähnlich war.

Da der Student horchend den Kopf zur Seite geneigt hatte, konnte es nicht ausbleiben, daß die Tante, die jedes Verhalten der beiden Besucher auszulegen versuchte, mit der Bemerkung, sie wolle doch den Vögeln auf dem Balkon etwas Kuchen streuen, mit einer schnell gehäuften Hand voll Krumen ins andre Zimmer ging, um von dort, wie sie, schon im anderen Zimmer, entschuldigend rief, auf den Balkon zu gelangen. Also war, so fiel dem Studenten jetzt auf, auch das Klappern der Töpfe in der Küche nur ein *Vergleich* für die Vögel gewesen, die, indem sie auf dem leeren Backblech umherhüpften, das die Frau vorsorglich auf den Balkon gestellt hatte, dort vergeblich mit ihren Schnäbeln nach Futter pickten. Einigermaßen befremdet beobachteten die beiden die Tante, die sich wie selbstverständlich draußen auf dem Balkon bewegte; befremdet deswegen, weil sie sich nicht erinnern konnten, die Frau jemals draußen gesehen zu haben, während sie selber, die Zuschauer, drinnen saßen; ein seltsames Schauspiel. Der Student schrak auf, als ihn Hans, ungeduldig geworden, zum wiederholten Mal nach einem anderen Wort für »Hausvorsprung« fragte; »Balkon« antwortete die Tante, die gerade in einem ihrer Fotoalben nach einem bestimmten Foto suchte, für den Studenten; »Erker«, fuhr der Student, indem er die Frau nicht aussprechen ließ, gerade noch zur rechten Zeit dazwischen. Er atmete so lange aus, bis er sich erleichtert fühlte.

Das war ja noch einmal gut gegangen! Eine Papierserviette hatte den übergelaufenen Kaffee sofort aufgesaugt.

Wenn sie es auch nicht ausgesprochen hatten, so hatten sie doch alle drei die ganze Zeit nur an den Telegrammboten gedacht, der noch immer auf sich warten ließ. Jetzt stellte sich aber heraus, daß die Tante, obwohl es doch schon später Nachmittag war, noch gar nicht in ihren Briefkasten geschaut hatte. Hans wurde mit einem Schlüssel nach unten geschickt. Wie seltsam er den Schlüssel in der Hand hält! dachte der Student. Wie bitte? fragte die Tante verwirrt. Aber Hans kehrte schon, den Schlüssel geradeso in der Hand, wie er mit ihm weggegangen war, ins Wohnzimmer zurück. »Ein Arbeiter in einem Wohnzimmer!« rief der Student, der einen Witz machen wollte. Niemand widersprach ihm. Ein schlechtes Zeichen! dachte der Student. Wie um ihn zu verhöhnen, rieb sich die Katze, die er bis jetzt vergessen hatte wahrzunehmen, an seinen Beinen. Die Tante suchte gerade nach einem Namen, der ihr entfallen war; es handelte sich um den Namen einer alten Dame, die ... – die alte Dame mußte jedenfalls ein Adelsprädikat in ihrem Namen haben; in Österreich waren zum Glück die Adelsprädikate abgeschafft.

Inzwischen war es draußen dunkel geworden. Der Student hatte am Vormittag in der ›Frankfurter Allgemeinen Zeitung‹ ein japanisches Gedicht über die Dämmerung gelesen: »Der schrille Pfiff eines Zuges machte die Dämmerung ringsum nur noch tiefer.« Der schrille Pfiff eines Zuges machte die Dämmerung ringsum nur noch tiefer. In diesem Stadtteil freilich fuhr kein Zug. Die Tante probierte verschiedene Namen aus, während Hans und Gregor nicht von ihr wegschauten. Schließlich hatte sie das Telefon vor sich hin auf den Tisch gestellt und die Hand darauf gelegt, wobei sie freilich, ohne den Hörer abzunehmen, noch immer mit gerunzelter Stirn, auf der Suche nach dem Namen der alten Dame, das Alphabet durchbuchstabierte. Auch als sie schon in die Muschel sprach, fiel dem Studenten nur auf, daß sie ihm dabei, mit dem Kopf darauf deutend, ein Foto hinhielt, das ihn, den Studenten, als Kind zeigte, mit einem Gummiball, »neben den Eltern im Fotoatelier sitzend«.

Ein zweites Bild, das der Frau versehentlich auf den Boden gefallen war, sah folgendermaßen aus:

»Laufend, haltend, SAUGEND ...« – wie immer, wenn er Fotos oder BILDER sah, fielen dem Studenten nur Zeitwörter in dieser Form ein; so auch: »neben den Eltern im Fotoatelier SITZEND«.

Die Tante, die an die Person, zu der sie ins Telefon sprach, die Anrede »Sie« gerichtet hatte – das wirkte auf alle sehr beruhigend –, hatte plötzlich, nachdem sie eine Weile, den Hörer am Ohr, geschwiegen hatte, das Wort »Du« in den Hörer gesprochen. Der Student war darauf so erschrocken, daß ihm auf der Stelle der Schweiß unter den Achseln ausgebrochen war; während er sich kratzte – der Schweiß juckte heftig – überzeugte er sich, daß es seinem Bruder ähnlich ergangen war: auch dieser kratzte sich gerade wild unter den Armen.

Es war aber nicht mehr geschehen, als daß auf den Anruf hin der Bruder der Frau und dessen Frau von einem anderen Stadtteil Ostberlins aufgebrochen waren und auch bald schon, ohne erst unten an der Haustür zu läuten, wie Bekannte an die Tür geklopft hatten, um die beiden Neffen aus Österreich noch einmal zu sehen. Die Frau hatte aus dem Balkonzimmer zwei Sessel für die Neuankömmlinge hereingetragen und darauf in der Küche Tee für alle aufgestellt. Die Töpfe hatten geklappert, der Onkel, der an Asthma litt, hatte sich heftig auf die Brust geschlagen, seine Frau hatte, indem sie bald das Gespräch auf die Studenten in Westberlin brachte, gemeint, sie würde alle einzeln an den Haaren aufhängen wollen. Von der Toilette zurückgekehrt, wo er sich die Hände gewaschen hatte, waren dem Studenten diese inzwischen so trocken geworden, daß er die Tante um eine Creme hatte bitten müssen. Die Frau hatte das aber wieder so ausgelegt, daß sie den Studenten und seinen Bruder dazu noch mit dem Parfüm »Tosca« besprühte, das jene alte Dame, deren Name ihr nicht eingefallen war, bei ihrem letzten Besuch mitgebracht hatte. Schließlich war es Zeit zum Aufbruch geworden, weil die Aufenthaltserlaubnis der beiden für Ostberlin um Mitternacht ablaufen sollte. Der Onkel hatte einen Taxistand angerufen, ohne daß freilich jemand sich gemeldet hatte. Trotzdem hatte den Studenten die Vorvergangenheit, in der all das abgelaufen war, allmählich wieder beruhigt. Den Onkel, der noch immer den Hörer am Ohr hielt und es läuten ließ, und dessen Frau im Wohnzimmer zurücklassend, hatten sich die beiden Besucher, schon in den Mänteln, mit der Tante hinaus in den Flur begeben; die Hände an der Wohnungstür, hatten sie noch einmal gewartet, ob sich, wenn auch an anderen Taxiplätzen, doch noch ein Taxi melden würde. Sie waren schon, die Tante in der Mitte, die Stiege hinuntergegangen, als –

Kein »Als«.

Mit der Tante, die sich in die beiden eingehängt hatte, waren sie, mit den Zähnen schnackend vor Kälte, zur Straßenbahnhaltestelle gegangen. Die Frau hatte ihnen, da sie kein Kleingeld hatten, die Münzen für die Straßenbahn zugesteckt. Als die Straßenbahn gekommen war, waren sie, indem sie der Frau draußen noch einmal zuwinkten, schnell eingestiegen, um noch rechtzeitig den Bahnhof Friedrichstraße zu erreichen.

Zu spät bemerkte der Student, daß sie gar nicht eingestiegen waren.

ALFRED ANDERSCH
Die Inseln unter dem Winde

Franz Kien war viel zu früh dran. Gestern, am späten Nachmittag, vor dem Ausgang des Deutschen Museums, hatte Sir Thomas Wilkins ihn gebeten, heute um zwei Uhr ins Hotel Vier Jahreszeiten zu kommen, aber es war erst ein Uhr, als er schon am Odeonsplatz aus der Trambahn stieg. Er besaß eine Mark siebzig und beschloß, im Café Rottenhöfer eine Tasse Kaffee zu trinken. Gegen Abend würde er von dem Engländer den Lohn für zwei Stadtführungen erhalten; er hoffte auf zwanzig oder dreißig Mark.

Er ging nicht direkt in die Residenzstraße hinein, in der sich das Café befand, sondern er machte den Umweg durch die Theatinerstraße und die Viscardigasse. Auf diese Weise vermied er es, an dem Mahnmal der Nationalsozialisten vorbeigehen und den Arm zum Deutschen Gruß erheben zu müssen.

Das Café war um diese Zeit fast leer. Ein paar Frauen. An einem Tisch saßen zwei SA-Leute. Franz Kien hatte nicht erwartet, hier Bekannte zu finden. Noch im vergangenen Herbst war das Café Rottenhöfer der Treffpunkt »seiner« Clique im Jugendverband gewesen. Franz Lehner, Ludwig Kessel, Gebhard Homolka und ein paar andere, dazu die Mädchen: Adelheid Sennhauser, Sophie Weber und Else Laub. Franz, Ludwig, Gebhard und alle anderen saßen noch immer in Dachau; von den Mädchen befand sich Adelheid in irgendeinem Frauengefängnis. Franz Kien hatte einmal den Versuch gemacht, Else Laub aufzusuchen, aber ihre Mutter hatte die Wohnungstüre nur einen Spalt aufgemacht und wütend und leise zu ihm gesagt: »Was wollen Sie? Gehen Sie weg! Wir werden von der Polizei überwacht!«, in einem Ton, als trage Franz Kien die Schuld an dieser Maßnahme der Gestapo. Plötzlich erblickte er Wolfgang Fischer. Er saß an einem Tisch im Hintergrund des Cafés, im Gespräch mit einem jungen Mann, den Franz Kien nicht kannte.

Erfreut ging er auf Fischer zu und streckte ihm die Hand entgegen. »Mensch, Wolfgang!« sagte er. »Das ist ja fabelhaft, dich zu sehen!«

Wolfgang Fischer war nicht Kommunist, sondern Mitglied des Internationalen Sozialistischen Kampfbundes gewesen. Franz Kien dachte bereits ganz selbstverständlich das Wort *gewesen*, obwohl er wußte, daß kleine Überreste kommunistischer und sozialistischer Gruppen noch illegal existierten. In den Augen der Jungkommunisten war der ISK eine seltsame Sekte gewesen; die ISK-Leute aßen kein Fleisch, tranken keinen Alkohol und lebten überhaupt sehr rein. Sie waren keine Marxisten, sondern Anhänger eines Heidelberger Philosophen namens Leonard Nelson. Es war offenkundig, daß sie sich als Elite fühlten, aber sie traten zurückhaltend auf, gaben sich unauffällig; das machte sie anziehend. Sie hatten engen Kontakt mit den Jungkommunisten gehalten, waren mit ihnen gemeinsam auf Fahrten gegangen und zu ihren Versammlungen gekommen, um zu diskutieren.

Wolfgang Fischer hob den Kopf und sah ihn an. Er ergriff Franz Kiens Hand nicht. »Ja, nicht wahr«, sagte er, »es ist fabelhaft, einen Juden zu sehen?«

Wolfgang Fischer war ein paar Jahre älter als Franz Kien. Er studierte an der Münchner Universität Chemie. Er war ein nicht ganz mittelgroßer, kraftvoll rechteckig gebauter Mann mit kurzgeschnittenen fuchsroten Haaren und der rötlichen, sommersprossigen Haut der Rothaarigen. Alles an ihm war hart: die Haare, die kleinen blauen Augen mit den roten Brauen darüber, die Art, wie sich seine Haut fest über seine Muskeln und Knochen spannte. Er hatte als Langstreckenläufer eine Rolle im Arbeitersport gespielt; Franz Kien hatte einmal zugesehen, wie er die zehntausend Meter lief; er lief sie wie eine Maschine, zog nur während der letzten fünfhundert Meter das Tempo an, um alle anderen, die schon eine oder mehr Runden zurücklagen, noch einmal zu überrunden, ehe er, ohne ein Zeichen der Erschöpfung zu zeigen, den Lauf beendete. Sozialist war er aus ethischer Überzeugung. Im Gespräch mit Franz Kien vertrat er die Ansicht, der Sozialismus werde siegen, nicht weil er sich aus dialektischen ökonomischen Prozessen zwangsläufig entwickeln würde, sondern weil er im Recht begründet sei. Sachlich, bescheiden, ruhig trug er Franz Kien einen Extrakt aus den Lehren Kants und Leonard Nelsons vor. Franz Kien, achtzehn Jahre alt, Anfänger in Marxismus, war ihm in der Diskussion nicht gewachsen; er hatte nur gefühlt, daß, wenn Wolfgang Fischer recht hatte, die Entscheidung für den Sozialismus eine reine Willensentscheidung war, und vom reinen Willen hielt er instinktiv nicht viel. Aber er fühlte sich zu Wolfgang Fischer hingezogen: zu diesem energischen Willensmenschen, der sich geduldig, freundlich, leise mit ihm befaßte.

Einen Satz wie diesen hätte er niemals von ihm erwartet. Er war so überrascht, daß er nicht wußte, was er erwidern sollte. Langsam zog er seine Hand zurück, während er spürte, wie sein Gesicht vor Verlegenheit rot wurde.

»Wie meinst du das denn?« fragte er schließlich.

Er hatte sich auf den freien Stuhl am Tisch setzen wollen. Das hatte er für ganz selbstverständlich gehalten.

»Wie ich das meine?« Der Ton, in dem Wolfgang Fischer mit ihm sprach, war Franz Kien völlig neu. »Spiel doch nicht den Ahnungslosen! Ihr Deutschen seid euch doch jetzt alle einig über uns Juden.«

Er sprach jetzt an Franz Kien vorbei, sah ihn nicht mehr an. Aus irgendeinem Grund, den er sich erst später erklären konnte, brachte Franz Kien es nicht fertig, ihm zu erzählen, daß er das Frühjahr im KZ zugebracht hatte und sich noch immer jede Woche einmal bei der Gestapo melden mußte.

Vielleicht, dachte er, wäre es möglich, Wolfgang Fischer davon zu erzählen, wenn er bei ihm am Tisch säße. Aber so, im Stehen, das Gesicht von Blut übergossen, brachte er nur die Worte heraus: »Ich glaube, du spinnst!«

»Zu einem Juden kann man das ja jetzt sagen«, antwortete Wolfgang Fischer unverzüglich. Er deutete mit einer Schulterbewegung auf den jungen Mann, der neben ihm saß und ein ratloses Gesicht machte, weil ihm die Szene offensichtlich peinlich war. »Ich bitte dich, zu verschwinden. Wir gehen in den nächsten Tagen nach Palästina und haben noch viel zu besprechen.«

Franz Kien wandte sich jäh um und ging hinaus. In seiner Verwirrung bog er zuerst nach links ab, aber er sah noch rechtzeitig die SS-Männer, die unbeweglich neben dem Mahnmal standen, und kehrte um. Während er die Residenzstraße in Richtung Max-Joseph-Platz entlang ging, erinnerte er sich daran, daß er eigentlich eine Tasse Kaffee hatte trinken wollen. Statt dessen hatte ihn Fischer aus dem Café Rottenhöfer gejagt. Nach und nach fiel ihm ein, was er ihm hätte erwidern können. Beispielsweise hätte er zu Fischer sagen können: »Die ISK-Leute hat man nicht verhaftet. In Dachau sind keine ISK-Leute. Nicht einmal jüdische ISK-Leute. In Dachau sind nur Kommunisten, Kommunisten, Kommunisten.« Dann erinnerte er sich an die bürgerlichen Juden aus Nürnberg, die auch schon in Dachau waren.

Er ging in ein anderes Café, in dem er noch nie gewesen war. Es lag gegenüber dem Hoftheater und bestand aus einem einzigen winzigen Raum. Er hätte zu seiner Tasse Kaffee gern ein Stück Bienenstich gegessen, aber dazu reichte sein Geld nicht. Damals war er noch Nichtraucher. Nach einiger Zeit gelang es ihm, über den Vorfall mit Wolfgang Fischer den Kopf zu schütteln. Das war ja irre, einfach irre! Nachdem er den Kaffee getrunken hatte, spürte er, weil ihm der Kuchen versagt geblieben war, einen schwachen, aber nagenden Appetit, zu dem eigentlich kein Anlaß bestand, denn er hatte zu Hause ausreichend zu Mittag gegessen. Er wußte, daß er den ganzen Nachmittag, während er mit Sir Thomas Wilkins in der Stadt herumzugehen hatte, dieses Hungergefühl spüren würde. Er würde die ganze Zeit über hoffen, daß Wilkins die Stadtführung unterbrechen und ihn zu Tee und Kuchen einladen würde. In der Bäckerei neben dem Franziskaner kaufte er zwei Semmeln und aß sie, in einem Hausgang stehend, auf. Danach fühlte er sich satt.

»Engländer, die den Titel ›Sir‹ tragen, werden immer mit diesem Titel und dem Vornamen angeredet«, hatte ihm sein Bruder eingeschärft. Infolgedessen hatte Franz Kien es gestern, im Deutschen Museum, überhaupt vermieden, im Gespräch mit Sir Thomas Wilkins die direkte Anrede zu gebrauchen. Sir Thomas Wilkins hatte vorgestern bei Franz Kiens älterem Bruder eine Wagner-Partitur gekauft und ihn dabei gefragt, ob er einen Studenten oder irgendeinen gebildeten jungen Mann kenne, der ihm München zeigen könne. Franz Kiens Bruder hatte eine Stellung in einem Musikaliengeschäft in der Maximilianstraße, während Franz Kien immer noch arbeitslos war. Er war seit drei Jahren arbeitslos.

»Ich habe keinen blassen Schimmer, wie man jemand München zeigt«, hatte er eingewendet. »Und ich kann nicht Englisch.«

»Der Herr spricht Deutsch«, hatte sein Bruder erwidert. »Und du kennst München sehr gut. Nimm dich zusammen! Sir Thomas ist hoher englischer Kolonialbeamter. So jemand lernst du nicht alle Tage kennen. Außerdem ist es eine Gelegenheit.« Man sagte damals noch *Gelegenheit*, nicht *job*. Danach war die Belehrung über die Anrede gekommen. Franz Kien merkte seinem Bruder an, daß er am liebsten selber die Begleitung des Engländers übernommen hätte.

»Ich hab' aber keine Lust«, sagte er.

»Ich hab' dich schon angemeldet«, erwiderte sein Bruder. »Morgen vormittag um elf im ›Vier Jahreszeiten‹.« Er sah seinen jüngeren Bruder prüfend an. »Deine Haare sind wieder lang genug. Kein Mensch kann dir etwas ansehen.«

Franz Kiens Haare waren ihm in Dachau abrasiert worden, und es hatte merkwürdig lang gedauert, fast den ganzen Sommer, bis sie wieder gewachsen waren.

Er hatte den ganzen Abend darüber nachgedacht, wie man jemandem München zeigen könne, aber es war ihm nichts eingefallen; er war wie vernagelt gewesen.

Unbeholfen hatte er vor dem Fremden einige Möglichkeiten ausgebreitet, die Stadt zu besichtigen. Wilkins hatte plötzlich den Kopf gehoben, durch ein Fenster der Hotelhalle in den Regen hinausgesehen und erklärt, er wolle ins Deutsche Museum. Übrigens hatte sich herausgestellt, daß er schon ein paarmal in München gewesen war, wenn auch zuletzt in den zwanziger Jahren. Er sprach so sachkundig von München, daß Franz Kien sich fragte, warum er überhaupt einen Führer brauchte. Obwohl bei dem Regen tatsächlich nichts anderes zu machen war, hatte Franz Kien doch den Eindruck, als wolle ihm der Engländer aus seiner Verlegenheit helfen. Er war erleichtert, begann, sich zu verabschieden, weil zu einem Museumsbesuch ja nun wirklich kein Begleiter nötig sei, aber der alte Herr sagte freundlich und bestimmt, sie würden natürlich zusammen ins Museum gehen. Er bestellte ein Taxi. Franz Kien fuhr zum erstenmal seit sehr langer Zeit in einem Taxi. Er war froh darüber, daß Wilkins keine Lust hatte, die Bergwerke zu besichtigen. Es war langweilig, im Deutschen Museum durch die Bergwerke zu laufen. Wilkins erklärte ihm die Wattsche Balanciermaschine mit Wasserpumpe von 1813, den Vorgang der Gewinnung von reinem Stahl in der Bessemer-Birne sowie einige andere naturwissenschaftliche Prozesse, von denen Franz Kien keine Ahnung hatte. Er sprach ein ausgezeichnetes Deutsch, wenn auch mit englischem Akzent. Er sagte, er habe im Jahre 1888 in Dresden studiert. Im Herbst 1933 erschien Franz Kien die Jahreszahl 1888 wie eine Sage.

Um zwei Uhr schlug Wilkins vor, etwas essen zu gehen. Er wolle »in einem Münchner Gasthaus etwas Münchnerisches essen«, meinte er, »Leberkäs oder Schweinswürstl«, zwei Gerichte, an die er sich erinnerte. Franz Kien überlegte; in der Nähe des Museums war schwer etwas zu finden; dann fiel ihm eine Wirtschaft am Paulanerplatz ein, die ein Parteilokal gewesen war. Unter dem großen schwarzen Schirm des Engländers gingen sie zusammen im Regen über eine Brücke, unter der die Isar grün schäumte, und durch einige Straßen der Vorstadt Au. Die Wirtschaft war um diese Zeit völlig leer. Der Wirt erkannte Franz Kien wieder und sagte »So, bist du wieder da!«, aber mehr auch nicht. Vielleicht war es ihm so unangenehm wie Else Laubs Mutter, daß Franz Kien wieder da war, aber er ließ es sich nicht anmerken, berührte nur einfach das Thema nicht weiter, und Franz Kien war es natürlich recht, daß er in Anwesenheit des Engländers keine Fragen stellte.

Es gab weder Leberkäse noch Schweinswürste, aber der Wirt hatte frische Milzwurst in der Küche, und so aßen sie an dem gescheuerten Tisch gebackene Milzwurst mit Kartoffelsalat und tranken Bier dazu. Beim Essen erzählte Sir Thomas Wilkins, er sei zuletzt Zivilgouverneur von Malta gewesen, vorher Gouverneur der Windward-Inseln, und davor Richter in Ostafrika. Er schien großen Wert darauf zu legen, daß Franz Kien den Unterschied zwischen einem Zivilgouverneur und einem Militärgouverneur begriff. Am längsten sprach er über die Windward-Inseln. »Ich hatte mein Haus in St. George's, Grenada«, erzählte er, »und fuhr auf meiner Yacht von einer Insel zur anderen. Aber es gab wenig zu tun. Wenig Streitigkeiten.« Er schwieg, schien zu träumen. »Aber sehr heiß ist es dort«, fügte er dann hinzu. »Meine Schwester strickte immer, und wenn ihr der Knäuel Wolle auf den Boden fiel und ich mich bückte, um ihn aufzuheben, war ich in Schweiß gebadet.«

Die Erwähnung der Schwester fand Franz Kien so merkwürdig, daß er es wagte, Wilkins zu fragen, ob er verheiratet sei.

»Oh, natürlich«, antwortete Wilkins bereitwillig. »Ich habe zwei Kinder. Sie sind erwachsen. Meine Frau lebt in London. Wir sehen uns manchmal. Seit ein paar Jahren führt meine Schwester mir den Haushalt.«

Beiläufig, doch ohne Ironie, erläuterte er: »Man muß unbedingt einmal verheiratet gewesen sein. Aber man braucht es nicht bis an sein Lebensende zu bleiben.«

Sie gingen wieder ins Museum zurück. Wilkins war begeistert von den Planetarien. Er ging immer wieder zwischen dem ptolemäischen und dem kopernikanischen Planetarium hin und her, erklärte Franz Kien die Unterschiede und stellte sich mit ihm zusammen auf den Wagen, mit dem man unter einem beweglichen Modell der Erdbahn folgen konnte. Franz Kien hatte den Planetarien im Deutschen Museum bisher nie viel abgewinnen können. Trotz der Schwärze und der Lichteffekte, die in ihnen herrschten, fand er die Räume eigentlich nüchtern, langweilig. Auch hatte er sich noch nie für das Auffinden von Sternbildern am nächtlichen Himmel interessiert. Seit seinem sechzehnten Lebensjahr hatte er sich fast ausschließlich mit Politik beschäftigt. Er war Arbeitsloser. In Dachau war es den Gefangenen verboten gewesen, nach Eintritt der Dunkelheit die Baracken zu verlassen.

Am Abend holte er den Atlas hervor und suchte die Windward-Inseln. Er stellte fest, daß sie in seinem deutschen Atlas als »Inseln unter dem Winde« bezeichnet wurden. Sie bildeten den südlichsten Archipel der Kleinen Antillen.

Er hatte sich vorgenommen, Wilkins heute mit den Worten »Guten Tag, Sir Thomas!« zu begrüßen, aber als der Engländer in die Hotelhalle kam, brachte er wieder nur eine stumme Verbeugung zustande. Wilkins hatte ihn, ohne daß es herablassend klang, ganz einfach »Franz« genannt.

»Was zeigen Sie mir heute, Franz?« fragte er jetzt.

»Als ob ich Ihnen gestern was gezeigt hätte!« sagte Franz Kien. »Sie haben mir das Deutsche Museum gezeigt.«

Wilkins lächelte. »Heute ist schönes Wetter«, sagte er, »heute sind Sie dran.«

Der Tag war wirklich sehr schön, ein früher Nachmittag im späten September. Franz Kien führte Wilkins durch fast verlassene und schmale Straßen, die gleich hinter dem Hotel begannen, zur Kirche Sankt Anna im Lehel. Er wußte nicht, ob Wilkins sich für Kirchen oder Kunst interessierte, aber er hatte sich entschlossen, dem Fremden ein paar Dinge zu zeigen, die ihm, Franz Kien, in seiner Heimatstadt gefielen. In der Kirche redete er wie ein Reiseführer über Johann Michael Fischer und die Brüder Asam. Er konnte nicht feststellen, wie das bairische Barock auf den Engländer wirkte. Auf einen Mann, der Wagner-Partituren kaufte! Sir Thomas Wilkins setzte sich in dem ovalen Raum auf eine Kirchenbank, betrachtete aber nicht eigentlich die Asam-Fresken, sondern blickte geradeaus. Franz Kien blieb neben der Bank stehen und wartete. Der Engländer mußte seine langen Gliedmaßen zusammenklappen, um in der engen Bank Platz zu finden. Er trug einen grauen englischen Bart über der Oberlippe. Sogar jetzt, im Zustande leichter Abwesenheit, blickten seine Augen noch freundlich. Weiter vorn kniete eine Frau.

Durch die Galeriestraße klingelte eine blaue Trambahn. Sie gelangten in den Hofgarten, in dem die Linden damals noch nicht gefällt waren. Der Musikpavillon verwitterte gelb unter dem Spätsommerlaub. Sie gingen unter den Arkaden entlang, und Franz Kien blieb vor den Rottmann-Fresken stehen. Die griechischen Landschaften vergingen in Flächen aus dämmerndem Blau, Braun und Rot. Es war ihnen anzusehen, daß sie nicht mehr lange halten würden. Wilkins sagte, Griechenland sei tatsächlich so. Er erzählte von Ausflügen, die er von Malta aus zu den griechischen Inseln gemacht hatte.

Sie traten auf den Odeonsplatz hinaus, an den Wilkins sich gut erinnern konnte. Dort erblickten sie zum erstenmal wieder SA-Männer in ihren braunen Uniformen. Auch im Deutschen Museum waren welche gewesen. Franz Kien hatte erwartet, daß Wilkins etwas über sie bemerken, vielleicht sogar die politischen Verhältnisse in Deutschland betreffende Fragen stellen würde, aber er hatte nichts gesagt. Er hatte Franz Kien gefragt, wie lange er schon arbeitslos sei.

»Auch in England haben wir eine schwere Wirtschaftskrise«, hatte er gesagt, nachdem Franz Kien ihm Auskunft gegeben hatte. »Aber sie ist jetzt im Abflauen. Es wird bald besser werden, überall. Sie werden bald Arbeit finden.«

Er schien die braunen und schwarzen Uniformen zu betrachten, wie er alles betrachtete, gleichmütig und geraden Blicks. Franz Kien fragte sich die ganze Zeit, ob er ihm von seinem Aufenthalt in Dachau berichten solle, aber er konnte sich nicht dazu entschließen.

Es gelang ihm, ihn an der Feldherrenhalle vorbei in die Theatinerstraße zu lotsen, ohne daß Wilkins des Mahnmals ansichtig wurde. An der Perusastraße angekommen, blieb er stehen und sagte: »Wenn wir geradeaus weitergehen, kommen wir zum Rathaus. Es ist scheußlich. Und wenn wir rechts abbiegen, kommen wir zur Frauenkirche.« Nach einigem Zögern fügte er hinzu: »Sie ist eigentlich auch scheußlich. Wollen Sie sie sehen?«

Wilkins lachte. »Nein, natürlich nicht, wenn sie scheußlich ist«, sagte er. »Zeigen Sie mir etwas Schönes!«

Franz Kien führte ihn durch die Perusastraße und an der Hauptpost vorbei in den Alten Hof. Er war schon lange nicht mehr im Alten Hof gewesen und hatte ihn bedeutender, geheimnisvoller in Erinnerung, als er in Wirklichkeit war. In Wirklichkeit war der Alte Hof doch nicht mehr als ein Geviert aus Häusern, die wie ältere, relativ anständig gebaute Mietshäuser aussahen, in denen Behörden untergebracht waren. Immerhin gab es den Erker mit dem »Goldenen Dachl«. Franz Kien stand verlegen neben Wilkins. Er hatte das Gefühl, sich blamiert zu haben, obwohl Wilkins den Alten Hof hübsch fand und sagte, die Häuser erinnerten ihn an gewisse mittelalterliche Häuser in Edinburgh. Vielleicht dieser Unsicherheit wegen, die ihn verwirrte, trat er mit Wilkins auf den näher gelegenen Max-Joseph-Platz hinaus, anstatt ihn, wie er es eigentlich vorgehabt hatte, zum Alten Rathaus und über den Viktualienmarkt zu führen. Zu seinem Bedauern begann Wilkins sich dort für die Residenz zu interessieren; er betrachtete ihre Südfassade, und Franz Kien konnte ihn nicht daran hindern, ihre Westseite entlangzugehen.

Als sie bis vis-à-vis zum Café Rottenhöfer gekommen waren, blieb Franz Kien stehen. Er deutete auf die andere Straßenseite hinüber und sagte: »Das da ist das Preysing-Palais. Es ist das schönste Rokokopalais in München. Weiter vorn, an der Mauer der Feldherrnhalle, haben die Nationalsozialisten eine Gedenktafel angebracht. Dort, wo die SS-Männer stehen.«

Wilkins betrachtete die Vedute des Ausgangs der Residenzstraße, an deren linker Seite die Szene mit den beiden unbeweglichen Figuren aufgebaut war. Sogar ihre Stahlhelme waren schwarz.

»Gedenktafel?« fragte er. »Woran soll sie erinnern?«

»An den Hitlerputsch 1923«, sagte Franz Kien. »Damals haben die Nationalsozialisten zum erstenmal versucht, die Macht zu erobern. Sie machten einen Demonstrationszug, und die Polizei schoß hier auf sie. Es gab ein paar Tote.«

»Ich erinnere mich«, sagte Wilkins. »Auch General Ludendorff hat sich daran beteiligt, nicht wahr?«

»Ja.« Franz Kien wußte nicht, ob seine Stimme spöttisch

klang, als er sagte: »Er ist der einzige gewesen, der aufrecht stehen blieb, als die Polizei feuerte.«

»Die Polizisten hatten sicher Anweisung, nicht auf ihn zu feuern«, sagte Wilkins. Er fügte hinzu: »Ich möchte damit nicht sagen, daß General Ludendorff kein tapferer Mann ist.«

Franz Kien sah zum Eingang des Café Rottenhöfer hinüber. Wolfgang Fischer war sicherlich längst fortgegangen. Franz Kien hätte Sir Thomas Wilkins von der Nacht des Hitler-Putsches erzählen können. Sein Vater hatte mitten in der Nacht die Uniform eines Infanteriehauptmanns angezogen und war fortgegangen, um sich als Anhänger des Generals Ludendorff am Hitlerputsch zu beteiligen. Wie grau und leblos die Wohnung, eine Mietwohnung in einer bürgerlichen Vorstadt, zurückgeblieben war! Franz Kien war damals neun Jahre alt gewesen. In jener Nacht hatte er gehofft, sein Vater würde als Sieger zurückkehren, den nachtblinden Garderobenspiegel im Flur mit Leben füllen. Aber als er nach drei Tagen zurückgekommen war, hatte er schweigend seine Uniform ausgezogen. Ein paar Jahre später war er gestorben. Er hatte noch erlebt, wie Franz Jungkommunist wurde. Franz dachte an seinen toten Vater. Was würde sein Vater zu Dachau gesagt haben? Er gab sich manchmal der Täuschung hin, sein Vater würde Dachau nicht gebilligt haben, besonders nicht, wenn er durch ihn, seinen Sohn, erfahren hätte, was dort geschah. Aber sein Vater hatte die Juden gehaßt. Er war ein Antisemit à la Ludendorff gewesen. Und Wolfgang Fischer würde nun also auswandern, nach Palästina.

»Alle Leute grüßen die Tafel, wie ich sehe«, sagte Wilkins.

»Es ist Befehl«, erwiderte Franz Kien.

Da er es für selbstverständlich hielt, daß der Engländer keine Lust haben würde, das Mahnmal zu passieren, wies er zur Viscardigasse hinüber.

»Wir brauchen da nicht vorbeizugehen«, erklärte er ihm. »Alle, die nicht grüßen wollen, gehen durch diese Gasse zum Odeonsplatz. Es ist nur ein kleiner Umweg.«

Er versuchte ein Lächeln, als er sagte: »Die Gasse heißt in ganz München das Drückebergergäßlein.«

»Drückebergergäßlein?« wiederholte Wilkins. »Ah, ich verstehe.«

Nach kurzem Nachdenken sagte er: »Nein, ich möchte doch lieber geradeaus weitergehen.«

Erst einige Zeit später, immer wieder seine Erinnerung an den Nachmittag mit Sir Thomas Wilkins prüfend, machte Franz Kien sich klar, daß er in diesem Augenblick mit der Sprache hätte herausrücken müssen. Vielleicht hätte er nur zu sagen brauchen: »Entschuldigen Sie, wenn ich Sie das kurze Stück nicht begleite. Wir sehen uns gleich wieder auf dem Odeonsplatz.« Vielleicht, nein sicher, hätte Wilkins sofort begriffen und entweder keine Fragen weiter gestellt oder ihn ausgefragt. Franz Kien hatte allerdings keine Ahnung, wie Wilkins auf seine Mitteilungen reagieren würde. Es war ja möglich, daß er die Herrschaft der Nationalsozialisten in Deutschland ganz in Ordnung fand. Es war nicht ausgeschlossen, daß er mit ihnen sympathisierte. Für die Kommunisten hatte er sicherlich nichts übrig.

Aber Franz Kien war nicht geistesgegenwärtig genug gewesen. Er hatte weiter geschwiegen und war infolgedessen gezwungen gewesen, neben Wilkins weiterzugehen. Anstatt geistesgegenwärtig zu sein und auszupacken, hatte er die müßige Überlegung angestellt, was geschehen würde, wenn Wilkins, am Mahnmal vorübergehend, nicht den Arm zum Gruß erhöbe. Franz Kien wußte, daß dann die beiden Gestapo-Beamten in Zivil, die in der Toreinfahrt zur Residenz gegenüber der Tafel standen, auf Wilkins zutreten und ihn zur Rede stellen würden, um sich unter Entschuldigungen zurückzuziehen, wenn dieser – hoffentlich so hochmütig wie möglich! – seinen englischen Paß vorgewiesen hätte. Die Überlegung war müßig, denn noch während Franz Kien sich den billigen kleinen Triumph ausmalte, sah er bereits, wie der Engländer seinen rechten Arm zum deutschen Gruß erhob und ausstreckte. Er tat es ihm nach, ganz mechanisch übrigens, wobei er nicht zu der Tafel auf der anderen Straßenseite hinüber blickte, sondern, zur Linken von Wilkins gehend, dessen Gesicht beobachtete. Er stellte fest, daß es den gleichen Ausdruck von Ausdrucksloskeit annahm, den es in der Sankt-Anna-Kirche im Lehel gezeigt hatte, während der Minuten, die Wilkins in einer Kirchenbank zubrachte, mit zusammengeklappten Gliedmaßen und geradeaus gerichtetem Blick.

Sie ließen gleichzeitig die Arme sinken. Wilkins schlug vor, im Annast den Tee zu nehmen. Sie bekamen einen Fensterplatz, mit Blick auf die Theatinerkirche und die Einmündung der Brienner Straße.

Während Franz Kien noch überlegte, ob der Engländer vielleicht deshalb den deutschen Gruß entrichtet hatte, weil es ihm als eines Gentleman unwürdig erschien, durch das Drückebergergäßlein zu gehen, hörte er, wie Wilkins sagte: »Ich mache in einem fremden Land gerne alles, was die Bewohner machen. Man versteht sie besser, wenn man ihre Sitten annimmt.«

»Ich habe gehört«, sagte Franz Kien, »die Engländer blieben Engländer, wo sie auch hinkämen.«

»O ja, wir bleiben Engländer«, sagte Wilkins. »Wir wollen nur verstehen.«

Franz Kien betrachtete den ehemaligen Zivilgouverneur von Malta, Gouverneur der Windward-Inseln, Richter in Ostafrika. Ein Engländer, der mit ausdruckslosem Gesicht die Sitten der Eingeborenen studierte. Die Sitten der Eingeborenen von Malta und den Windward-Inseln, von Ostafrika und München. Dieser hier wollte wahrscheinlich nicht einmal mehr herrschen. Es genügte ihm, mit seiner Gouverneursjacht von einer Insel zur anderen zu fahren und Streitigkeiten zu schlichten, wenn man ihn darum bat. Vermutlich konnte er sich keinen Streit vorstellen, der nicht zu schlichten war. Es hätte keinen Zweck gehabt, ihm von Dachau zu erzählen.

Es hätte doch Zweck gehabt, dachte Franz Kien, als es zu spät war. Sir Thomas Wilkins hätte wahrscheinlich aus dem, was er ihm erzählt haben würde, einen vertraulichen Bericht an seine Regierung gemacht.

Wilkins schob ihm einen zusammengefalteten Hundertmarkschein hin.

»Das ist zuviel«, sagte Franz Kien.

»Es ist nicht zuviel«, erwiderte Wilkins in dem gleichen Ton, in dem er bestimmt hatte, daß Franz Kien ihn ins Deutsche Museum begleitete. Er reichte Franz Kien seine Karte. Darauf stand nur sein Name, und in der rechten Ecke: St. James's Club, London S.W. 1.

»Ich bin viel unterwegs«, sagte er. »Falls Sie mir einmal schreiben wollen, Franz – unter dieser Adresse erreichen mich alle Briefe.«

Franz Kien schrieb ihm nie. Nach dem Krieg, als er zum erstenmal in London war, suchte er den St. James's Club auf. Der Mann am Empfang holte das Register des Clubs herbei, dann sagte er: »Es tut mir leid, Sir, aber Sir Thomas Wilkins ist am 5. März 1941 gestorben.«

Auch Franz Kien tat es leid. Auf den St. James's Square hinaustretend, konnte er sich vorstellen, wie Sir Thomas – jetzt nannte er ihn im Geiste so – an der runden Gartenanlage inmitten des Platzes entlangging, bis er an der Öffnung zur Pall Mall seinen Blicken entschwand. Auf ganz ähnliche Weise war er damals in München fortgegangen, durch die Anlage auf dem Promenadeplatz, ein hochgewachsener alter Herr in einem dünnen Regenmantel, der einen eng gerollten schwarzen Schirm trug. Franz Kien war mit der Trambahn nach Hause gefahren. Er hatte noch einmal den Atlas hervorgeholt und versucht, sich den Wind vorzustellen, der so stark war, daß er den Inseln, die unter ihm lagen, trotz der Hitze, die dort herrschte, den Namen gab.

CHRISTA WOLF
Blickwechsel

1

Ich habe vergessen, was meine Großmutter anhatte, als das schlimme Wort ASIEN sie wieder auf die Beine brachte. Warum gerade sie mir als erste vor Augen steht, weiß ich nicht, zu Lebzeiten hat sie sich niemals vorgedrängt. Ich kenne alle ihre Kleider: das Braune mit dem Häkelkragen, das sie zu Weihnachten und zu allen Familiengeburtstagen anzog, ihre schwarze Seidenbluse, ihre großkarierte Küchenschürze und die schwarzmelierte Strickjacke, in der sie im Winter am Ofen saß und den »Landsberger General-Anzeiger« studierte. Für diese Reise hatte sie nichts Passendes anzuziehen, an meinem Gedächtnis liegt es nicht. Ihre Knöpfstiefelchen konnte sie gebrauchen, sie hingen an ihren zu kurzen, leicht krummen Beinen immer zwei Zentimeter über dem Fußboden, auch wenn meine Großmutter auf einer Luftschutzpritsche saß, auch wenn der Fußboden festgetretene Erde war, wie an jenem Apriltag, von dem hier die Rede ist. Die Bomberverbände, die nun schon am hellichten Tag über uns hin nach Berlin zogen, waren nicht mehr zu hören. Jemand hatte die Tür des Luftschutzbunkers aufgestoßen, und in dem hellen Sonnendreieck am Eingang standen, drei Schritt von den baumelnden Knöpfstiefelchen meiner Großmutter entfernt, ein Paar hohe schwarze Langschäfter, in denen ein Offizier der Waffen-SS steckte, der in seinem blonden Gehirn jedes einzige Wort meiner Großmutter während des langen Fliegeralarms festgehalten hatte: Nein, nein, hier kriegt ihr mich nicht mehr weg, sollen sie mich umbringen, um mich alte Frau ist es nicht schade. – Was? sagte der SS-Offizier. Lebensmüde? Diesen asiatischen Horden wollt ihr in die

Hände fallen? Die Russen schneiden doch allen Frauen die Brüste ab!

Da kam meine Großmutter ächzend wieder hoch. Ach Gott, sagte sie, womit hat die Menschheit das verdient! Mein Großvater fuhr sie an: Was du auch immer reden mußt!, und nun sehe ich sie genau, wie sie auf den Hof gehen und sich jeder an seinen Platz bei unserem Handwagen stellen: Großmutter in ihrem schwarzen Tuchmantel und dem hell- und dunkelbraun gestreiften Kopftuch, das noch meine Kinder als Halswickel hatten, stützt die rechte Hand auf den hinteren Holm des Wagens, Großvater in Ohrenklappenmütze und Fischgrätjoppe postiert sich neben der Deichsel. Eile ist geboten, die Nacht ist nahe und der Feind auch, nur daß sie beide von verschiedenen Richtungen kommen: die Nacht von Westen und der Feind von Osten. Im Süden, wo sie aufeinandertreffen und wo die kleine Stadt Nauen liegt, schlägt Feuer an den Himmel. Wir glauben die Feuerschrift zu verstehen, das Menetekel scheint uns eindeutig und lautet: Nach Westen.

Wir aber müssen zuerst meine Mutter suchen. Sie verschwindet häufig, wenn es ans Weiterziehen geht, sie will zurück und sie muß weiter, beide Gebote sind manchmal gleich stark, da erfindet sie sich Vorwände und läuft weg, sie sagt: ich häng mich auf, und wir, mein Bruder und ich, leben noch in dem Bereich, in dem man Worte wörtlich nimmt, wir laufen in das kleine Waldstück, in dem meine Mutter nichts zu suchen hat und in dem auch wir nichts zu suchen haben wollen, wir ertappen uns gegenseitig dabei, wie wir den Blick in die Baumkronen werfen, wir vermeiden es, uns anzusehen, sprechen können wir sowieso nicht über unaussprechbare Vermutungen, wir schweigen auch, als meine Mutter, die jede Woche knochiger und magerer wird, vom Dorf heraufkommt, ein Säckchen Mehl auf den Handwagen wirft und uns Vorwürfe macht: Rennt in der Gegend umher und macht die Leute wild, was habt ihr euch bloß gedacht? Und wer soll den Bauern das Zeug aus der Nase ziehen, wenn nicht ich?

Sie spannt sich vor den Wagen, mein Bruder und ich schieben an, der Himmel gibt unheimlich Feuerwerk dazu, und ich höre wieder mal das feine Geräusch, mit dem der biedere Zug WIRKLICHKEIT aus den Schienen springt und in wilder Fahrt mitten in die dichteste, unglaublichste Unwirklichkeit rast, so daß mich ein Lachen stößt, dessen Ungehörigkeit ich scharf empfinde.

Nur daß ich niemandem klarmachen kann, daß ich nicht über uns lache, Gott bewahre, über uns seßhafte, ordentliche Leute in dem zweistöckigen Haus neben der Pappel, über uns bunte Guckkastenleute im Essigpott; Mantje, Mantje, Timpete, Buttje, Buttje in de See, mine Fru, de Ilsebill, will nicht so, as ik woll will. Aber keiner von uns hat doch Kaiser werden wollen oder gar Papst und ganz gewiß nicht Lieber Gott, ganz zufrieden hat der eine unten im Laden Mehl und Butterschmalz und saure Gurken und Malzkaffee verkauft, der andere englische Vokabeln an einem schwarzen Wachstuchtisch gelernt und hin und wieder aus dem Fenster über die Stadt und den Fluß gesehen, die ganz ruhig und richtig dalagen und mir nie den Wunsch eingegeben haben, sie zu verlassen, ganz beharrlich hat mein kleiner Bruder immer neue Merkwürdigkeiten aus seinem Stabilbaukasten zusammengeschraubt und dann darauf bestanden, sie mit Schnüren und Rollen in irgendeine sinnlose Bewegung zu bringen, während oben in ihrer Küche meine Großmutter eine Sorte Bratkartoffeln mit Zwiebeln und Majoran brät, die mit ihrem Tod aus der Welt verschwunden ist, und mein Großvater den Pechdraht über den Fensterriegel hängt und die blaue Schusterschürze abbindet, um auf seinem Holzbrettchen am Küchentisch in jedes Stückchen Brotrinde ein Dutzend feiner Kerben zu schneiden, damit sein zahnloser Mund das Brot kauen kann.

Nein, ich weiß nicht, warum man uns in den Essigpott geschickt hat, und um nichts in der Welt weiß ich, wieso ich darüber lachen muß, auch wenn mein Onkel, der den zweiten Handwagen unseres winzigen Zuges anführt, wieder und wieder argwöhnisch fragt: Möchte bloß wissen, an wem es hier was zu lachen gibt! Auch wenn ich begreife, wie enttäuscht einer sein muß, daß die Angst, man lache ihn aus, nicht mal zu Ende ist, wenn man endlich die Prokura in der Tasche hat.

Auch wenn ich ihm gerne den Gefallen getan hätte, ihm zu versichern, ich lachte über mich selbst: Ich konnte schwer lügen, und ich fühlte deutlich, daß ich abwesend war, obwohl man eine jener Figuren, in der Dunkelheit gegen den Wind gelehnt, ohne weiteres mit mir hätte verwechseln können. Man sieht sich nicht, wenn man in sich drinsteckt, ich aber sah uns alle, wie ich uns heute sehe, als hätte irgendeiner mich aus meiner Hülle herausgehoben und daneben gestellt mit dem Befehl: Sieh hin!

Das tat ich, aber es machte mir keinen Spaß.

Ich sah uns von der Landstraße abkommen, in der Finsternis auf Seitenwegen herumtappen und endlich auf eine Allee stoßen, die uns auf ein Tor führte, auf einen abgelegenen Gutshof und auf einen schiefen, leicht schlotternden Mann, der mitten in der Nacht zu den Ställen humpelte, dem es nicht gegeben war, sich über irgend etwas zu wundern, so daß er das verzweifelte, erschöpfte Trüppchen ungerührt auf seine Weise begrüßte: Na ihr, Sodom und Gomorrha? Macht ja nichts. Platz ist in der kleinsten Hütte für ein glücklich liebend Paar.

Der Mann ist nicht gescheit, sagte meine Mutter bedrückt, als wir Kalle über den Hof folgten, und mein Großvater, der wenig sprach, erklärte befriedigt: Der ist ganz schön im Gehirn verrückt. – So war es freilich. Kalle sagte Meister zu meinem Großvater, dessen höchste Dienstränge in seinem Leben Gemeiner in einem Kaiserlichen Infanterieregiment, Schustergeselle bei Herrn Lebuse in Bromberg und Streckenwärter bei der Deutschen Reichsbahn, Bezirksinspektion Frankfurt (Oder), gewesen waren. Meister, sagte Kalle, am besten nimmst du dir das Kabuff da hinten in der Ecke. Darauf verschwand er und pfiff: Nimm mal noch ein Tröpfchen, nimm mal noch ein Tröpfchen ... Aber die Teeverteilung hatten die Schläfer in den Doppelstockbetten schon hinter sich, auch die unvermeidlichen Leberwurstbrote waren ihnen gereicht worden, man roch es. Ich versuchte, mir mit dem Arm beim Schlafen die Nase zuzuhalten. Mein Großvater, der fast taub war, begann wie jeden Abend laut sein Vaterunser aufzusagen, aber bei Und vergib uns unsere Schuld rief meine Großmutter ihm ins Ohr, daß er die Leute störe, und darüber kamen sie in Streit. Der ganze Saal konnte ihnen zuhören, wo früher nur ihre alten knarrenden Holzbetten Zeuge gewesen waren und das schwarzgerahmte Engelsbild mit dem Spruch: Wenn auch der Hoffnung letzter Anker bricht, verzage nicht!

Bei Morgengrauen weckte uns Kalle. Kutschern wirst du doch woll können? fragte er meinen Onkel. Herr Volk, was der Gutsbesitzer ist, will nämlich mit Mann und Maus abrücken, aber wer fährt die Ochsenwagen mit den Futtersäcken? – Ich, sagte mein Onkel, und er blieb dabei, auch wenn meine Tante ihm in den Ohren lag, daß Ochsen gefährliche Tiere sind und daß er nicht für diese fremden Leute seine Haut zu Markte ... Halt den Mund! schnauzte er. Und wie kriegst du sonst deine Plünnen hier weg? – Wir alle durften aufsitzen, und unser Handwagen wurde an der hinteren Wagenrunge festgezurrt. Oberprima, sagte Kalle, denkt bloß nicht, die Ochsen sind schneller als euer Handwagen. Herr Volk kam persönlich, um seinen neuen Kutscher mit Handschlag zu verpflichten, er trug einen Jägerhut, einen Lodenmantel und Knickerbocker, und Frau Volk kam, um die Frauen, die nun so oder so zu ihrem Gesinde gehörten, mit einem gütigen, gebildeten Wort zu bedenken, aber ich konnte sie nicht leiden, weil sie ohne weiteres du zu mir sagte und ihrer Dackelhündin Bienchen erlaubte, an unseren Beinen zu schnuppern, die vermutlich nach Leberwurstbroten rochen. Nun sah meine Tante, daß es sich um feine Leute handelte, sowieso hätte sich mein Onkel ja nicht bei irgendeinem Piefke verdingt. Dann begann es dicht hinter uns zu schießen, und wir zogen in beschleunigtem Tempo ab. Der liebe Gott verläßt die Seinen nicht, sagte meine Großmutter.

Ich aber hatte in der Nacht zum letztenmal den Kindertraum geträumt: ich bin gar nicht das Kind meiner Eltern, ich bin vertauscht und gehöre zu Kaufmann Rambow in der Friedrichstadt, der aber viel zu schlau ist, seine Ansprüche offen anzumelden, obwohl er alles durchschaut hat und sich Maßnahmen vorbehält, so daß ich schließlich gezwungen bin, die Straße zu meiden, in der er in seiner Ladentüre mit Lutschkellen auf mich lauert. Diese Nacht nun hatte ich ihm im Traum bündig mitteilen können, daß ich jegliche Angst, sogar die Erinnerung an Angst vor ihm verloren hatte, daß dies das Ende seiner Macht über mich war und ich von jetzt an täglich bei ihm vorbeikommen und zwei Stangen Borkenschokolade abholen werde. Kaufmann Rambow hatte kleinlaut meine Bedingungen angenommen.

Kein Zweifel, er war erledigt, denn er wurde nicht mehr gebraucht. Vertauscht war ich nicht, aber ich selbst war ich auch nicht mehr. Nie vergaß ich, wann dieser Fremdling in mich gefahren war, der mich inzwischen gepackt hatte und nach Gutdünken mit mir verfuhr. Es war jener kalte Januarmorgen, als ich in aller Hast auf einem Lastwagen meine Stadt in Richtung Küstrin verließ und als ich mich sehr wundern mußte, wie grau diese Stadt doch war, in der ich immer alles Licht und alle Farben gefunden hatte, die ich brauchte. Da sagte jemand in mir langsam und deutlich: Das siehst du niemals wieder.

Mein Schreck ist nicht zu beschreiben. Gegen dieses Urteil gab es keine Berufung. Alles, was ich tun konnte, war, treu und redlich für mich zu behalten, was ich wußte, Flut und Ebbe von Gerüchten und Hoffnungen anschwellen und wieder sinken zu sehen, vorläufig alles so weiterzumachen, wie ich es den anderen schuldig war, zu sagen, was sie von mir hören wollten. Aber der Fremdling in mir fraß um sich und wuchs, und womöglich würde er an meiner Stelle bald den Gehorsam verweigern. Schon stieß er mich manchmal, daß sie mich von der Seite ansahen: Jetzt lacht sie wieder. Wenn man bloß wüßte, worüber?

2

Über BEFREIUNG soll berichtet werden, die Stunde der Befreiung, und ich habe gedacht: Nichts leichter als das. Seit all den Jahren steht diese Stunde scharf gestochen vor meinen Augen, fix und fertig liegt sie in meinem Gedächtnis, und falls es Gründe gegeben hat, bis heute nicht daran zu rühren, dann sollten fünfundzwanzig Jahre auch diese Gründe getilgt haben oder wenigstens abgeschwächt. Ich brauchte bloß das Kommando zu geben, schon würde der Apparat arbeiten und wie von selbst würde alles auf dem Papier erscheinen, eine Folge genauer, gut sichtbarer Bilder. Wider Erwarten hakte ich mich an der Frage fest, was meine Großmutter unterwegs für Kleider trug, und von da geriet ich an den Fremdling, der mich eines Tages in sich verwandelt hatte und nun schon wieder ein anderer ist und andere Urteile spricht, und schließlich muß ich mich damit abfinden, daß aus der Bilderkette nichts wird; die Erinnerung ist kein Leporelloalbum, und es hängt nicht allein von einem Datum und zufälligen Bewegungen der alliierten Truppen ab, wann einer befreit wird, sondern doch auch von gewissen schwierigen und lang andauernden Bewegungen in ihm selbst. Und die Zeit, wenn sie Gründe tilgt, bringt doch auch unaufhörlich neue hervor und macht die Benennung einer bestimmten Stunde eher schwieriger; wovon man befreit wird, will man deutlich sagen, und wenn man gewissenhaft ist, vielleicht auch, wozu. Da fällt einem das Ende einer Kinderangst ein, Kaufmann Rambow, der sicherlich ein braver Mann war, und nun sucht man einen neuen Ansatz, der wieder nichts anderes bringt als Annäherung, und dabei bleibt es dann. Das Ende meiner Angst vor den Tieffliegern. Wie man sich bettet, so liegt man, würde Kalle sagen, wenn er noch am Leben wäre, aber ich nehme an, er ist tot, wie viele der handelnden Personen (der Tod tilgt Gründe, ja).

Tot wie der Vorarbeiter Wilhelm Grund, nachdem die Tiefflieger ihm in den Bauch geschossen hatten. So sah ich mit sechzehn meinen ersten Toten, und ich muß sagen: reichlich spät für jene Jahre. (Den Säugling, den ich in einem steifen, eingewickelten Bündel aus einem Lastwagen heraus einer Flüchtlingsfrau reichte, kann ich nicht rechnen, ich sah ihn nicht, ich hörte nur, wie seine Mutter schrie, und lief davon.) Der Zufall hatte ergeben, daß Wilhelm Grund an meiner Stelle dalag, denn nichts als der nackte Zufall hatte meinen Onkel an jenem Morgen bei einem kranken Pferd in der Scheune festgehalten, anstatt daß wir mit Grunds Ochsenwagen gemeinsam wie sonst vor den anderen auf die Landstraße gingen. Hier, mußte ich mir sagen, hätten auch wir sein sollen, und nicht dort, wo man sicher war, obwohl man die Schüsse hörte und die fünfzehn Pferde wild wurden. Seitdem fürchte ich Pferde. Mehr noch aber fürchte ich seit jenem Augenblick die Gesichter von Leuten, die eben sehen mußten, was kein Mensch sehen sollte. Ein solches Gesicht hatte der Landarbeiterjunge Gerhard Grund, als er das Scheunentor aufstieß, ein paar Schritte noch schaffte und dann zusammensackte: Herr Volk, was haben sie mit meinem Vater gemacht!

Er war so alt wie ich. Sein Vater lag am Rande der Straße im Staub neben seinen Ochsen und blickte starr nach oben, wer darauf bestehen wollte, mochte sich sagen: in den Himmel. Ich sah, daß diesen Blick nichts mehr zurückholte, nicht das Geheul seiner Frau, nicht das Gewimmer der drei Kinder. Diesmal vergaß man, uns zu sagen, das sei kein Anblick für uns. Schnell, sagte Herr Volk, hier müssen wir weg. So wie sie diesen Toten an Schultern und Beinen packten, hätten sie auch mich gepackt und zum Waldrand geschleift. Jedem von uns, auch mir, wäre wie ihm die Zeltplane vom gutsherrlichen Futterboden zum Sarg geworden. Ohne Gebet und ohne Gesang wie der Landarbeiter Wilhelm Grund wäre auch ich in die Grube gefahren. Geheul hätten sie auch mir nachgeschickt, und dann wären sie weitergezogen, wie wir, weil wir nicht bleiben konnten. Lange Zeit hätten sie keine Lust zum Reden gehabt, wie auch wir schwiegen, und dann hätten sie sich fragen müssen, was sie tun könnten, um selbst am Leben zu bleiben, und, genau wie wir jetzt, hätten sie große Birkenzweige abgerissen und unsere Wagen damit besteckt, als würden die fremden Piloten sich durch das wandelnde Birkenwäldchen täuschen lassen. Alles, alles wäre wie jetzt, nur ich wäre nicht mehr dabei. Und der Unterschied, der mir alles war, bedeutete den meisten anderen hier so gut wie nichts. Schon saß Gerhard Grund auf dem Platz seines Vaters und trieb mit dessen Peitsche die Ochsen an, und Herr Volk nickte ihm zu: Braver Junge. Dein Vater ist wie ein Soldat gefallen.

Dies glaubte ich eigentlich nicht. So war der Soldatentod

in den Lesebüchern und Zeitungen nicht beschrieben, und der Instanz, mit der ich ständigen Kontakt hielt und die ich – wenn auch unter Skrupeln und Vorbehalten – mit dem Namen Gottes belegte, teilte ich mit, daß ein Mann und Vater von vier Kindern oder irgendein anderer Mensch nach meiner Überzeugung nicht auf diese Weise zu verenden habe. Es ist eben Krieg, sagte Herr Volk, und gewiß, das war es und mußte es sein, aber ich konnte mich darauf berufen, daß hier eine Abweichung vom Ideal des Todes für Führer und Reich vorlag, und ich fragte nicht, wen meine Mutter meinte, als sie Frau Grund umarmte und laut sagte: Die Verfluchten. Diese verfluchten Verbrecher.

Mir fiel es zu, weil ich gerade Wache hatte, die nächste Angriffswelle, zwei amerikanische Jäger, durch Trillersignal zu melden. Wie ich es mir gedacht hatte, blieb der Birkenwald weithin sichtbar als leichte Beute auf der kahlen Chaussee stehen. Was laufen konnte, sprang von den Wagen und warf sich in den Straßengraben. Auch ich. Nur daß ich diesmal nicht das Gesicht im Sand vergrub, sondern mich auf den Rücken legte und weiter mein Butterbrot aß. Ich wollte nicht sterben, und todesmutig war ich gewiß nicht, und was Angst ist, wußte ich besser als mir lieb war. Aber man stirbt nicht zweimal an einem Tag. Ich wollte den sehen, der auf mich schoß, denn mir war der überraschende Gedanke gekommen, daß in jedem Flugzeug ein paar einzelne Leute saßen. Erst sah ich die weißen Sterne unter den Tragflächen, dann aber, als sie zu neuem Anflug abdrehten, sehr nahe die Köpfe der Piloten in den Fliegerhauben, endlich sogar die nackten weißen Flecken ihrer Gesichter. Gefangene kannte ich, aber dies war der angreifende Feind von Angesicht zu Angesicht, ich wußte, daß ich ihn hassen sollte, und es kam mir unnatürlich vor, daß ich mich für eine Sekunde fragte, ob ihnen das Spaß machte, was sie taten. Übrigens ließen sie bald davon ab.

Als wir zu den Fuhrwerken zurückkamen, brach einer unserer Ochsen, der, den sie Heinrich nannten, vor uns in die Knie. Das Blut schoß ihm aus dem Hals. Mein Onkel und mein Großvater schirrten ihn ab. Mein Großvater, der neben dem toten Wilhelm Grund ohne ein Wort gestanden hatte, stieß jetzt Verwünschungen aus seinem zahnlosen Mund, die unschuldige Kreatur, sagte er heiser, diese Äster verdammten, vermaledeite Hunde alle, einer wie der andere. Ich fürchtete, er könnte zu weinen anfangen, und wünschte, er möge sich alles von der Seele fluchen. Ich zwang mich, das Tier eine Minute lang anzusehen. Vorwurf konnte das in seinem Blick nicht sein, aber warum fühlte ich mich schuldig? Herr Volk gab meinem Onkel sein Jagdgewehr und zeigte auf eine Stelle hinter dem Ohr des Ochsen. Wir wurden weggeschickt. Als der Schuß krachte, fuhr ich herum. Der Ochse fiel schwer auf die Seite. Die Frauen hatten den ganzen Abend zu tun, das Fleisch zu verarbeiten. Als wir im Stroh die Brühe aßen, war es schon dunkel. Kalle, der sich bitter beklagt hatte, daß er hungrig sei, schlürfte gierig seine Schüssel aus, wischte sich mit dem Ärmel den Mund und begann vor Behagen krächzend zu singen: Alle Möpse bellen, alle Möpse bellen, bloß der kleine Rollmops nicht ... Daß dich der Deikert, du meschuggichter Kerl! fuhr mein Großvater auf ihn los. Kalle ließ sich ins Stroh fallen und steckte den Kopf unter die Jacke.

3

Man muß nicht Angst haben, wenn alle Angst haben. Dies zu wissen, ist sicherlich befreiend, aber die Befreiung kam erst noch, und ich will aufzeichnen, was mein Gedächtnis heute davon hergeben will. Es war der Morgen des fünften Mai, ein schöner Tag, noch einmal brach eine Panik aus, als es hieß, sowjetische Panzerspitzen hätte uns umzingelt, dann kam die Parole: im Eilmarsch nach Schwerin, da sind die Amerikaner, und wer noch fähig war, sich Fragen zu stellen, der hätte es eigentlich merkwürdig finden müssen, wie alles jenem Feind entgegendrängte, der uns seit Tagen nach dem Leben trachtete. Von allem, was nun noch möglich war, schien mir nichts wünschbar oder auch nur erträglich, aber die Welt weigerte sich hartnäckig, unterzugehen, und wir waren nicht darauf vorbereitet, uns nach einem verpatzten Weltuntergang zurechtzufinden. Daher verstand ich den schauerlichen Satz, den eine Frau ausstieß, als man ihr vorhielt, des Führers lang ersehnte Wunderwaffe könne jetzt nur noch alle gemeinsam vernichten, Feinde und Deutsche. Soll sie doch, sagte das Weib.

An den letzten Häusern des Dorfes vorbei ging es einen Sandweg hinauf. Neben einem roten mecklenburgischen Bauernhaus wusch sich an der Pumpe ein Soldat. Er hatte die Ärmel seines weißen Unterhemds hochgekrempelt, stand spreizbeinig da und rief uns zu: der Führer ist tot, so wie man ruft: schönes Wetter heute.

Mehr noch als die Erkenntnis, daß der Mann die Wahrheit sagte, bestürzte mich sein Ton.

Ich trottete neben unserem Wagen weiter, hörte die heiseren Anfeuerungsrufe der Kutscher, das Ächzen der erschöpften Pferde, sah die kleinen Feuer am Straßenrand, in denen die Papiere der Wehrmachtsoffiziere schwelten, sah Haufen von Gewehren und Panzerfäusten gespensterhaft in den Straßengräben anwachsen, sah Schreibmaschinen, Koffer, Radios und allerlei kostbares technisches Kriegsgerät sinnlos unseren Weg säumen und konnte nicht aufhören, mir wieder und wieder in meinem Inneren den Ton dieses Satzes heraufzurufen, der, anstatt ein Alltagssatz unter anderen zu sein, meinem Gefühl nach fürchterlich zwischen Himmel und Erde hätte widerhallen sollen.

Dann kam das Papier. Die Straße war plötzlich von Papier überschwemmt, immer noch warfen sie es in einer wilden Wut aus den Wehrmachtswagen heraus, Formulare, Gestellungsbefehle, Akten, Verfahren, Schriftsätze eines Wehrbezirkskommandos, banale Routineschreiben ebenso wie geheime Kommandosachen und die Statistiken von Gefallenen aus doppelt versicherten Panzerschränken, auf deren Inhalt nun, da man ihn uns vor die Füße warf, niemand mehr neugierig war. Als sei etwas Widerwärtiges an dem Papierwust, bückte auch ich mich nach keinem Blatt, was mir später leid tat, aber die Konservenbüchse fing ich auf, die mir ein LKW-Fahrer zuwarf. Der Schwung seines Armes erinnerte mich an den oft wiederholten Schwung, mit dem ich im Sommer neununddreißig Zigarettenpäckchen auf die staubigen Fahrzeugkolonnen geworfen hatte, die an unserem Haus vorbei Tag und Nacht in Richtung Osten rollten. In den sechs Jahren dazwischen hatte ich aufgehört, ein Kind zu sein, nun kam wieder ein Sommer, aber ich hatte keine Ahnung, was ich mit ihm anfangen sollte.

Die Versorgungskolonne einer Wehrmachtseinheit war auf einem Seitenweg von ihrer Begleitmannschaft verlassen worden. Wer vorbeikam, nahm sich, was er tragen konnte. Die Ordnung des Zuges löste sich auf, viele gerieten, wie vorher vor Angst, nun vor Gier außer sich. Nur Kalle lachte, er schleppte einen großen Butterblock zu unserem Wagen, klatschte in die Hände und schrie glücklich: Ach du dicker Tiffel! Da kann man sich doch glatt vor Wut die Röcke hochheben!

Dann sahen wir die KZler. Wie ein Gespenst hatte uns das Gerücht, daß sie hinter uns hergetrieben würden, die Oranienburger, im Nacken gesessen. Der Verdacht, daß wir auch vor ihnen flüchteten, ist mir damals nicht gekommen. Sie standen am Waldrand und witterten zu uns herüber. Wir hätten ihnen ein Zeichen geben können, daß die Luft rein war, doch das tat keiner. Vorsichtig näherten sie sich der Straße. Sie sahen anders aus als alle Menschen, die ich bisher gesehen hatte, und daß wir unwillkürlich vor ihnen zurückwichen, verwunderte mich nicht. Aber es verriet uns doch auch, dieses Zurückweichen, es zeigte an, trotz allem, was wir einander und was wir uns selber beteuerten: Wir wußten Bescheid. Wir alle, wir Unglücklichen, die man von ihrem Hab und Gut vertrieben hatte, von ihren Bauernhöfen und aus ihren Gutshäusern, aus ihren Kaufmannsläden und muffigen Schlafzimmern und aufpolierten Wohnstuben mit dem Führerbild an der Wand – wir wußten: Diese da, die man zu Tieren erklärt hatte und die jetzt langsam auf uns zukamen, um sich zu rächen – wir hatten sie fallenlassen. Jetzt würden die Zerlumpten sich unsere Kleider anziehen, ihre blutigen Füße in unsere Schuhe stecken, jetzt würden die Verhungerten die Butter und das Mehl und die Wurst an sich reißen, die wir gerade erbeutet hatten. Und mit Entsetzen fühlte ich: Das ist gerecht, und wußte für den

Bruchteil einer Sekunde, daß wir schuldig waren. Ich vergaß es wieder.

Die KZler stürzten sich nicht auf das Brot, sondern auf die Gewehre im Straßengraben. Sie beluden sich damit, sie überquerten, ohne uns zu beachten, die Straße, erklommen mühsam die jenseitige Böschung und faßten oben Posten, das Gewehr im Anschlag. Schweigend blickten sie auf uns herunter. Ich hielt es nicht aus, sie anzusehen. Sollen sie doch schreien, dachte ich, oder in die Luft knallen, oder in uns reinknallen, Herrgottnochmal! Aber sie standen ruhig da, ich sah, daß manche schwankten und daß sie sich gerade noch zwingen konnten, das Gewehr zu halten und dazustehen. Vielleicht hatten sie sich das Tag und Nacht gewünscht. Ich konnte ihnen nicht helfen, und sie mir auch nicht, ich verstand sie nicht, und ich brauchte sie nicht, und alles an ihnen war mir von Grund auf fremd.

Von vorne kam der Ruf, jedermann außer den Fuhrleuten solle absitzen. Dies war ein Befehl. Ein tiefer Atemzug ging durch den Treck, denn das konnte nur eines bedeuten: die letzten Schritte in die Freiheit standen uns bevor. Ehe wir in Gang kommen konnten, sprangen die polnischen Kutscher ab, schlangen ihre Leine um die Wagenrunge, legten die Peitsche auf den Sitz, sammelten sich zu einem kleinen Trupp und schickten sich an, zurück, gen Osten, auf und davon zu gehen. Herr Volk, der sofort blaurot anlief, vertrat ihnen den Weg. Zuerst sprach er leise mit ihnen, kam aber schnell ins Schreien, Verschwörung und abgekartetes Spiel und Arbeitsverweigerung schrie er. Da sah ich polnische Fremdarbeiter einen deutschen Gutsbesitzer beiseite schieben. Nun hatte wahrhaftig die untere Seite der Welt sich nach oben gekehrt, und Herr Volk wußte noch nichts davon, wie gewohnt griff er nach der Peitsche, aber sein Schlag blieb stecken, jemand hielt seinen Arm fest, die Peitsche fiel zu Boden, und die Polen gingen weiter. Herr Volk preßte die Hand gegen das Herz, lehnte sich schwer an einen Wagen und ließ sich von seiner spitzmündigen Frau und der dummen Dackelhündin Bienchen trösten, während Kalle von oben Miststück, Miststück auf ihn herunterschimpfte. Die Franzosen, die bei uns blieben, riefen den abziehenden Polen Grüße nach, die die sowenig verstanden wie ich, aber ihren Klang verstanden sie, und ich auch, und es tat mir weh, daß ich von ihrem Rufen und Winken und Mützehochreißen, von ihrer Freude und von ihrer Sprache ausgeschlossen war. Aber es mußte so sein. Die Welt bestand aus Siegern und Besiegten. Die einen mochten ihren Gefühlen freien Lauf lassen. Die anderen – wir – hatten sie künftig in uns zu verschließen. Der Feind sollte uns nicht schwach sehen.

Da kam er übrigens. Ein feuerspeiender Drache wäre mir lieber gewesen als dieser leichte Jeep mit dem kaugummimalmenden Fahrer und den drei lässigen Offizieren, die in ihrer bodenlosen Geringschätzung nicht einmal ihre Pistolentaschen aufgeknöpft hatten. Ich bemühte mich, mit ausdruckslosem Gesicht durch sie hindurchzusehen und sagte mir, daß ihr zwangloses Lachen, ihre sauberen Uniformen, ihre gleichgültigen Blicke, dieses ganze verdammte Siegergehabe ihnen sicher zu unserer besonderen Demütigung befohlen war.

Die Leute um mich herum begannen Uhren und Ringe zu verstecken, auch ich nahm die Uhr vom Handgelenk und steckte sie nachlässig in die Manteltasche. Der Posten am Ende des Hohlwegs, ein baumlanger, schlaksiger Mensch unter diesem unmöglichen Stahlhelm, über den wir in der Wochenschau immer laut herausgelacht hatten – der Posten zeigte mit der einen Hand den wenigen Bewaffneten, wohin sie ihre Waffen zu werfen hatten, und die andere tastete uns Zivilpersonen mit einigen festen, geübten Polizeigriffen ab. Versteinert vor Empörung ließ ich mich abtasten, insgeheim stolz, daß man auch mir eine Waffe zutraute, da fragte mein überarbeiteter Posten geschäftsmäßig: Your watch? Meine Uhr wollte er haben, der Sieger, aber er bekam sie nicht, denn es gelang mir, ihn mit der Behauptung anzuführen, der andere da, your comrade, sein Kamerad, habe sie schon kassiert. Ich kam ungeschoren davon, was die Uhr betraf, da signalisierte mein geschärftes Gehör noch einmal das anschwellende Motorengeräusch eines Flugzeugs. Zwar ging es mich nichts mehr an, aber gewohnheitsmäßig behielt ich die Anflugrichtung im Auge, unter dem Zwang eines Reflexes warf ich mich hin, als es herunterstieß, noch einmal der ekelhafte dunkle Schatten, der schnell über Gras und Bäume huscht, noch einmal das widerliche Einschlaggeräusch von Kugeln in Erde. Jetzt noch? dachte ich erstaunt und merkte, daß man sich von einer Sekunde zur anderen daran gewöhnen kann, außer Gefahr zu sein. Mit böser Schadenfreude sah ich amerikanische Artilleristen ein amerikanisches Geschütz in Stellung bringen und auf die amerikanische Maschine feuern, die eilig hochgerissen wurde und hinter dem Wald verschwand.

Nun sollte man sagen können, wie es war, als es still wurde. Ich blieb eine Weile hinter dem Baum liegen. Ich glaube, es war mir egal, daß von dieser Minute an vielleicht niemals mehr eine Bombe oder eine MG-Garbe auf mich heruntergehen würde. Ich war nicht neugierig auf das, was jetzt kommen würde. Ich wußte nicht, wozu ein Drache gut sein soll, wenn er aufhört, Feuer zu speien. Ich hatte keine Ahnung, wie der hürnene Siegfried sich zu benehmen hat, wenn der Drache ihn nach seiner Armbanduhr fragt, anstatt ihn mit Haut und Haar aufzuessen. Ich hatte gar keine Lust, mit anzusehen, wie der Herr Drache und der Herr Siegfried als Privatpersonen miteinander auskommen würden. Nicht die geringste Lust hatte ich darauf, um jeden Eimer Wasser zu den Amerikanern in die besetzten Villen zu gehen, erst recht nicht, mich auf einen Streit mit dem schwarzhaarigen Leutnant Davidson aus Ohio einzulassen, an dessen Ende ich mich gezwungen sah, ihm zu erklären, daß mein Stolz mir nun erst recht gebiete, ihn zu hassen.

Und schon überhaupt keine Lust hatte ich auf das Gespräch mit dem KZler, der abends bei uns am Feuer saß, der eine verbogene Drahtbrille aufhatte und das unerhörte Wort Kommunist so dahinsagte, als sei es ein erlaubtes Alltagswort wie Haß und Krieg und Vernichtung. Nein. Am allerwenigsten wollte ich von der Trauer und Bestürzung wissen, mit der er uns fragte: Wo habt ihr bloß all die Jahre gelebt?

Ich hatte keine Lust auf Befreiung. Ich lag unter meinem Baum, und es war still. Ich war verloren, und ich dachte, daß ich mir das Geäst des Baumes vor dem sehr schönen Maihimmel merken wollte. Dann kam mein baumlanger Sergeant nach getanem Dienst den Abhang hoch, und in jeden Arm hatte sich ihm ein quietschendes deutsches Mädchen eingehängt. Alle drei zogen in Richtung der Villen ab, und ich hatte endlich Grund, mich ein bißchen umzudrehen und zu heulen.

SARAH KIRSCH
Merkwürdiges Beispiel weiblicher Entschlossenheit

Frau Schmalfuß war 28 und hatte immer noch kein Kind. Das hatte folgende Gründe:
Eine landläufige Meinung besagt, jede Frau habe sechs kleine Schönheiten. Diese Aussage scheint statistisch nicht ungesichert, trifft aber, wie alle statistischen Aussagen, nicht auf jeden Einzelfall zu. Frau Schmalfuß verfügte über vier Schönheiten: 1. schräggeschnittene Augen, deren Augenwinkel sich bis unter den Haaransatz zogen, 2. Hände, die gemalt zu werden verdient hätten, 3. ein Hinterteil hübscher ausgewogener Rundung, 4. die Beine. Leider endeten die Beine rechtwinklig in langen, breiten, flachen (nicht platten) Füßen. – Obwohl die vier Schönheiten, jede einzeln, den Neid mancher Geschlechtsgenossin hervorzurufen geeignet waren und ab und an ihn auch hervorriefen, war doch ihre gegenseitige Zuordnung derart ungünstig und die Entfernung der einen Schönheit von der anderen so beträchtlich, daß die störenden Elemente zwischen ihnen sie verdunkelten und die Blicke abstießen, die, wenn sie länger verweilt hätten, der Schönheiten innegeworden wären. Deshalb hatte Frau Schmalfuß zeit ihres Lebens mit keinem Manne näheren Umgang anknüpfen können.

Die Vorzüge eines Menschen müssen nicht ausschließlich physischer Natur sein. Frau Schmalfuß bekam die Achtung, die Kollegen und Mitarbeiter ihr für ihre Arbeitsleistung und ihr kollegiales Verhalten zollten, regelmäßig zu spüren. In der Kantine hieß es: Alle Achtung, wie die sich zusammennimmt! Oder: Der wäre etwas mehr Glück zu gönnen gewesen! Manchmal, in unbewachten Augenblicken, an Sommerabenden auf dem Heimweg oder unter der Dusche, gestand sie sich, weniger Achtung wäre ihr lieber; einmal, sie ging durch die Schrebergärten, beschimpfte hinter einer Fliederhecke ein offensichtlich angetrunkener Alter seine Frau: Mit der hätte sie, für den Bruchteil einer Sekunde, tauschen mögen. Aber sie hatte sich fest in der Hand und suchte das Glück in der Arbeit. In ihrem Korridor hingen Urkunden, die sie als Sieger in Wettbewerben, Aktivistin und Teilnehmerin mehrerer Lehrgänge auswiesen. Der Umstand, daß sie unbemannt und noch ohne Kinder war, ließ sie ihren Kollegen, ohne daß sie es sich lange überlegt hätten, besonders geeignet erscheinen, sie in haupt- und ehrenamtlichen Funktionen zu vertreten. Bei allen gesellschaftlichen Anlässen hörte man ihren Namen nennen, sie Auskunft geben, und auf den Betriebsweihnachtsfeiern beschenkte sie seit vielen Jahren als Knecht Ruprecht die Kinder der verschiedenen Abteilungen.

Sie erfüllte alle ihr aufgetragenen Aufgaben gewissenhaft und ohne für sich einen Vorteil herauszuschlagen.

Im März des vergangenen Jahres zog sie ihren weiten Kamelhaarmantel an, den sie trug, wenn sie im Namen des Frauenausschusses Wöchnerinnen besuchte, und fuhr mit der Linie 17 in die Vorstadt. Als sie sich des Päckchens entledigt hatte, selbstgestrickte winzige Handschuhe beigab und wieder auf dem schmalen Zementweg stand, der zwischen Häusern und Gärten sich durchwand, war sie eigenartig bewegt. Die Schneeglöckchen schaukelten, die Schwertlilien hoben die Erde an, den kahlen Bäumen rann das Wasser die Stämme entlang, schwarze Wolken rasten im Wind auf die Antennen zu, und mitten in dieser aufgewühlten fröhlichen Landschaft hätte sie gern einen kleinen weißen Kinderwagen gesehen und sich selbst als seine Fahrerin gefühlt: mit noch geschwächten Knien von der vorangegangenen Entbindung, mit einem wohlig schmerzenden Rücken, seis nun vom Stillen oder dem täglichen Wäschewaschen.

Solche Bilder stellten sich von der Zeit an öfter vor ihre Augen. Sie schaute in jeden Kinderwagen und war einerseits befriedigt, wenn so ein ganz Kleines tief unten, in seiner Höhle geschützt, nur zu vermuten war, andererseits ärgerte es sie, daß sich der Gegenstand ihrer Neigung so vor ihr verbarg. Als sie sich ihres Zustandes, welcher ja nur ein psychischer und kein physischer war, so recht bewußt wurde, beschloß sie, etwas für sich zu unternehmen.

Sie stellte die These auf, nach der sie geradezu verpflichtet war, der Gesellschaft persönlich noch nützlicher als bisher zu sein. Ich verdiene gut, rechnete sie sich vor, ich habe eine moderne, gut eingerichtete Zweizimmerwohnung, mehrere große Reisen, einmal ins befreundete Ausland, oftmals unternommen – es wäre verantwortungslos, weiterhin so eigennützig durchs Leben zu gehen. Ja, ein Kind wollte sie haben.

An Heirat dachte Frau Schmalfuß nicht. Hatte sie bisher niemanden zu solch einem Schritt veranlassen können, wie sollte es ihr jetzt gelingen, wo die erste Jugend hinter ihr lag, sie ein selbständiger Mensch geworden war und durch das lange Alleinsein Eigenheiten angenommen hatte, die nicht mehr abzustreifen und einer Ehe sicherlich abträglich gewesen wären. Aber sie ließ eine ganze Anzahl Männer an ihren schönen schräggeschnittenen Augen vorbeidefilieren, alle, die sie kannte im zeugungsfähigen Alter und denen sie wegen ihres Fleißes und aufrechten Verhaltens viel Achtung entgegenbrachte. Die Siegespalme erhielt Friedrich Vogel, der Meister in der Gießereiabteilung. Er war unverheiratet und von sehr angenehmer Gestalt. Da brauchte sie also keinen Ehebruch zu betreiben, obwohl der gesellschaftliche Anlaß sie ihrer Meinung nach auch dazu berechtigt hätte, da konnte sie gewiß sein, ihrem künftigen Kinde nach bestem Wissen und Gewissen einen Vater mit überdurchschnittlichen charakterlichen und körperlichen Eigenschaften ausgesucht zu haben. Denn sie glaubte an Vererbung ebenso wie an den Einfluß einer sozialistischen Umwelt auf das Kind, das sie eben sozusagen auf das Reißbrett projizierte.

Nicht ohne Bedeutung für ihre Wahl war die Tatsache, daß Friedrich Vogel ein Holzbein trug. Er hatte sich so in der Gewalt, daß er umherlief wie jeder andere Mensch seines Alters, auch wenn die Witterung umschlug und Schmerzen verursachte, und selbst wenn es zur Bildung von Glatteis kam. Die Prothese war kein Mangel in ihren Augen, eher das Gegenteil, aber sie versprach sich von ihr Erleichterungen bei der Durchführung ihres Planes.

Sie beschloß, keine geldlichen und ideellen Ansprüche an den Vater ihres Kindes zu stellen. Der Sohn oder die Tochter würde von ihr erzogen werden, und sie erwog, dem Kind eine glaubhafte Geschichte zu erzählen, die Abwesenheit des Erzeugers zu begründen. Vielleicht war er einem Autounfall zum Opfer gefallen? Oder hatte ihn als Grenzsoldat eine feindliche Kugel getroffen? Aber es gab ja viele Familien, die nur aus Mutter und Kind bestanden. Und warum sollte Friedrich Vogel nicht eines Tages – die Jugendweihe wäre der gegebene Anlaß – auf der Bildfläche erscheinen und dem Kinde eine wertvolle Armbanduhr schenken?

Ja, das war die Lösung. Denn Frau Schmalfuß klopfte das Herz, wenn sie daran dachte, den Kindesvater, wenn auch mit Worten, unter ein Auto zu stoßen oder ihn gar einem feindlichen Anschlag auszusetzen. Sie hatte sich mit Friedrich Vogel dermaßen eindringlich beschäftigt, daß ihr ganz warm und eng in der Brust wurde, wenn sie an ihn dachte. Und obwohl noch kein Stück ihrer prognostischen Überlegungen in die Tat umgesetzt war, begann eine Zeit mit fröhlichen Augen am Tage und wunderlichem Traumzeug bei Nacht. Sie, die bisher nach all der Arbeit und den gesellschaftlichen Aufgaben am Abend traumlos in die Kissen gesunken war und ohne viel Federlesens einfach schlief und wieder aufstand, träumte nun seltsame Landschaften und Zimmer mit Treppen. Morgens versuchte sie sich zu erinnern, den angenehmen Zustand des Traums zu erhalten – aber was war das eigentlich alles gewesen? Eine riesige Pappelallee, mächtige Ständer – doch zu dieser Deutung fehlten ihr alle Voraussetzungen, und eigentlich lag sie ihr fern. Sie wunderte sich also und vergaß den Anblick.

Nun mußten Taten folgen. Frau Schmalfuß kaufte sich eine Kollektion bunter Tücher, wand sich jeden Tag ein anderes um den Kopf und ließ sich in der Gießerei sehen. Die Kranführer pfiffen, sie stieg durch Nebel und Hitze, allerlei Schreibkram bei sich führend, und stellte Friedrich Vogel in der Kernmacherei. Sie setzten sich vor den Formsand und besprachen Angelegenheiten der Gewerkschaft. Frau Schmalfuß ließ durchblicken, daß sie gern mit dem Vogel über eine andere gesellschaftlich hart anstehende Sache geredet hätte, aber nicht hier bei dem Krach. Wo? fragte Friedrich Vogel, vielleicht zu Hause bei mir? Wir sind ungestört und können einen Schlehen-Wodka trinken. Er hatte einen Scherz machen wollen. Ihr Kopftuch bauschte sich so abenteuerlich über den schrägen Augen, Mäander liefen den Hals hinab, und schwarze Rauten erinnerten ihn an irgendwas Heiteres. Aber: Abgemacht! sagte Frau Schmalfuß, ich bin auch mal froh, den Betrieb nicht zu sehen, und brachte die schönen Hände zur Geltung.

Die Verabredung war getroffen, zu abendlicher Stunde, das könnte ihrem Plan vorteilhaft sein. Wie sollte sie aber vorgehen? Mit welchen Worten das Anliegen nennen? Sollte sie einfach dem Wodka, dem Vogel Schlehen beigab, vertrauen? Das wäre unkollegial, es half nichts, sie würde eine Erklärung abgeben müssen.

In den Tagen vor der Verabredung ging Frau Schmalfuß doch sorgenvoll ihrer Arbeit nach, unterzog den Kleiderschrank einer eingehenden Prüfung, brachte einen Rock in die Schnellreinigung, kaufte einen roten Pullover. Und jeden Abend vor dem Einschlafen legte sie sich die Worte für Friedrich Vogel zurecht, die sie morgens wieder verwarf.

Sie wollte die Entstehung ihres Kindes keinem Zufall überlassen, andererseits fühlte sie sich nicht beredt genug, Friedrich Vogel an einem Abend zu überzeugen. Und wenn er wiederkäme? Daran verbot sie sich zu denken, für drei Leute war die Wohnung zu klein. Aber im Betrieb sähe sie ihn jeden Tag – ach Unsinn, sagte sie sich, und daß es nur darauf ankäme, alles richtig darzustellen, das würde jede Peinlichkeit vermeiden.

Der Abend, es war der eines Mittwochs, kam heran. Sie zog doch nicht den vorgenommenen Rock, den neuen Pullover, sondern ein leichtes frauliches Wollkleid an. Sie nahm den Mantel und die Tasche über den Arm und erreichte die Vogelsche Wohnung zu Fuß.

Ein kleiner Flur, rechts die Küche, gradaus die Tür in das Zimmer. Die Möbel gehörten einem Typensatz an, der Sessel, zu dem Vogel sie geleitete, trug einen schwarzgelben Bezug. Friedrich war in die Küche gegangen. Sie sah die Wände entlang: eine Menge Bücher, Amundsen, das Eisbuch, Humboldts Reisen – das Kind würde wahrscheinlich ein Junge werden – und dazwischen aus Stroh geklebte Bilder, Schiffe und Palmen auf schwarzem Untergrund. Ihr Gastgeber kam mit einem Tablett und dampfenden Teegläsern zurück. Ja, die Bilder stelle er selbst her. Strohhalme würden eingeweicht, gespalten, geplättet und zu den gewünschten Motiven verklebt. Er ging zu einem Schrank mit vielen Schubladen. Er öffnete die oberste, entnahm ihr ein Bild und gab es Frau Schmalfuß. Unter dem Glas türmte sich diesmal sehr helles Stroh zu massiven Gletschern, das Meer war gefroren, der Untergrund zog schwarze Risse durchs Eis. Mühsam schien sich ein Eisbrecher (eine schwere Maschine aus dunklem Stroh) doch vorwärts zu wälzen, und über den Gletschern klebte eine rote tintige Sonne. Hier habe ich Trinkhalme aus Kunststoff genau wie das Stroh behandelt, erklärte Friedrich Vogel, beim Plätten muß man sehr vorsichtig sein. Das Bild vom Eisbrecher wurde ihr zum Geschenk, und sie nahm es als gutes Omen. Später würde sie dem Jungen erzählen: Auf solch einem Schiff am Nordpol verrichtet dein Vater schwere, verantwortungsvolle Arbeit, von Eisbären umgeben. Aber jetzt war der Vater noch nicht der Vater – Frau Schmalfuß riß sich aus ihren Träumen und verlangte einen Schlehen-Wodka. Denn sie brauchte doch eine geringfügige Unterstützung, ihr Anliegen an den Mann zu bringen. Friedrich Vogel öffnete diesmal die unterste Schublade und stellte eine Flasche auf den Tisch. Dem Tee hatten beide nur mäßig zugesprochen. Frau Schmalfuß, weil sie fürchtete, sich zu sehr aufzuregen, Friedrich Vogel, weil er ihn sowieso nur als ein Zugeständnis an den Damenbesuch betrachtet hatte.

Sie ist wirklich eine schöne Person, dachte er und sah sie von oben bis unten an. Na, wo drückt denn der Schuh? fragte er, und sie sah auf ihre Füße und fühlte, daß ihr das Blut aus der Körpermitte ins Gesicht stieg. Sie seufzte und hob zu sprechen an. In schnellem Tempo, um erst alles zu Ende zu bringen, bevor er was sagen kann. Ach Friedrich, wir kenn uns doch lange. Haben beide klein angefangn in dem Betrieb, als wir noch gar nicht für Export gearbeitet ham. Nun gehn unsre Pumpen bis nach Guinea, aber das wollte ich gar nicht sagen, ich dachte nur so, daß ich auch weit rumgekomm bin in der Welt, fast auf som großen Schiff wie dein Eisbrecher. Na ja, bis Murmansk war ich mal, und ich verdiene ja gut ... Sie redete und redete und schleppte sich langsam über die Reisen, den Wohlstand, die Wohnung, die gesellschaftliche Verantwortung bis an die Stelle: ... also ein Kind müßte ich haben, und ich hab gedacht, du siehst das ein und machst das, ganz ohne Verpflichtungen, das geb ich dir schriftlich!

Friedrich Vogel war gerührt, aber doch mehr wie vom Donner. Und obwohl er Frau Schmalfuß auch nach diesem Antrag seine Achtung nicht versagte, im Gegenteil, er fand ihn moralisch, auch schmeichelten ihm die Gründe, weshalb ihre Wahl auf ihn gefallen war, so konnte er sich doch nicht verhehlen: er fühlte sich etwas überfordert. Dieser Fall hier war zu einmalig, er fand keine Beispiele, wo ähnliches geschehen war und auf die er sich hätte stützen können. Er vermißte einfach die Tradition. Er trank keinen Wodka mehr an diesem Abend, stellte bald das Fernsehgerät ein und sah mit Frau Schmalfuß einen Film über Pinguine. Weißt du, sagte er, als er die Arbeitskollegin aus der Wohnung begleitete, weißt du, ich muß mir alles gründlich überlegen. Vielleicht geht es so, wie du meinst, aber vielleicht auch anders. Gib mir 'ne Woche Bedenkzeit. Nächsten Mittwoch sag ich Bescheid.

Tage vergingen. Frau Schmalfuß las in Taschenbüchern über die schmerzarme Geburt nach und sah dem Mittwoch mit Spannung entgegen. Vogels freundliche, verständnisvolle Worte hatten sie fröhlich gemacht und ließen sie an die Ausführbarkeit ihres Planes glauben. Aber am Mittwoch sah sie Vogel nicht, am Donnerstag auch nicht, am Freitag ging sie in die Kernmacherei. Den Friedrich fand sie nicht, der stand auf dem Schrottplatz, der ging über den Gleiskörper, lud Stahlbarren aus, der saß in der Betriebszeitungs-Redaktion. Sie suchte ihn an den folgenden Tagen, benutzte das Werktelefon, wartete im Meisterbüro, spähte auf verschiedenen Sitzungen. Der

Vogel war ausgeflogen. Sie konnte sich denken, was das heißen sollte. Trotzdem wunderte sie sich, daß er ihr die abschlägige Antwort am Mittwoch nicht sagte. Sie hörte in der Kantine Gerede, Friedrich Vogel lege nach Feierabend Spannteppich bei Elvira. Elvira arbeitete in der Dreherei. Ja, sie war immer lustig. Frau Schmalfuß ging verwundert nach Hause, trat vor die Couch und blickte lange auf den Eisbrecher hin. Das Bild fortzuwerfen konnte sie sich jedoch nicht entschließen, zu selten hatte sie ein persönliches Geschenk entgegengenommen.

Alle wollen ein Beispiel, sagte Frau Schmalfuß sich, aber keiner will es geben. Und: Das war doch ein Fehler, dem Friedrich Vogel ehrlich entgegenzutreten, sie hätte sich besser dem Schlehen-Wodka und nicht der Vernunft anvertraut. Sie kompensierte Traurigkeit durch gewissenhafte Arbeit und Überstunden und hatte in dem Vierteljahr eine so geringe Stromrechnung, daß der Kassierer den Zähler überprüfen ließ. Dann setzte der Sommer ein. Die Hitze sprang sie im Werk, auf den Verkehrsmitteln, aus den Häusern scharf an, und sie konnte mehrmals am Tag kalt duschen, ohne das Gefühl loszuwerden, sie ginge in Pelzwerk einher.

Eines Sonntags, die Fenster waren geöffnet, es herrschten 35 Grad, da lag Frau Schmalfuß auf der Couch unter dem Eisbrecher-Bild. Vor dem Haus arbeitete ein Rasensprenger und sollte die frischgepflanzten Büsche dem Vertrocknen entreißen. Er schleuderte den Strahl in die Luft, die Tropfen zerplatzten und prasselten, der Wasserwerfer drehte sich, quietschte und schmiß wieder die unzähligen Tropfen empor. Frau Schmalfuß sah im Halbschlaf die Pappelallee, sprang auf, schloß schnell das Fenster und lief aus dem Haus. Sie nahm die U-Bahn, um in die Stadt zu gelangen, saß da im Café, wieder fallendes Wasser, nun einen Springbrunnen, im Ohr, eilte zum Tierpark, hörte die Pfauen dort schrein, die warn wie verrückt. Sie hätte sich beinahe mit einem Kinderwagen von der Terrasse entfernt. Das Baby hatte sie angelacht, ihr die Fäustchen entgegengehalten und die Zehen gezeigt, zehn rosa Erbsen.

Am Montag entschuldigte sie sich fernmündlich im Werk und suchte einen Arzt auf.

Das war ein Frauenarzt. Ein alter Professor, der Zuversicht auf die Konsultanten übertrug und besessen war, viel Kindervolk auf die Welt loszulassen. Sie glaubte, wenn sie nach einer gründlichen Untersuchung erfahren haben würde, daß alles in Ordnung und sie gut in der Lage sei, ein Kind auszutragen und zu gebären, das Problem bald gelöst sei. Dann wären ja gut und gerne 85 % aller Voraussetzungen, zu einem Kind zu kommen, erfüllt, das Übergewicht der einen Waagschale müßte zwangsläufig die andere mit den wenigen 15 % zu ihren Gunsten hochschnellen lassen, und das mit solcher Wucht (Frau Schmalfuß sah förmlich die Schalen hüpfen, die leichtere sich überschlagen), daß die 15 % aus ihrem Behältnis rausspringen und in die angefülltere Schale geschleudert würden.

Im Wartezimmer sah sie die hübschen Frauen mit den geblähten Kleidern. Ach, mir wird schlecht! sagte eine, das fehlt mir noch! eine andre. Sie kam in das Sprechzimmer, barfuß, die Unterwäsche nach der Vorschrift in der Kabine reduziert, und sagte beim Händedruck: Guten Tag, ich möchte ein Kind. Der alte Herr freute sich, sah sie an und dachte sich eine Antwort. Er führte sie zu dem Sessel, in dem man auf dem Rücken sitzt, und untersuchte sie gewissenhaft.

Dem steht nichts im Wege, sagte er, bemerkte die Topographie ihrer vier Schönheiten. Sie sah sich also im Besitz der 85 %, im gleichen Augenblick die restlichen 15 entschwinden, war wohl doch einem Traumbild aufgesessen und fragte nun den Arzt nach Forschungsergebnissen bei künstlicher Befruchtung. Es gäbe gesicherte Erfahrungen, ja, ja, es ist möglich, jaja! sagte der Alte und schüttelte den Kopf. Junge Frau (er nahm ihre Hand), wir können darüber noch sprechen.

Sie ging, als sie die Umkleidekabine verließ, nicht wieder ins Sprechzimmer des Arztes, sondern unter den Bäumen nach Hause. Alte Platanen, die im Winter so gestutzt worden waren, daß nur die Stämme blieben, nun unerhört ausschlugen, etwas später als gewöhnlich, aber mit noch größeren Blättern. Die Rinde hatten sie teilweise abgeworfen, die Stämme sahen aus wie Landkarten um Flußmündungen.

Und was wäre mit der Vererbung? Wie sollte man wissen,

was man sich da einhandelte? Wo blieb der Spaß, die wilde Umarmung? Wieder fehlten die Beispiele. Na ja, Maria. Sie las das Lukas-Evangelium in ihrer Wohnung, fand alles sehr umständlich, beschloß, die Vererbung nun weit hinter den Einfluß der Umwelt zu setzen und ein Kind zu adoptieren.

Auch dabei war der Aufwand kein geringer. Sie stellte einen Antrag, ließ die Wohnung besichtigen, besorgte sich einen Gesundheitspaß von einer Ärztin, der Betrieb schrieb Zeugnisse aus, und sie wartete den Sommer über voll Hoffnung auf den Bescheid.

Es gab aber viele Leute, die Kinder adoptieren wollten, und alle wünschten sich eines im zartesten Alter, so daß Schwierigkeiten und Wartezeiten aufkamen, Frau Schmalfuß noch keine winzigen Hemdchen, Jüpchen und Hütchen anschaffen konnte, da weder die Größe noch das Geschlecht des Kindes bekannt waren.

Schließlich, als sie schon ein dreijähriges Kind bekommen wollte, bereit war, auf die ersten Schritte, die unbeholfene Anrede durch das Kind zu verzichten, das Kerlchen nicht zahn- und hilflos zu haben, da geschah im Herbst das Wunder, da klingelte die Fürsorgerin an der Tür. Es wäre nun ein Junge gefunden, zwei Monate, ein hübsches Kind mit schwarzen Haaren und großen Nasenlöchern, sagte die Frau. Sie sind ein Engel! rief Frau Schmalfuß und wollte gleich los.

So schnell hat man das Kind nicht, auch wenn man weiß, daß es ganz sicher kommt. Es dauert neun Monate oder sieben oder noch drei wie bei Frau Schmalfuß. Zweimal in der Woche ging sie zu einem Kursus für werdende Mütter und erlernte die Säuglingspflege. Um keine Lektion zu versäumen, sah sie sich gezwungen, dem Ansinnen des Hauptbuchhalters auf Hilfe nach Feierabend bei der Endabrechnung nicht stattzugeben. So war sie bedrückt, wenn sie die Temperatur des Wassers prüfte und große Plastik-Puppen badete, wenn sie die vielen kleinen Mahlzeiten bereiten lernte oder Wadenwickel bei erhöhter Temperatur anzulegen. An den arbeitsfreien Sonnabenden fuhr sie in verschiedene Stadtbezirke, um alle die Dinge zu kaufen, die das Kind am Anfang seines Lebens notwendig haben würde, vornehmlich einen Importkinderwagen, eine hellblaue Badewanne aus Kunststoff, Wäsche und Klappern. Einmal im Monat durfte sie das Kind, das sie haben sollte (ein Jahr Probe, dann die endgültige Adoption) im staatlichen Säuglingsheim besuchen. Es wurde in einen Wagen gelegt, und Frau Schmalfuß konnte es im Park unter Buchen spazierenfahren. Erst waren die Blätter grün, dann färbten sie sich, schließlich waren nur ein paar übriggeblieben und sahen wie Leder aus.

Das waren jetzt die Stunden, in denen sie sich glücklich fühlte. Anders im Betrieb. Da hatte ihr guter Ruf gelitten. Es hing nicht mit der Tatsache zusammen, daß eine Kollegin sie beim Einkauf des Kinderwagens beobachtet hatte – schließlich wußte die Leitung von der beabsichtigten Adoption und war gehalten, sie gutzuheißen –, die Mitarbeiter konnten Frau Schmalfuß nicht mehr uneingeschränkt Lob und Beifall zollen. Sie ging fast pünktlich nach Hause, sprang bei termingebundenen Arbeiten weniger oft mit Überstunden ein, und ihre Rechenschaftsberichte waren knapper als früher. Der Abteilungsleiter, die Gewerkschaftsvertrauensleute nahmen davon Abstand, sie um Rat und Hilfe zu bitten, und das alles, bevor sie das Kind überhaupt in ihrer Wohnung hatte. Sie selbst litt unter diesem Zustand, die Warterei auf das Kind kam hinzu – sie wurde nervös und brauste leicht auf. Hatte sie sich morgens keine Zeit zum Essen genommen, stürzte sie in die Kantine, kaufte Fischbrötchen und aß sie eilig auf. Sie benahm sich wie eine schwangere Frau und gab zu Bemerkungen Anlaß. So geht das nicht weiter, sagte sich Frau Schmalfuß eines Tages. Der Lehrgang für Säuglingspflege war beendet, alle Vorbereitungen abgeschlossen. Jetzt galt es, wieder am Leben der Kollegen teilzuhaben, mehr noch, dasselbe zu bereichern. Sie beschloß, eine Kulturfahrt vorzubereiten, und studierte zu diesem Zweck herausgegebene Broschüren und Kataloge.

Alle Achtung, sagten ihre Kollegen und Mitarbeiter während der Busfahrt, in der Autobahn-Raststätte, beim Anblick des Blauen Wunders, des Kronentores, in der Galerie: alle Achtung, sie hat sich wieder in der Hand. Sie gingen durch verschiedene Abteilungen der Gemäldesammlung. Frau Schmalfuß freute sich über gigantische Stilleben (glänzende Trauben, platzende Kürbisse, seitlich ein Vogelnest mit zwei Eiern darin, ein drittes jenseits des Nestes, zerbrochen, dottergelb der Dotter), beachtete die wechselnden Landschaften, die unermüdlichen Bäume, bald düster, bald freundlich, die verschiedenen Himmel darüber. Sie nahm alles fröhlich und unkonzentriert auf, verweilte bei keinem der Bilder. Das waren Stationen auf dem Weg zum Ziel; sie sah Schönes, um das Sehr-Schöne aushalten zu können. Die Nackte, die den Schwan küßt – Frau Schmalfuß ging schneller, um kein Unbehagen zu spüren. Ein neuer Raum tat sich auf. Sie fühlte ihr Herz sich bewegen, sah das Bild an der Stirnwand und ging zur Seite. Sie ließ ihren Kollegen den Vortritt, hörte die Erklärung des Führers nicht an, verlängerte die Vorfreude. Als sie allein in dem Raum war, suchte sie sich den besten Standpunkt und sah zu der Frau auf. Der Mantel von noch schönerem Blau als in ihrem Kalender. Die andere Frau, der alte Papst sanken in den Wolken da ein. Die Madonna war leichter, man sah jeden Zeh, obwohl sie das Kind trug. Sie sah freundlich aus, nicht so heilig, fast eine Kollegin, die Frau mit dem Kind. Ihr Mann war nicht auf dem Bild, spielte keine Rolle. Frau Schmalfuß erinnerte sich, in der Schrift gelesen zu haben, daß es erst eines Winkes von oben bedurfte, bis Josef Maria mit dem Kind heiratete. Heute war sie allein geblieben, dachte Frau Schmalfuß, da spürte sie nur noch ihre Hände, als war alles Blut da hineingelangt, sie fühlte das Kind, sonst nichts. Die Haut war warm, ein bißchen feucht nach dem Baden, roch wohl nach Seife. Das Baby mußte angezogen werden, vorher, auf dem Weg zum Wickeltisch, einen Blick in den Spiegel. Im Vorbeigehen. Aus den Augenwinkeln. Sie drückte das Kind an sich, sah es und sich selber im Glas, bekam einen Schreck über die eigene Schönheit.

Die Identifikation war so kurz, daß sie bei Frau Schmalfuß keine Verwunderung, nur Fröhlichkeit auslöste. Sie folgte ihren Kollegen, erwarb einen Bildband über die Galerie und war auf dem Weg zum Italienischen Dörfchen. Die Springbrunnen hielten Winterruhe. Die Straßenbeleuchtung schaltete sich ein in langer Bewegung, da fiel der erste Schnee. Der Himmel war weiß, die Flocken erschienen gegen ihn grau und schwarz. Wir brauchen einen Schlitten, dachte Frau Schmalfuß.

Mitte Dezember, dem ersten war der zweite und dritte Schnee gefolgt, durfte Frau Schmalfuß in Hinblick auf Weihnachten, Personalmangel im Säuglingsheim und ihre eigene Hartnäckigkeit das Kind entgegennehmen, obwohl die Formalitäten nicht restlos erledigt waren. Am Abend saß sie in der Küche und trank statt eines Bieres, wie es vor Tagen noch ihre Gewohnheit war, zwei Tassen Milch. Einen Tag lang war alles geschehen, was die Leiterin des Lehrgangs für Säuglingspflege einem fünf Monate alten Kinde als nützlich und notwendig erachtet hatte, und einiges mehr. Sie fragte sich, ob sie ihr ein Geschenk bringen würden wie anderen Wöchnerinnen und wer käme. Sie hatte unbezahlten Urlaub genommen und wußte nicht, daß die Kollegen die übliche Geldsammlung abgeschlossen, das Geschenk (den Schlafsack, das Kinderbesteck, die weichen Schuhe) schon beisammen hatten. Sie war müde und glücklich. Die flimmernden Bilder aus dem Gerät erreichten sie kaum: Eine Frau bringt jeden Tag ihr Kind in die Krippe, zwei Jahre lang, jeden Tag zwei S-Bahn-Stationen auf der Hinfahrt, zwei S-Bahn-Stationen auf der Rückfahrt, vier Treppen, vier fremde Männer oder Frauen, die ihr helfen, den Wagen zu tragen. Manchmal reißen sich die Leute um den Wagen, mitunter muß die Frau warten, einmal denkt sie: Die von der Kultur sollten einen neuen Aberglauben einführen, *wer morgens einen Kinderwagen trägt, hat den Tag Glück.*

Das würde sie alles erfahren.

HANS JOACHIM SCHÄDLICH
Versuchte Nähe

Ein Feiertag; immerhin ist es ein Feiertag, ein heller Anzug rechtfertigt sich; und er geht später, wird später als sonst zu seinem Platz gefahren.

Die Fahrt ist nicht das einzige an diesem Morgen, einem sonnigen, wie er bemerkt hat zu früher Stunde; es täuschen sich manche und würden nicht tauschen mit vierzehnstündiger Beschäftigung täglich, auch an einem Feiertag.

Vor der Fahrt, die ihn entspannt, wenn er, zurückgelehnt, dem Zentrum der Stadt sich nähert durch fahnenreiche Straßen: Gespräche, in denen er, schnell wechselnd, anordnet, wünscht, empfiehlt, rät, unterrichtet wird in umfassender Weise, aber kurz, geordnet nach den Wichtigkeiten; vor den Gesprächen, vor einfachem Frühstück, das dem Rat von Ärzten folgt wie alle Mahlzeiten – heute mit Grund reicher: der Besuch des Arztes, des Blutdruckes wegen und der Dosierung einiger Medikamente, und: Schwimmen nach Vorschrift, einhundert Meter wenigstens, im Hausbad, gesellig begleitet von Mitarbeitern, denen es ehrenvoll und vergnüglich.

Die Fahrt ist schön; er ißt eine Apfelsine, vorsichtig trotz der Serviette, er trägt einen hellen Anzug; noch kauend schlägt er die Zeitung auf, das Bekannte, er weiß es, und doch.

Auch dem Fahrer gefallen diese Fahrten mit ihm, sein aufmunterndes Wort, seine Aufgeräumtheit, die übertragbar ist.

Er ist nicht der erste am Ziel, soll es nicht sein, zahlloses Personal ist längst eingetroffen, und auch die anderen, seine Kollegen, die ihn begrüßen, gut gelaunt. Noch ist die Runde nicht vollzählig, Gäste aus dem Landesinneren und Fremdländer werden erwartet, die Gelegenheit erhalten sollen, geehrt zu werden und zu ehren. Die ihn persönlich kennen, Gäste, unternehmen bei ihrer Ankunft zu Seiten des Podestes den

Versuch, herüberzuwinken, lächelnd, freundschaftlich. Meist kann er zurückgrüßen, auch, wenn er mit einem Kollegen ein Wort wechselt gerade.

Es ist warm, man sieht Blumen am Rande des Podestes, die trennende Ordnung der Arbeit ist noch außer Kraft, die Gelöstheit läßt manches Gespräch zu, das nicht möglich wäre anders für manchen.

So ist es immer an diesem Tag, er mag ihn, und er mag ihn nicht. Die große Anstrengung, drei Stunden, vier, in der Sonne, sichtbar zu sein allen. Doch unleugbar ist auch Erheiterung, Belebung, Stärkung durch die Nähe der vielen, so daß Lust und Scheu einander widerstreiten.

Der Gedanke, er könnte fehlen an diesem Tag, kann nicht gedacht werden. Sogar Krankheit, allerdings leichtere, darf kein Grund sein. Unbeachtet können bleiben, die Unpäßlichkeit als Vorwand für Streit ansehen wollen und nur gelten lassen als Krankheit von Größerem. Die aber einfache Sorge spüren müßten um ihn und Sorge also um Größeres, in seiner Krankheit selber sich geschwächt fühlend, sollen unbesorgt bleiben und wollen es.

Viele außer diesen, Feiertagsgäste auf der Suche nach Erzählbarem, auch Kinder, wären bloß enttäuscht. Auf Bilder verwiesen, die ihn zwar deutlicher zeigen als er sich selbst zeigt aus einiger Entfernung für Zuschauer. Es ist aber der Satz *Ich habe ihn gesehen* von unerklärtem Gewicht und muß gesagt werden können.

Und andere Gründe als Krankheit gibt es: die Geschäfte, denen er fernbleibt für drei, vier Stunden; auch die anderen, die die Geschäfte lenken mit ihm, sind versammelt. Nie hat man ihn von seinem erhöhten Platz aus, unter den Augen Tausender, hinter der blumengeschmückten Umrandung, telefonieren sehen. Nie ist bemerkt worden, daß Boten ihm Nachricht übermitteln und forteilen mit seiner Weisung. Nicht einmal sprechen sieht man ihn, nachdem die Glockenschläge erschallt sind, die Fanfare ertönt ist, den Beginn anzuzeigen. Ein Scherzwort vielleicht, dem Nachbarn zur Linken oder Rechten zugeworfen, gewiß nicht die Geschäfte betreffend.

Nur mit den Vorüberziehenden spricht er, später. Verläßliche Männer an seiner Stelle müssen die Ordnung in Gang halten solange, gestützt von Personal wie an jedem Tag.

Das Podest, welches die Passanten und Zuschauer mehrfach überragt, ist von einem Seil umgeben unten, etwa in Hüfthöhe. In kurzen Abständen ist hinter oder vor dem Seil Personal postiert, das zum Schutz dient und auch wie Schmuck ist. Die jungen Männer, uniformiert und leichtbewaffnet, werden für die Dauer des Vorbeizuges nicht ausgetauscht. Sie haben andere abgelöst, die vor ihnen dort standen und andere abgelöst haben; so, daß das Podest geschützt ist seit zwei Tagen.

Andere, nicht uniformiert, sind zahlreich unter die Zuschauer gemischt, haben sich auf Dächern nahegelegener Häuser eingerichtet und sitzen an Fenstern, die des schönen Wetters wegen geöffnet sind. Die Leiter des Personals stehen selbst auf dem Podest, müssen aber in dieser Minute keine Mühe auf die Arbeit ihrer Leute verwenden, da jede Möglichkeit mehrfach besprochen wurde und hohe Verantwortliche für diesen Tag benannt sind.

Eine Ansprache ist zu halten, so ist es Brauch, und ein aufstrebender Kollege, jüngst in den engsten Kreis aufgenommen, tritt an die Mikrofone. Der Redner sagt, was auch er gesagt hätte, daß nämlich den Tätigen gedankt werde für Leistung.

Nicht vollbracht zu seinem Nutzen oder dem des Redners, sondern zum Nutzen der Tätigen selbst und des großen Vorhabens. Wenn also gedankt wird, so ist es das Vorhaben, das Sprache gewinnt durch den Mund eines Redners, und es danken sich die Tätigen durch den Dank des Redners selbst.

Der Beifall ist stark nach kurzer Rede, auch er und seine Kollegen klatschen, und der Redner auch, die Lautsprecher übertragen es. Den Beifall des Redners, obwohl mißdeutbar, versteht der Vertrautere als Beifall für etwas.

Aus großer Höhe sieht man nicht, daß er nach links blickt, ohne den Kopf zu drehen, links steht der General, dem von unten, vom Platz her, der umsäumt ist von Tausenden, gemeldet wird, dies nach neuerlichem Fanfarenstoß, daß alles angetreten sei. Er sieht hinunter auf dieses ausgezeichnete Bild.

Ein schwer widerstehliches Verlangen, sich hinunterzubeugen, den Kopf seitwärts auf den Fußboden zu legen, das rechte Auge ungefähr in der Höhe der Köpfe, den Geräuschen der Fahrzeuge, ihrem Geruch, Lack, Blech, Gummi, ganz nahe.

Sie sehen herüber, in der kurzen Stille, der Tag ist sonnig, für eine Sekunde schließt er die Augen, atmet tief ein, der Gedanke an ihre Stärke, solch einen Augenblick hat dieser Tag.

Stärkender als starkes Kampfgerät ihr Blick, obgleich Schüler noch, des Generals, aber die das Leben geringachten vor dem großen Vorhaben, und zahllosen Männern, sehr jungen, vorgesetzt sein sollen nach beendeter Lehre. Andere, ausgelernt, Barette kühn auf ihren Köpfen, ausgerüstet mit dem Mut von Falken, auf schwebenden Halt Vertrauende, die vom Himmel sich stürzen auf den Feind, sehen ihn an. Er möchte die Hand auf ihre Schulter legen: Ihr, meine Festen.

Allen. Diesen und den anderen, auf dem Lande, dem Wasser und am Himmel. Unvermögend wäre das teuere Kampfgerät ohne sie. Unzulässige Selbstverleugnung ist es, freilich sympathische, daß ihr Mund den neuen Panzer, den aufsehenerregenden, »Kampfmaschine« getauft hat.

Doch auch umgekehrt, denkt er; was vermöchten sie ohne Maschinen, fahrende, schwimmende, fliegende?

Freunde aus Fleisch und Freunde aus Stahl, keinem kann der Vorzug gegeben werden, vorzüglich sind beide, und unübertrefflich, wenn sie vereint.

Es weckt ihn aus solchen Gedanken der Zug der Tätigen, dessen Spitze den Blick schon passiert hat. Die schöne Ordnung ist abgelöst, er bedauert es und bedauert es nicht über dem Anblick der Vielfalt.

Auf eigens gezimmerten Stellagen, die von vier Personen getragen werden, nähern sich hoch über den Köpfen die Porträts bärtiger Männer. Hinter ihnen, in mehreren Reihen, tragen starke Jünglinge Fahnen, die sie leicht hin- und herschwenken. Auf kunstvoll drapierten Lastwagen, die im Schrittempo vorbeirollen, haben die Tätigen Zeichen der Tätigkeit plaziert: eine Maschine für den Landbau, von der es heißt, sie sei die soundsoviel Tausendste; ein großes Zahnrad, von einem breiten weißen Band umgürtet, auf dem zu lesen steht, wie die Erbauer von Zahnrädern vorankommen wollen; eine Kabeltrommel, deren Kabel die Stelle allen Kabels vertritt, das erzeugt wurde. Die Zeichen rühren ihn, er sieht sie gern, doch weiß er, daß Erklärung von Absicht und sprichwörtlicher Eifer nicht ausreichen.

Die Tätigen begleiten die Wagen und folgen ihnen; Väter, Söhne auf ihren Schultern, zeigen ihren Söhnen ihn. Die Kinder schwenken Papierfähnchen in den Landesfarben oder Sträußchen.

Trotz der Entfernung bis zu denen, die vorbeiziehen, sind ihre Gesichter zu erkennen, und, er hat ein gutes Auge. Es ihnen gleichzutun, die lachen, winken, ist leicht. Aber daß so viele ihn sehen und sich einprägen, möchte er aufwiegen und sieht in die Gesichter, die, ihm am nächsten, herankommen und fortgehen, um sie zu behalten. Seine Augen wandern unablässig von rechts nach links; einzelne Züge, die ihm auffallen, will er sich merken, doch sie wechseln zu schnell für diese Absicht. Er stellt, sein Gedächtnis zu stützen, Vergleiche an, Namen murmelnd wie Notizen, vergleicht, die er sieht, mit seinen Kollegen, Mitarbeitern, und sieht, da es seinem Auge mühselig wird, der Menge zu folgen, nur die, die er kennt.

Fragt sich, hat Zeit heute, was andere sonst für ihn sich fragen und andere, wie er den vielen, die ihn sehen, erscheint. Zuerst: wer sind die, sie tragen eine Adresse voran auf einem Schild oder Band, aber nie eines einzelnen, und er, den sie sehen als einen einzelnen, will einzelne: wo wohnt der, der dort lacht, wann ist der losgegangen zu einer Straßenecke, die ihm jemand genannt hat, und: warum geht der dort unten, will er, daß er ist, wie er sein soll, damit er, wie er ist, sein will?

Warum sagt ihm niemand, fragt er, wie es ist, wenn einer dort geht und ihn sieht. Und, warum versetzt ihn keiner in den da, der dort geht, daß er eins wäre mit dem, wie er an der Straßenecke, weit entfernt von hier, ankommt, seine Kollegen, die schon da sind, begrüßt, oder begrüßt wird von denen, die kommen, eine Zigarette raucht, wartet, und losgeht endlich, langsam, der Zug stockt, und geht weiter, schon hört er den

Lautsprecher, der Grüße übermittelt den Ankommenden, wendet den Kopf nach links, dem Podest entgegen, lacht hinüber und winkt sich zu.

Sieht, als er sagen will, So also, daß er, ohne verstanden zu werden, aber es ist vom Mund ablesbar, ein Wort vertrauter Verbundenheit ruft, und ruft es.

Er folgt der Lust, weiterzuziehen mit den vielen, die sich bald verlieren am Ende der großen Straße, nach diesem feiertäglichen Vorbeigang ist er durstig und kauft wie andere an einem Kiosk zwei Biere, die er schnell trinkt, muß aber bleiben, hinunterblicken, lachen, winken, den Vorbeiziehenden öfter freundschaftliche Neigung bekundend, unterstützt von seinen Händen, die er vor der Brust zusammenlegt als wolle er sie waschen, bis in Kopfhöhe anhebt und wie schüttelnd hin- und herbewegt auf einer kurzen Strecke zwischen sich und den Passanten. Er kann nicht fortgehen und nach gleicher Zeit wie die Vorübergehenden, die nicht länger als zwei Stunden unterwegs sind von ihrer Straßenecke bis zu den Kiosken am unteren Ende der Allee, Bier trinken, oder essen. Und anderes, wozu den anderen, denen er mit einem Strauß Blumen jetzt zuwinkt, die also vor ihm gelegen haben müssen, Gelegenheit gegeben ist am Ende der Straße, ist ihm verwehrt, und er muß es bedenken am Morgen.

Leichter ist es, zwei Stunden, drei, unter sonnigem Himmel die asphaltierte Straße entlangzugehen im Gespräch mit anderen, von Musik, wenngleich lauter, begleitet, als diese Zeit und länger in der Sonne zu stehen, fast unbewegt, von den Händen abgesehen und dem jetzt häufigeren Wechsel des Standbeins, und ganz ohne Erfrischung.

Willkommen in solcher Lage ist der Anblick von Festwagen, auf welchen sportliche Jünglinge Handstände vollführen oder längere Zeit auf dem Kopf stehen und junge Mädchen, in roten oder schwarzen Trikots, wie die Jünglinge das Zeichen des Landes auf der Brust, seidene Tücher schwingen im Rhythmus angedeuteten Tanzes oder mit Reifen umgehen nach Art von Jongleuren.

Er winkt den Gelehrten, die, so sagt er, der Absicht und dem

Eifer die Einsicht hinzufügen, und winkt ihnen wie älteren Brüdern. Ihre Eigenart, Dingen nachzudenken ohne täglichen Zweck, sondern um des Einsehens willen, ist nützlich dem großen Vorhaben, weiß er, und hat sich dessen versichert.

Jetzt schon zum zweitenmal, während er die Linke zum Gruß erhebt, sieht er auf seine Armbanduhr, von plötzlicher Müdigkeit befallen, die vor allem sich ausdrückt in dem Wunsch, einige Minuten zu sitzen, und ungern bedenkt er, daß, nach vorgesehener, aber doch kurzer Mittagspause der Besuch fremdländischer Gäste erwartet wird, der, nach der Ordnung, wieder nur stehend, und aber herzlich, empfangen werden muß.

Nur von den Bühnenkünstlern kommt noch Aufmunterung. Viele kennt er, nicht nur aus der Entfernung der Loge, sondern bei anderer Gelegenheit sind sie ihm begegnet, und er hat sie ins Gespräch gezogen aus Sympathie für die Kunst der Verwandlung. Hauptsächlich zieht ihn an gesungenes Handeln oder handelnder Gesang. Denen zu lauschen, die dem Wort zweifachen Klang verleihen und also zweifache Kraft! Und gehört werden noch, wenn die Sprache, deren sie sich bedienen, unverstehbar, Italienisch oder gestört. Bedauern muß er, daß ihm das Amt versagt, starker Neugier auf die Maschinerie unter, über und hinter der Bühne nachzugeben, jene verästelte Apparatur, die in der Hand geschickter Leute jedes gewünschte Bild herzustellen vermag. Er erlaubt sich die Vorstellung, die Bühnenkünstler zögen in Kostümen jener Gestalten vorüber, die ihm besonders wert.

Die am längsten gewartet haben an einer Straßenecke und jetzt, zu den letzten zählend, vorübergehen, schon eilig, sind kaum noch zu Reihen geordnet; manche, bemüht, ihre Kinder zum Gehen anzuhalten oder in lebhaftem Gespräch mit dem Nachbarn, blicken nicht mehr herauf. Der Vorbeizug hat für sie geendet nach mehrstündiger Dauer, unerachtet des Podestes.

Solche Achtlosigkeit ist ihm, obgleich selber müde, unbehaglich. Es stört ihn die Beobachtung, daß die Vorüberziehenden, wie er, zu Aufmerksamkeit sich zwingen müssen. Daß die

Unbehaglichkeit, je weniger Tätige, meist achtlos, vorüberziehen, sich steigert zu Nervosität, registriert er mit dem Wunsch nach vernünftiger Erklärung. Sogar Unsicherheit gibt er sich zu angesichts der wenigen, die die Straße vor dem Podest noch passieren, und hätte doch ehestens unsicher sein sollen vor den vielen davor, dem Unübersehbaren, das vorbeugender Kontrolle vielköpfig sich zu entziehen scheint. Niemand nimmt wahr, daß kurze Verlorenheit sich seiner bemächtigt. Auch seinen Kollegen, die in unmittelbarer Nähe stehen, etwas hinter ihm, und stets noch fröhlich winken gelegentlich, bleibt es verschlossen.

Jetzt stört es ihn, daß er nicht jeden Mann des Personals, das ringsum verteilt ist, von Angesicht kennt, um jeden mit eigenen Augen aufsuchen, von den Passanten und Zuschauern unterscheiden zu können. Stellte er sich den Platz als berechenbar vor, sollte am Ende des Vorbeizuges nur Personal zurückbleiben, das den Blick von dem Zug der Tätigen endlich abwendet und von allen Seiten zu ihm herüber blickt: Es ist nichts. Auch über dir der Himmel ist sauber.

Sehr kurze Zeit will er denken, das eigene Personal, bewaffnet, starre ihn an: aus der Menge, die verschwunden ist, von Häuserdächern herab und aus geöffneten Fenstern, die leichten, entsicherten Waffen auf *ihn* richtend; ein Bild, das er, lächelnd, winkend noch einmal, sogleich abweist.

Wenig später gibt ein Offizier, dem aufgetragen ist, das Ende anzuzeigen, ein vereinbartes Zeichen; aus den Lautsprechern kommt ein Lied, das immer ertönt am Ende des Vorbeizuges, und wer kann, singt mit, ausgenommen das Personal auf den Dächern.

FRITZ RUDOLF FRIES

Das nackte Mädchen auf der Straße

Über die leeren Felder gekommen, konnte Albrecht van der Wahl die Einbildung haben, die Stadt sei eigens für ihn aufgebaut worden. Ein Fremder sieht mehr in der Fremde, zumal wenn er nicht als ein armer Mann kommt. Albrecht van der Wahl – das umständliche Auf und Ab seines Namens machte wie immer den Hoteliers einige Mühe, ihre Formulare korrekt auszufüllen – konnte achtlos mit dem Geld umgehen. Schon das Münzgeld hatte hier Gewicht, und er grub es um und um in seinen Manteltaschen, ließ es, ein Goldregen, aus der Höhe der affektiert erhobenen Rechten herabfallen – beispielsweise auf den Marmorrand der Kinokasse. Die Stadt schien ihm ein endloses System aus optischen Röhren zu sein, Bild und Gegenbild ständig reproduzierend. Am auffälligsten war diese Beobachtung vor den Schaufenstern, wenn die Passanten Aug in Auge mit den Schaufensterpuppen standen und einen prüfenden Blick tauschten. Die Puppen in ihren kostbaren Gewandungen, so gruppiert, daß ein Anschein von Harmonie entstand, hoben die Arme, die Finger wiesen ins Leere, vielleicht nach oben, wo man die Geschäftsräume der Firmen und Läden vermuten konnte.

Die Stadt war bekannt für ihre Spätherbsttage, für graue Regennachmittage, wenn alle logischen Kombinationen des Alphabets zurückgeholt wurden ins Bild; die violetten und weinroten Buchstaben zerflossen und im Spiegel der regennassen Straße neue, wenn auch rätselhafte Zeichen bildeten. Die Automobilreihen schienen eine unbekannte Zahlenkunde ins Bild zu bringen, die Fahrbahn ein Rollbild, das nach Kilometern bemessen wurde, am Ende in die Tuschzeichnung der kahlen Bäume auslief. Albrecht van der Wahl sah das Ende der Zivilisation wie von chinesischer Kalligraphie überwuchert, und er freute sich an seiner Vorstellung. Am Vormittag aus dem Zug gestiegen, hätte er genug an den Bildern der Stadt haben können. Doch weil er von Berufs wegen angehalten war, in die Tiefe der Dinge zu schauen, wo nur der dialektische Funke Licht erzeugte, notierte er sich Sätze zu den Bildern, wollte die Filme studieren, die Buchläden inspizieren, die Schlagzeilen, die ihm aus den Zeitungsständen entgegensprangen, aber doch so geordnet wie Gedichtzeilen, in ihrer Entstellung, Übertreibung oder groben Wahrheitsfälschung durchschauen. Zurückgekehrt würde er Fazit ziehen, das Gesehene kombinieren und interpretieren und seinem feineren Geist insgeheim mit der Beobachtung genügen, daß auch hier die vom Verstand punktuell aufzulösenden Bilder von der Sehnsucht der Betrachter zusammengehalten wurden.

Da geschah das Unerwartete. Zwischen Glaspalast und Kinosaal, unter den vielen, die aus der Vorstellung kamen, sah van der Wahl ein Mädchen, und das war nackt von Kopf bis Fuß. Er vergaß die Kinokarte, die er gerade gekauft hatte, beruhigte seinen Herzschlag mit der Versicherung, die Stadt zeige ihm in diesem Augenblick das absolute Bild. Aber er schob die Überlegungen beiseite, denn das Mädchen war viel zu nackt und also viel zu natürlich für seine Spekulationen. Sie ging auf nackten Füßen, eine Bettlerin zwischen dem ausgesuchten Schuhwerk der anderen, und van der Wahl hob den Blick ein wenig, bis zu den Knien, zwei matte Spiegel die Kniescheiben, die seinen Blick festhielten. Sah denn keiner, daß sie nackt war? In einer gewaltsamen Anstrengung hob er den Blick, der so schwer war, als wehrte er sich gegen einen plötzlichen Schlaf. Sein Blick erfaßte sie von oben, glitt herab über den kleinen blondsträhnigen Kopf, über ihr weißes Gesicht mit dem zu breiten Mund, eine vogelhafte Aufmerksamkeit ging von ihrem Blick aus; der Hals führte in schöner Linie zur Schulter, daß er sich den Anblick ihres Nackens wünschte – für van der Wahl die kostbarste, weil verletzlichste Partie eines Frauenkörpers. Er äugte noch einmal nach links und rechts, ob keiner ihm das Bild nahm, das er sah. Keiner sah es, keiner nahm es, und doch war das Mädchen jetzt so nah, daß er am liebsten nicht hingesehen hätte. Er fürchtete, er könne sie aus den Augen verlieren, und da keiner sie sah, nahm er sie mit einer sozusagen privatisierten Neugier in Besitz, betrachtete sie wie einen Kunstgegenstand, prüfte die kleinen Brüste mit Kennermiene, den runden Bauch, die Wölbung der Scham mit den feinen aschblonden Haarsträhnen. Wie klein der Fuß war. Spürte sie die Kälte des Zementfußbodens nicht? Er würde ihr ein Paar Schuhe kaufen.

Van der Wahl wollte sie an sich vorbeilassen, um sie von hinten sehen zu können, den Blick auf ihren Nacken heften zu können, aber da bemerkte er den Ring an ihrer rechten Hand – es war der gleiche Ring, den er am Vormittag von einem Straßenhändler vor dem Bahnhof in einer Laune gekauft hatte. Ein billiger Ring mit einer Glasperle von der Größe – van der Wahl liebte die poetischen Vergleiche – einer Träne.

Er faßte nach ihrer Hand und fürchtete, er werde in Luft greifen, in Wasser, und der Vogel, der Fisch, Metamorphosen der Zauberei, würden sich ins Nichts auflösen, sobald er zupackte. Er faßte eine lebendige Hand, zog das Mädchen ein wenig an sich, nun doch seine Beute, indes die anderen blicklos weitergingen. Sie ließ es geschehen und hatte auch nichts dagegen, daß er seinen Ring zu dem Ring an ihren Finger steckte.

Wer bist du? fragte van der Wahl, und das nackte Mädchen lachte über so viel intellektuelle Zudringlichkeit.

Komm mit, sagte sie und zog ihn, seine Hand haltend, auf die Straße. Sollte er sich wehren? Würde er nicht in der nächsten Sekunde aus diesem Traum – war es ein Traum? – in einem Skandal erwachen, auf den die Fotografen auf der anderen Straßenseite bereits lauerten. Aber die Fotografen fotografierten in die Schaufenster hinein, reproduzierten die schönen stummen Puppen hinter Glas und hatten kein Auge für sie.

Van der Wahl versuchte dennoch, das Mädchen in Seitenstraßen zu ziehen, die ärmlich aussahen und wo man vielleicht durch offene Haustüren und über Hinterhöfe entkommen konnte. Aber die Seitenstraßen führten wieder auf eine Hauptstraße und diese zu einem Dom aus Stahl und Glas, eine Galerie glänzender Läden und labyrinthischer Passagen, die sich im Halbdunkel verloren. Rolltreppen führten zu Eisbahnen, Schwimmhallen, Massageräumen, aus denen Scharen verjüngter, erfrischter Käufer kamen und erneut die Ladengalerien und Passagen bevölkerten. Das künstliche Licht, dachte van der Wahl, würde ihre Nacktheit wie ein Spiegelbild der Schaufenster erscheinen lassen. Sie klatschte in die Hände, als sie die schleifenziehenden Kinder auf der Eisbahn sah. Er entschloß sich für den erstbesten Schuhsalon und bat sie, vor der Tür zu warten. Aber sie folgte ihm auf Zehenspitzen. Die aus ihrer Wartehaltung befreiten Verkäuferinnen – sie machten auf van der Wahl den Eindruck, wandelnde Orchideen zu sein – fragten nach seinen Wünschen. Er zeigte auf ihre Füße und zog die Hand erschrocken zurück; nein, sie hatten nichts gesehen und behandelten ihn als sprachunkundigen Ausländer, der nach unten zeigt, um anzudeuten, daß er Schuhe braucht. Van der Wahl korrigierte sich, wies auf die spitzen und hochhackigen Schuhe der Verkäuferin, und ein Suchen und Auspacken und Aufbauen begann. Das Mädchen hinter ihm nickte, als er ein Paar aus Schmetterlingsschleifen und Lack in die Höhe hob. Sein Eifer, seine Angst, daß jemand sie doch sehen könnte, hatte ihn erschöpft. Er fragte sich, warum er sie nicht gleich in sein Hotel mitgenommen habe, von wo er telefonisch alles, was sie zum Anziehen brauchte, hätte bestellen können, vom Bett aus.

Das Mädchen probierte die Silberschuhe an, als er nicht achtgab, hob sie das Knie, winkelte das Bein an, um den Sitz des Schuhs an der Ferse zu prüfen, erschrocken über die Schamlosigkeit der Bewegung zog ihr van der Wahl den Schuh vom Fuß. Die Verkäuferin hatte nichts bemerkt, und er schickte sie in die Tiefe des Ladens auf die Suche nach knielangen Stiefeln. Schließlich konnte er das Mädchen bei diesem Wetter nicht in Phantasieschuhen herumlaufen lassen.

Die Schuhe ließ er einpacken, die Stiefel nahm er in die Hand, das Leder war weich und von einem herben Duft, daß er nicht widerstehen konnte, es mit dem Mund zu berühren. Er zahlte hastig und verließ den Laden, die Tür so aufhaltend, daß sie vor ihm hinausgehen konnte.

Im Dämmerlicht der Schaufenster gab er ihr die Stiefel, in die sie ohne Zögern hineinstieg, und sie reichten ihr, wie er es gewünscht, bis übers Knie.

Die Wirkung dieser gestiefelten Nacktheit steigerte van der Wahls Begehrlichkeit bis ins Unerträgliche. Zugleich aber hatte sich, wie er meinte, ein Schatten über das Mädchen gelegt, eine winzige Veränderung war mit ihr vorgegangen, die er sich nicht erklären konnte. Er nahm ihre Hand, deren Druck sie flüchtig erwiderte, da der Anblick der Stiefel sie ganz beanspruchte.

Der Kauf der Unterwäsche, Strumpfhosen, Schlüpfer – den Büstenhalter nahm er ihr gebieterisch aus der Hand, denn wozu halten, verpacken, was nur verhüllt zu werden brauchte –, den Kauf dieser Dinge betrieb er mit Eile. Das parfümierte Lächeln der Verkäuferin erkundigte sich leise nach den Maßen von Madame. Van der Wahl ließ sich auf die Frage nicht ein; er wählte, erwog, verwarf, bestimmte, wenn ein Druck ihrer Hand ihn dazu anhielt.

Er kaufte alles doppelt, die eine Kombination in Lindgrün, die andere in Veilchenblau. Vor dem Laden wählte sie den lindgrünen Unterrock und den Slip, der leichter als ein Taschentuch auf der Hand lag. Die Strumpfhosen schob sie zurück, als fürchtete sie, die Stiefel zu verlieren, wenn sie sie auszog. Van der Wahl stützte ihren Arm, damit sie behutsam in den Schlüpfer steigen konnte, den sie mit beiden Händen an sich hochzog, während ihre Beine ein scheinbar unsinniges Ritual eines Tanzschrittes vollführten. Dann streifte sie den Unterrock über Kopf und Schulter, und schaute sich um. Sie hob den Kopf in dieser eigenwilligen Art, die sie auch beim Sprechen hatte – so, als trinke sie die Luft, und betrachtete sich im Schaufenster, als sähe sie sich zum erstenmal. Van der Wahl vertiefte sich mit Genuß in ihr Doppelbild, aber da geschah das Unerwartete. Die Passanten drehten die Köpfe nach ihnen, oder vielmehr, sahen sie an, ein lichtblondes Mädchen in knielangen schwarzen Stiefeln, in einem zu kurzen Unterrock, der eine Handbreit ihrer Schenkel bloßlegte, die Brüste sichtbar unter dem durchsichtigen Stoff. Niemand blieb stehen, einige suchten vielleicht den versteckten Kameramann, der diese Szene aufnahm, und gingen weiter. Aber es war kein Zweifel, das Mädchen war sichtbar geworden.

Van der Wahl riß sich den Mantel von den Schultern und legte ihn ihr um – ihr Blick hatte sich verändert, da sie nicht mehr nackt war. Sie empfand die Wärme des Mantels, wenigstens hat sie kein Fischblut, dachte van der Wahl, und ein altes Märchen fiel ihm ein.

Er fragte sie: Drücken die Stiefel, tun dir die Füße weh? Sie schüttelte den Kopf.

Bleib hier stehen, kommandierte er und bog in die nächste Passage. Er kaufte rasch und ohne den Genuß, den er, ein Kenner, sonst zeigte. Er wählte einen weißen Pullover aus Lammwolle, einen weiten Rock, darin Blumen und Gräser verwoben, er zog ungeduldig aus den Händen der Verkäuferin – Wolken von Parfüm stiegen auf, wenn sie die Arme ausbreitete – ein bernsteinfarbenes Seidentuch. Der Kauf des Mantels ließ ihn unbefriedigt, ein blauer Leinenstoff, dazu eine Kappe aus gleicher Farbe, von weißrotem Schottenstoff gerandet.

Die Freude, sein Werk nun bald in ziemlicher Vollendung schauen zu können, im Gesicht, eilte er zu ihr und liebte ihren Anblick, wie sie verlassen dastand, eine Hand raffte den schweren Mantel, die Ärmel hingen herab wie Flügel, über den Kragen aus dunkelblauem Stoff wellte das Haar in der gleichen fließenden Bewegung, wie sie in diesem Kaufdom dem Licht, dem Wasser abgeguckt war.

Sie nahm alles artig aus der Hand, dankte für jedes Stück mit einem Augenaufschlag, der von Sekunde zu Sekunde ein anderes Blau zeigte. Van der Wahl knüpfte ihr das Tuch in den Mantelausschnitt, sie dankte mit einem leichten Kuß, den er als Zustimmung nahm, daß sie nun in sein Hotel gingen.

Du kannst mich Ivonne nennen, sagte sie, oder wenn es dir besser gefällt, Isabeau. Der Gedanke, daß sie weder Paß noch Ausweis besitzen konnte, beschäftigte van der Wahl, der aus einem ordentlich verwalteten Land kam, eine Weile.

Es gefiel ihm, wie er sie angezogen hatte, da er mit ihr über Avenuen und Straßen im Nebellicht des späten Nachmittags lief. Er begann, sie mit anderen Mädchen und Frauen zu vergleichen, die ihm das Werk ihrer Begleiter schienen, und er zweifelte für Augenblicke an der Einmaligkeit ihrer Erscheinung. Noch einmal betraten sie einen Laden, wurden beide gegrüßt, und Isabeau (er hatte sich für diesen Namen entschieden) verlangte ein bestimmtes Parfüm. Hatte sie auch keinen Paß, dachte van der Wahl, so mußte sie eine Vergangenheit haben.

Erzähl von dir, bat er beiläufig, als sie wieder durch die feuchte Luft gingen, in der die Farben der Verkehrsampeln sich auflösten und die Größe von unbekannten Planeten annahmen, die unerwartet über die Stadt niedergehen konnten. Es war eine weitläufige Stadt, ohne erkennbare Mitte, weshalb in ihr immer wieder hohe Türme errichtet wurden, von denen aus man einen Radius schlagen konnte, Stelzfüße aus Zement, die in die Wolken gestemmte Cafés, Bars, Restaurants trugen, von wo man die Täuschung genoß, die Stadt könne ein vollkommen rundes Gebilde sein, und wo, wie es van der Wahl sich auslegte, der Geschmack des Kaffees metaphysisch wurde.

Er nahm ihren Arm und bat sie um Geschichten. Sie sprach mit ruhiger, verschleierter Stimme: Soll ich dir erzählen? Van der Wahl hörte nicht so recht hin, eine große Müdigkeit befiel ihn beim Anhören dieser Geschichten, die in großer Ferne begannen, aus großen Weiten kamen, sich in Feldern und Wäldern verloren, bis sie übers Meer kamen und die großen Städte erreichten und sich hier verloren wie planlos gebaute Straßenzüge. Es waren Geschichten wie viele, die er kannte. Angezogen hatte sie das Geheimnis ihrer Nacktheit verloren, wenn man es einmal so paradox ausdrücken kann, überlegte er.

Das Hotel war ein unscheinbares, weil sehr altes Gebäude. Großbrüstige Karyatiden trugen die Balkone der teuren Zimmer, Engelsköpfe schmückten das Dachgeschoß. Der Empfangschef grüßte mit Zurückhaltung, die Falte in seiner Stirn schien auszudrücken, man habe van der Wahl mehr Stilgefühl zugetraut, eine zu ihm und zum Haus passende Dame. Tatsächlich sah Isabeau unter ihrer rot-weiß gerandeten Leinenmütze wie ein Schulmädchen aus. Man reichte ihm schweigend den

Zimmerschlüssel. Langsam zog der Fahrstuhl sie in die Höhe. Albrecht van der Wahl genoß ihre Nähe, diese Geborgenheit auf engstem, aber dafür schwebendem Raum.

Ich habe dich nicht gefragt, sagte er, ob du im Kino gewesen bist – als wir uns kennenlernten, und ob dir der Film gefallen hat?

Eine Liebesgeschichte, sagte sie, sie nimmt ein trauriges Ende. Ach so, sagte van der Wahl und öffnete die Fahrstuhltür. Es war die sechste Etage. Isabeau lief voraus, rascher, als er es sich gewünscht hatte. Ihr Stiefelschritt maß geräuschlos den mit vergoldeten Nägeln eingefaßten Läufer. Er wollte sie bitten, ihr Haar aus dem Nacken zu streichen, aber er hätte zu laut rufen müssen. Er sog die verbrauchte Luft tief ein, um das Hämmern in den Schläfen zu mäßigen. Von irgendwo verkündete eine Radiostimme die letzten Börsenkurse.

Am Ende des Ganges öffnete sich eine Tür, ein Mann zeigte sich in einem gestreiften Schlafanzug, öffnete leicht die Arme in einer Bewegung, die so bemessen war, daß er ihre Hände – die sie ihm entgegenstreckte – in seine nehmen konnte. Isabeau verschmolz für van der Wahl mit den Umrissen des Mannes, und ehe er den Schritt beschleunigen konnte, schloß sich die Tür hinter ihnen. Van der Wahl war allein auf dem Gang.

Ein anderer als Albrecht van der Wahl hätte die Tür eingetreten, das Mädchen den Armen des Räubers entrissen, Aufklärung verlangt, den Empfangschef alarmiert. Er tat nichts dergleichen, er schloß seine Tür auf, setzte sich in den grünen Plüschsessel, aus dem der Staub der Jahrhunderte wölkte, wenn man sich zu heftig bewegte. Aber van der Wahl saß regungslos, grub die Hände in die Manteltaschen, zog die veilchenblaue Unterwäsche heraus, die Strumpfhosen in der durchsichtigen Folie und warf es auf den grünen Teppich.

Geübt im Finden von Zusammenhängen, Hintergründen, war er sicher, einem Spiel unter Gaunern zum Opfer gefallen zu sein. Er, ein Fremder, der, während er die Stadt staunend betrachtet, mühelos ausgenommen, ausgebeutet worden ist.

Eine Unruhe, die aus dem Lichthof unter seinem Fenster brodelte, ein Rufen und Klagen, riß ihn aus seinen Gedanken.

Er stand auf, öffnete das Fenster und beugte sich hinaus: In der Tiefe wurde ein Mann in einem gestreiften Schlafanzug auf eine Bahre gehoben, ein Toter, dem man die Arme kreuzweise auf die Brust legte, damit sie nicht herabhingen. Van der Wahl erkannte auf den ersten Blick den Fremden an der Tür, und stürzte aus dem Zimmer, lief über den Gang, rüttelte an der Türklinke – die Tür, hinter der sie verschwunden war. Die Tür blieb verschlossen. Er stürzte zum Fahrstuhl, der Etagenzeiger senkte sich langsam auf Null, hob sich dann wieder bis zur Sechs. Unter Schweißausbrüchen fuhr van der Wahl hinunter ins Foyer, wo die Hotelgäste beisammenstanden. Hier hatte man den Vorfall nicht geheimhalten können. Der Mann war tot, so hörte van der Wahl, er habe vor dem Verlöschen die Worte wiederholt: Unsichtbar, das Bett war leer ... Es entstand ein unterdrücktes Gelächter. Van der Wahl ging wie suchend von Gruppe zu Gruppe, und als er sah, was er erwartet, hämmerten seine Schläfen so, daß er die Fäuste dagegenpreßte. Unter den Hotelgästen im Foyer stand sie, war nackt, rauchte eine Zigarette, und er war der einzige, der sie sah, ihr mageres Vogelgesicht mit dem zu breiten Mund, die kleinen Brüste, die matten Spiegel der Kniescheiben. Für Einzelheiten hatte er jetzt kein Auge. Er stürzte zu ihr, entschlossen – entschlossen wozu? Er tauchte in ihren Blick, der nun wieder der fließende Blick einer nackten Frau war. Lächelnd reichte sie ihm einen ihrer Ringe. Er steckte ihn achtlos in die Tasche. Der Empfangschef schien interessiert zuzusehen, sein Blick schien Berge von Schuld auf ihn häufen zu wollen. Aber das war wohl Einbildung, dachte van der Wahl. Isabeau verließ das Foyer, ihr lichter Schatten huschte über das Glas in der Drehtür, als tauchte sie unter Wasser, und van der Wahl folgte ihr.

Spätere Recherchen führten zu nichts, und so wurde der Name Albrecht van der Wahl noch im gleichen Jahr aus der Kartei seiner heimatlichen Dienststelle gestrichen. Im Hotel hatte er eine unbezahlte Rechnung hinterlassen.

MONIKA MARON
Herr Aurich

I

Der Kraftfahrer öffnete Herrn Aurich, der aus bekannten Gründen nur die hintere Sitzbank benutzte, die Wagentür, nahm Herrn Aurichs Aktentasche, überholte Herrn Aurich auf dem Weg zum Gartentor und öffnete es mit einem geübten Griff durch die Gitterstäbe, ehe Herr Aurich das Tor erreicht hatte. Inzwischen öffnete Frau Aurich, alarmiert durch das Klappen der Autotüren, die Haustür, durch die mit einem unartikulierten Brummen, das von Frau Aurich ohne Zögern als Gruß verstanden wurde, Herr Aurich trat und nach ihm der Kraftfahrer mit der Aktentasche. Na, morgen wie immer, Friedrich, sagte Herr Aurich zu dem Kraftfahrer, und der Kraftfahrer sagte, ist in Ordnung, Chef. Und Frau Aurich sagte, denkst du an die Wäsche, Friedrich, die muß morgen abgeholt werden, und der Kraftfahrer sagte, geht klar, Chefin. Frau Aurich schloß hinter ihrem Mann die Tür. Der Kraftfahrer hatte Feierabend und durfte mit dem Auto, das nun ihm gehörte, nach Hause fahren.

Herr Aurich fühlte sich nicht wohl. Ihm seien die Arme schwer und auch das Herz, sagte er, während er von der Hühnerbrühe schlürfte, die seine Frau ihm gekocht hatte.

Das ist das Wetter, sagte Frau Aurich, sie haben ein neues atlantisches Tief angesagt, das bekommt dir nie, du solltest früh schlafen gehen.

Herr Aurich widersprach nicht, schlürfte noch einmal von der Hühnerbrühe, ließ den Löffel mißmutig in den noch halbvollen Teller fallen, so daß die Brühe über den Rand spritzte.

Frau Aurich dachte, daß sie gut daran getan hatte, die kochfeste Decke aufzulegen, verzichtete aber darauf, ihren Mann zurechtzuweisen. Er sah ihr auffällig farblos aus, und erst vor zwei Wochen hatte der Arzt mit ihr über die bedenklichen Herzrhythmusstörungen ihres Gatten gesprochen. Sie befreite sich von dem Anblick der häßlichen Fettflecken, indem sie wortlos eine Serviette darüber deckte. Willst du noch ein Bier, Erich? fragte sie. Aber Herr Aurich mochte kein Bier, und auch die Zigarette drückte er aus, ehe er sie bis zur Hälfte geraucht hatte. Geh schlafen, Erich, sagte Frau Aurich, auch angetan von dem Gedanken, unter diesen Umständen doch noch den Film mit Heinz Rühmann sehen zu können statt des langweiligen Fußballspiels.

Nachts erwachte Herr Aurich von einem brennenden Schmerz auf den Bronchien und würgender Übelkeit. Er richtete sich auf, fiel sofort wieder auf den Rücken, bleischwer war sein Körper, insbesondere die Arme, dazu die Übelkeit. Hilde, stöhnte Herr Aurich. Frau Aurich hatte einen leichten Schlaf und erwachte schnell. Erich, was ist?

Hilde, stöhnte Herr Aurich noch einmal. Der brennende Druck auf seiner Brust preßte ihm die Augen aus den Höhlen und ließ ihm keine Luft zum Atmen. Herr Aurich fühlte den Tod.

Frau Aurich hatte sofort den kleinen roten Plasteeimer neben Herrn Aurichs Bett gestellt, aber Herr Aurich, selbst in Todesangst schamhaft, bestand darauf, ins Bad geführt zu werden, denn neben dem Brechreiz fühlte er inzwischen einen zwanghaften Drang, seinen Darm zu entleeren. Auch der Wunsch, seinem entsetzlichen Zustand davonzulaufen, trieb ihn aus dem Bett. Frau Aurich stützte ihren schweren Mann, so gut ihre Kräfte es zuließen, setzte ihn behutsam auf die Toilettenbrille, holte schnell den kleinen roten Plasteeimer aus dem Schlafzimmer, stellte ihn Herrn Aurich zwischen die zitternden Beine und lief zum Telefon.

Der Rettungswagen kam nach zehn Minuten, nach weiteren zehn Minuten steckte in Herrn Aurichs Arm eine dicke Kanüle, durch die lebenserhaltende Flüssigkeit aus einem Tropf in Herrn Aurichs Adern floß.

Nachdem für Herrn Aurich sechs Tage lang alles getan worden war, was die medizinische Wissenschaft gegen den Einbruch eines Herzinfarkts in den menschlichen Organismus derzeit tun kann, war Herr Aurich wieder transportfähig und wurde in einer mehrstündigen Autofahrt nach Berlin überführt, wo er in dem einzigen Krankenhaus für verdiente Personen aufgenommen wurde.

II

Erst als Herr Aurich zu glauben begann, daß er überlebt hatte, wagte er darüber nachzudenken, wie nah der Tod ihm gekommen war. Er lag in dem kühlen weißen Bett seines Einzelzimmers und grübelte, warum das Schicksal gerade an diesem Tag, und nicht an einem beliebigen anderen, über ihn gekommen war. Stück für Stück setzte er den Tag aus der Erinnerung zusammen, ohne eine aufregende Besonderheit an ihm zu entdecken. Er war um acht ins Büro gefahren wie immer, hatte die Frühbesprechung geleitet, war am Nachmittag in das wichtigste Werk des Bezirks gefahren, um dort vor den Gewerkschaftsfunktionären zu sprechen. Während der Rede überkam ihn ein leichtes Schwindelgefühl, das aber schnell wieder verging, und von ihm nicht sonderlich beachtet wurde. Auf der Heimfahrt fühlte er sich erschöpft und müde, aber das kam in der letzten Zeit öfter vor und war, dachte Herr Aurich, kein Wunder, wenn man an seine große Verantwortung dachte und an sein fortgeschrittenes Alter. Vor zwei Monaten war er siebenundfünfzig geworden, und Herr Aurich hatte daran gedacht, daß die Sechzig tiefer in sein Lebensgefühl einschneiden würden als die Fünfzig. Und er hatte darüber nachgedacht, wie wohl die anderen den körperlichen Verfall bewältigten, die mit der noch größeren Verantwortung, die zudem zehn oder zwanzig Jahre älter waren als er. Herr Aurich hatte es sich nicht erklären können. Aber vielleicht stimmt es, dachte er jetzt als Insasse des Krankenhauses für verdiente Personen, vielleicht war etwas dran an dem Gemunkel, daß da nämlich nachgeholfen wurde mit Hormonpräparaten oder sonst irgendeiner Art von Frischzellentherapie. Leichte Kränkung empfand Herr Aurich bei dem Gedanken an eine derart ungleiche Behandlung von höchsten und hohen Verantwortlichen, dann aber bedachte er die Devisenlage und die leider noch systemimmanente Ungerechtigkeit der Übergangsphase. Ganz sicher waren die Gerüchte auch haltlos. Aber wer weiß, dachte Herr Aurich, vielleicht war er auch hier, um auf diese Weise behandelt zu werden. Warum sonst hätte man ihn nach Berlin bringen sollen. Herzinfarkte konnten heute überall behandelt werden, und ein Einzelzimmer mit Telefon und Fernsehapparat stand ihm auch in dem Krankenhaus seines Bezirks zur Verfügung. Bestimmt war es so: Man hatte Besonderes mit ihm vor. Der zwangsläufig folgende Gedanke ließ eine heiße Welle aus Herrn Aurichs Bauch in Herrn Aurichs Kopf steigen – ein Gefühl, das Herr Aurich aus seiner Jünglingszeit kannte, seitdem aber fast vergessen hatte. Er kniete sich auf, so daß er vom Bett aus in den Spiegel über dem Waschbecken sehen konnte und fand darin bestätigt, was er geahnt hatte: Er war errötet. Herr Aurich nahm sich vor, den Gedanken, der das Erröten hervorgerufen hatte, noch einmal zu denken, diesmal kühler und sachlich, wie es Herrn Aurich und dem Gedanken geziemte. Wenn also, dachte Herr Aurich, seine Gesundheit so wichtig war wie die der höchsten Verantwortlichen, war die Vermutung nicht abwegig, daß man vorhatte, auch ihn, Herrn Aurich, in höchste Verantwortung zu berufen. Trotz strenger Maßhaltung der Gefühle überflutete Herrn Aurich zum zweitenmal die heiße Welle, und als die Schwester kam, um die Medikamente zu bringen und Herrn Aurichs Puls zu fühlen, zog sie, Besorgnis demonstrierend, die Augenbrauen zusammen. Aber, aber, Genosse Aurich, Sie wollen uns doch keinen Kummer machen, sagte sie, und Herr Aurich versprach ihr, dergleichen nicht zu wollen.

In den folgenden Wochen mühte sich Herr Aurich voll Eifer um seine Genesung. Er schonte sich nicht bei der Gymnastik, vermied aufregende Gedanken, nahm sich sogar vor, den Rat des Arztes zu beherzigen und auch nach seiner Entlassung aus dem Krankenhaus nicht mehr zu rauchen. Über jedes Medikament, das ihm in fester oder flüssiger Form verabreicht wurde, zog Herr Aurich umfassende Informationen ein: Indikation, durchschnittliche Dosierung, Herstellungsland. Das Herstellungsland schien Herrn Aurich besonders aufschlußreich zu sein, und daß drei der ihm verordneten Präparate aus dem nichtsozialistischen Wirtschaftsgebiet stammten, demzufolge in harter Währung bezahlt worden waren, nahm Herr Aurich als ein gutes Zeichen. Für die Spezialbehandlung war er vermutlich noch zu schwach, dachte Herr Aurich. Er wollte nicht ungeduldig werden. Hin und wieder gönnte er sich Zukunftsvisionen. Still lächelnd in der Einsamkeit seines Einzelzimmers träumte Herr Aurich von Schlagzeilen auf ersten Zeitungsseiten: Regierungsdelegation unter Leitung von Erich Aurich nach Mali abgeflogen. Oder: Erich Aurich sprach zu Vertrauensleuten des ... Es folgte die Bezeichnung eines bedeutenden hauptstädtischen Betriebes. Nur selten gestattete sich Herr Aurich dergleichen Ausschweifungen des Geistes und der Seele, denn tiefinne wohnten ihm die mütterlichen Ermahnungen zur Bescheidenheit, wie Hochmut kommt vor dem Fall und wer sich selbst erhöht, wird erniedrigt werden. Zweifel an seinem bevorstehenden Aufstieg kamen ihm immer seltener. Nach und nach hatte er Bemerkungen und wenig beachtete Hinweise erinnert, die bei den Treffen mit einem der Höchsten gefallen waren, und die nun dem durch die Krankheit sensibilisierten Gemüt des Herrn Aurich ihre bislang unerkannte Bedeutung offenbarten. Zum Beispiel hatte sich L. nach der letzten Begegnung mit den Worten von ihm verabschiedet: Wir sehen uns ja bald in Berlin, Genosse Aurich. Damals hatte ihn dieser Satz gekränkt, denn zu der Tagung der Spitzenfunktionäre der Bezirke war er nicht eingeladen, und somit ließ die Bemerkung des L. auf Bosheit schließen, zumindest aber auf Leichtfertigkeit im Umgang mit den ihm anvertrauten Kadern; oder aber, und das gab Herrn Aurich zu denken, auf eine innerbezirkliche Intrige gegen ihn, in deren Folge er zu dem Spitzentreffen nicht zugelassen worden war. Davon allerdings hätte L. nichts wissen können. Inzwischen stand es für Herrn Aurich fest, daß L. diesen Satz in einer anderen, tieferen Bedeutung ausgesprochen hatte. Wir sehen uns ja bald in Berlin, Genosse Aurich, dazu der Blick von L., der warme feste Blick beim Händedruck. Zwar war L. für seine warmen festen Blicke bekannt, trotzdem war dieser Blick für ihn ein besonderer gewesen, dachte Herr Aurich.

Herrn Aurichs Körper fügte sich schon nach wenigen Wochen der asketischen Lebensweise, zu der Diät, Gymnastik, der Entzug vom Bier, nicht zuletzt auch seine heimlichen Ziele ihn anhielten. Herr Aurich warf acht Kilogramm Fett ab, wodurch die Haut zunächst in unzählige schlaffe Falten fiel, die Herr Aurich mit Bürstenmassagen und Wechselbädern bekämpfte. Sein Gesicht bekam fast hagere Konturen, und wenn Herr Aurich vor dem Spiegel sein leicht fliehendes Kinn korrigierte, indem er die untere Zähnreihe vor die obere schob, dazu ein entschlossenes Leuchten in die Augen sog, wußte Herr Aurich nicht mehr, was ihn von einem beliebigen Charakterkopf der Weltgeschichte unterscheiden könnte. Herr Aurich dankte dem unbekannten Umstand, der die Krankheit auf ihn gelenkt hatte, denn wie lange noch, dachte Herr Aurich, hätte er, blind für seine Bestimmung, an ihr vorbeigelebt, statt sich zielstrebig ihrer Verwirklichung zu widmen, um vorbereitet zu sein am Tag X, ja, Tag X, dachte Herr Aurich und fühlte sich zum erstenmal als der Feldherr seines eigenen Lebens. Den Ärzten und Schwestern galt Herr Aurich als ein seltenes Beispiel disziplinierter und erfolgreicher Genesung. Sie lobten ihn täglich mütterlich und väterlich, was Herrn Aurich mit Stolz und Selbstbewußtsein erfüllte, obwohl er sich auferlegt hatte, die Anerkennung ihm untergeordneter Personen – zu diesen zählte er jedes medizinische Personal – mit angemessener Kühle zu empfangen. Nach sechswöchigem Aufenthalt im Krankenhaus für verdiente Personen wurde Herr Aurich zu einem Gespräch mit dem zuständigen Chefarzt geladen. Ein heftiges Zittern befiel die Beine von Herrn Aurich, über denen zum Glück die Daunendecke lag, und die somit der Überbringerin der Botschaft verborgen waren. Danke, sagte Herr Aurich und blieb steif unter der Decke liegen, bis die Schwester das Zimmer verlassen hatte. Sollte er sich ankleiden oder genügte es, wenn er den Bademantel überzog? Herr Aurich entschied sich für vollständige Kleidung. Jetzt würde man es ihm also sagen, wurde auch Zeit, dachte Herr Aurich, weniger als zwei Wochen konnte die Behandlung nicht dauern, nun gut, die Zeit mußte er auf sich nehmen. Wie der Arzt es ihm wohl sagen würde, das Thema verlangt schließlich Diskretion, aber der Mann war nicht dumm, auch in verständigem Alter ... Herr Aurich stieg in das falsche Hosenbein, sah sich um, ob jemand es gesehen hatte, begriff im gleichen Moment, daß niemand es gesehen haben konnte, überprüfte reflexartig, wem dieser lächerliche Irrtum wiederum zur Kenntnis gelangt sein könnte, warf die Hose ärgerlich auf das Bett, zog den Bademantel über, zog den Bademantel wieder aus, griff noch einmal nach der Hose, benutzte diesmal das rechte Bein als Standbein und verfehlte, infolge gezielter Konzentration, das richtige Hosenbein nicht.

Der Chefarzt erhob sich von seinem Stuhl hinter dem Schreibtisch, ging schnell mit ausgestreckter Hand auf Herrn Aurich zu, hielt ihn während der Begrüßung an dem Fleck fest, auf dem Herr Aurich stand, so daß der Chefarzt mit der linken Hand die Tür hinter Herrn Aurich schließen konnte. Dann führte er Herrn Aurich, noch immer mit festem Griff um die rechte Hand, zu dem zweiten Stuhl am Schreibtisch, der dem Chefarztstuhl gegenüberstand, sagte: lieber Genosse Aurich, drückte Herrn Aurich auf den Stuhl, setzte sich selbst und begann, in der bereitliegenden Akte zu blättern. Sah lächelnd auf, sagte: Nun wären wir also soweit. Ja, sagte Herr Aurich und lächelte auch. Es sei nun die Frage, sagte der Chefarzt, ob der Genosse Aurich sich schon kräftig genug fühle. Er fühle sich ausgezeichnet, sagte Herr Aurich schnell. Das freue ihn außerordentlich, sagte der Chefarzt, trotzdem sähe er ein Problem, denn schließlich gäbe es ein Interesse, des Genossen Aurichs Gesundheit so sicher wie möglich zu bewahren, um seine Kraft und Fähigkeit der Gesellschaft noch lange zu erhalten. Der Chefarzt machte eine Pause, legte zwei Blätter der Akte um, ohne einen Blick darauf zu werfen. Nicht ungeschickt, dachte Herr Aurich, sehr taktvoll und diskret.

Herr Aurich nickte dem Chefarzt ermunternd zu, sagte: Ich verstehe, wobei er die Lider schloß und verstehend lächelte. Es sei kein leichter Infarkt gewesen, sagte der Chefarzt, im Gegenteil, es sei sogar ein schwerer Infarkt gewesen, und es bedürfe auch in Zukunft gewisser Maßnahmen, um einen Wiederholungsfall zu vermeiden. Herrn Aurichs Herz schlug schneller, gleich würde er es sagen. Er hatte also richtig vorausgesehen. Plötzlich, nachträglich erst, wunderte sich Herr Aurich über seine ungebrochene Zuversicht während der letzten sechs Wochen. Und wann wollen wir beginnen? fragte er den Chefarzt. Der Chefarzt verstand nicht. Ich meine, sagte Herr Aurich, nur leicht verunsichert, wann wollen wir mit der Spezialbehandlung beginnen? Der Chefarzt kratzte sich mit dem linken Ringfinger an der Stirn, sah einige Sekunden ratlos in die Akte, fand sein Lächeln wieder. Die Behandlung, Genosse Aurich, sagte er forsch, ist abgeschlossen. Sie sind auf die richtige Dosierung der Medikamente eingestellt, in zwei Tagen können wir Sie entlassen.

Herr Aurich fühlte den schrecklich bekannten Druck auf den Bronchien. Nichts anmerken lassen, dachte er, die Frage, die peinliche Frage. Ob ihm nicht wohl sei, fragte der Chefarzt. Ihm sei wohl, sagte Herr Aurich tonlos. Übermorgen könne er entlassen werden, fuhr der Chefarzt fort, nur sei man nach gründlicher Beratung zu der Auffassung gelangt, dem Höchsten Rat im Falle des Genossen Aurich zu empfehlen, ihm eine andere, weniger belastende Funktion zu übertragen, um seine angegriffene Gesundheit zu schonen.

In Herrn Aurich tobte ein Schrei, stürmte gegen die Innenwände seines abgemagerten Körpers, schlang sich um sein krankes Herz und würgte es, preßte sich in seinen trockenen Hals, so daß Herr Aurich zu ersticken glaubte. Herr Aurich blieb stumm, der Schrei blieb gefangen. Ich zerspringe, dachte Herr Aurich und fiel in eine abgründige Ohnmacht.

III

Fünf Tage lang lag er unter einem Sauerstoffzelt. Dann, als sein Organismus aus eigener Kraft überleben konnte, trug man ihn zurück in sein Einzelzimmer, wo er stumm und schlaflos die Tage zubrachte. Nur der Chefarzt ahnte, was Herrn Aurichs jähen Sturz in Todesnähe verursacht haben konnte, sprach aber nicht über seine Ahnung aus Furcht, er könnte verdächtigt werden, diese Hoffnung in Herrn Aurich selbst geweckt zu haben.

Herr Aurich schrumpfte. Um Hals und Bauch hingen ihm fleischlose Hautlappen, durch die transparenten Schläfen schimmerte blaue Verwundbarkeit. Einzig die Augen, deren Glanz auf Herrn Aurichs Gemütsregungen schließen ließ, wirkten lebendig; und zuweilen schob Herr Aurich in spastischer Verrenkung des Kiefers die untere Zahnreihe vor die obere. In vier Wochen sprach er kein Wort, selbst zu seiner Frau nicht, die ihn an jedem Wochenende besuchte. In der fünften Woche sagte er ihr, sie solle nicht mehr zu ihm kommen, da sie es ohnehin nur ungern tue, woraufhin Frau Aurich in Tränen ausbrach. Als sie am darauffolgenden Wochenende dennoch anreiste, teilte Herr Aurich ihr mit, er sei sicher, man würde sein Essen mit einem schleichenden Gift zubereiten. Frau Aurich blieb auch am Montag in Berlin und bat den Chefarzt um ein vertrauliches Gespräch. Gemeinsam gelangten der Chefarzt und Frau Aurich zu der Ansicht, Herr Aurich litte unter einer zeitweiligen, durch seine schwere Krankheit bedingten, geistigen Verwirrung. Trotzdem wollte man vorerst auf die Konsultation des zuständigen Facharztes verzichten, um eine unnötige Publizität des traurigen Umstandes zu vermeiden.

In den Wochen der Sprachlosigkeit verlor Herr Aurich das Bild von der Welt, wie es bislang für ihn gegolten hatte. Erhalten blieb nur das grobe Schema eines blutigen Schachspiels, auf dem sich die großen historischen Kämpfe der Menschheit vollzogen. Aber die kleinere Herrn Aurich zugeteilte Welt, die ihm immer pyramidenförmig erschienen war, und in der er gleich unter der schmalen Spitze seinen festen Platz gefunden hatte, geriet ihm in ein formloses Chaos ohne Markierung für oben und unten, hoch und niedrig, breit und schmal. Keine der bisher verbindlichen Zuständigkeiten blieb bestehen, nicht einmal die zu Friedrich, Herrn Aurichs Kraftfahrer, der entgegen der gängigen Bezeichnung kein personengebundener Kraftfahrer war, sondern ein funktionsgebundener, wie Herr Aurich bei dem Versuch, seine Zukunft zu ordnen, erkennen mußte. Der Gedanke, einer seiner Untergebenen könnte ihm fortan weisungsberechtigt sein, erzeugte in ihm ein Gefühl kränkender Wehrlosigkeit, das Herr Aurich nach langem Grübeln über seinen Zustand als ein Gefühl der Ohnmacht bezeichnete, Ohnmacht im wahren Sinne des Wortes. Ohne Macht. Machtlos. Tiefer noch als der Verlust seiner Funktion kränkte Herrn Aurich der unverhohlene Verrat. Es gab weiß Gott Kränkere als ihn, viel Kränkere, die gestützt werden mußten, wenn sie ans Rednerpult traten, und deren Gesundheit trotzdem nicht der Schonung bedurfte, die man ihm zugedacht hatte. Und als wüßte er nicht, wie solche Dinge vonstatten gehen. Dabei war die Sache mit seinem Stellvertreter noch keine zwei Jahre her. Ein paar lumpige Magengeschwüre, ein Gespräch mit dem Arzt unter vier Augen, so einfach ging das. Aber er hatte es geahnt, dachte Herr Aurich, schon damals, als sie ihn von dem Spitzentreffen ausgeschlossen haben, hat er geahnt, daß sie etwas vorhaben gegen ihn. Und L., der Intrigant mit dem schwulen Blick und dem Chlorodontlächeln hat es gewußt.

Mit der allmählichen Neuordnung seiner Welt, als deren erstes Ordnungsprinzip er die Ohnmacht eingeführt hatte, fand Herr Aurich in die Sprache zurück. Frau Aurich erschrak anfangs über die Grobheit der Ausdrücke, die ihrem Mann plötzlich zur Verfügung standen, obwohl er ein Leben lang auf gute Sprache gehalten hatte. Dann aber nahm sie die Veränderung seiner Ausdrucksweise als Teil der zeitweiligen geistigen Verwirrung, die sie sich, da Herr Aurich sie in seine heimlichen Pläne nie eingeweiht hatte, nicht erklären konnte, sie aber mit Geduld ertrug. Acht Wochen nach seinem zweiten Zusammenbruch wurde Herr Aurich endgültig aus dem

Krankenhaus für verdiente Personen entlassen. Die mißliche Aufgabe, ihn über seine Invalidisierung zu informieren, hatte der Chefarzt dem Oberarzt übertragen mit der Begründung, Herr Aurich litte vermutlich unter einer krankhaften Antipathie gegen ihn, den Chefarzt.

Herr Aurich indes nahm diesen neuerlichen Schlag mit einer verbissenen Genugtuung hin. Die Pyramide hatte sich umgekehrt, er saß nun in ihrem untersten Winkel und trug die ganze Last ihrer Breite. Herr Aurich dachte an seine tote Mutter und an ihre Mahnung: wer sich selbst erhöht, wird erniedrigt werden. Vielleicht geschieht es mir ganz recht, dachte er, obwohl es auch dann eine saumäßige Ungerechtigkeit blieb, daß er allein erniedrigt wurde.

Zur Rückführung in seine Heimatstadt schickte die Behörde, der Herr Aurich angehört hatte, den Kraftfahrer Friedrich mit dem grauen Wolga nach Berlin. Tag Chef, sagte Friedrich. Und Herr Aurich sagte, den Chef kannst du dir sparen. Und Friedrich sagte, na, na, Chef, nur nicht den Mut verlieren, und Herr Aurich dachte, der weiß es schon.

IV

Nach vierzehn Tagen häuslicher Ruhe erwachte Aurich zum erstenmal um halb elf am Vormittag. Die Tage, an denen er während der letzten vierzig Jahre nach acht aufgestanden war, waren zu zählen. Selbst im Urlaub hatte er Wert darauf gelegt, keine schlampigen Sitten einreißen zu lassen, zumal er nach allzulangem Schlaf häufig schon mit Kopfschmerz erwachte, was ihm als ein Beweis für die Nutzlosigkeit, ja sogar für die Schädlichkeit des Tagschlafes erschien. So mißtraute Aurich an diesem Tag auch am wenigsten sich selbst, sondern er schimpfte auf seine neue und kaum getragene Automaticuhr. Auf dem Weg ins Bad begegnete er seiner Frau, die ihn sorgenvoll fragte, ob ihm etwas fehle. Warum soll mir was fehlen, fragte Aurich, und Frau Aurich sagte: Aber es ist fast elf Uhr, Erich. Na und, sagte Aurich, obgleich er wußte, daß seine Frau zu Recht verwundert, wenn nicht gar beunruhigt sein konnte. Aber schließlich war er jetzt Rentner, dachte Aurich, Rentner, wie jeder andere alte kranke Mann, jawohl, das war er jetzt, altes Eisen, der Mohr, der seine Schuldigkeit getan hatte, und als solcher konnte er so lange schlafen wie er wollte. Was sollte er auch mit den langen Tagen anfangen. Hilde versuchte ihn fast täglich zu Spaziergängen zu überreden, das wird ihr der Arzt beigebracht haben. Aber was verstand Hilde, die zehn Jahre jünger war und ein gesundes Herz hatte, schon von seiner Müdigkeit in den Füßen und im Kopf. Bis abends um sieben waren es jetzt noch acht Stunden, drei Stunden weniger als sonst. Ab zwölf, wenn er mit dem Frühstück fertig sein würde, waren es sogar nur sieben Stunden.

Aurich aß nur ein weichgekochtes Ei und trank zwei Tassen Kaffee. So würde er um eins, wenn Hilde das Mittagessen auf den Tisch brachte, trotz des späten Frühstücks Hunger haben, und die Ordnung des restlichen Tages konnte erhalten bleiben.

Für die Stunde zwischen Frühstück und Mittagessen zog sich Aurich in sein Arbeitszimmer zurück. Er hätte noch zu tun, sagte er zu seiner Frau und wußte selbst nicht, was sie darunter verstehen sollte, jetzt noch. Aurich versuchte, die Zeitung zu lesen, aber das Interesse, das er während seiner Amtszeit dabei verspürt hatte, stellte sich nicht ein. Die Nuancen, die wortlosen Fingerzeige der Zeitung – wer stand neben dem Oberhaupt, wessen Diskussionsbeitrag wurde auf Seite eins gedruckt und wessen hingegen auf Seite zwei oder sogar auf Seite drei, das Fettgedruckte und das Verschwiegene – interessierten Aurich nicht mehr, richtiger: Er wollte, daß es ihn nicht mehr interessierte. Und der Rest langweilte ihn. Die Leute hatten recht, dachte Aurich, die Zeitung ist schlecht. Er verfolgte das Zittern eines Sonnenflecks auf dem dunkelfarbigen Perserteppich, dachte darüber nach, warum ein Sonnenfleck zittern konnte, bis er erkannte, daß das Zittern von dem Schatten der Zweige herrührte, die in dem Sonnenfleck gefangen waren. Dann geschah etwas Merkwürdiges. Während Aurich auf den Teppich starrte, stakte steifbeinig ein Weberknecht in den Sonnenfleck. Aurichs Herz schlug schneller. Nicht wie sonst bei dem Anblick einer Spinne vor Ekel; es war ein anderes, ein unbekanntes Gefühl, das Aurich erregte. Er stand langsam auf, lief vorsichtig mit angehaltenem Atem einen Bogen um den Weberknecht, so daß er sich ihm von hinten nähern konnte. Als er dicht hinter der ahnungslosen Spinne stand, hob er die Fußspitze und schob sie über das Tier. Das Wort Guillotine fiel ihm ein. Er ließ die Fußspitze langsam sinken, nicht zu langsam, damit die Spinne ihm nicht in letzter Sekunde davonlief, aber auch nicht schnell, sonst könnte er das Geräusch nicht hören, dieses leise Knacken, wenn der Spinnenkörper unter dem Druck seines Fußes auseinanderbarst. Nach der Tötung setzte sich Aurich wieder in seinen Sessel, wartete, bis er ruhig atmete, und rief seine Frau, die den eklen Leichnam vom Teppich kratzen sollte.

Nachdem Hilde den Weberknecht mit einem Stück Zeitungspapier zwischen den Fingerspitzen aus dem Zimmer getragen hatte, saß Aurich noch eine halbe Stunde in seinem Sessel, wohl und matt nach der Erregung, ohne das Bedürfnis nach einer Tätigkeit zu verspüren. Die verbleibende halbe Stunde bis zum Mittagessen sah er aus dem Fenster. Er verdeckte das Fenster zur Hälfte durch den Vorhang, so daß er bei seinen Beobachtungen nicht beobachtet werden konnte. Aurich konnte aus dem Fenster seines Arbeitszimmers, das in der oberen Etage des Einfamilienhauses lag, drei Gärten einsehen: rechter Hand den Garten der Witwe Z., das hinten angrenzende Grundstück des Chirurgen S., und den zu Aurichs Grundstück diagonal gelegenen Garten von P., Mitarbeiter der Behörde, von der Aurich inzwischen mit Blumen und bemessenen Worten des Dankes verabschiedet worden war. Früher hatte P. ihn öfter auf ein Bier und einen Kognak besucht.

Es ärgerte Aurich, daß keines seiner Beobachtungsobjekte sich ihm von seiner wesentlichsten Seite, der Vorderfront darbot und daß sich das Haus der Witwe seinem Fensterblick ganz und gar entzog. Dabei war Aurich sicher, daß gerade das Treiben der Witwe für ihn von Interesse gewesen wäre. Er hätte, um genaueren Einblick zu gewinnen, ins benachbarte Schlafzimmer gehen müssen. Dort aber hätte ihn Hilde, die des öfteren am Tage das Schlafzimmer betrat, um Wäsche zu ordnen und die Betten zu richten, entdecken können, wie er mit dem Feldstecher hinter halbgeschlossenen Vorhängen das Haus der Witwe observierte. Was müßte Hilde in solcher Situation denken. Auch aus anderem Grund wäre Aurich eine Entdeckung durch Hilde peinlich gewesen. Er hatte sie früher oft zurechtgewiesen, wenn sie ihm beim Abendbrot die neuesten Affären der Witwe oder die Untaten der Chirurgensöhne berichten wollte. Hilde, hatte er gesagt, auf meiner Schulter ruhen einskommadrei Millionen Bürger. Wenn ich mich über jeden von ihnen so ereifern wollte wie du über diese vier ...

Sätze solcher Art bedauerte Aurich inzwischen. Nicht, weil er meinte, Hilde durch sie Unrecht getan zu haben, sondern weil er fürchtete, Hilde könnte sie in ihrer Einfalt gegen ihn verwenden, jetzt, da er, oberflächlich betrachtet, und eine andere Betrachtungsart stand Hilde nicht zur Verfügung, gleiches tat. Hilde würde nicht verstehen, warum er, wenn er die Witwe beobachtete, etwas anderes tat als Hilde, wenn sie die Witwe beobachtete. Während Hilde ihre private Neugier befriedigte, konnte er, Aurich, die Verantwortung, an der er all die Jahre so schwer getragen hatte, nicht abladen wie einen Sandsack. Die Verantwortung, dachte Aurich, wächst dem Menschen an wie ein Buckel. Obwohl das eben gefundene Bild ihn im Augenblick stark beeindruckte, kamen ihm doch Bedenken, ob der Vergleich wirklich gelungen war, denn so besehen wären alle Menschen, die die Verantwortung für ihre Mitbürger übernommen hatten, Krüppel, und das hatte Aurich nicht ausdrücken wollen. Dennoch fand er, war die Verantwortung eher ein Buckel als ein Sandsack. Jeder Vergleich hinkte. Ihm war die Verantwortung als etwas Schweres, zugleich Erhebendes in den Körper eingewachsen, ja, so war es, ein Teil seiner selbst war sie geworden, und keiner würde sie ihm wegnehmen können. Auch wenn sie ihm die Anerkennung nun versagten, würde er sie wahrnehmen, weil er sich von L. und seinen intriganten Adepten nicht einfach wegschubsen ließ von der Verantwortung. Das Fernglas in Aurichs Hand zitterte. Er legte es zurück in die verschließbare Schublade des Schreibtischs, zumal sich heute offenbar ohnehin nichts zu ereignen schien. Es war Mittwoch, und am Mittwoch blieb es bei der Witwe für gewöhnlich ruhig. Die Chirurgensöhne schienen nicht zu Hause zu sein, P.s Frau hatte er hinter ihrem Küchenfenster gesehen, aber sie verhielt sich unauffällig wie immer.

Er würde der Witwe noch auf die Schliche kommen. Insofern hatte Hilde recht: Es war eine Schande, wie sie sich aufführte seit ihr Mann gestorben war, der einer der verdientesten Männer des Bezirks gewesen war. Seine Asche war kaum erkaltet, als dieser Dienstagmann, wie Hilde ihn nannte, auftauchte. Und Gott weiß, wer noch. Man sollte ihr die Rente entziehen, die Z. ihr hinterlassen hatte, statt zuzusehen, wie sie davon ihr Lotterleben finanzierte. Wenn Aurich sich vorstellte, daß Hilde nach seinem Tode es der Z. gleichtun könnte, mit seiner Rente, die er für jahrzehntelange Ausübung der Verantwortung, nein, die sie für seine jahrzehntelange Ausübung der Verantwortung ... Warum überhaupt, dachte Aurich, warum überhaupt sollte Hilde, wenn sie schon länger lebte als er, bestimmt lebte sie länger, eben weil sie nicht die Last der Verantwortung getragen hatte wie er, außerdem war sie zehn Jahre jünger, warum sollte Hilde auch noch tausend oder zweitausend Mark im Monat bekommen, nur weil sie sorglos unter ihm hatte leben dürfen. Vielleicht wartete sie schon auf seinen Tod, um das Leben der Z. endlich führen zu können.

Erich, essen, schrie Hilde aus der unteren Etage. Aurich haßte es, wenn sie so durch das Haus schrie. Konnte sie nicht die paar Stufen nach oben kommen und ihm leise sagen, daß er essen kommen könne.

Erich, essen, schrie Hilde noch einmal.

Ja doch, schrie Aurich zurück, wobei er beide Worte kurz und abgehackt hervorstieß, um seinen Unwillen kundzutun und Hilde endlich Schweigen zu gebieten.

Es gab Rouladen. Das Fleisch war zäh. Das Fleisch war oft zäh, seit er Rentner war.

Das Fleisch ist zäh, sagte Aurich.

Es ist schlecht mit Fleisch in der letzten Zeit, sagte Hilde. Sogar Rouladen gibts nur unterm Ladentisch.

Aurich kaute schweigend auf dem Fleisch herum, das ihm inzwischen nach Papier schmeckte, erbittert über Hildes Rücksichtslosigkeit. Hilde hatte noch ihre eigenen Zähne und zerkaute mühelos, und wie es schien sogar mit Appetit, die langfasrigen dunkelbraunen Fleischstücke. Sie läßt das Fleisch absichtlich zäh, dachte Aurich. Schmeckts Erich, fragte Hilde. Als würde dich das interessieren, du freust dich doch, daß du meine auch noch essen kannst, sagte Aurich, schob die Roulade beiseite und quetschte sich einige Kartoffeln mit Soße und Rotkohl zu Brei. Nach dem Essen legte er sich hin, konnte aber vor Ärger über die Witwe und die Rouladen nicht einschlafen.

Dabei war der Verdacht gegen seine Frau Hilde ungerecht, denn Hilde war eine zu ehrgeizige Köchin, als daß sie sich um den Ruhm einer denkwürdigen Mahlzeit freiwillig gebracht hätte. Daß sie dennoch nicht widersprochen hatte, lag an ihrem schlechten Gewissen, das sie ihm gegenüber seit einigen Tagen bei entsprechenden Anlässen empfand. Und der Verdacht wegen der Rouladen war ein entsprechender Anlaß. Seit Erich Tag für Tag zu Hause war, hatte Hildes Leben sich verändert. Auch wenn sie Erichs immer noch bedenklichen Gemütszustand als vorübergehend ansah – eine leichte Besserung hatte sie schon beobachtet –, auch dann sah sie sich für die nächsten Jahre um fast alle Freuden ihres Alltags gebracht. Aurich haßte es, wenn Irma, ihre beste Freundin, sie besuchte. Dabei waren die Nachmittage mit Irma immer die nettesten gewesen. Andererseits mochte Erich es auch nicht, wenn sie mehrere Stunden außer Haus war, obwohl er fast alle Stunden des Tages allein verbrachte. Selbst auf seinen nachmittäglichen Spaziergängen durfte sie ihn nicht begleiten, was ihr allerdings nicht unangenehm war, weil Erich ihr ohnehin zu langsam lief und weil diese Zeit die einzige war, in der sie mit Irma wenigstens ungestört telefonieren konnte. Vor drei Tagen, während sie in der Küche saß und grüne Bohnen schnitt, hatte Hilde gedacht, daß sie vielleicht besser lebte ohne Erich, und daß es bei

Erichs Zustand vielleicht besser für alle wäre, wenn er bald ...
An dieser Stelle unterbrach Hilde ihren Gedanken. Um Himmels willen, so etwas durfte sie nicht einmal denken, selbst wenn sie recht hätte nicht. Ohne Hildes Erlaubnis streifte einer ihrer Gedanken schnell noch die Witwe Z., ehe er in Hildes schlechtes Gewissen eingewickelt wurde wie stinkender Fisch in Zeitungspapier. Und dort lag er noch immer mit allen anderen Gedanken, die Hilde beim Bohnenschneiden gedacht hatte. Als Erich sie wegen der Rouladen verdächtigt hatte, war es Hilde vorgekommen, als ahnte er etwas von ihren heimlichen und unabsichtlichen Überlegungen, und ihr schlechtes Gewissen hatte sie gehindert, sich angemessen zu empören.

Am Nachmittag regnete es, und Aurich mußte auf seinen Spaziergang verzichten. Er beschloß, statt dessen auf der überdachten Terrasse zu lesen. Er griff sich aus dem Bücherregal eines seiner Lieblingsbücher, die Biographie Iwan des Schrecklichen. Aurich liebte Biographien historischer Persönlichkeiten, insbesondere wenn er sie aufgrund historischer Erfahrung und seines wissenschaftlichen Weltbildes als Unterlegene ansehen konnte. Je stärker und despotischer eine solche Persönlichkeit sich Aurich präsentierte, um so erhebender Aurichs Gefühl der eigenen Kraft und seines persönlichen Sieges. Für solcherart literarischen Genuß eigneten sich die Biographien russischer Zaren besser als die deutscher Despoten, was Aurich sich durch den Umstand erklärte, daß die Deutschen ihre Herrscher niemals wirklich und aus eigener Kraft besiegt hatten, wodurch auch er selbst an einem Gefühl nationaler und persönlicher Schwäche krankte, bis er lernte, an den Siegen anderer Völker zu partizipieren, ohne daß ihm der ganze Hintergrund seiner literarischen Vorliebe ins Bewußtsein gedrungen wäre.

Aurich zog sich gegen die Feuchtigkeit die Strickjacke an, die Hilde ihm zu Weihnachten geschenkt hatte, und setzte seinen Strohhut auf. Er betrachtete sich mit dem Strohhut einige Sekunden im Spiegel, nicht ohne das schmerzende Empfinden seiner Ohnmacht. Den Hut hatte er sich eigens gekauft, um während der Maidemonstrationen, die er gemeinsam mit den anderen führenden Funktionären von der Tribüne herab abgenommen hatte, vor der stundenlangen Sonneneinstrahlung geschützt zu sein. Er hatte ihn im April gekauft, der Hut war nicht billig gewesen. Seiner eigentlichen Bestimmung hatte er nie gedient. Jetzt war er Aurichs Gartenhut. Aurich schlang sich eine Wolldecke um die Beine und setzte sich in den rotweißgestreiften Gartenstuhl, den niemand benutzen durfte außer Aurich. Ein nicht genau lokalisierbares körperliches Mißbehagen hinderte ihn, das Buch aufzuschlagen und mit der Lektüre zu beginnen. Ein leichter Krampf in der Kiefermuskulatur, ein Reiz in den Ohren, verursacht durch das Gedröhn des Regens, der rheumatische Schmerz in den Kniegelenken, der ihn seit Jahren bei Regenwetter heimsuchte. Aurich wußte nicht genau, was ihn störte, aber er war gestört. Das Buch blieb geschlossen in seiner Hand, und Aurichs Augen suchten unruhig durch den Garten nach einem Objekt, das sie fesseln könnte, fanden nur das gewohnte Bild eines geschorenen Rasens, umsäumt von Hildes Blumen. Früher, dachte Aurich, hatte er diesen Anblick genießen können. Jetzt stieg Gram, fast Wut in ihm auf, wenn er die unveränderte Symmetrie betrachtete, in der die Blumen und Gewächse standen, als sei nichts geschehen seit dem vorigen Sommer. Blühten hochmütig vor sich hin, unberührt von Aurichs Vergänglichkeit, die im Augenblick heftig an seinen Kniegelenken nagte. Wofür ein vorübergehender Fremder, der nichts wußte von Aurichs Leben und seiner Bedeutung, ihn wohl halten müßte, dachte Aurich. Ein alter Mann, in eine Wolldecke gehüllt, mit einem Strohhut auf dem Kopf, zwischen Blumen und Sträuchern. Nichts würde der Mensch ahnen können von dem wirklichen Erich Aurich, der er gewesen war. Vermutlich wäre der gleiche Mensch einige Monate zuvor und vorausgesetzt, er hätte dienstlich mit Aurich zu tun bekommen, sehr aufgeregt gewesen, hätte Tage vorher schon die Worte zurechtgelegt, die er Aurich hätte sagen wollen, hätte während des Gesprächs jedes Wort von Aurich abgetastet, ob es einen kleinen Scherz enthielte, über den der Mensch gleich und herzlich zu lachen bereit gewesen wäre. Jetzt würde dieser Mensch an Aurich vor-

übergehen, gleichgültig oder mitleidig einen Blick auf Aurich
werfend, der nichts für ihn war als einer der zu vielen Rentner, die Aurich als Finanzproblem jahrzehntelang das Leben
erschwert hatten, einer jener, die die miserable Altersstatistik
des Landes verschuldeten. Unwillkürlich schob Aurich die
untere Zahnreihe über die obere, wodurch sich der Krampf
in der Muskulatur des Kiefers auf den Hals ausdehnte. Während Aurich sich so in den Augen des unwissenden Menschen
widergespiegelt sah, wurde sein äußerster linker Blickwinkel
von einem schwarzen Schatten gestreift. Er wandte den Kopf
und sah eine triefend nasse Katze, die vor dem Regen unter
Aurichs Terrassendach flüchtete. Wieder, wie schon vor einigen Stunden beim Anblick des Weberknechts im Sonnenfleck, überkam Aurich die nun schon bekannte Erregung und
begann sein Herz in unmäßigem Tempo zu schlagen. Aurich
konnte sich von der Wolldecke nicht so schnell befreien, wie
er es wünschte, auch der Schmerz im Kniegelenk zwang ihn
aufzustehen statt aufzuspringen, wodurch Aurichs Zustand
sich in die Nähe eines Kollapses steigerte. Endlich auf seinen
Beinen stehend, war er unfähig, sich von der Stelle zu rühren
und seine verbissenen Kiefer voneinander zu trennen, so daß
er nur heftig mit den Füßen stampfen und dabei gurgelnde
und zischende Laute von sich geben konnte. Die Katze war
erschrocken und sprang zurück in den Regen. Wie nach der
Tötung der Spinne verfiel Aurich auch jetzt in eine erlösende
Mattigkeit, in der er ruhte, bis Hilde ihn zum Abendessen rief.
Seit diesem Tag stand Aurich nicht mehr vor elf Uhr auf, die
übrige Ordnung des Tages behielt er bei.

V

In den folgenden Wochen versuchte Aurich noch einmal sein
Leben neu zu ordnen. Das Ohnmachtsprinzip, zu dem er sich
in den stummen Tagen seiner Krankheit bekannt hatte, schien
ihm, je länger er nach ihm zu leben versuchte, untauglich und
seiner unwürdig. Der Gedanke, in den untersten Winkel der

Pyramide zu gehören, quälte Aurich und drängte ihn, sein Wertgefüge zu korrigieren. In der neuen Ordnung war Aurich oben, oder anders: oben war da, wo Aurich war. Denn seine Bedeutung hatte er nicht durch sein Amt gewonnen, sondern das Amt aufgrund seiner Bedeutung, überlegte Aurich. Somit stand seine Bedeutung weiterhin fest, mit oder ohne Amt. Wenn also oben war, wo Aurich war, wo war dann unten? Bis zum Einbruch der Krankheit hatte Aurich für unten gehalten, wo er sich jetzt befand, im Kreis der Namenlosen, Stimmlosen, denen niemand untergeben war außer der eigenen Ehefrau. Das konnte nun nicht mehr unten sein, und die Aufgabe, eine neue Ordnung zu errichten, schien fast unlösbar. Denn der ehemals untere Ordnungsbereich konnte nicht einfach als Spitze deklariert werden und die Spitze als unten, so simpel ließ sich Aurichs Selbstgefühl nicht wiederherstellen. Was er suchte, konnte nur in seiner Person zu finden sein, ein geheimes Wissen um den Anspruch, ein Oberer zu sein. Woher sonst hätten die Ersten, damals vor fünfzig Jahren oder früher, ihren Anspruch ableiten sollen, wenn nicht aus sich selbst. Abgesehen von dem Klassenanspruch, den hatten alle. Aber immer hatte es auch Leiter und Führer gegeben. Was hatte sie dazu gemacht. Ein Schlosser oder Maurer fühlte den Anspruch ein Oberer zu sein, damit muß es angefangen haben, dachte Aurich. Zuerst wurde er ein Oberer unter seinesgleichen, ein Gewerkschaftsführer oder ein Parteifunktionär, später dann weiter nach ganz oben. Aber ehe daran zu denken war, mußte der Maurer oder der Schlosser schon gewußt haben, daß er nach oben gehörte. Wie Aurich das von sich wußte.

Da Aurich seinen Versuch, eine gerechtere Hierarchie zu entwerfen, keiner unnötigen Störung aussetzte, vergaß er den Umstand, daß er selbst bis zu seinem fünfunddreißigsten Lebensjahr niemals den Anspruch erhoben hatte, ein Oberer zu sein. Nach dem Krieg hatte er, wie auch vor dem Krieg, als Elektriker im größten Betrieb der Stadt gearbeitet, war später auf eine Gewerkschaftsschule geschickt worden, danach trat er in die Partei ein. Als der Gewerkschaftsvorsitzende des Betriebes plötzlich starb, entsann man sich des gerade gewerkschaftsgeschulten Genossen Aurich. Seitdem war Aurich Nomenklaturkader, was eine Voraussetzung war für den Weg nach oben, auf dem Aurich seit der Mitte der fünfziger Jahre stetig vorangeschritten war.

Eines Nachts träumte Aurich, er säße in einem Saal, dessen hinteres Drittel durch ein Podest erhöht war. Auf dem Podest stand ein Schreibtisch, an dem Aurich saß. Der Saal, wußte Aurich im Traum, war sein Arbeitszimmer, der Schreibtisch gehörte ihm. Auf dem Schreibtisch stand ein Telefon mit fünf Knopfreihen. Das Telefon klingelte, und einer der Knöpfe leuchtete auf. Aurich nahm den Hörer ab und sagte: ja, bitte.

Eine männliche Stimme verlangte nach dem Genossen Koblenz.

Hier spricht Aurich, sagte Aurich.

Ich möchte den Genossen Koblenz sprechen, sagte die Stimme.

Hier gibt es keinen Koblenz, sagte Aurich.

Ist da der Saal, fragte die Stimme.

Hier ist der Saal, sagte Aurich.

Die Stimme: In dem Saal wohnt Koblenz.

Aurich: In dem Saal wohne ich.

Die Stimme: Und wo wurde Koblenz begraben.

Aurich: Das weiß ich nicht, ich glaube, hinter dem Steinberg. Wer ist denn da überhaupt.

Dann versuche ich es da, sagte die Stimme und der, dem sie gehörte, unterbrach das Gespräch.

Aurich erwachte. Er kannte keinen Koblenz, auch der Saal war ihm unbekannt. Aber die Straße, in der Aurich wohnte, hieß Am Steinberg. Aurich gab nicht viel auf Träume, trotzdem lag er noch lange wach, beunruhigt durch die Klarheit des Traums, der bedrückend über Aurichs nächtlicher Einsamkeit hing und sich auch durch das Licht der Nachttischlampe nicht verjagen ließ.

Am nächsten Morgen, nachdem Hilde das Haus zum Einkauf verlassen hatte, nahm Aurich ein sauberes Taschentuch aus dem Schrank, spannte es über die Sprechmuschel des Telefons und wählte die Rufnummer seiner ehemaligen Behörde.

Es meldete sich die Zentrale. Aurich wünschte höflich, den Genossen Aurich zu sprechen.

Hier gibt es keinen Genossen Aurich, sagte eine Frauenstimme, die Aurich nicht kannte.

Aber es gab doch einen Genossen Aurich, sagte Aurich.

Möglich, aber jetzt gibt es keinen mehr.

Wissen Sie, wo ich ihn finden kann. Aurich fürchtete sich vor der Antwort.

Keine Ahnung, versuchen Sie es doch mal auf dem Einwohnermeldeamt.

Dankeschön, sagte Aurich und legte auf.

So stand es also. Möglich, daß es ihn gegeben hat. Demzufolge ebensogut möglich, daß es ihn nicht gegeben hat. Und wo soll er gewesen sein in den dreißig Jahren, in denen er entschieden hat über Menschen und Ereignisse, in denen er sich geopfert hat für die anderen bis fast zum Tode. L. kannte ihn, hat ihn gekannt. Vielleicht sagte L. auch schon: möglich, daß es ihn gegeben hat. Aurich wurde übel. Er ging ins Bad, und versuchte zu erbrechen, was ihm nicht gelang, nur verstärkte das Würgen die Übelkeit. Im Spiegel sah er, wie über sein Gesicht schwarze, kreisförmige Schatten tanzten, wodurch sich sein Gesicht von einer Sekunde zur anderen veränderte wie in einem Zerrspiegel, der aus der kleinsten Bewegung eine neue Fratze zerrt. Die Schatten wurden größer. Aurich wußte plötzlich nicht mehr, wie er aussah. Ihm war schwindlig. Ich heiße Aurich, sagte Aurich. Von seinem Gesicht sah er nur noch einen hellen hüpfenden Fleck. Ich heiße Aurich. Es gibt Aurich. Er tastete sich ans Telefon, wählte, wobei er die Ziffern an der Wählscheibe abzählte. Vor seinen Augen flackerte es schwarz. Aurich schrie in das Telefon: Hier ist Koblenz, suchen Sie Aurich. Das ist eine Weisung. Dann ließ er den Hörer auf die Gabel fallen.

VI

Als das Wetter besser wurde, ging Aurich wieder regelmäßig spazieren. In der ersten Zeit hatte er sich unsicher gefühlt auf den Straßen, weil er befürchtete, erkannt zu werden als der, den man von der Verantwortung weggestoßen hatte. Er hatte kaum aufgesehen, um nicht von hämischen oder mitleidigen Blicken getroffen zu werden; bis er bemerkte, daß niemand ihn ansah, weil überhaupt keiner den anderen ansah. Die meisten Leute hielten wie er den Blick gesenkt, hoben sie ihn, trafen ihre Augen die Vorübergehenden höchstens im Bauch oder in der Brust. Streiften sie versehentlich das Gesicht, dann nahmen sie nichts darin wahr. Niemand erkannte Aurich, und Aurich war froh darüber, obwohl er fand, daß es ihn auch hätte kränken können. Vor einigen Monaten hätten sie ihn noch erkannt, vielleicht aber nur, weil er dann Friedrich mit dem Auto dabeigehabt hätte, dachte Aurich. Aurich ging in das Cafe am Markt, um einen Mokka und einen Kognak zu trinken. Er suchte sich einen freien Tisch an der Fensterfront. An dem Tisch hinter ihm saß ein junges Paar, das miteinander flüsterte. Vor ihm saßen zwei Frauen um die dreißig. Die eine erzählte der anderen gerade eine offenbar empörende Geschichte. Der Platz gefiel Aurich. Auf diese Weise war er nicht verpflichtet, zu sprechen, konnte aber unauffällig und mühelos an dem fremden Gespräch teilhaben.

An der gegenüberliegenden Wand hing ein Bild des Allerhöchsten. Aurich sah dem Allerhöchsten fest in die Augen. Der Allerhöchste lächelte milde auf Aurich herab. Nun sitzen wir wieder in einem Raum, dachte Aurich, Auge in Auge. Die beiden Frauen sprachen jetzt leiser. Aurich hatte vergessen, ein Buch oder eine Zeitung einzustecken. Abwechselnd sah er aus dem Fenster und auf das Bild des Allerhöchsten. Wenn du wüßtest, dachte Aurich, aber du weißt nichts, L. der Heuchler, wird dir nichts gesagt haben. Aurich trank den Kognak in einem Zug und bestellte einen zweiten. Es kam ihm vor, als läge in dem Lächeln des Allerhöchsten ein Spott. Lach nur, dachte Aurich, bis sie es eines Tages mit dir so machen. Und dich erkennen sie überall, dich erkennen sie sogar im Schlaf mit geschlossenen Augen, nachdem du in allen Kneipen, Schulen und Schaufenstern gehangen hast. Du müßtest den Rest deines Lebens im Stubenarrest verbringen, wenn du der Blamage entgehen willst. Da hab ich es besser. Ich kann mich noch umtun, ohne daß sie es merken, wie jetzt, die Damen vergessen mich gleich, dann sprechen sie wieder lauter. Aber du. Siehst du, da vergeht dir dein Spott. Aurich hob sein Glas und hielt es dem Allerhöchsten entgegen. Sehr zum Wohle. Nach dem zweiten Schnaps wich allmählich aus Aurichs Kiefer der Krampf, der sich nach dem Traum von Koblenz nie mehr ganz gelöst hatte. Aurich fühlte sich wohl und bestellte einen dritten Kognak. Hilde würde nicht riechen können, ob es einer war oder drei. Es ging sie auch nichts an, sie verstand nichts von dem Druck, der auf ihm lastete. Der da mit seinem Lächeln verstand das schon besser, der wußte, was das heißt: zur Verantwortung berufen sein, ein Auserwählter wie er, Aurich.

Und alles von drüben, hörte Aurich die aufgeregte Frau vom Nebentisch sagen. Manche haben sogar Klospülung mit Musik, sagt mein Bruder, und der hat's ja jesehn, der hat ja die Gartenanlage jemacht da, also die Blumen und den Rasen, die janze Begrünung eben, verstehste, und die sind ja ooch rinjekomm in die Häuser, allet Teak und Marmor, nur Teak und Marmor, na und dieset braune Glas, kennste ja, wat jetzt immer an die Hotels und so kommt, dit. Du gloobst doch nich, daß die dit intressiert, wenn ick ihnen was von meiner kaputten Sickergrube schreibe. Scheißen Se ins WC, wenn die Grube voll is, wernse zurückschreiben. Könn die sich doch janich vorstelln, wie dit ist, wose mit Opernarien spüln statt mit Wasser. Aurich bedachte die Frau mit einem stummen Lob für ihren gesunden Menschenverstand und die Abneigung gegen kleinbürgerliche Exzesse. Die Werktätigen seines Bezirks hatte er zur Bescheidenheit erzogen, darauf war er immer stolz gewesen. Bescheidenheit ist der Reichtum der Armen, hatte seine Mutter gesagt.

Mein Junge hat jesagt, sagte die Frau, dit beste war, er fährt mit zwee Eimern Scheiße nach Berlin und kippt die dem – die

Frau zeigte auf das Bild des Allerhöchsten – uff seine Staatskarosse, damit der ooch mal riecht, wiet stinkt.

Beide Frauen lachten laut, und Aurich begriff seinen Irrtum. Nicht an hartherzige kleinbürgerliche Verwandte im Westen oder schlimmstenfalls an ortsansässige Handwerker hatte die Frau schreiben wollen, sondern an die Regierung. Der Regierung gönnte sie Teak und Marmor nicht und diese Wasserspülung mit Musik, ihm, dem Allerhöchsten, dem die Verantwortung vielleicht nur diese wenigen Momente am Tage ließ, sich der Kunst zu widmen, ihm neidete sie das bißchen Behaglichkeit, in die der Mann sein beladenes Haupt lagern konnte. Gewiß würde sie auch ihm, Aurich, sein Haus mißgönnen und alles, was drinstand.

Die Frauen lachten immer noch. Das Gesicht von dem möchtick sehn, sagte die eine. Aurichs Kiefer verspannte sich. Hirnlose Weiber, dachte er, wußten nichts von der Verantwortung und lachten. Aurich sah dem Allerhöchsten in die Augen. Kein Spott darin, nur Verwunderung und Milde. Er hatte die Schmähung gehört und lächelte. Hirnlose Weiber, so hätten sie auch über ihn gelacht, wenn sie ihn erkannt hätten. Staatsfeinde, Attentäter. Vor Aurichs Augen begannen schwarze Schatten zu tanzen, hüpften wie kleine Teufel in wollüstigen Verrenkungen, bogen sich in schamlosem Lachen, sprangen auf dem wehrlosen Lächeln des Allerhöchsten herum. Das soll aufhören, dachte Aurich, das soll aufhören, Aurichs Augen schmerzten. Das soll aufhören. Immer noch das Lachen der Frauen. Hören Sie auf, schrie Aurich. Zitternd stand er neben den Frauen und schrie. Hirnlose Weiber, keine Verantwortung, aber die Rente. Sie lachen über den Allerhöchsten, schämen Sie sich. Er trägt den größten Buckel, was verstehen Sie davon. Staatsfeinde. Das hört auf. Halten Sie den Mund. Oben ist oben und unten ist unten. Ruhe jetzt.

Einen Augenblick schwiegen die Frauen, sahen sich ratlos und verstört an, suchten die Reaktionen in den Gesichtern der Umsitzenden. Das junge Paar lachte leise, auch die übrigen schienen eher bereit, den Alten komisch zu finden als gefährlich.

Setzense sich hin und mischense sich nicht in fremde Gespräche, sagte die Frau, die vorher die Geschichte erzählt hatte. Von wegen Staatsfeind, wir sind Aktivist, sagte die andere. Aurich blieb stehen, versuchte den Kiefer auseinanderzureißen. Wissen Sie, wer ich bin. Aurichs Stimme klang verzerrt. Ich habe die Verantwortung. Ich bin ein Oberer.

Die Frauen lachten, das junge Paar lachte, alle lachten. Das Lachen klang in Aurichs Ohren gewaltig wie ein Meer, das alles verschlang, oder wie ein Sturm, der alles mit sich riß. Die schwarzen Schatten vor Aurichs Augen türmten sich zu einer schwarzen Wand. Aurich sah nichts, hörte nur das Tobende um ihn. Aurich schrie: Feinde, Verräter, Umstürzler. Er ist ein Auserwählter. Ich bin auserwählt. Ruhe. Einsperren, alle einsperren.

Aurich fühlte sich kräftig an beiden Oberarmen gepackt und auf einen Stuhl gestoßen. Hilfe, schrie Aurich, Gewalt, die Konterrevolution, Attentäter. Plötzlich wurde Aurich ruhig. Der Lärm um ihn wich einer leeren Stille, die schwarze Wand vor seinen Augen riß auf, und einen Augenblick sah Aurich klar und scharf die vielen Gesichter mit den stummen lachenden Mündern. Dann fühlte Aurich den grausamen Schmerz in seiner Brust. Er griff sich ans Herz und starb.

CHRISTOPH RANSMAYR
Das Labyrinth

Im großen Wind aus Afrika zerrissen und verflogen die Wolkenbänke über Kreta. Knossos schlief. Nur die Hunde des Königs streunten durch die dämmrigen Säle des Palastes und fraßen am Unrat des vergangenen Abends. Was ihrem Hunger zuviel war, verscharrten sie im Sand der Höfe. Dort rauschten Palmen. Durch die steinernen Gänge, die sich so oft verzweigten und kreuzten, die breiter und schmäler wurden und einmal ins Freie, dann wieder in die Tiefe des Palastes führten und irgendwo in der Finsternis endeten, schritt nun ein Mann, behutsam, leise, um niemanden vor der Zeit zu wecken. Der Bote.

Es war ein böses Zeichen, wenn der Bote vor Sonnenaufgang kam. Das Zeichen bedeutete, der König hat keine Ruhe gefunden, hat schwer geträumt und erträgt nun die Länge der Nacht nicht mehr, bedeutete, der König will Rat, Besänftigung, vielleicht Trost. Aber was immer der König um diese Stunde forderte, forderte er von seinem athenischen Gast. Der Bote war angekommen, hielt zwei, drei Atemzüge lang inne; horchte. Dann schlug er einen Vorhang zurück, den die Zugluft hinter ihm wieder glatt strich, trat an das Bett des Atheners, beugte sich über den Schlafenden, berührte ihn an der Schulter und sagte sanft, Daedalus, steh auf, der Herr Kretas verlangt nach dir.

Schon in den ersten, wirren Augenblicken des Erwachens, noch hatte die leichte Hand sich nicht wieder von seiner Schulter zurückgezogen und noch hielt er die Augen geschlossen, spürte Daedalus, wie die Angst in ihm groß wurde. Als er sich erhob, fror ihn. Hastig und unbeholfen kleidete er sich an. Es war der vertraute Weg durch das scheinbar regellose System der Gänge, auf dem er dem Boten dann folgte; es war die vertraute Angst. Minos, der Held und König der Kreter, tobte vielleicht, litt an den Toten einer verjährten Belagerung oder saß schon seit Stunden über der Zeichnung einer Triere und würde nun die Seetüchtigkeit der Takelung, die Daedalus für die Dreiruderer der kretischen Flotte entworfen hatte, hämisch in Zweifel ziehen – gleichwie, Daedalus wußte, daß der Kreter Fragen an ihn richten würde, vernünftige oder unlösbare Fragen, und daß es von jeder seiner Antworten abhängen konnte, ob Minos ihn weiterhin schützte, davonjagte oder zertrat. Seit neun Jahren, seit jenem Winter, in dem er seinen Neffen in einem blinden Augenblick getötet hatte, lebte Daedalus nun, bewahrt vor der Wut und Gerechtigkeit Athens, in den Mauern von Knossos. Denn auch wenn Minos den Titel des ersten Richters der Menschheit für sich in Anspruch nahm, – es scherte ihn nicht, daß er einen Verbrecher beherbergte, solange der Flüchtling ihm nützlich war, ihm als Erfinder neues Kriegsgerät entwarf, als Baumeister monumentale Pracht schuf oder als Bildhauer die Säulengänge des Palastes mit marmornen Heroen zum höheren Ruhm der Herrschaft verzierte. Aber es gab keine Gnade und keine Gunst, die Minos für immer versprach. Jeder Dank war widerruflich.

Der Bote blieb wortlos zurück. Allein, ein gebeugter Untertan, trat Daedalus in das Gelaß des Königs. Minos schien ihn nicht zu bemerken. Den Kopf in die Hände vergraben, kauerte er am Fußende seines Bettes, erwiderte den Gruß nicht, schwieg lange. Durch das Geäst der Platane vorm Fenster schimmerte ein zarter, blaßroter Himmel. Als spräche er zu dem Baum da draußen und nicht zu dem Gebeugten, der hinter ihm stand und keine Bewegung und kein Wort mehr wagte, wiederholte Minos plötzlich und laut die einzige Frage der vergangenen Nacht. Wohin mit der Mißgeburt.

Die Mißgeburt. Die Bestie. Das Vieh. Minos kannte nur diese drei Worte, wenn er von jenem Wesen sprach, das seine Gemahlin Pasiphaë dem Haus geboren hatte. Ein sprachloses Wesen mit dem Körper eines Knaben und dem Schädel eines Stiers. Seit Jahren schloß Pasiphaë sich mit der Mißgeburt in ihren Gemächern ein. Dort weinte und röchelte das Vieh in ihren Armen, besudelte sie mit seinem Speichel und wuchs. Minos hatte der Menschheit verboten, auch nur den Namen der Mißgeburt auszusprechen. Aber die Feinde Kretas brüllten ihn in ihren Spottliedern. *Minotauros.* Es hieß, Pasiphaë habe sich vor der Unbarmherzigkeit ihres Gemahls längst in den Wahnsinn geflüchtet, in eine viehische Gier nach Zärtlichkeit und Lust, und habe die Mißgeburt mit einem Stier gezeugt. Und Daedalus, der Athener, hieß es, habe ihr dabei geholfen, habe der Königin aus Silber und Holz die Attrappe einer Kuh geschaffen, in die sie sich gezwängt und so ihre Geilheit mit einem Bullen besänftigt hatte. Immer noch kauernd und ohne Daedalus anzusehen, begann Minos zu sprechen. Ich ertrage das Vieh nicht mehr. Du wirst mir das Vieh aus den Augen schaffen, Daedalus. Du wirst einen Kerker errichten, ein Denkmal der Gerechtigkeit und geheimes Abbild des Irrsinns der Königin, einen Bau, der Knossos wie ein Berg überragen und tief in den Stein hinabreichen wird, eine Zusammenfassung aller Gänge, Treppen und Fluchten Kretas, mäandrisch ineinander verschlungen, verknotet zu einem einzigen Irrweg, der durch Tag und Nacht führen muß, in die Höhe und in die Tiefe, ein Knäuel aus Stein. Und darin soll das Vieh rasen, soll dahin und dorthin, immer dem Trugbild der endlosen Bewegungsfreiheit nach, und alles für immer. Du wirst mir und der Welt einen endgültigen Ort schaffen. Einen Ort für Bestien. Daedalus war der Rede des Herrschers schweigend gefolgt und hatte schon die Zahl der Sklaven für den Aushub überschlagen, Steinbrüche eröffnet und Mauern wachsen sehen. Gehorsam würde er jede Phantasie des Herrschers in Architektur verwandeln. Aber jetzt, als sich das Bild des Bauwerks in ihm vollendete, entkam ihm halblaut und unwillkürlich wie ein Ausruf ein Satz. Plötzlich eine böse Stille. Minos erhob sich jäh. Blaß, das Haar wirr in der Stirn, kam er auf ihn zu und schrie, wiederhole! Entsetzt öffnete Daedalus den Mund. Blieb stumm. Da trat der Kreter so dicht an ihn heran, daß er seinen Atem roch, und wiederholte nun selbst und äffte dabei den Tonfall des Untertanen nach: Herr, du sprichst von deinem eigenen Palast.

ROBERT GERNHARDT
Die Bronzen von Riace

Hermann Marquardt, ein Schriftsteller, blickte nachdenklich auf seinen Schreibtisch. Er hatte soeben eine haßerfüllte Geschichte über seine Frau beendet, nun zählte er die Seiten – es waren zwölf – und überlegte, was er mit dem Manuskript anfangen sollte. Obwohl es ein guter Text war, feurig heruntergeschrieben, in langgestreckten, regelrecht mitreißenden Perioden, kam er für eine Veröffentlichung nicht in Frage, da seine Frau sich fraglos wiedererkennen und sich im Gegenzug auf irgendeine Art und Weise rächen würde. Die Rache seiner Frau aber ... Marquardt zuckte unwillkürlich zusammen und lauschte. Doch durch die wohlverschlossene Tür seines Arbeitszimmers war kein Laut zu hören, vom Flur nicht noch von der Küche, und einen Moment lang mußte der Schriftsteller über seine Furcht lächeln. Seine Frau konnte ja noch gar nicht zurückgekehrt sein, sie war ja erst vor einer Stunde zu einem Treffen mit ihrer Freundin gegangen und würde schwerlich vor Ablauf von zwei weiteren Stunden wiedereintreffen – wenn alles gut ging, allein, im schlimmeren der Fälle, und der stand zu erwarten, zusammen mit der Freundin.

Um eine Frau und ihre Freundin ging es auch in der Geschichte, die Marquardt soeben beendet hatte, und um einen Schriftsteller, der von den beiden Frauen dazu überredet worden war, zu dritt zu verreisen, nach Florenz, wohin es den Schriftsteller der beiden Bronzen aus Riace wegen gezogen hatte, die dort restauriert und der Öffentlichkeit zugänglich gemacht worden waren. Allerdings nur für kurze Zeit, da sie anschließend zu ihrem endgültigen Ausstellungsort wandern sollten, dem Museo Nazionale in Reggio Calabria, einer Stadt im tiefsten Süden Italiens also.

Aus Zeitungsberichten hatte der Schriftsteller vom Fund

der beiden Bronzen auf dem Grunde des ionischen Meeres erfahren, Fotoreportagen über die Florentiner Ausstellung der beiden frühklassischen griechischen Kriegergestalten hatten ihn zunächst neugierig gemacht, dann regelrecht ergriffen. Das Ende der bereits verlängerten Ausstellung nahte, doch von einem Tag zum anderen fiel mal der einen, dann der anderen Frau noch irgendeine unaufschiebbare Nichtigkeit ein, so daß die drei erst am Vorabend des letzten Ausstellungstages in Florenz eintrafen. Am nächsten Tag aber, jenem nun wirklich allerletzten Tage, hatten die Frauen unter Hinweis darauf, daß der Tag lang sei, erst einmal ein ausgedehntes Frühstück, dann unterschiedliche Einkäufe von Schuhen, Taschen und Tüchern durchgesetzt, sodann ein Mittagessen in einem schwer auffindbaren Lokal, das aber, laut den Empfehlungen einer gemeinsamen, sehr italienkundigen Freundin, ein absolutes Muß war.

Selbstredend hatte der Schriftsteller es nicht unterlassen, immer häufiger auf die verstreichende, ja vertane Zeit hinzuweisen – das alles könne doch auch noch morgen erledigt werden, die Bronzen aber seien nur noch heute zu sehen –, doch nach dem Mittagessen kam es noch ärger. Denn plötzlich stellten die Frauen übereinstimmend fest, daß irgendwelche Schuhe nicht richtig saßen, irgendwelche Tücher und Taschen nicht zueinander paßten, da sei eiliger Umtausch geboten, sonst verfalle der Kassenzettel, er, der Schriftsteller, habe sie unverzüglich noch einmal in die diversen Geschäfte zu begleiten, schließlich sei er der einzige, der Italienisch könne. Seinem Hinweis aber, die Ausstellung schließe doch um 18 Uhr, begegneten sie mit der übereinstimmend abgegebenen Versicherung, die Hotelrezeption habe ihnen eine ganz anders lautende Information gegeben. An diesem letzten Ausstellungstag nämlich sei die Ausstellung bis 20 Uhr geöffnet, er solle sich also nicht in die Hose machen.

Trotz unguter Ahnungen vertraute der Schriftsteller dieser Beschwichtigung, trotz seines Drängens zogen sich die Umtauschaktionen und erneuten Einkäufe in die Länge, trotz der Beteuerung der beiden Frauen, sie hätten doch noch Zeit en masse, bestand er immer beschwörender darauf, endlich zum Archäologischen Museum aufzubrechen, dem Ausstellungsort der Bronzen, doch als sich die Frauen endlich zum Aufbruch bequemten, war es zu spät. Die Ausstellung schloß in der Tat bereits um 18 Uhr, und als die drei fünf Minuten vor Toresschluß am Museum eintrafen, da hatten sie es lediglich dem Redeschwall des Schriftstellers und einem mitleidigen Wärter zu verdanken, daß sie von ferne noch einen Blick auf die Heroen werfen durften, die, unberührt von der Hast der nun herausströmenden, regelrecht herausgescheuchten Besuchermenge, die Ruhe selber waren, zwei auf wundersame Weise wiederauferstandene Boten einer versunkenen Zeit, in welcher Künstler es noch vermocht hatten, dem Dasein Dauer und dem Sosein Sinn zu verleihen.

Eine fast wilde Sehnsucht, dem offenbaren Geheimnis dieser handgreiflichen Wunder dadurch auf die Spur zu kommen, daß er sich ihnen näherte, so nah es ging, veranlaßte den Schriftsteller, sich gegen die Herausströmenden zu stemmen; rasch jedoch rief ihn der mitleidige Wärter, nun ganz mitleidslos, zurück, er solle doch vernünftig sein, sie müßten doch schließen, warum er denn nicht früher gekommen sei. Und ungerührt ergänzten die beiden Frauen, was er denn wolle, vom Eingang aus könne man doch alles sehen, und sie hätten doch auch alles gesehen, und das, ohne Eintritt zu zahlen:

»Zwei große, nackte, erstaunlich grüne Männer.«

»Stimmt. Mit erstaunlich kleinen Schniepeln.«

Der soeben reichlich gerafft berichtete Vorgang stellte den Inhalt der zwölfseitigen Geschichte des Schriftstellers dar, gab aber keineswegs deren Gehalt wieder. Den Vorgang hatte Marquardt weitgehend, ja ausschließlich der Wirklichkeit entnommen; Thema seiner Erzählung aber war der schneidende Widerspruch gewesen zwischen der Zeitverfallenheit der von einem Modegeschäft zum anderen eilenden beiden Frauen und den beiden Männern, die fast zweieinhalb Jahrtausende auf dem Meeresgrund geruht hatten, und nun, durch Zufall geborgen, unserer Zeit eben deshalb etwas zu sagen vermochten, weil sie es nicht sagten, sondern darstellten.

Natürlich hatte Marquardt nichts unversucht gelassen, falsche Spuren auszulegen, beziehungsweise die richtigen zu verwischen. So hatte er aus seiner ausgesprochen schlanken, mittelgroßen Frau eine ausgesprochen starke, übergroße Person gemacht, auch die Freundin hatte er in Aussehen und Alter verändert, vor allem aber hatte er sich bemüht, gänzlich abweichende Namen zu wählen – aber all diese Finten konnten doch höchstens Fremde oder entfernte Bekannte von der richtigen Spur abbringen, engere Freunde des Ehepaares würden sie unschwer durchschauen, und daß seine Frau bereits bei den ersten Sätzen Bescheid wissen mußte, stand ganz außer Zweifel.

Statt dessen mehrten sich die Zweifel des Schriftstellers. Die so gänzlich abweichenden Namen – waren sie es denn wirklich? Marquardts Frau, die im Leben Carla hieß, trat in der Geschichte als Anna auf, die Freundin Gisela war unter Marquardts Händen zu Irmela geworden – betroffen stellte er den unübersehbaren Silben- und Vokalgleichklang fest; und für eine Weile versuchte er, auf einem gesonderten Blatt Papier andere Frauennamen aufzulisten, die doch immer nur auf einen zwei- und einen dreisilbigen hinausliefen, auf Helma und Claudia, Vera und Ingeborg, Clara und Griseldis. Nein, das war vertane Zeit, zumal selbst eine geglückte, weniger zwanghaft sich der Realität anschmiegende Namensgebung das Grund- und Hauptproblem des gesamten Textes keineswegs aus der Welt schaffen konnte: seine Durchschaubarkeit.

Marquardt war Künstler genug, dieses Problem als Herausforderung zu begreifen. Er wußte, daß alle große Dichtung sich zwar stets von der kruden Wirklichkeit genährt hatte, aber doch nur, um sie nach allen Regeln der Kunst zu verdauen und in verdichteter Form wieder auszuscheiden. Das, was er sich da eben von der Seele geschrieben hatte, war ja nur die so vordergründige wie vergängliche Schicht dessen, was er mit den beiden Frauen erlebt hatte. Im Kern ging es ja um etwas ganz anderes, um Zeitlichkeit und Zeitlosigkeit, um die Sehnsucht und um den verpaßten, nicht wieder rückrufbaren Moment, im weitesten Sinne also um Leben und Tod; und ein solches

Thema war auch in gänzlich anderer Einkleidung denkbar. Entschlossen ging der Schriftsteller daran, die jedem Künstler zugängliche Kleiderkammer der Phantasie zu durchmustern. Er würde es seiner Frau schon zeigen, wozu Erfindergeist und Kunstverstand fähig waren. Sie sollte sich bei der Lektüre des Textes zwar nicht dargestellt, aber doch gestellt, ertappt und zugleich außerstande fühlen, aus der Tatsache, durchschaut zu sein, irgendeine Repressalie ableiten zu können. Nur solange sie schwieg, durfte sie sicher sein, daß kein anderer erfuhr, was sie wußte. Was sie wußten, richtiger gesagt, denn es würde natürlich einen Mitwisser geben, ihn. Händereibend machte sich Marquardt daran, den Text umzuarbeiten.

Das freilich war erstmal leichter gedacht als getan. Und selbst beim Denken tat sich der Schriftsteller vorerst schwer. Man könnte ja den Schauplatz verlegen, dachte er, und erwog, zwei Frauen und einen Mann irgendeine andere Ausstellung besuchen zu lassen, an irgendeinem anderen Ort. Die Etrusker-Ausstellung in Arezzo? Zu nah an Florenz. Die Ägypter-Ausstellung in Hildesheim? Er hatte sie nicht gesehen. Die Frans-Hals-Ausstellung in Amsterdam? Zu lange her, auch wäre da die so sinnfällige Parallele zwischen den beiden zeitbedingten Frauen und den zwei zeitlosen Männern ebenso unter den Tisch gefallen wie jener letzte sehnsüchtige Blick des begleitenden Mannes auf die auferstandenen und für ihn nun wieder so unerbittlich versinkenden Gestalten der Krieger, jene hochsymbolische Situation, die sich ganz einfach nicht auf einen Saal voller Bilder von holländischen Kaufleuten übertragen ließ, die weder jemals untergegangen noch je auferstanden waren.

Marquardt, ein Mann von rascher Auffassungsgabe, merkte bald, daß eine Veränderung des Ortes die Geschichte nicht weiterbrachte. War eine Veränderung der Zeit die Lösung?

In Gedanken steckte er sein Trio in die verschiedensten Kostüme. Er versetzte sie ins England der Mitte des vergangenen Jahrhunderts und ließ sie eine Ausstellung der von Lord Elgin auf der Akropolis zusammengeraubten Elgin-Marbles verpassen. Er durchdachte, wie sich der gleiche Vorgang im

Berlin der Jahrhundertwende abgespielt haben könnte, anläßlich einer Ausstellung der in der Türkei zusammengeklaubten Bruchstücke des Pergamon-Altars. Er verwarf alles, kaum daß er diese Möglichkeiten in Erwägung gezogen hatte. Wann eigentlich waren die Elgin-Marbles erstmals in London gezeigt worden? War die Zurschaustellung des Pergamon-Altars überhaupt terminiert gewesen? War der Trumm nicht sogleich in den ständigen Besitz der Berliner Museen übergegangen? Marquardt, ein Schriftsteller, der nicht nur von der normativen, sondern vor allem von der kreativen Kraft des Faktischen überzeugt war, sah verwickelte Recherchen auf sich zukommen, deren Aufwand das Ergebnis voraussichtlich nicht lohnen würde. Immer noch ging es um zwei flache Frauen, die einen tiefen Mann um den Genuß eines Kunst- und Geisteserlebnisses brachten, immer noch stand zu befürchten, daß Dritte, etwa die Freundin seiner Frau, das zugrunde liegende Muster erkennen und damit Sanktionen heraufbeschwören könnten. So ging es also nicht.

Doch noch war Marquardt keineswegs am Ende seines Lateins. Ihm blieb die Möglichkeit, das Personal zu verändern, und zielstrebig machte er sich daran, auch diesen Weg zu beschreiten. Wie wäre es, wenn er die Konstellation einfach umkehrte? Eine Frau will die Ausstellung der beiden Bronzen von Riace besuchen, ihr Mann und dessen Freund schließen sich ihr an, in Florenz aber verzetteln sich die Männer bei Einkäufen – der Schriftsteller stockte. Was sollte er die beiden in Florenz einkaufen lassen? Wie einer gänzlich unangemessenen, sexuell betonten Lesart des Vorgangs entgegenwirken? Zwei modeverfallene Männer hindern eine Frau daran, zwei nackte Männer zu betrachten – das war nun wirklich nicht die Geschichte, die er zu erzählen beabsichtigte. Keine Spur mehr von Zeit und Ewigkeit, kein Gedanke daran, daß sich seine Frau insgeheim ertappt fühlen könnte. Sie war ja nicht dumm. Sie würde diese simple Umkehrung des tatsächlichen Sachverhalts ebenso durchschauen wie die Feigheit, die sie verursacht hatte. Dann aber war er der Dumme. Doch er war weder dumm noch feige, sondern kühn und gerissen. Das würde seine Frau schon früh genug merken. Er und feige. Ha! Er und dumm. Haha! Er war doch Schriftsteller, er hatte ja noch ganz andere Eisen im Feuer. Parabel, Fabel, Märchen – hatten diese so ehrwürdigen wie alterslosen Erzählformen nicht schon immer dann gute Dienste geleistet, wenn es darum gegangen war, einen Tadel vom Zufälligen weg- und zum Wesentlichen hinzulenken, aber doch so, daß der zufällig Gemeinte erkennen konnte, ja mußte, wie wesentlich seine Verfehlung war? So kam der Schriftsteller Hermann Marquardt auf die Idee zu der Geschichte von den drei Bären.

Zwei Bärinnen und ein Bär, das ungefähr war ihr Inhalt, hatten sich verabredet, am St.-Irmela-Tag den Lorenzberg zu besteigen, um die Sonne im Spinatsee untergehen zu sehen. Daß sie ausgerechnet den St.-Irmela-Tag für dieses Unternehmen gewählt hatten, war kein Zufall, denn nur an diesem einen Tag des Jahres versank die Sonne genau zwischen zwei mächtigen, einander gegenüberstehenden Rotsandsteinfelsen, die der Volksmund aus nicht mehr erklärlichen Gründen »Krüger I« und »Krüger II« getauft hatte. Dieses Naturschauspiel der »brennenden Krüger vom Spinatsee«, wie es ein Dichter einmal genannt hatte, lockte seit alters her jedes Jahr Schaulustige an besagtem Tag auf den Lorenzberg, von welchem aus man den anerkannt prächtigsten Blick auf das gerühmte Spektakel hatte. Die unbewiesene Sage ging, daß der Anblick die Kraft hatte, geheime Wünsche in Erfüllung gehen zu lassen; eine unumstößliche Tatsache aber war, daß der Betrachter sich auf gar keinen Fall verspäten durfte, da die Sonne in diesem Landstrich geradezu schlagartig unterging, See und Felsen also nach unbeschreiblich schönem Aufleuchten in gänzlicher Schwärze versanken – weshalb auch allen Schaulustigen stets geraten wurde, sich für den Rückweg mit Fackeln zu versehen.

Nach dieser etwas sperrigen Exposition schrieb sich die eigentliche Geschichte beinahe von selber: Wie der Bär auf Aufbruch drängte, wie die Bärinnen beim Aufstieg in ein Blaubeerfeld gerieten, wie sie dort beim Schmausen ihre Zeit vertrödelten, ohne auf die ständigen Mahnungen des Bären zu achten, wie alle drei aus diesem Grunde just in dem Moment den Gipfel des Lorenzberges erreichten, in welchem nur noch ein schwaches Rot der untergegangenen Sonne den Horizont des Spinatsees erhellte, während die beiden »Krüger« bereits kaum mehr vom Schwarz des Nachthimmels zu unterscheiden waren, und wie der Heimweg der enttäuschten und verängstigten Bärinnen nur deshalb nicht zu einer Heimsuchung geriet, weil der Bär vorsorglich drei Fackeln eingesteckt hatte, während die Bärinnen die ihren natürlich vergessen hatten. Aus alldem war die Moral der Geschichte leicht ableitbar. Mit der lauthals verkündeten Einsicht in die Verwerflichkeit des Trödelns aber verbanden die beiden Bärinnen noch einen ausdrücklichen Dank an den Bären, dessen Voraussicht ihnen im tödlichen Schwarz der Nacht das lebensspendende Licht gebracht hatte – der Schriftsteller konnte sich ein Lächeln nicht verkneifen, als er dieses von der Wirklichkeit zwar etwas abweichende, die Wahrheit des Vorgefallenen jedoch sinnbildhaft überhöhende Ende hinschrieb.

Ein Lächeln, das anhielt, als er die Seiten – nun waren es vier – noch einmal durchlas. Wie feingesponnen ihm die Anspielungen geglückt waren – Lorenzberg – Florenz, Spinatsee – Riace, Krüger – Krieger –, und wie beredt sie dennoch für seine Frau sein mußten. Wie die parabelhafte Einkleidung das eigentliche Thema zwar abstrahierte, aber doch keineswegs von ihm wegführte, im Gegenteil! Wie sinnfällig und zwanglos sich Unterhaltung und Belehrung verbanden! Marquardt lehnte sich zurück und blickte vom Schreibtisch auf. Nun wartete er geradezu auf die Rückkehr seiner Frau. Sollte sie ruhig mit der Freundin kommen, ihm doch egal, nein: um so besser!

Die beiden Frauen kamen eine halbe Stunde später. Sie fielen nicht geradewegs in sein Arbeitszimmer ein, wie Marquardt zuvor befürchtet hatte und was er nun erhoffte, sie hielten sich erst längere Zeit im Flur und dann im Schlafzimmer auf, vor Spiegeln, vermutete der Schriftsteller, und so war es auch. Schließlich besannen sich die beiden, daß es ja noch einen weiteren Spiegel gab, ihn, fast flog die Tür auf, und dann standen sie im Raum: Wie er denn die Kombination von vorjährigem Wickelrock und brandneuen halbhohen Stiefeletten finde.

Es dauerte etwas, bis Marquardt dazu kam, von seiner Neuschöpfung zu berichten. Die Frage »Und was hast du denn den ganzen Tag so gemacht?« nutzend, nötigte er seiner Frau das vierseitige Manuskript geradezu auf, zwang sie zuerst, es wenigstens anzulesen und gab sodann nicht mehr Ruhe, bis sie endlich damit begann, es vorzulesen. Gespannt beugte sich der Schriftsteller vor. Jetzt kam es.

Es kam anders, als er dachte. Seine Frau las die vier Seiten fast leiernd herunter. Sie unterbrach die Lektüre hin und wieder, erst, um ihrer Freundin leidende Blicke zuzuwerfen, dann, um den Ablauf der Handlung, vor allem aber die Namen der Schauplätze zu kommentieren – »Spinatsee, also, was du immer für Einfälle hast!«, »Seit wann heißen den Felsen Krüger?« –, und schließlich gab sie ihm die Seiten mit den Worten zurück: »Du und deine dauernden Bären! Schreib doch mal was über Menschen!«

Das war das Stichwort für die Freundin, die bisher keine Miene verzogen hatte, zu erklären, sie habe einen Bärenhunger, wie denn die anderen über einen Sprung zum Italiener dächten.

Schon bei den Worten seiner Frau hatte den Schriftsteller der wilde Wunsch gepackt, ihr die ganze Wahrheit zu offenbaren, beim Reiz- und Schlüsselwort »Italiener« nun war er drauf und dran, brüsk die Schublade seines Schreibtisches aufzuziehen, um vor den Augen beider Frauen das wohlversteckte ursprüngliche Manuskript zu enthüllen, doch eine jähe Einsicht ließ ihn innehalten. Wer wie er über Zeitverfallenheit und Zeitlosigkeit schrieb, verriet der nicht sein Thema, wenn er im Hier und Heute auf kurzfristigen Triumph drang? Durfte nicht gerade er der ausgleichenden Gerechtigkeit der Zeit vertrauen, jener bewährten Verbündeten aller wahren Künstler, ihr, die früher oder später ans Licht heben würde, was er da in den Tiefen seines Schreibtisches verbarg, nicht nur diesen einen, auch all die anderen Texte, für die es im Moment noch zu früh war?

»Kommst du nun mit oder nicht?« fragte seine Frau.

»Also ich brauche jetzt etwas zwischen die Rippen«, sagte die Freundin.

»Bin schon unterwegs«, sagte der Schriftsteller und schloß den Schreibtisch ab.

WOLFGANG HILBIG
Die elfte These über Feuerbach

Immer wieder abgelenkt von Umleitungsschildern, die vor den immer dichter sich reihenden Straßenaufrissen aufgestellt waren und auf verwirrende Umwege wiesen ... vom Westen her wurde die Stadt von Baustellen förmlich aufgerollt, so schien es; und noch in der Finsternis glaubte man die lehmgelben Dünste aus den Gräben kochen zu sehen, so stark war das Gewitter ... war das Taxi schließlich auf den Innenstadtring geraten, wo es nur noch vorwärts ging, wo der Kreisverkehr den Wagen nicht mehr freigab. Das Fahrzeug, umsprüht von einer Wasserwolke, lag in einer unaufhörlichen Linkskurve; das Unwetter ließ endlich nach. Auf der rechten Seite huschten dunkle schwerfällige Gebäude vorbei, die komplizierten Fassaden von der Regentrübnis verschliffen und unansehnlich. In der warmen Nässe schienen sie den Brodem ihrer Trauer auszubrüten; die schrillen Seufzer der nagelneuen Autoreifen brachen sich in ihren Nischen und prallten zurück; die ursprünglichen Leuchtbuchstaben der Gebäudefronten waren ausgegangen und erkaltet, die grellen Farben neuer Lettern gossen ihren Widerschein über die von Ruß und Rauch überspülten Wände ... schon wußte kaum noch wer, was einst das Haus der DSF gewesen war, und schon waren auch die neuen Botschaften der Reklamen in den Köpfen zu unverständlichem Rotwelsch geworden, das man mit kaum einem Blick noch streifte. – Für den Fahrer waren allein die Nachrichten maßgebend, welche, doppelt, öfters dreifach sich überlagernd, und zum Bersten voller sich widersprechender Informationen – zumeist einer weiblichen und zweier männlichen Stimmen –, aus der Sprechanlage unter dem Armaturenbrett hervortönten, von Gekicher und Hustenanfällen unterbrochen, oder manchmal von ziellos ins Wageninnere gellenden

Grußformeln – unbekannt ihre Absender, unbekannt ihre Adressaten –, so heftig, daß W. immer wieder erschrocken zusammenfuhr und seine eigenen Erklärungen abbrach, mit denen er die halblaute Radiomusik und das Knirschen ferner Gewitterschläge in der Lautsprecheratmosphäre der Stereoanlage zu übertönen suchte, seine Erklärungsversuche der immer unklarer werdenden Fahrtstrecke ... und die wilden Grüße, ausbrechend aus diesem Cockpit von Lärm, verzogen sich mit unmelodischem Singsang und Gelächter und schwangen sich durch die halboffenen Hinterfenster hinaus: Tschüß ... Ciao ... Good bye! Tschüß ... Adieu ... Proschtschaj! Tschüß ... Tschüß ... und vorbei.

Das Taxi war längst vom Ring abgebogen und suchte nach Süden vorzustoßen. Dabei geriet es auf einen Platz mit Grünanlagen und in Bedrängnis durch Einbahnstraßen, Bauwagen und Reihen parkender Autos, schäumend ruderte es um einige überschwemmte Kurven, gab das Vorwärtsfahren plötzlich auf und jagte im Rückwärtsgang eine lange Strecke abwärts, schwindelerregend, bis es in eine Straße mit baumbestandenem Mittelstreifen einfuhr – W. glaubte sie noch als die August-Bebel-Straße zu kennen –, stoppte, einen Augenblick verharrte, um dann wieder geradeaus zu rasen; allerdings erneut auf das Stadtzentrum zu. – Wir müssen so bald wie möglich nach rechts, sagte W. vorsichtig, wir müssen nach Süden und dort aus der Stadt hinaus. Wenn möglich sollten wir auf der Liebknecht nach rechts, vielleicht also die Kurt-Eisner-Straße hinauf ... heißt die überhaupt noch so?

W. hatte den Eindruck, das Taxi sei nie an der Kurt-Eisner-Straße vorbeigefahren. Seiner Ansicht nach waren sie schon in der Dufourstraße ... sie hielten wieder auf die Universität zu, die wie eine ungleichmäßig abbrennende Zigarre in den schwarzblauen, rötlich unterglühten Nachthimmel ragte. Die ... ja! hatte der Fahrer vor einer Weile gesagt; unverdrossen beschleunigte er den Wagen – wieder auf dem Ring – und neigte das Gehör tief in den Redefluß der Sprechanlage, mit der linken Hand steuerte er, mit der rechten schwenkte er das Mikrophon ohne Unterlaß gegen den Mund, um ganze Serien neuer Straßennamen zu erfragen, oft genug mit schreiender Stimme ... kurz vor dem Hauptpostamt hielt er den Wagen am Ende eines Schwungs nasser und blitzender Fahrzeuge an; weiter vorn leuchtete eine rote Ampel. Die gesamte Fahrbahn schien unter dem Dröhnen einer Vielzahl gezügelter Motoren zu erbeben; als das grüne Signal kam, heulte die Autokolonne davon ... der Taxifahrer aber hielt sich zurück und steuerte an der Ampel nach rechts. – Die ja! rief er, als sei er irgendeinem längst verschollenen Ohr eine Antwort schuldig, die ja! Hab ichs nicht gesagt, daß wir erst nach Markkleeberg raus müssen, hab ichs denn nicht gesagt? – Nach rechts! wollte W. dazwischenrufen, doch er sah, daß das Taxi die richtige Wendung schon von selbst vollführte. Dann ratterte es über holprig gepflasterte Industriestraßen, durch immer dunkler und leerer erscheinende Gegenden, auf die südlichen Vorstädte zu.

Am Abend hatte W. eine Freundin besucht, die in einem westlich gelegenen Viertel wohnte; lange hatte er geschwankt, sie zu fragen, ob er bei ihr übernachten könne: die Veranstaltung, um derentwillen er in der Stadt war, sollte erst am Abend des nächsten Tages stattfinden, es war besser, wenn er bei sich zu Hause seine Gedanken in Ruhe zu sammeln versuchte ... plötzlich war ihm nur noch eine halbe Stunde Zeit geblieben, den letzten Zug zu erreichen, mit dem er Leipzig verlassen konnte. Und draußen mußte er sehen, daß wegen der allgegenwärtigen Ausschachtungsarbeiten die Straßenbahnhaltestellen aufgehoben und verlegt waren, die Busse des Schienenersatzverkehrs fuhren in versteckten, nirgendwo angeschriebenen Zweigstraßen ab. Er hatte Ausschau gehalten nach einem Taxi, die Minuten waren verstrichen ... als er einsah, daß er seinen Zug nicht mehr erreichen konnte, entschied er sich für das Übernachten bei der Freundin, auf dem Weg dorthin brach das Gewitter los, das sich während des ganzen Abends angekündigt hatte. Er hatte sich in einen Hauseingang gerettet; durch die niederstürzenden Wassermassen sah er die gelbe Dachleuchte eines Taxis heranschwimmen, das auf sein wütendes Winken tatsächlich reagierte. – Nach M., sagte er zu dem Fahrer, erstaunt blickte ihm ein junger Mann entgegen, mit rötlichem Stoppelbart auf Kinn und Wangen; er schien ihn nicht verstanden zu haben. In der im Wageninnern noch vom Nachmittag her aufgespeicherten Hitze trug er nur ein ärmelloses Trikothemd, das völlig verschwitzt war, hellgrün oder gelb, mit einem Buchstabenaufdruck auf der Brust, der nicht zu erkennen war. – M., wiederholte W., wissen Sie, wo das liegt? Ungefähr vierzig Kilometer südlich, eine Kleinstadt ... – Ich habs schon gehört, sagte der Fahrer, wir werden es schon finden. Aber es kann achtzig oder hundert Mark kosten.

Mit einem Preis in dieser Höhe hatte W. gerechnet, er lag nur wenig unter dem Betrag, den er bei sich trug; dennoch war er froh, in dem Auto zu sitzen, das nun von wahren Regenfluten überspült war. Der Fahrer starrte mißtrauisch in das auf die Frontscheibe schießende Wasser und bewegte den Wagen langsam in der Mitte der Fahrbahn, von wo aus die Häuser zu beiden Seiten kaum noch auszumachen waren; ab und zu schrie er unverständliche Wörter in das Sprechgerät, das nur noch atmosphärische Störungen von sich geben wollte.

Da W. auch die ihm unangenehmsten Anträge nicht abzulehnen vermochte ... Und besonders hier nicht! dachte er. Besonders hier in dieser Stadt nicht, mußte er sich sagen, da deren Sonne stets den gesamten Bezirk überstrahlt hatte, der sie umgab: und sie hatte ihr Licht noch bis über die Ränder hin geworfen, von denen er hergekommen war. So weit er zurückdenken konnte in der Zeit, bevor er die Staatsgrenze überschritten hatte: immer hatte er aus dem Schatten in das Licht dieser Stadt geblickt; sie war das Auge gewesen, das ihn noch am Horizont erreicht hatte ... mit der Zeit war das Auge etwas trüb geworden, doch schien es noch zu glänzen. Da er also zu einer Weigerung schon aus Angst vor Versäumnissen nicht fähig gewesen war, hatte er sich bereit erklärt, an einer öffentlichen sogenannten Podiumsdiskussion teilzunehmen, die für den folgenden Tag in der Leipziger Universität anberaumt worden war. Er mußte sich von dieser Einladung ungeheuer geschmeichelt gefühlt haben ... wenn er sich darüber Rechenschaft zu geben suchte, führte er finanzielle Gründe an, – dabei war er sich gar nicht sicher, ob man für die Teilnahme ein Honorar angeboten hatte. Längst hätte er die Möglichkeit gehabt, eine Ausrede zu erfinden und die Zusage zu widerrufen: seine Eitelkeit war stärker gewesen. Nun hatte der Sonnenglanz aus dem Zentrum ein merkwürdig verwischtes Schillern angenommen, unter anderem hatte die Universität ihren alten Namen, den von Karl Marx, abgelegt und war zu ziemlich verwässerter Themenstellung übergegangen ... er hatte sich die Titelgebung der Diskussion nicht merken können. Wie es aussah, waren die stadtbekannten Schriftsteller auf das Podium gerufen worden; er war der einzige, der von außerhalb hinzukommen sollte; vor zwei Jahren noch hätte er zu diesem Zweck eine Landesgrenze überschreiten müssen. Infolge dieser Grenze war er eines Tages ebenfalls zum stadtbekannten Schriftsteller von Leipzig geworden, freilich nur unter dem Buchhallenpublikum, dessen Dichte auf das Normalminimum zusammenschmolz. Aber vielleicht, dachte er, war auch ein Umkehrschluß zuzulassen: vielleicht war die Landesgrenze, hinter die er sich eines Tages abgesetzt hatte, auch infolge der Stadtbekanntheit jener Schriftsteller entstanden, die beiderseits der Grenze auf ihre Standortbestimmungen pochten ... seitdem sich das Publikum davon zunehmend belästigt fühlte, wurden diese Erörterungen immer verwirrter: oder war es umgekehrt? – Wahrscheinlich hatte das Thema der Podiumsdiskussion damit nicht das geringste zu tun ... nein, es wies in die Zukunft. Dennoch würden die Schriftsteller, so wußte er, jede Gelegenheit nutzen, um das Gespräch auf ihre Anwesenheitsformen zurückzubringen ... er selber hatte eben damit begonnen ... – Seit einer Woche nun war ein schier unüberwindliches Widerstreben gegen diese Veranstaltung in ihm angewachsen. Es ging so weit, daß ihm auch das Einladungsschreiben abhanden gekommen war, auf dem das Tagungsthema verzeichnet stand. Er erinnerte sich nur noch, daß das zentrale Substantiv, um das sich alles drehen sollte, die *Utopie* hieß. Man wollte über die Zukunft des utopischen Gedankens verhandeln ... über eine Utopie des utopischen Gedankens, wie er spöttisch bei sich bemerkte ... nein, natürlich über dessen nächste oder fernere Zukunft, vielleicht gar über die Möglichkeiten von Utopie für das kommende Jahrhundert ... W. überlegte, ob ein solcher Gesprächsstoff tatsächlich irgendeine Teilnahme in ihm wachrufen konnte, abgesehen von diesem Block aus Widerwillen, den er nicht niederzuringen vermochte. Dieser war ohne Zweifel auch eine Form von Interesse, eine negative Form allerdings. Eine solche konnte kaum Ausdruck der erwünschten Diskussion sein ... oder vielleicht doch?

Das Taxi hatte unterdessen die Vororte von Leipzig hinter sich gelassen und jagte auf einer mehrspurigen Schnellstraße südwärts, auf der es fast keinen Verkehr gab. W. war erleichtert, in weniger als einer Stunde konnte er zu Hause sein; es blieben ihm noch die halbe Nacht und ein halber Tag zum Nachdenken über das Thema *Utopie* ... zumindest hatte er sein Unbehagen darüber in sich ausfindig gemacht, wenn er auch noch nicht wußte, woher es kam. – Das Auto fuhr auf der pfeilgeraden Betonstrecke in gleichmäßigem Tempo; die Bäume am Rand standen jetzt dichter und schnellten wie ausgefranste schwarze Schatten vorbei, manchmal waren sie von den Lichtblitzen vereinzelter Lampen aus dem Gelände hinter ihnen durchschossen; in der Nässe, die noch in dem dunklen Laub hängen mußte, spalteten sich die Strahlen sternförmig auf, und sie wurden vollends zerstäubt in den Wasserwolken, die an den Seitenfenstern des Wagens aufsprühten; W. war geblendet, wenn er in den finster verhangenen Himmel aufblickte. Längst war auch das Stimmengewirr aus der Funkanlage verschwunden; jetzt wurden die Nachrichten eines Leipziger Lokalsenders gesprochen. Am Schluß warnte der Sprecher vor dem Verzehr bestimmter Fleischkonserven, nach welchem im Stadtgebiet und in der näheren Umgebung Vergiftungsfälle aufgetreten seien, deren Ursache noch nicht völlig aufgeklärt sei. Bei verschiedenen Symptomen müsse sofort ein Arzt konsultiert werden, der Sprecher nannte Durchfall, Übelkeit mit Erbrechen, Lähmungserscheinungen mit deutlicher Trübung des Bewußtseins ... W. hatte bei dem Ganzen nicht richtig zugehört. – Haben Sie das mitgekriegt? fragte er den Fahrer. – Ja, sie reden schon den ganzen Tag davon. Es soll an Dosen mit australischem Kaninchenfleisch liegen. Salmonellen, oder so was ... – Salmonellen, die gibts, glaube ich, nicht in Konserven, sondern nur bei rohem Fleisch, sagte W. – Natürlich, sie spinnen, das sag ich doch. Ich hab das Zeug auch schon gegessen und ich habe nichts. Es schmeckt und ist nicht teuer! – Es können aber nicht Salmonellen sein, beharrte W. – Was denn sonst? Die reden davon wie von einer ganz neuen Krankheit. Das soll es bis jetzt noch nicht gegeben haben. Aus heiterem Himmel ... und manche sagen schon, daß es ansteckend ist. Und manche sagen, es soll schon Tote gegeben haben. Aber die waren schon vorher kaputt, sage ich!

W. erinnerte sich, daß die Freundin, die er besucht hatte, von Schmerzen im Unterleib gesprochen, sich fiebrig und ermattet gefühlt habe; er hatte sie mit Hinweisen auf die Schwüle, die sich nicht entladen wolle, beruhigt ... er erinnerte sich nicht, daß es zwischen ihnen zu mehr Berührung als einem Händedruck und einer flüchtigen Umarmung zum Abschied gekommen war ... Doch wie wäre es, dachte er plötzlich, wenn er morgen in der Universität anriefe, um seine Teilnahme wegen Krankheit abzusagen. Er fühle sich vergiftet, vergiftet, er habe australisches Kaninchenfleisch gegessen ... und wenn sie ihn zu überreden suchten, was fast sicher war: Ihm fiele zum Thema *Utopie* nichts ein, weil er sich im ganzen Körper vergiftet fühle von dieser neuen Krankheit, deren Ursachen man nicht kenne, und die vielleicht die Krankheit der Zukunft sei.

Tagehell erleuchtet tauchte in diesem Augenblick auf der rechten Seite, in einer aus dem Wald gehauenen Schneise, das Areal einer großen neuerbauten Tankstelle auf. Sie war ganz in lindgrünem Lack gehalten, schien wie durch Zauberei inmitten einer schmutzigen verwachsenen Wildnis erstanden, und W. konnte nicht umhin, sie im ersten Moment hinreißend zu finden. Der matte Glanz ihrer Tanksäulen im Neonlicht schien sich in der sauberen Betonfläche des Bodens zu spiegeln ... sie glich einem Bild, das den Reklameseiten einer Pop-Art-Zeitschrift entnommen war. Im Hintergrund irisierten die Fenster; dem Wirtschaftsbereich war ein kleiner Supermarkt angeschlossen, dessen gläserne Vorderfront Einblick gewährte in die überfüllten Auslagen, welche – so stand es angeschrieben – rund um die Uhr dem Verkauf offenstanden. Die Beleuchtung der Tankstation erzeugte einen fast schattenlosen, aus der Wirklichkeit scharf ausgegrenzten Lichtraum, in dem man von außerhalb wie in das architektonische Beispiel eines noch fernen Jahrtausends schaute; die Menschenleere des gesamten Areals legte den Gedanken nahe, daß der Palast noch nicht zur Benutzung freigegeben sei. An vorderster unübersehbarer Stelle war, hell angestrahlt, das grüne Wappen der Firma BP aufgehängt. – Das Taxi streifte den Lichtraum und schien sofort sanfter, lautloser zu fahren; die Tankstation zog vorbei und blieb zurück wie eine Vision ... es war, als sei der Wagen durch die mystische Aureole einer sakralen Stätte geglitten. Und wirklich schien es, als sei der Taxifahrer für Augenblicke von unwiderstehlichem Stolz angerührt, er trieb den Mercedes gelassener vorwärts und fuhr, noch einen Lichtschimmer im Hinterfenster mitnehmend, sichtlich unbeeindruckt wieder in die Finsternis der Nacht hinein. – Es gibt sie hier, diese Dosen, sagte er. Vielleicht wollten Sie etwas kaufen? Es gibt hier das Kaninchen- oder Känguruhfleisch im Minimarkt!

W. erwiderte nichts; er fragte sich, ob der Fahrer aus diesem Grund hier vorbeigefahren sei. – Wenige Minuten später tauchte drüben auf der linken Seite neuer Strahlenglanz zwischen den Bäumen hervor. Es war die zweite Tankstelle von BP ... sie war das genaue Äquivalent der ersteren und für die Gegenfahrbahn eingerichtet, sie war eine ebenso nagelneue, ebenso gleißende Kultstätte, grün und tagehell entflammt von einigen tausend Watt, deren Schein die noch kaum benutzten Betonauffahrten beinahe weiß aussehen ließ. Es waren die gleichen schimmernden *Tanksäulen* ... das Wort schon sprach sich gediegen und professionell aus! ... mit den anthrazitfarbenen Kunststoffflächen und blitzenden Metallteilen. Aufgrund des länger möglichen Einblicks beim Vorbeifahren ... das Taxi schwamm im zügig-weichen Schnitt um eine ausgedehnte Biegung ... erkannte man deutlich die Aufnahmefächer für Geldscheine, die Piktogramme der Bedienungsanleitung, die weißen Null-Reihen hinter den Sichtgläsern der

Anzeigenautomatik, – alles war augenscheinlich vom letzten technischen Standard. Über Kopfhöhe, neben dem grünen Wappen von BP, hingen die auswechselbaren Preistafeln für die verschiedenen Treibstoffarten ... und hinter der Glasfront des Minimarktes erkannte man die Werbung für Eis, Snacks, Zigaretten, Coca Cola; hinter der Theke mit der Kasse eine menschliche Figur, die Kassiererin oder der Kassierer, angetan mit lindgrünem Overall, eingenickt zu dieser späten Stunde, und noch im Schlaf winkend mit der lindgrünen Schirmmütze, die besetzt war mit dem Wappen von BP, sofort sichtbar, wenn sich der pendelnde Kopf aufrichtete.

Nach einiger Zeit sagte sich W., daß es ihm nicht gelingen könne, eine solche Tankstelle in ihrer Neuheit zu beschreiben ... nein, es war ganz unmöglich, es gab überhaupt noch keine Wörter dafür. Es mißlang ihm schon, wenn er sich das soeben gesehene Bild ins Gedächtnis zurückrufen wollte ... allein die Vorstellung, daß sich die Tankstelle plötzlich bevölkere, erschien ihm einleuchtend und beschreibbar: und gleich sah er dieses Bild vor sich. Auf einmal glaubte er sich zu erinnern, daß sich auf dem Beton der Einfahrt in die Tankstation die Autos aufgereiht hatten, und er sah die Menschenschlange vor sich, die sich langsam auf die automatische Tür des Minimarktes zuschob, Schritt für Schritt und sich unterhaltend mit gewohnheitsmäßigem, geduldigem Gemurmel, vollkommen unbeeindruckt von irgendwelchen Salmonellen. Offenbar hatte sich hier der größte Teil der Einwohner aus der nächsten Ortschaft angestellt, die an dieser Straße lag ... tief in der Nacht und wachgehalten von der schneidenden Beleuchtung der Tankstelle.

W. hatte schon länger daran gezweifelt, daß sie sich noch auf dem richtigen Weg befanden. Sie waren soeben, über schlechtes Pflaster, in ein vollkommen lichtloses Gewürfel von Häusern eingefahren; ein Ortseingangsschild war nicht zu bemerken gewesen. Er hatte die winzige Stadt noch nie gesehen; sie war ein Nest, welches die Jahre sichtlich schlimmer zugerichtet hatten als jenes, aus dem er kam und das jetzt sein Ziel war. Die Scheinwerfer des Wagens rissen halbleere, schäbige Geschäftsfassaden und, hinter zerbrochenen Zäunen, ruinierte Wohnkasernen aus der Dunkelheit, die nicht anders als lebensabweisend wirkten. An einer Kreuzung in der Mitte dieses Trümmerhaufens leuchtete eine rote Ampel und behielt das Signal unmäßig lange bei; der leerlaufende Motor schien ein widerhallendes Lärmen zwischen den Gebäuden rund um den kahlen Marktplatz zu verbreiten. Es sah aus, als sei die Ampel das einzige Anzeichen für die noch andauernde Besiedelung dieser Stadt; W. stellte sich vor, wie sie Nacht für Nacht funktionierte, wie sie unermüdlich ihre farbigen Anweisungen in die Stille weitergab ... und diese Stille wurde von keinem Verkehr berührt, denn es gab keinen Grund mehr, die verfallenden Straßen einer so abseitigen Gegend zu durchfahren.

Hoffentlich wissen wir noch, wo wir sind ... sagte W. vorsichtig. Haben Sie eine Ahnung, in welchem Nest wir jetzt sind? Dabei beobachtete er, nicht zum ersten Mal, das in der Schalttafel glimmende Zählwerk, das den Fahrpreis angab: er war fast an der Siebzig-Mark-Grenze angelangt. – Anstelle einer Antwort setzte der Fahrer das Taxi wieder in Bewegung, abrupt und ohne das grüne Ampelsignal abzuwarten. – Wenn Sie nicht wissen, wo wir sind, sagte er nach einer Weile, dann habe ich jetzt keinen Zeugen gehabt! Wenn dieser Satz auch scherzhaft gemeint war, so schien er doch von einem prinzipiellen Mißtrauen des Fahrers gegen die überaus schweigsamen Fahrgäste zu zeugen, zu denen W. gehörte. – Ich wollte nur wissen, wo wir sind, lenkte er ein. – Die hier, sagte der Fahrer, die haben es nicht weit bis zu dem Minimarkt in der Tankstelle! Dies bezog sich auf die Einwohner der Ortschaft, die sie gerade durchquert hatten. W. sah im gleichen Moment ein gelbes Wegweiserschild durch das Scheinwerferlicht fliegen, auf dem er den Namen seiner Stadt zu erkennen glaubte; es war ein Schild ohne Entfernungsangabe, zumindest aber stimmte noch die Richtung ... diese allerdings rief ihm wieder seine Verpflichtung für den kommenden Abend ins Gedächtnis.

Wenige Minuten später ... das Taxi fuhr durch Waldgelände, auf einer schmalen, völlig verlassenen Landstraße, wo eine

S-Kurve sich an die andere schloß ... faßte er den Entschluß, sich am nächsten Nachmittag nur unter der Bedingung nach Leipzig zu begeben, daß ihm bis dahin, also noch in dieser Nacht, ein einziger diskutabler Satz für die Universität einfalle, also ein einziger sagbarer Satz über *Utopie* ... und in derselben Sekunde, so schien ihm, hatte er den Satz. – Eben hatte er noch gedacht, es gäbe ihn nicht, diesen Satz, da hatte er, so schnell wie ein Schluckauf, die Antwort darauf: Es durfte ihn nicht geben! – Dies mußte er sagen: Es dürfe diesen Satz überhaupt nicht geben. Nein, so nämlich verlange es die elfte These über den Philosophen Ludwig Feuerbach ... und diese stamme bekanntlich von Karl Marx, es wisse jeder in diesem Hörsaal, jeder im ganzen Land, im ganzen Land sei die elfte These über Feuerbach überhaupt das einzige, was von Karl Marx bekannt sei. Alles andere sei unbekannt, und noch unbekannter die Auswirkungen dessen, was niemand kenne. Zur Not wisse man noch, hier im Hörsaal, daß Marx der Namensgeber der jüngst gehabten Utopie sei, obwohl man sich gerade anschicke, dies zu vergessen. Aber die elfte Feuerbach-These, die brauche er eigentlich nicht zu zitieren ...

Anscheinend war in diesem Augenblick eine so starke Erregung über ihn gekommen, daß sie selbst für den Fahrer spürbar wurde und auf ihn übergriff; dieser jedenfalls schielte noch mißtrauischer herüber und stieß das Gaspedal tiefer hinab, als sei ihm der Fahrgast unheimlich geworden; der Wagen schnitt die S-Kurven in rücksichtsloser Art und Weise.

Er selbst, so mußte er sagen, sitze vor der geehrten Zuhörerschaft der Universität als eine unverkennbare Auswirkung des utopischen Denkens! Er sei ein Beweis, daß die Utopie hier ... das *hier* mußte unmißverständlich betont werden ... stattgefunden habe. Er sei nicht gekommen, um Witze zu machen, man habe richtig gehört ... mehr noch, er sitze überhaupt nur wegen der stattgefundenen Utopie hier. Es sei ihm unmöglich gewesen, sich der Teilnahme an dieser Veranstaltung zu verweigern, dieser merkwürdige Umstand müsse als ein Ergebnis der Utopie bezeichnet werden. Nicht daß ihm die Weigerung objektiv unmöglich gewesen, sondern daß sie ihm subjektiv unmöglich gewesen sei, zeuge von der Stärke der utopischen Idee. Natürlich hätte er ohne weiteres absagen können, bestimmt hätte kein Hahn danach gekräht ... nein, daß er gar nicht auf diesen Gedanken gekommen sei und folgsam zugestimmt habe, trotz augenblicklich spürbaren Widerwillens, und sogar trotz seiner buchstäblichen Angst vor diesem Auftritt ... daß das simple Wort *Nein* in ihm wie unter Verschluß gelegen habe, als sei der Gedanke an eine solche Möglichkeit in ihm praktisch nicht vorhanden gewesen, dies ist ein unübersehbares Beispiel für das, was ich meine. Vielleicht nur ein kleines Beispiel ... trotzdem, und mit der *Wahl* ist es immer genauso gewesen. Mit der Wahl der Abgeordneten dieses Landes, meine ich. Selbst wenn dieses Denken jetzt kaum noch zu finden ist, seine Ergebnisse haben sich noch nicht verflüchtigt. Ein utopisches Land ist ein Nirgendwo, wie schon das Wort sagt, und im Nirgendwo die Möglichkeit der Verneinung beizubehalten, das ist ein bloßer Unsinn.

Die Straße war zu einem schmalen Band geworden, das sich, scheinbar labil, durch unsichtbare Landschaften schlängelte. Von beiden Seiten her neigten sich schwere Baumwipfel über die Straßenmitte; hinter den Schatten, die sie warfen, hatte die Nässe, verdunstend in der wiederkehrenden Schwüle, kleine zähflüssige Nebelbänke gebildet, gleich immer sich erneuernden schalldichten Pforten, bei deren Durchfahrt sich das Blickfeld schlagartig auf ein oder zwei Meter verringerte. Der Fahrer begann leise zu fluchen, dennoch trieb er den Wagen weiter an, der mit unrhythmisch heulender Maschine die Dunstbarrieren durchstieß und hastig den Schlangenlinien der Straße folgte. W. hatte den Eindruck, daß diese Fahrweise mit seinen Gedanken korrespondiere: das Taxi bewegte sich wie über Glatteis.

Durchblicke zwischen den Bäumen öffneten sich hinaus auf große freie Flächen, über denen die Nacht etwas heller geworden war. Sie fuhren jetzt durch die unüberschaubaren Tagebaugebiete, die den Landstrich hier ganz beherrschten. Der Straßendamm, am Rand nur noch von immer spärlicher stehenden Gehölzresten befestigt, zog seine abschüssigen Biegungen an Abraumkippen entlang, dann durch bodenloses Terrain, und die Straße war ein schmaler Grat über der Leere; rechts neben ihr stürzte die Welt in die Tiefe, wo ein wogendes und erstarrtes Durcheinander war, links senkte sich das Gelände wie ein Sandstrand schräg und gewellt in ein Meer, das nicht mehr vorhanden war; nur Nacht und Nebel mischten sich darüber, und so schien es sich noch Unendlichkeiten weiter zu erstrecken, und nur einzelne verschwommen schwarze Klippen ragten aus dem Grund. Wenn die auf Fernlicht geschalteten Scheinwerfer mit ihrem Doppelstrahl die dampfende Finsternis durchschnitten oder, in den unaufhörlichen Kurven, ihr Licht im Halbkreis um den unregelmäßigen Horizont schwangen, ahnte man, daß es auch dort noch weiter hinab ging, immer weiter, und daß zwischen der Lichthöhe und dem Grund schon ein kilometerhohes Dunkel war. Und die kilometerlangen Lichtkegel flackerten weiter über ein Gewirr von Schluchten und Dünen, sie brachen und zerschellten, und fingen sich wieder und verloren sich in Leere und Nacht. Und wenn sie sich wieder mit dem Straßenband vereinten, hoben sie dies hervor wie eine letzte Brücke von Festigkeit, feucht und glatt, fragwürdig, die dem wabernden Nichts noch standhielt ... und manchmal kroch es über ihren Rand herauf, das aus der Weite kam, aus dem zähen wogenden Nichts herauf, woher es kam, aus dem ausgebrannten und sich selbst entquellenden Nirgendwo.

Und es verwunderte ihn nicht, daß ihm hier in dieser Gegend die elfte Feuerbach-These von Marx eingefallen war ... was übrigens hätte ihm einfallen sollen, da er vom Ideenträger der soeben untergegangenen Veränderung nur diese These kannte? Und wahrscheinlich hatte er recht mit dem Verdacht, daß niemand mehr kannte als diese elfte These; sie war einer der kürzesten Sätze aus dem Werk von Marx. Manche kannten wohl auch noch den Satz, mit dem das Kommunistische Manifest anfing; W. konnte sich erinnern, daß einer der bekannteren Lyriker, die zu dem morgigen Symposium geladen waren, diesen Satz früher einmal als den schönsten der deutschen Literatur bezeichnet hatte ... ob dieser Lyriker jetzt immer noch solcher Meinung war? – W. spürte deutlich, daß sich ihm alles, was er bisher gedacht hatte, in eine Sprachlosigkeit zurückverwandelte, deren Ohnmacht er immer dann gefühlt hatte, wenn er auf der Suche nach einem wirklich zutreffenden Ausdruck für den Landstrich gewesen war, durch den er jetzt fuhr. Es war eine sprachlose Landschaft, so hatte er sich immer wieder sagen müssen ... dies hatte er erfahren, denn er selbst kam von ihrem Rand her und von Jugend auf hatte er mit offenem, taubstummem Maul vor dieser Landschaft gestanden. Sie war eine im wahrsten Sinn des Wortes gründlich veränderte Landschaft. Bis auf den Grund war ihre Oberfläche abgetragen worden, alle Formen des Lebens und der Orientierung auf ihr waren beiseite geschafft und zuunterst geräumt worden. Die organisch gewachsene Decke war abgerissen, das Eingeweide des Erdinnern war empor ans Tageslicht getrieben worden, und es quoll an diese Straße, die wie ein letzter Fluchtweg war ... was hatte dies alles mit der elften Feuerbach-These von Marx zu tun?

Man hatte in dieser Gegend den Rohstoff aus dem Boden gegraben, welcher der Wirtschaft des Landes den Energiebedarf sichern sollte für den Versuch, die Welt zu verändern. Hier hatten die Reserven im Boden gelegen, die der Utopie zu praktischer Wirklichkeit verhelfen sollten. Niemand hatte es je gewagt, den Materialismus der Veränderungen zu interpretieren, seit die utopische Idee Fuß gefaßt hatte in diesem Land ... jetzt, nachdem sich die Verhältnisse gewendet hatten, war es vorbei mit der Utopie, und die ganze Gegend blieb so, wie sie war.

Hier hatte sie einst Fuß gefaßt, die Utopie, man sah es der Gegend an und man würde es noch lange sehen. – Ich aber habe jetzt erst begriffen, daß sie mir schon immer Angst eingeflößt hat, die Utopie, dachte W., und ich sollte es mir endlich merken. Ich war stets nur auf der Suche nach Ausflüchten vor der Zustimmung, die sie von mir gefordert hat; nicht einmal dies habe ich deutlich formulieren können. Wir haben, so lange wir in diesem Land lebten, nur dunkel ahnen können, daß jede

Verneinung als eine Interpretation des utopischen Gedankens aufgefaßt worden ist ... hinter solchen Sätzen konnte man sich verstecken, ja! Nur weiter:

Die Utopie in ihrer endlichen Verwirklichung wäre ein Staat ohne Negation ... und damit ein Staat ohne Sprache. Dies würden die Anhänger der Utopie, wären sie überhaupt gewillt, der Sache so weit zu folgen, natürlich abstreiten. Aber wäre es nicht zwecklos für eine Utopie, ein anderes Endziel anzunehmen ... ohne dieses letzte Ziel wäre sie ein zum Scheitern verurteilter Kompromiß. Denn eine auf halbem Weg steckengebliebene Utopie wäre ein Zustand, in dem die Widersprüche des Lebens weiterhin unterdrückt werden müßten. Und dies wäre keine Utopie, sondern ein Zustand, den wir schon haben.

Er war auf die Idee gekommen, sich diese Sätze zu notieren. Was aber würde der Fahrer darüber denken? Notizen machen, unterwegs im Taxi ... das wäre vor zwei Jahren in diesem Land nicht glattgegangen. – Die Lichtspeere der Scheinwerfer, die seinen Blick verlängerten, fuhren nervös über den Dunsthorizont, es war, als sei dieser ameisenhafte Mercedes in dem Wüstengelände auf der Suche nach einem unbekannten Gegner, oder nach dem unbekannten Flugobjekt aus der Zukunft. Einmal erfaßten die Strahlen ein paar dunkle Blöcke in der Ferne, die nach einer Ansammlung von Häusern aussahen ... M. konnte es noch nicht sein, denn es lagen noch einige Dörfer davor. Aber das Ende der Fahrt kam in Sicht; der Fahrpreis begann soeben hundert Mark zu überschreiten. Dennoch war es besser, ein paar Stichpunkte zu notieren, denn er hatte wenig Zutrauen zu seinem Gedächtnis ... er vergaß seine besten Sätze so schnell wie einen Schluckauf, dies kannte er von sich.

Der Fahrer blickte schweigend geradeaus, als W. sich die Tasche – er hielt sie am Wagenboden zwischen die Füße geklemmt – auf das Knie zog, um ihr einen Stift und Papier zu entnehmen; den Schreibblock trug er stets mit sich herum, aber noch nie hatte er ihn benutzen müssen, – nun kam er ausgerechnet in dem dunklen Taxi in diese Verlegenheit. – Der

Fahrer – der ein redseliger Mensch war und W. hatte ihn, so stand zu vermuten, in dieser Hinsicht sehr enttäuscht – lenkte das Auto kommentarlos durch die engen Winkel eines Dörfchens, das W. zu kennen glaubte, doch waren sie von einer ganz abweichenden Seitengasse her in die Ortsmitte gekommen; dort sah man endlich das maßgebliche Hinweisschild: es waren noch sieben Kilometer bis nach M.; jetzt konnten sie sich beim besten Willen nicht mehr verirren.

Wenn man annimmt ... kritzelte W., in der Hoffnung, die gleichsam ins Nichts geschriebenen Zeilen auf dem Papier, das nur ein etwas hellerer Fleck auf dem dunklen Untergrund der Tasche in seinem Schoß war, späterhin noch lesen zu können, ... annimmt, daß die Verneinung die notwendigste Form einer funktionierenden Sprache ist ...

Er strich den letzten Begriff wieder aus und verbesserte: ... einer mündigen Gesellschaft ist ... Wieder brachte er den Satz nicht zu Ende, die Erschütterung, welche das Dorfstraßenpflaster dem Wagen mitteilte, wurde zu stark.

Wenn also eine Utopie ihre eigene Verneinung ausschließen muß, um zur Existenz zu gelangen ... er wurde in diesem Augenblick durch einen jetzt lauten und deutlichen Fluch des Fahrers unterbrochen, welcher wie ein Doppelpunkt war, hinter dem die Zeile leer bleiben sollte, – dieser bezog sich allerdings auf eine riesenhafte Wasserpfütze, fast eine Überschwemmung auf der Dorfstraße, in die der Wagen rauschend einfuhr und die sich als nahezu grundlos erwies; schmutzig schäumende Flutwellen schlugen über den schmalen Bürgersteig und schwappten bis zu einer noch erleuchteten Schaufensterscheibe empor, hinter der unübersehbare Mengen von Waschpulverpäckchen ausgestellt waren; sie stammten noch aus Zeiten vor dem Fall des Regierungssystems, waren also landeseigene Produkte, die sich nun nicht mehr gut absetzen ließen ... W. erkannte in dem vorbeihuschenden Schaufensterlicht, daß der zustoßende Kugelschreiber ihm das Papier mitten durchgerissen hatte, und er blätterte die Seite um.

Verzeihung! sagte der Fahrer; W. hätte sich das Wort, nebst dem vorausgegangenen Fluch des Fahrers, beinahe notiert.

Verzeihung! Was schreiben Sie da eigentlich die ganze Zeit? fragte der Fahrer, dabei mußte er erbleicht sein, W. meinte es noch in der Dunkelheit zu spüren, denn die Verfärbung schien sich bis in die Mattigkeit seiner Frage fortzusetzen.

Moment, sagte W. und notierte, ... eine sprachlose Gesellschaft ... Es war ihm vorgekommen, als habe der Kugelschreiber die Wörter auf dem Papier nicht ausgeführt, als habe er mit einem leeren oder fast leeren Schreibgerät geschrieben. – Ich bin gleich fertig! fügte er murmelnd hinzu.

... In einer utopischen Gesellschaft ...

Wenn ich Ihnen Licht machen würde, sagte der Fahrer, dann kann ich nicht mehr richtig fahren bei dem Nebel! Zum Beweis seiner Worte schaltete er die Innenbeleuchtung über ihren Köpfen ein, das Sichtfeld vor der Vorderscheibe zog sich sofort in ein diffuses Grau zurück, durch welches, es sah gefährlich aus, nur noch Schatten glitten, Baumkronen oder herangerückte Häuserwände.

W. versuchte die Gelegenheit zu nutzen und seinen Satz zu vollenden: ... in der utopischen Gesellschaft kann, wenn die Negation das Hauptinstrument von Sprache ist, also die Sprache nur im Untergrund verwaltet werden. Und im Untergrund waltet der Geheimdienst! Und die Schriftsteller ... was hat das alles mit der elften Feuerbach-These von Marx zu tun?

Was ich schreibe? sagte er laut. Nichts weiter, ich muß mir nur ein paar Sätze für die Universität merken, für morgen ...

Ach so einer sind Sie! erwiderte der Fahrer und schien aufzuatmen. An so was habe ich doch gleich gedacht ... Damit schaltete er das Licht wieder aus. Sie hatten das Dorf inzwischen verlassen; draußen erkannte W. ein Schild, das die letzten fünf Kilometer nach M. anzeigte; das Zählwerk in der Armaturentafel war soeben auf der Hundertzweiundzwanzig eingerastet, damit war der Fahrpreis jetzt ungefähr identisch mit der Summe, die W. bei sich trug; wenn er zu Hause niemanden antraf, was nicht sicher war, blieb ihm kein Geld für die Eisenbahn nach Leipzig.

Der Geheimdienst! dachte W., unschlüssig, ob ein weiterer Schreibversuch noch sinnvoll war; er hatte in der Wagenbeleuchtung festgestellt, daß sein Stift auf dem Blatt nichts hinterlassen hatte, außer, irgendwo am Rand, das schiefgezogene Wort *Moment*!

... Der Geheimdienst und die Schriftsteller ... sie müssen die Sprache in der Utopie gemeinsam verwalten, notgedrungen, entweder für oder gegen die Negation. Und, Interpretation hin oder her, das haben wir auch immer getan, für und gegeneinander, wir konnten nicht anders, in dem schönen utopischen Apparat ...

Und noch etwas hatte W. gesehen im Wagenlicht, als der Fahrer sich neugierig seinem leeren Papier zuneigte: der Aufdruck auf dem lindgrünen Sporthemd des jungen Mannes war das Wappen der Firma BP.

Warten Sie nur, redete er weiter, als wolle er W. beruhigen, wir müssen jetzt jeden Moment da sein ... – Ja, sagte W., ja! Nur einen Satz noch muß ich mir schnell aufschreiben!

Soll ich einen Umweg fahren? fragte der Fahrer.

Bibliographische Notiz

WOLFGANG BORCHERT: *Nachts schlafen die Ratten doch* (1947)
Lebensdaten: 20. 5. 1921 (Hamburg)–20. 11. 1947 (Basel)
Nachts schlafen die Ratten doch. In: An diesem Dienstag. Neunzehn Geschichten. Hamburg, Stuttgart 1947, S. 69–72.
Jetzt in: Wolfgang Borchert: Das Gesamtwerk © 1949 by Rowohlt Verlag GmbH, Reinbek bei Hamburg.
BERTOLT BRECHT: *Das Experiment* (1949)
Lebensdaten: 10. 2. 1898 (Augsburg)–14. 8. 1956 (Berlin)
Das Experiment. In: Kalendergeschichten. Berlin. Gebrüder Weiß 1949, S. 41–58.
Jetzt in: Bertolt Brecht: Werke. Große kommentierte Berliner und Frankfurter Ausgabe, Band 18. © Suhrkamp Verlag 1995.
ARNO SCHMIDT: *Leviathan* (1949)
Lebensdaten: 18. 1. 1914 (Hamburg)–3. 6. 1979 (Celle)
Leviathan oder Die beste der Welten. In: Leviathan. Hamburg, Stuttgart, Berlin, Baden-Baden 1949, S. 45–76.
Jetzt in: Arno Schmidt: Leviathan und Schwarze Spiegel. Frankfurt am Main 1974.
HEINRICH BÖLL: *Nicht nur zur Weihnachtszeit* (1952)
Lebensdaten: 21. 12. 1917 (Köln)–16. 7. 1985 (Langenbroich)
Nicht nur zur Weihnachtszeit. Mit Illustrationen von Henry Meyer-Brockmann. Frankfurt 1952.
Jetzt in: Heinrich Böll: Erzählungen, hrsg. von Viktor Böll und Karl Heiner Busse © 1994 by Verlag Kiepenheuer & Witsch, Köln.
FRIEDRICH DÜRRENMATT: *Der Tunnel* (1952)
Lebensdaten: 5. 1. 1921 (Konolfingen)–14. 12. 1990 (Neuchâtel)
Der Tunnel. In: Die Stadt. Zürich 1952, S. 141–157.
Jetzt in: Friedrich Dürrenmatt: Der Hund, Der Tunnel, Die Panne ©1998 Diogenes Verlag AG Zürich.
STEPHAN HERMLIN: *Die Kommandeuse* (1954)
Lebensdaten: (eigentlich Rudolf Leder) 13. 4. 1915 (Chemnitz)–6. 4. 1997 (Berlin)

Die Kommandeuse. In: Neue Deutsche Literatur. Berlin 2 (1954) 10, S. 19–28.
© 1980 Verlag Klaus Wagenbach, Berlin.

SIEGFRIED LENZ: *Der Leseteufel* (1955)
Lebensdaten: 17. 3. 1926 (Lyck / Ostpreußen)
Der Leseteufel. In: So zärtlich war Suleyken. Masurische Geschichten. Zeichnungen im Text und Initiale von Erich Behrendt. Hamburg 1955, S. 7–14.
© 1995 by Hoffmann und Campe Verlag, Hamburg.

WOLFGANG KOEPPEN: *Landung in Eden* (1958)
Lebensdaten: 23. 6. 1906 (Greifswald)–15. 3. 1996 (München)
Landung in Eden. In: Nach Russland und anderswohin. Empfindsame Reisen. Stuttgart 1958, S. 335–337.
Jetzt in: Wolfgang Koeppen: Gesammelte Werke, Band 4. © Suhrkamp Verlag 1986.

INGEBORG BACHMANN: *Undine geht* (1961)
Lebensdaten: 25. 6. 1926 (Klagenfurt, Österreich)–17. 10. 1973 (Rom)
Undine geht. In: FAZ 116, 20. Mai 1961, S. 54.
Jetzt in: Ingeborg Bachmann: Werke. Hg. von Christine Koschel u. a. Bd. 2: Erzählungen. © 1978 Piper Verlag GmbH, München.

JOHANNES BOBROWSKI: *Mäusefest* (1962)
Lebensdaten: 8. 4. 1917 (Tilsit)–2. 9. 1965 (Ost-Berlin)
Mäusefest. In: Neue Rundschau 74 (1963), Heft 1, S. 80–81.
Jetzt in: Johannes Bobrowski: Gesammelte Werke in sechs Bänden, Band 4 © 1999 Deutsche Verlags-Anstalt, Stuttgart.

ALEXANDER KLUGE: *Anita G.* (1962)
Lebensdaten: 14. 2. 1932 (Halberstadt)
Anita G. In: Lebensläufe. Stuttgart 1962, S. 85–102.
© Suhrkamp Verlag 1974.

ROLF DIETER BRINKMANN: *Das Alles* (1966)
Lebensdaten: 16. 4. 1940 (Vechta)–23. 4. 1975 (London)
Das Alles. In: Jahresring. Beiträge zur deutschen Literatur und der Kunst der Gegenwart 13 (1966/67), S. 72–80.
Jetzt in: Rolf Dieter Brinkmann: Der Film in Worten. Prosa, Erzählungen, Essays, Hörspiele, Fotos, Collagen. 1965–1974. Rowohlt Verlag GmbH, Reinbek bei Hamburg 1982 © by Maleen Brinkmann.

ERIKA RUNGE: *Putzfrau Maria B.* (1968)
Lebensdaten: 22. 1. 1939 (Halle/Saale)
Putzfrau Maria B. In: Bottroper Protokolle. Aufgezeichnet von Erika Runge. Vorwort von Martin Walser. Frankfurt am Main 1968, S. 74–91.

PETER HANDKE: *Das Umfallen der Kegel von einer bäuerlichen Kegelbahn* (1968)
Lebensdaten: 6. 12. 1942 (Griffen, Kärnten)
Das Umfallen der Kegel von einer bäuerlichen Kegelbahn. In: Der gewöhnliche Schrecken. Horrorgeschichten. Herausgegeben von Peter Handke, Salzburg 1969, S. 120–130. © Peter Handke 1968.

ALFRED ANDERSCH: *Die Inseln unter dem Winde* (1970)
Lebensdaten: 4. 2. 1914 (München)–21. 2. 1980 (Berzona)
Die Inseln unter dem Winde. In: SZ 158, 3./4. Juli 1971, S. 109–110.
Jetzt in: Alfred Andersch: Gesammelte Werke © 2004 Diogenes Verlag AG Zürich.

CHRISTA WOLF: *Blickwechsel* (1970)
Lebensdaten: 18. 3. 1929 (Landsberg an der Warthe)
Blickwechsel. In: Neue Deutsche Literatur. 18. Jahrgang (1970), Heft 5, S. 34–45.
Jetzt in: Christa Wolf: Erzählungen 1960–1980, Werkausgabe, Band 3, erschienen im Luchterhand Literaturverlag, München, einem Unternehmen der Verlagsgruppe Random House GmbH.

SARAH KIRSCH: *Merkwürdiges Beispiel weiblicher Entschlossenheit* (1971)
Lebensdaten: 16. 4. 1935 (Limlingerode)
Merkwürdiges Beispiel weiblicher Entschlossenheit. In: Die ungeheuren berghohen Wellen auf See. Erzählungen. Illustrationen von Egbert Herfurth. Berlin 1973, S. 5–28.
Jetzt in: Sarah Kirsch: Werke in fünf Bänden, Band 4 © 1999 Deutsche Verlags-Anstalt, Stuttgart.

HANS JOACHIM SCHÄDLICH: *Versuchte Nähe* (1975)
Lebensdaten: 8. 10. 1935 (Reichenbach)
Versuchte Nähe. In: Versuchte Nähe. Prosa. Reinbek bei Hamburg 1977, S. 7–16.

FRITZ RUDOLF FRIES: *Das nackte Mädchen auf der Straße* (1978)
Lebensdaten: 19. 5. 1935 (Bilbao, Spanien)

Das nackte Mädchen auf der Straße. In: Der Seeweg nach Indien. Erzählungen © Fritz Rudolf Fries, Leipzig 1978, S. 106–114.

MONIKA MARON: *Herr Aurich* (1982)
Lebensdaten: 3. 6. 1941 (Berlin)
Herr Aurich. In: Das Mißverständnis. Vier Erzählungen und ein Stück. Frankfurt am Main 1982, S. 47–79.

CHRISTOPH RANSMAYR: *Das Labyrinth* (1985)
Lebensdaten: 20. 3. 1954 (Wels, Oberösterreich)
Das Labyrinth. In: Hans Magnus Enzensberger (Hrsg.): Das Wasserzeichen der Poesie oder die Kunst und das Vergnügen, Gedichte zu lesen. In hundertvierundsechzig Spielarten vorgestellt von Andreas Thalmayr. Nördlingen 1985, S. 10–13.

ROBERT GERNHARDT: *Die Bronzen von Riace* (1986)
Lebensdaten: 13. 12. 1937 (Reval, Estland)
Die Bronzen von Riace. In: Kippfigur. Erzählungen. Zürich 1986, S. 239–250. © Robert Gernhardt 1986.

WOLFGANG HILBIG: *Die elfte These über Feuerbach* (1993)
Lebensdaten: 31. 8. 1941 (Meuselwitz)
Die elfte These über Feuerbach. In: Grünes grünes Grab. Erzählungen. Frankfurt am Main 1993, S. 125–149.

Deutschland erzählt
Klassik und Romantik
Herausgegeben von Albert Meier
unter Mitarbeit von Maike Schmidt
Band 16941

16 Erzählungen aus Klassik und Romantik. Am Beginn steht Schillers Verbrecher aus Infamie von 1787, am Ende des Bandes ist Goethes Novelle von 1828 zu finden. In dem Zeitraum, den diese beiden Werke umspannen, wird das Erzählen in der deutschsprachigen Literatur neu definiert. Das Schreiben wird zur Kunst erhoben, die Lust am Lesen erlaubt und der Dichtung die Aufgabe zugewiesen, die Welt neu zu erzählen – auf poetische Weise. Literatur darf nun unterhalten, die Herzensbildung fördern und den Leser aus der Alltagswelt entführen. Und während Wieland und Goethe sich auf die Schlichtheit und Klarheit ihrer Prosa berufen, geben die Romantiker der Neigung zu Ironie und Stilbruch nach. All diesen Autoren aber war mit ihren neuen Formen des Erzählens ein immer größer werdendes Lesepublikum sicher.

Albert Meier hat für diesen Band die bedeutendsten Erzählungen dieser Literaturepoche ausgewählt. Von Goethe zu Tieck, von Schiller zu Brentano, von Jean Paul zu Eichendorff – der Band lädt ein zum Wiederlesen der Märchen, Novellen und klassischen Erzählungen, deren Artistik und Wagemut wir auch heute noch bewundern.

Fischer Taschenbuch Verlag

Deutschland erzählt
Realismus
Herausgegeben von Albert Meier
unter Mitarbeit von Maike Schmidt
Band 16942

Es wurde viel gelesen im 19. Jahrhundert – und äußerst raffiniert erzählt. Die führenden Autoren des Realismus erdachten kunstvolle Erzählungen, die zum Teil in sehr populären Zeitschriften veröffentlicht wurden und so ein großes Publikum erreichten. Ihr poetischer Blick richtete sich jedoch nicht auf eine an sich schon poetische Welt. Im Gegenteil: Die Schriftsteller tauchten das prosaische Alltagsleben mit Humor und Wehmut in das warme Licht ihrer Novellen und konzentrierten sich auf die kleinen, nur vermeintlich trivialen Dinge. Die oft genug harte Wirklichkeit sollte zur Schönheit erhoben werden – und dazu war viel an Kunstverstand und Originalität von Nöten.

Albert Meier versammelt in diesem Band die berühmten Novellen und Erzählungen aus dem Realismus, die zum Kanon der deutschsprachigen Literatur gehören. Ein Lesevergnügen mit Büchner, Grillparzer, Storm, Stifter, Mörike, Keller, Meyer, Hauptmann und vielen anderen.

Fischer Taschenbuch Verlag

Deutschland erzählt
Fin de Siècle – Avantgarden – Exil
Herausgegeben von Albert Meier
unter Mitarbeit von Maike Schmidt

Band 16979

Vom Fin de Siècle bis zum Zweiten Weltkrieg: Die Dichter der ›Moderne‹ entwickeln in dieser Zeit eine Vielzahl neuer Formen des Erzählens. Allen gemeinsam ist, dass sie sich entschieden vom Realismus des 19. Jahrhunderts abwenden. Poesie und Leben gelten nun als nicht mehr vereinbar. Die Literatur, wie die anderen Künste auch, soll jetzt eine eigene Art von Schönheit schaffen. Auf die Frage aber, wie der Zauber der Poesie entsteht, haben Dichter wie Rilke, Hofmannsthal, Mann, Benn, Kafka, Hesse oder Roth ganz unterschiedliche Antworten gefunden. Nicht von ungefähr wechseln sich in diesen Jahren die Bezeichnungen neuer Kunststile in relativer rascher Folge ab: Impressionismus, Expressionismus, Neue Sachlichkeit usw. Albert Meier lässt die Dynamik dieser Epoche anhand ausgewählter Erzählungen eindringlich miterleben. Ein Lesebuch mit Autoren, die uns vertraut erscheinen, deren Radikalität und künstlerische Konsequenz aber immer neu überrascht.

Fischer Taschenbuch Verlag

Wolfgang Hilbig
Erzählungen
Band 15809

Die Erzählungen dieses Bandes – angeordnet in der Reihenfolge ihrer Entstehung von 1968 bis 1994 – gestatten einen umfassenden Blick auf das Prosawerk eines der bedeutendsten zeitgenössischen deutschen Dichter. Mit unvergleichlicher poetischer Imagination und einer ebenso suggestiven wie präzisen Sprache erzählt Wolfgang Hilbig von Alltag und Arbeitswelt in der DDR, von den Strudeln der Wiedervereinigung, von der verlorenen und doch endlich gefundenen Heimat. Es sind Geschichten vom größten und letzten Abenteuer der Jetztzeit: von der Entdeckung des eigenen Ich.

Fischer Taschenbuch Verlag

Christoph Ransmayr
Der Weg nach Surabaya
Reportagen und kleine Prosa
Band 14212

Christoph Ransmayr begann seine literarische Arbeit als Redakteur und Reporter. Er schrieb seine ersten Artikel für die Kulturzeitschrift Extrablatt, später für Merian oder Geo, und vor allem für TransAtlantik. Aus der großen Zahl dieser Arbeiten hat er jetzt die wichtigsten Stücke ausgewählt und in einem Band zusammengefaßt. Diese Sammlung führt nicht nur die epischen Möglichkeiten der Form der Reportage vor, wenn sich ein Erzähler ihrer bedient. Sie zeigt auch die Hinwendung des Reporters Ransmayr zu den Stoffen und Gestalten seiner späteren Romane. Seine Reportagen erzählen von den Staumauern in Kaprun oder vom Geburtstag einer neunzigjährigen Kaiserin, von Kniefällen in Czenstochau oder vom Leben der Bauern und Fischer im nordfriesischen Wattenmeer. Den zweiten Teil des Bandes bilden fünf Prosaarbeiten, in denen er von den unterschiedlichsten Epochen und Weltgegenden berichtet: Vom Labyrinth des Königs Minos auf Kreta, von Konstantinopel kurz vor der Eroberung durch Sultan Mehmet 1453 oder von der Freien Republik Przemyśl am Ende des Ersten Weltkriegs.

Fischer Taschenbuch Verlag